王府藏曲本代词汇研究

王美雨 著

国家社科基金「冷门」「绝学」等研究专项」——车王府藏曲本语言研究（项目编号：2018VJX063）项目阶段性研究成果。

九州出版社
JIUZHOUPRESS

U0691448

图书在版编目（CIP）数据

车王府藏曲本清代词汇研究 / 王美雨著. -- 北京：
九州出版社，2023.9
ISBN 978-7-5225-2221-0

Ⅰ．①车… Ⅱ．①王… Ⅲ．①古代戏曲－词汇－研究
－中国－清代 Ⅳ．①J809.249

中国国家版本馆CIP数据核字(2023)第189021号

车王府藏曲本清代词汇研究

作　　者	王美雨　著	
责任编辑	杨鑫垚　石增银	
出版发行	九州出版社	
地　　址	北京市西城区阜外大街甲 35 号 (100037)	
发行电话	(010)68992190/3/5/6	
网　　址	www.jiuzhoupress.com	
印　　刷	永清县晔盛亚胶印有限公司	
开　　本	710 毫米 ×1000 毫米　16 开	
印　　张	22.25	
字　　数	350 千字	
版　　次	2023 年 11 月第 1 版	
印　　次	2023 年 11 月第 1 次印刷	
书　　号	ISBN 978-7-5225-2221-0	
定　　价	88.00 元	

时代性的视角出发，做了系统研究。

　　从清代词语或词义的角度，虽然不能呈现出曲本词汇系统的完整或详细特征，但由于本研究所涉及的对象都是清代新出现的词语或词义，因此从一定程度上可以揭示出曲本词汇系统的独特价值。本研究成果对车王府藏曲本也是一种形式的继承与保存，研究中所列举的大量例证也可为相关研究尤其是汉语词汇史及辞书编纂提供参考资料。

　　由于车王府藏曲本为影印本，诸多作者在写作时又喜用俗字、异体字，或繁简字共用；有的字甚至为作者自造；一句话中的同一字前后写法不同，等等，在抄录这些例证时，本研究采用简体字，例证中不做特殊标识。如"淂"为"得"的并体字，"尓"为"儿"的常见写法，"鎗"为"枪"的常见写法，"叫"为"叫"的异体字，"勾"为"够"的古字。另外，曲本中使用了大量的方言词、土语词，它们中的很多部分都属于记音词，对于这部分词，本研究是照录其写法，但在研究中会进行解释。

　　本研究所依据的语料为首都图书馆编辑的《清车王府藏曲本（全印本）》（北京：学苑出版社，2001），行文中，同类型研究要点下的例证基本上按照它们在曲本中出现的先后顺序排列；正文中引自《清车王府藏曲本（全印本）》的例证前的序号按照每节单独排列的方式进行。

前　言

　　车王府藏曲本指清代蒙古车登巴咱尔王府收藏的一批曲艺作品，包括乱弹、昆曲、高腔、影戏、鼓词、大鼓书、子弟书及各种时令小调等，其内容繁多，目前对其收录较为全面的影印本是首都图书馆编辑并与2001年出版的《清车王府藏曲本》。该套丛书共有57本，第一本主要为目录，后56本则是具体曲艺类型及篇目。

　　车王府藏曲本内容非常丰富。从时代看，它涵盖了商代到民国时期的一些史实及重要的文献，是以曲艺形式对中国古代历史作的一次整理与总结。从语言形式上看，车王府藏曲本中改编和原创两部分内容都是在相应作者积极主观能动性下的产物，其语言形式之灵活、所用词语之新颖，属实令人赞叹。从内容上看，车王府藏曲本既有为大众所熟知的内容，又有较为冷僻或新颖的内容，对其进行系统性研究，可从中找出不同类型的文学母体及子体，为相关文学研究提供语料。除以上提及的内容外，还有风俗、社会变迁、满汉文化交融等内容，总之，不论从哪个层面看，车王府藏曲本都具有较高的研究价值。诸多专家在题词中对曲本纷纷做出了高度评价。薄一波题词为："发掘并继承炎黄文化遗产，功在后世。"耿飚题词为："努力发掘祖国文化宝库的一个创举。"程思远题词为："抢救中国古文化，为学术研究做贡献。"翁偶红题词为："车王嗜曲广搜求，铁网珊瑚历历收，沧海遗珠光照眼，灿然骇瞩溯源头。"关德栋题词为："曲海宝藏。"这些题词充分揭示和肯定了曲本的价值，这也是笔者选取车王府曲本语言进行研究的重要原因。

　　为了揭示曲本的词汇价值及其文化价值，我们选取了其中的清代词汇进行研究。清代词汇包括清代词语及清代词义两部分，它们依据本研究界定标准而确定。笔者以其为研究对象，在封闭系统中，根据选定的界定标准，从时代性的视角出发，做了系统研究。

从清代词语或词义的角度，虽然不能呈现出曲本词汇系统的完整或详细特征，但由于本研究所涉及的对象都是清代新出现的词语或词义，因此从一定程度上可以揭示出曲本词汇系统的独特价值。本研究成果对车王府藏曲本也是一种形式的继承与保存，研究中所列举的大量例证也可为相关研究尤其是汉语词汇史及辞书编纂提供参考资料。

由于车王府藏曲本为影印本，诸多作者在写作时又喜用俗字、异体字，或繁简字共用；有的字甚至为作者自造；一句话中的同一字前后写法不同，等等，在抄录这些例证时，本研究采用简体字，例证中不做特殊标识。如"淂"为"得"的并体字，"尒"为"儿"的常见写法，"鎗"为"枪"的常见写法，"呌"为"叫"的异体字，"勾"为"够"的古字。另外，曲本中使用了大量的方言词、土语词，它们中的很多部分都属于记音词，对于这部分词，本研究是照录其写法，但在研究中会进行解释。

本研究所依据的语料为首都图书馆编辑的《清车王府藏曲本（全印本）》（北京：学苑出版社，2001），行文中，同类型研究要点下的例证基本上按照它们在曲本中出现的先后顺序排列；正文中引自《清车王府藏曲本（全印本）》的例证前的序号按照每节单独排列的方式进行。

前　言

　　车王府藏曲本指清代蒙古车登巴咱尔王府收藏的一批曲艺作品，包括乱弹、昆曲、高腔、影戏、鼓词、大鼓书、子弟书及各种时令小调等，其内容繁多，目前对其收录较为全面的影印本是首都图书馆编辑并与 2001 年出版的《清车王府藏曲本》。该套丛书共有 57 本，第一本主要为目录，后 56 本则是具体曲艺类型及篇目。

　　车王府藏曲本内容非常丰富。从时代看，它涵盖了商代到民国时期的一些史实及重要的文献，是以曲艺形式对中国古代历史作的一次整理与总结。从语言形式上看，车王府藏曲本中改编和原创两部分内容都是在相应作者积极主观能动性下的产物，其语言形式之灵活、所用词语之新颖，属实令人赞叹。从内容上看，车王府藏曲本既有为大众所熟知的内容，又有较为冷僻或新颖的内容，对其进行系统性研究，可从中找出不同类型的文学母体及子体，为相关文学研究提供语料。除以上提及的内容外，还有风俗、社会变迁、满汉文化交融等内容，总之，不论从哪个层面看，车王府藏曲本都具有较高的研究价值。诸多专家在题词中对曲本纷纷做出了高度评价。薄一波题词为："发掘并继承炎黄文化遗产，功在后世。"耿飚题词为："努力发掘祖国文化宝库的一个创举。"程思远题词为："抢救中国古文化，为学术研究做贡献。"翁偶红题词为："车王嗜曲广搜求，铁网珊瑚历历收，沧海遗珠光照眼，灿然骇瞩溯源头。"关德栋题词为："曲海宝藏。"这些题词充分揭示和肯定了曲本的价值，这也是笔者选取车王府曲本语言进行研究的重要原因。

　　为了揭示曲本的词汇价值及其文化价值，我们选取了其中的清代词汇进行研究。清代词汇包括清代词语及清代词义两部分，它们依据本研究界定标准而确定。笔者以其为研究对象，在封闭系统中，根据选定的界定标准，从

目　录

第一章 曲本清代词语及词义概况

语言源自社会实践，社会存在或实践的内容决定语言的内容。马克思在《关于德意志意识形态》一文中指出："思想、观念、意识的产生最初是直接与人们的物质活动，与人们的物质交往，与现实生活的语言交织在一起的，观念、思维、人们的精神交往在这里还是人们物质关系的直接产物。[①]"词汇与社会的这种关系更为明确，社会上任何一种新事物、新思想及新制度等的出现，一定是最先反映在词汇中，在张志公的阐释中能清晰地看到这一点。他指出："语言是一种社会现象，当然会随着社会的发展变化而发展变化。然而在语言的各因素中，词汇的社会性最强，它对社会的发展变化最敏感，反映社会的发展变化最迅速。[②]"张志公没有局限于词汇与社会存在的关系层面，他进一步阐释道："这里的所谓社会性，不仅指社会制度、社会结构、社会意识，以至风俗习惯，等等，也包括人对自身以及对自然界的认识的发展变化，也就是人的知识结构的发展变化。[③]"这样语言的社会性就包括了物质和意识变化（由物质决定）两个层面，完整地阐释了语言的基本属性。词汇的意义自然是对社会生活的最灵敏反映，"词汇，特别是它的意义是一种直接与民族生活、民族心理、民族文化密切有关的语言要素。[④]"这就决定了车王府藏曲本[⑤]（以下简称"曲本"）中必定有大量清代新产生的词语、词义，甚至有很

---

① 马克思，恩格斯．马克思恩格斯全集（第3卷）[M]．北京：人民出版社，1960年版，第29-30页。

② 张志公．汉语辞章学论集[M]．北京：人民教育出版社，1996年版，第186页。

③ 同上。

④ 陆宗达，王宁．训诂与训诂学[M]．太原：山西教育出版社，1994年版，第9页。

⑤ 本文所用曲本中的例证皆出自首都图书馆编辑的《清车王府藏曲本（全印本）》（北京：学苑出版社，2001.）

多未见于曲本之前文献的词语与词义。

　　既然"语言是人类知识的可能性和有效性的决定性条件"[①],那么对曲本中这些产生于清代的词语及词义作详细研究,就具有了极为重要的意义。同时,"专书词汇研究也是近代汉语词汇研究的一项基础工作,一个时代的词汇面貌,或者一个时代和另一个时代的词汇的差异,都可以通过专书词汇的研究得到比较清晰的了解"[②]。曲本虽然不是专书,但作为专类体裁,它包括的内容都为清代中后期产生,无论是改编还是原创的作品中,都有大量的清代新产生的词语及词义,对其做全面系统的研究,更能准确地呈现清代词语[③]的特征。

第一节　清代词语及词义研究现状

　　"语义学是语言学和哲学之间的桥梁。语义理论既是语言学研究的一个层面,也是语义哲学的核心内容,研究语义就是要研究语言和世界之间的关系。[④]"与语义最为密切相关的自然是身为语言建筑材料的词汇,即清代出现大量词语及新义的原因,在于它的上层建筑、政治制度、经济态势、文化类型及社会生活、国际交往等各方面出现了急剧变革的情况。清代词汇系统的这种特点,引发了诸多学者的关注,从多领域、多角度对其做了研究。

　　整体看,学界对清代词语及词义的研究,可分为三个大的维度:在"史"的视角内,对清代的词语及义位做系统性研究;对某类词语或某部文献中的词语及词义做系统性研究;细致入微地考察某个清代词语。即学者对清代词语及词义的研究,涉及大中小三个维度,基本上可以反映出清代词语及词义的系统性特点。简略看,目前关于清代词语的研究主要体现于以下方面:

---

　　①　阿佩尔.哲学的改造 [M].孙周兴,陆兴华译.上海:上海译文出版社,1997 年版,第 4 页。
　　②　蒋绍虞.近代汉语研究概要 [M].北京:北京大学出版社,2005 年版,第 300 页。
　　③　曲本中有很多满语词语,都是清代词语,因大词典不是专门收录少数民族语言的词典,因此大多数都未收录,仅收录"贝勒""福晋"等常用的满语词。鉴于这种特殊性,我们不将其放在此处进行研究,而是在其他研究中对其展开详细论述。
　　④　王寅.体认语言学 [M].北京:商务印书馆,2020 年版,第 79 页。

一、对清代词语及词义作整体性的系统研究

在语言研究中，大家的共识是"说有易，说无难"，新词语、新词义的界定尤甚。自重词源流的《汉语大词典》（以下简称"大词典"）问世以来，针对它重源流的特点，很多学者把自己的研究语料与大词典进行对比研究，指出大词典在收词方面的主要缺点是：有些词语未收；收录的不是词语，还属自由短语；释义方面存有讹误。例证方面存有以下几个缺点：有的首例书证过晚，有的书证不正确，有的书证为孤证，有的书证下限时间过早，等等。尽管如此，它也不失为学者判定新词语、新词义的重要参照语料库，清代词语及词义的研究方面也是如此。周琳娜[①]从词的嬗变角度，以大词典为封闭语料库，对清代的新词、新义位做了系统性研究。除却大词典本身收词方面的问题，她的研究对清代新词、新义位的系统、汉语词汇在清代的发展趋势及了解清代人在语用方面的文化心理等方面提供了借鉴，也可将其视作是对清代词语及词义研究的一个总结。

该类研究无论是对研究者选定的语料还是大词典内容的增补都有一定的作用，另外，对清代词汇系统的研究也有一定的补益。需要说明的是，受研究语料及大词典自身不足的影响，以上研究无法涉及清代全部的新词语与新词义，因此通过此维度研究清代词语或词义的工作还须持续进行。

二、专注于对某一类清代词语的研究

与所有的词语一样，在清代词语的分类上，可以笼统地将其分为通语词语及方言词语两大类，也可从文化内涵出发，按照其文化类属分为民俗词语、隐语、法律词语、经济词语等等。择取其中的一类进行对其作整体性研究也是学者们的关注点。简要看，学者对清代词语的分类研究主要体现如下：

一是对清代隐语的研究。张文娴[②]以五部清代侠义小说为语料库，对其中的隐语从语义、词类、词的结构等角度作了细化研究后，指出了它所具有的六个特点。宽泛来看，受体裁的限制，该五部侠义小说中的隐语虽然数量有限，内容也主要是当时绿林中人所用隐语，但它们的特点基本上也是汉语中隐语的所有特点，所以此研究对汉语隐语的研究有着重要的参考价值。

---

① 周琳娜. 词的嬗变研究——以清代为例 [M]. 沈阳：辽宁人民出版社，2016 年版。
② 张文娴. 清代侠义小说隐语研究 [D]. 武汉：华中师范大学硕士学位论文，2016.

二是对清代方言词语的研究。从杨雄的《方言》开始，历朝历代对方言都多有研究，现代也不例外。张馨月（2015）"以清代直隶地方志中的方言材料为研究对象，对清代直隶地方志方言材料中的方言词进行搜罗、整理、统计和研究，从方言词的收录和记载特点，地理分布特征，词性、词类和词义，以及方言词的历时发展演变等角度对清代直隶方志中的方言词进行了深入的分析解释"①。她的研究为以清代直隶方言词为着眼点，展开对清代方言的研究具有极为重要的启发及参考价值。清代是古代汉语的最后一个时期，也是距离现代汉语最近的一个古代汉语时期，其在语言史中的地位难以估量。这种价值不仅体现在通语方面，方言词语也是其中一个重要点。而研究清代方言词语，就离不开老北京方言、天津方言等等，尤其是一些土语词更是反映出了当时京津一带人们的语言文化心理，这一点也可从本研究所呈现的曲本清代词语中的方言词语看出。通语是中华民族文化的活化石，方言则是地域文化的生动载体，这也是方言和共同语能够并行发展且一致活跃的原因，也是方言研究从古到今一致兴盛不衰的重要原因。因此，无论是以时代为着眼点还是以地域为着眼点对方言进行研究，都能发掘出方言的独特语言及文化价值。

三是对清代民俗词语的研究。民俗词语指蕴含民俗文化的词语，包括通语中的民俗文化词语和方言中的民俗文化词语两类，前一类体现的民俗文化具有普适性特征，后一类体现的民俗文化则具有地域性特征，换言之，可将其看作是方言文化词中的部分成员。就清代民俗文化词语而言，已有资料显示，学界对其做了诸多研究。冉懿（2010）"以由丘良壬等主编的《中华竹枝词全编》为语料库，选取了清代安徽地区现存1300首竹枝词，从民俗语言学的角度出发，对清代安徽竹枝词的民俗词语进行提取、分析、探究语源，进而总结清代安徽竹枝词民俗词语的特点"②。为地域性竹枝词的研究提供了从方言俗语角度研究的理论与方式，同时对安徽民俗词语的溯源及有关民俗文化的溯源提供了预料。杨艺（2020）在其硕士学位论文中研究了清代汉文涉藏诗歌中的民俗词语，论文"从民俗语言学视角出发，以2212首清代汉文涉藏诗歌为语料材料，找出692个民俗词语作为研究对象，对其构成、来源、

---

① 张馨月. 清代直隶方志中的方言词研究 [D]. 成都：西南交通大学硕士学位论文，2015.
② 冉懿. 清代安徽竹枝词的民俗词语研究 [D]. 济南：山东大学硕士学位论文，2010.

语义演变及特点进行多方面研究"①。该研究从语言接触、民族接触角度出发研究民俗词语,指出了清代汉文涉藏诗歌的价值,研究将民俗词语类型化的做法,也为清代藏族民俗文化的研究做出了贡献,同时,也对我们研究其他民族文献中的民俗词语提供了研究思路。

二、对清代具体文献中的某类词语做研究

这类研究主要专注了从探源的角度探究具体文献中某个或某些词语。乔会(2018)通过对清代笔记小说中的量词统计分类研究,指出"从明代到清代,量词的个体更替和语义发展变化不大;从清代到现代,量词个体更替和语义发展变化较大,语法功能进一步增强"②。任小红(2020)以"口语化程度较高的清代 30 本白话小说作为研究对象,从共时描写和历时比较两方面考察量词的使用情况,并对其中 10 本小说中的量词穷尽性统计,进行综合研究,详细展示了清代白话小说中量词的全貌"③。魏培娜④(2017)研究了清代民间宝卷中的"方言俗语词、普通词汇、俗语"等,在一定程度上揭示了清代的词汇面貌。杨小平、潘文倩⑤(2020)研究了清代南部县衙礼房档案中的俗语词。另外,臧伟栋(2019)通过研究《清代文字狱档》,"发现档案中涉及大量与法律相关的词汇,以及供单中展现清代语言面貌的口语词"⑥,陈姗姗(2019)则以清代徽州合同文书中的双音节词为研究对象,对其作了语义上的分类研究,同时重点探究了合同文书中的新词新义的源出、"构词理据及词义演变路径"⑦。

另外,还有一些学者以专书或辞书的形式对清代较重要文献的词汇做了呈现,如周定一主编的《红楼梦语言词典》(1995),吴竞存编的《〈红楼梦〉的语言》(1996),叶松《〈儒林外史〉方言词语考释》(2009),冯其庸、李希凡主编的《红楼梦大辞典(增订本)》(2010),等等,相关研究成果数量的繁

---

① 杨艺.清代汉文涉藏诗歌民俗词语研究 [D].成都:西南民族大学硕士学位论文,2020.
② 乔会.清代笔记小说量词研究 [D].长春:吉林大学硕士学位论文,2018.
③ 任小红.清代白话小说量词研究 [D].济南:山东师范大学硕士学位论文,2020.
④ 魏培娜.清代民间宝卷词汇例释 [D].漳州:闽南师范大学硕士学位论文,2017.
⑤ 杨小平,潘文倩.清代南部县衙礼房档案俗语词例考 [J].贺州学院学报,2020(03):67-72.
⑥ 臧伟栋.《清代文字狱档》词汇研究 [D].厦门:厦门大学硕士学位论文,2019.
⑦ 陈姗姗.清代徽州合同文学双音词研究 [D].南京:南京师范大学,硕士学位论文,2019.

多，说明清代文献的语言价值确有极高的价值，由此可以想象清代语言的价值极高。

三、对某个词语的细化研究

冯春田是本类研究的代表性人物之一。他（2004）曾对清代小说《歧路灯》中的结构助词"哩"作了细化研究，通过分析相关研究结论及《歧路灯》中"哩"的实际用法，指出"《歧路灯》所代表的河南方言里结构助词'哩'不仅是集'的''地''得'三个结构助词用法为一体的形式，而且是'的''地''得'共同词音形式［ti］的方言变体"①。这种将具体词语纳入其所属方言系统，然后结合前人研究成果，通过比较分析，揭示《歧路灯》范畴内"哩"的用法及来源的方式，可准确解释它的细微特征，同时也可旁延至该方言系统中相关词语的用法。蔡晓臻（2014）对清代传留的苏州弹词中的方言助词作了多角度研究，在系统和个案相结合的研究后，指出"清代弹词文献中的苏州方言助词除了具有时代的鲜明特点外，同时也显现了当代苏州方言助词的基本轮廓"②。许梅（2015）对清代七个表示"卧睡"义的动词做了研究，认为"困""盹"是清代新出现的"卧睡"类词语。最终得出结论"得出'睡'字是这个时期'卧睡'概念场中最主要的成员，'卧、眠、寝、寐'的使用频次在逐步减少，而'困、盹'则有所增加"③。彭江江④（2016）从对勘满汉两种语言的角度，对清代满汉合璧语料中的北京话助词"着"的用法做了详细研究，李聪聪⑤（2018）则以同样的视角对其中的时体助词"了"出现的原因、使用的特点及演变情况等作了极为细致的研究，对我们从语言角度研究清代满汉合璧的语料提供了新的视角。

除以上研究外，清代满语也是学者们关注的重点。如贾悦⑥（2020）对清

---

① 冯春田.《歧路灯》结构助词"哩"的用法及其形成 [J]. 语言科学，2004（04）：29-37.

② 蔡晓臻. 清代传本苏州弹词方言助词研究 [D]. 苏州：苏州大学博士学位论文，2014.

③ 许梅. 清代小说"卧睡"类动词研究 [D]. 成都：四川外国语大学硕士学位论文，2015.

④ 彭江江. 基于满汉对勘的清代北京话助词"着"研究 ——以《清文指要》等三种满汉合璧会话书为研究中心 [D]. 北京：北京外国语大学，硕士学位论文，2016.

⑤ 李聪聪. 基于满汉对勘的清代满汉合璧语料助词"了"研究 [D]. 北京：北京外国语大学硕士学位论文，2018.

⑥ 贾悦. 清代书面满语动词短语名物化论元结构与形态特点初探 [J]. 民族语文，2020（05）：21-33.

代书面语中满语的动词短语名物化的论元结构与形态特点做了研究。

综合看，以上就清代词语及词义的相关研究，是对清代词汇系统不同层面的科学化呈现，为全面系统建构清代词汇系统做出了大小不一的贡献。然而，由于清代文献浩如烟海，以上有关研究成果中所呈现的清代词语及清代词义只能算是触及了清代词汇系统的一角，如就目前研究成果看，除笔者对曲本中子弟书的叠词、方言词语及满语词从语言文化的角度做了较为全面系统的研究外，较少有其他全面系统的相关成果，这显然与曲本的语言学价值不相匹配。为了深入揭示它的语言学价值，笔者选取了其中的清代词语及清代词义进行分类研究，以期为曲本词汇系统及清代词汇系统的研究提供借鉴，并为大词典的修订提供切实丰富的语料。

根据学界对清代词语、词义的研究及曲本自身的特色，本研究将曲本和大词典视作封闭性的语料库，在逐字逐句查阅整理、归类曲本词语及词义的基础上，再通过查阅法，逐一与大词典进行印证，然后再根据查阅的情况进行归类研究。这种研究方法虽然较为传统且显得较为笨拙，但却是能够将曲本中清代词语及清代词义尽可能毫不遗漏地搜集出来的有效方法。

具体研究中，笔者还会采用释义法、考证法等详细呈现曲本中的清代词语与清代词义，力求将本研究成果打造成针对清代词汇研究的、词汇价值与辞书编纂价值并存的成果。

第二节　曲本中清代词语及词义的界定

笔者界定曲本中的清代词语及词义时，在语料库界定及词语的选取方面主要按照以下标准。

首先，采用常规做法，以大词典为参照[①]，根据其对某个词语列举的首例出处确定该词是否为清代词语。其次，对那些大词典未收录但在曲本中明显已为固定形式的词语，本研究也将其定义为清代词语。确定清代词义时，大词典所收录的某个词具有多个义位，如果其中某个义位的首例书证出自清代作品，或者曲本中有某义但大词典未收录的，我们也将其看作是清代词义。

---

① 尽管大词典在收词方面存有诸多问题，单就现有条件看，以其为参照然后结合其他学者的相关研究来确定清代的新词新义是可行的。

　　具体而言，曲本中清代词语、清代词义，指的主要是依据大词典判定的产生于清代的词语及新义。例：

　　（1）你还当是那两间灰棚子呢，塌了。14.243①

　　按："棚子"义为用竹子或木头一类搭建而成的简易小亭子或小屋，大词典孤证出自杨朔《京城漫记》，基于此，本研究将其看作是清代词语。

　　（2）不用你不信，横竖我见的明白。16.515

　　按："横竖"在大词典中有两个义位，上例中所用表"反正"之义的义项首例书证出自《红楼梦》，而另外一个义位的首例书证出自南朝梁简文帝的作品，故此我们将例中"横竖"看作是清代新义，而不将其看作是新词。

　　统言之，本研究确定一个词语或词义是否在此序列时，主要参照物为大词典，根据它的收录情况判定清代词语及词义的类型。目前大词典第二版虽然已整理出意见本 10 册，且"比起第一版 5000 万总字数，新增内容将达 20% 左右。从修订的程度看，第一版 80% 以上的词条内容都有程度不等、类型不同的修订和提高，可以说是一次真正全面的深度修订"②。但由于大词典第二版并没有公开出版，同时考虑到系统的完整性，本研究判定曲本中的清代词语及词义时，依据的是大词典第一版，待将来大词典第二版公开出版后，再以此为基础进行修订。

　　研究时，本研究舍弃了基本词汇中的基本词，如常见事物名称、基本行为动作、常用形容词、副词等，选取的是具有显著时代特征、古今辞书未收等类词语与词义。具体做法是阅读、整理曲本内容，利用汉语大词典 2.0 电子版逐一检测，同时参照其他有关辞书或相关研究成果，如《近代汉语大词典》《近代汉语词典》《近代汉语词汇研究》等判定其性质。具体而言，曲本中词语的界定除参照相关辞书及研究成果外，还考虑到曲本作者的书写、史实及它们的实际使用情况等。具体而言，本研究界定曲本中清代词语及清代词义的主要标准如下。

---

　　①　本研究引用曲本例证时，采用"册数·页码"标明出处的方法，如"14.243"即表示该例证引自第十四册第 243 页。

　　②　《汉语大词典》第二版新增内容将达 20%，历史性反映汉语词汇发展演变面貌 [EB/OL].2019-03-27https://wenhui.whb.cn/third/baidu/201903/27/252126.html.

一、基于曲本作者书写方面的界定

曲本中清代词语或清代词义在其物质载体文字的书写方面，几乎囊括了当时乃至当下它的常规写法与用法。如"鼻梁"一词，曲本中又写作"鼻梁子""鼻樑"，例证为：

（3）他的那，门楼头相称眼豆风，塌鼻梁，显出一张元宝的脸。26.152

（4）沙和尚，指头戳在他鼻樑上，老道哎哟跌一跤，四脚拉叉躺在地，他的那，腿又登来手又刨。弓腰虾米一般样，中间着地两头高。27.409

（5）咱家大王真奥妙，无边法力广神通，平常时，青脸红发血盆口，四个獠牙唇外生，两个耳朵蒲扇大，一双眼睛的似銮铃，塌鼻梁子红又赤，浓眉两道野熊鬃。28.150

以上三种写法中，"鼻梁子"是附加式，一般用于口语；而"鼻梁"与"鼻樑"中"梁""樑"则是异体字的关系。"鼻梁"一词在结构及书写形式方面的多样性，让其在词语结构形式及作者获得的视觉体验方面具有了多样性。

而表"不要说"之义的"漫说""慢说"，虽然也是两种写法，但情况与"鼻梁"不同，它们在产生的时间上具有差异性。据大词典，唐代时，"漫说"就已出现；清代时，"慢说"出现后，两者并用，但曲本中主要使用"慢说"，例：

（6）对着真人说不得假话，慢说是我，就是包老大人难道为官清正？就不重于利？18.18

（7）慢说是，店中多住三五日，就是明年也可行。26.133

（8）且慢说我这行为对不过义仆苍头，连我自己也对不过我自己。30.298

根据曲本中文字的实际书写情况及我们的研究目的，在确定清代词语或清代词义时，基于书写，我们做了以下判定。

（一）明确为讹字的不列为清代词语或清代词义

曲本作者在书写方面比较自由，以致行文中出现了数量不菲的讹字，这些讹字大多因同音现象而生。故在考察时，如果某个词语中有讹字，笔者先将其还原为正确形式，再判定其是否为清代词语或清代词义。如：

（9）想人生尽是虚皮，少不得恁般形骸。12.453

按："虚皮"应为"虚脾"，表"虚情假意"之义，而"虚脾"在大词典中的例证又出自金代文献，因此，本研究不将其看作是清代词语。

（10）当日我把绿林作，他们都，正卖瓜籽、山梨红。我已改业这几载，那里有，多大工夫理他们。33.387

按："瓜籽"应为"瓜子"，"山梨红"应为"山里红"，它们是清代小商小贩常卖的小食品，例《老残游记》第二回："卖瓜子、落花生、山里红、核桃仁的，高声喊叫着卖"[①]。

（11）你去，有一老者领一少妇带一小童跟在后面，倘有攞梭人，急命飞虎厅兵丁锁拿。31.480

（12）今有兵头见有四个和尚擺㯠妇人，小的们抖胆绑来，现在寺外。31.482

按：以上两例中的"攞梭""擺㯠"即"啰唆"（"啰嗦"），都出自鼓词《施公案·桃花寺》。"擺㯠"在《施公案·桃花寺》中还有另外两处用例。但频率的高低，不代表它们就是正确的用字，也不是我们将其认定为是清代新出现词语的依据。即考证"攞梭""擺㯠"时，笔者将其还原为"啰唆"，它在大词典中的首例书证出自清代文献，故将其认定为清代词语。需要指出的是，大词典中点明"啰唆"又写作"啰嗦"，这与曲本中所用"㯠"在形体上有一定联系。从这一点也可看出，曲本作者所用文字有时并不是想当然的用，大多时候具有理据性。

（13）你好利把，你看这马浑身是汗，揭了鞍子，冒了风，咱们是谁担得起？11.374

（14）那瞧看之人这内中也有行家，也有力巴，只有行家知道门道。23.6

（15）金大力不用说，自然是强的咧，跟他来的手下人任凭怎么不济，到底比利八强些。34.248

按："利把""利八"即"力巴"，表"外行"之义，曲本中多次使用，如"俗话说，入行三天无力巴，只要你使些笨力气。21.121""有那些好武之人看门路，力巴不过听响声。23.9"根据大词典，"力巴"两个义位的首例书证都出自清代文献，故笔者将其视作清代词语。

---

① （清）刘鹗.老残游记[M].哈尔滨：北方文艺出版社，2019年版，第17页。

简言之，对这部分讹字现象，需要审慎对待，否则极易将其视作是大词典未收录的词语或义项。

（二）明确为同一文字不同写法的不列为清代词语或清代词义

除却讹字外，曲本中基本上采用繁体字与简化字混杂使用的方法，另外，曲本作者们在书写时也经常会使用俗字、异体字、同音字、同义字等，书写形式与曲本有着较大的差异，为我们判定清代词语及清代词义带来了一定的困难。为解决这个问题，具体研究中，笔者采取先将这些俗字、异体字、同音字、同义字等还原到本字及正确字，然后再参照大词典判定其时代属性的方法。

1. 用同音字作为书写符号的词语的判定

曲本作者在书写时，经常用同音字记录原有的字，从词语层面看，这些同音字所指代的某词语明面上就具有了一个新义，实际上却并非如此。严格讲，使用同音字替代原来的正字，仅是曲本的一个用字特点，而使用同音字实际上是讹字的一种。对含有这种情况的词语，首先需要确定其正字，然后才可确定其是否为清代词语。

（16）还要庆贺三天？闹了归根儿，我打着幌子，人家卖了酒啦。你竟攥我。8.263

按："攥"是"赚"的记音字。当为"欺骗"义，因为"赚"读作"zuàn"，故曲本作者通常将其写作"攥"。即"攥"本身不表"欺骗"义，只是因其与"赚"为同音字，因此被借用作"欺骗"义，因此不能将"欺骗"义看作是其固定的义位。而作"欺骗"义时，"赚"在大词典中的首例书证出自《全唐诗》，故不是清代词语。

（17）（倭白）我的兄弟吓。（龙白）我煳煳的吓。10.415

按："煳煳"是"哥哥"的记音字，不代表"煳煳"具有此义，即"煳煳"实际上并没有"哥哥"义，故笔者不将其视作为清代词义。

其他的如"对劲""防头""诓哄"等在曲本中又分别被写作"对劢""妨头""哐哄"，例：

（18）好，对劢。咳哟，问你今年多大了？15.141

（19）周瑜说："哎呀，某昨日醉了，可说什么不妨头的话？"19.254

（20）姑娘你这个话说的也有礼，可有一件，千万不可喱哄与我。36.246

按：对类似于"对劻""妨头""喱哄"这样的词语，我们都将其等同于其正字"对劲""防头""诓哄"，并依据它们在大词典中的书证情况判定其时代归属。

2. 因繁简字形成不同写法的词语的判定

出于外部要素及文字内部形体演变趋势的各种要求，汉字的形体一直处于"静中有变"的状态，就笔画多寡看，主体趋势是趋简去繁，在这个变化中经常会出现同一个字的简体字和繁体字并存的情况，如繁简并用是曲本在用字方面的一个典型特点。从受众层面看，此方式并不影响阅读及理解，但如果将视角至于词语及词义的时代性问题时，就会引发一定的问题。如大词典在为某些词语举书证时，繁体字写法的书证大多是清代文献，简化字写法的则大多是现代文献，反映出在编者那里，考虑到了从繁简字角度审视书证的出现时间，但如果从词义角度看，却不能考虑这一点，因为繁简字是文字层面的问题，而不是词语或词义产生先后的问题。

（21）媳妇实在一时力乏，推他不动。方才用了许多力气，方推得转来，并不是睏觉。11.38

（22）救灭了火，乘便到白云寺内坐坐，那晓和尚是弗正气个，同两个女娘们在房里困觉，几何性命失脱。12.414

按：据大词典，"困觉"为清代词语，"睏觉"为现代词语，但大词典为"睏觉"提供的书证中写作"困觉"。而在"困"字条，大词典指出"困"为"睏"的简化字。在"困"表"睡觉"义项上，它的最早书证出自宋代文献，据章炳麟《新方言·释言》"今直隶、淮西、江南、浙江皆谓寝曰困"，清代时，"困"已经成为方言。据大词典，"睏"有两个义位：①疲倦欲睡；②睡。前者首例书证出自周立波的《暴风骤雨》，写作"困"，后者首例书证出自《老残游记》，写作"睏"。至少在大词典范畴内，"困"的产生时代早于"睏"，属于字形上先简后繁的汉字。另外，就大词典所举例证看，现代文献中都写作"困"，两者并存使用的时代是在清代，说明"困觉""睏觉"都是清代词语。就曲本看，它以使用"睏觉"居多，"困觉"较少，例："且等找了来，见面方知道。天色已黄昏，安眠且困觉。16.41""俺方才睏觉，怎么又有事了？11.397""你在家安安稳稳睏觉了，清早起来，便只想要吃。

11.454"　"阿宝娘，你好好睏觉吓。12.184"

（23）后来见贼行事不正，到处坑害良民，奸淫妇女，好汉生了散伙之义。18.210

按："伙"是"夥"的简化字，曲本中使用的均为"散伙"。大词典收录了"散夥"一词，为其所举的书证出自《西游记》及《临川梦》，但举现代书证时，却使用了"散伙"的写法，所举书证也出自现代文献欧阳予倩的《李秀成》。对与"睏觉""散伙"相同情形的词语，我们不将其视作清代词语或清代词义，但认为大词典在处理这种情况时，应审慎处理这种因繁简字写法而出现的书证问题。

3. 用俗字作为书写符号的词语的判定

具有大量的俗字，是曲本研究字书写方面的一个重要特点。当俗字作为语素进入词或作为词进入短语的组成结构中时，若想准确考察其所在词或短语的含义及确定其是否为清代新词，就需要先确定出它的本字。例：

（24）此玉器原是我家遗之物，故而时常戴在大衿钮扣以上。17.20

按：大词典收"大襟"未收"大衿"。"大衿"即"大襟"，表"上衣前边的左边能盖住右边的部分"之义。"衿"与"襟"本义不同。《说文》："衿，衣系也。从糸今声。""襟，交衽也。从衣金声。"《尔雅·释器》："衣眦谓之襟。"邢昺疏："谓交领也。"段玉裁注曰："按襟，交衽也，俗作衿。今人衿紟不别。"即"衿"的本义为"衣带"，在"衣服的交领"义上，是"襟"的俗字。而大词典所举"大襟"的书证出自鲁迅的作品，故此"大衿"为清代词语。

4. 用异体字作为书写符号的词语的判定

使用异体字也是曲本用字的一大特点，对使用异体字的词语，确定其是否为清代词语时，须要细斟。

（25）我当旗丁做什么，朝朝花柳寻欢乐。11.323

（26）比不的运粮旂丁，这些人如何惹的？33.68

按：以上两例中，"旂"是"旗"的异体字，"旗丁"在大词典中有两个义位：①"漕运的兵丁"，大词典中书证出自《六部成语注·户部·旗丁》："运船之水手人丁皆世袭其业，官给田粮，如八旗兵丁，故谓之旗丁。各船有一定之旗号。①"例（26）中的"旂丁"即为此义。②"八旗兵丁"，泛指清代满族兵丁。大词典中首例书证出自太平天国时期石达开《檄告招贤文》有"旂丁"，例（25）就是此义。鉴于太平天国和清代在时间上的重合关系，我们将"旗丁"看作是清代词语。

（27）走角路，跴边砖，脚步慢，东睄西望要到御花园。17.5

按：曲本中常将"踩"写作"跴"。说文未收"踩""跴"；《康熙字典》收"踩"，未收"跴"；《汉语大字典》（以下简称"大字典"）及《中华字海》（以下简称"字海"）收"跴"，列有两个义位，书证皆出自《红楼梦》。大词典仅说"跴"同"踩"，未举"跴"例证，而"踩"表"踩踏"义的首例书证出自明代文学作品《封神演义》。综上，"跴"与"踩"是异体字和正字的关系，属于用字问题，不属于新词的问题，故我们不将其看作是清代词语。但当其作为语素与其他语素一起构成词时，若大词典中的首例书证出自清代文献，我们将其视作清代词语，如"跴访"在大词典中的书证即出自清代文献，在曲本中的例证为："少不淂你辛苦去到阜宁，附近留神跴访跴访，倘遇机会淂见真信亦未可定。32.370"

（28）贤姪女年已标梅婚姻谁主？令人感慨挂肚牵肠。22.322

（29）这可是，侄女弄人伤风化，殷福反倒丧残生。34.282

按："姪女""侄女"意义相同，都表示"兄或弟家的女儿"，但"姪"早在《仪礼·丧服传》中就开始出现，其文为"姪者何也？谓我姑者，我谓之姪"②。显然此时不分性别，只要是兄或弟家的孩子就可以。晋代以后出现了专门称呼"兄或弟家儿子"的"侄"字，由此"侄子""侄女"就逐渐产生。但大词典为"侄子"所举的首例书证出自周立波《暴风骤雨》，"侄女"首例书证则出自《二十年目睹之怪现状》。而"姪子""姪女"的首例书证则分别出自《儒林外史》《魏书》，据此，"侄子""姪子"都应为清代新产生的词语，在此之前一般用"姪男"表示，曲本中就多用，例"你我自己缺费用，为什么常助姪男主何因？18.199""这件事令人难懂，狄青虽是军犯，乃是南清宫的老太后的亲姪男，庞用是一名家将，如何到了一处？23.404"至于"侄女""姪女"，两者虽然完全同义，且曲本中同一作者在同一部作品中常两者

---

① （日）内藤干吉原校.六部成语注解 [M].杭州：浙江古籍出版社，1987年版，第61页。
② 刘松来编.仪礼精解 [M].青岛：青岛出版社，2018年版，第120页。

一起使用，如鼓词《施公案·山阳县》，除例（29）外，也写作"姪女"，例："原告是，殷禄殷寿他两个，鸣冤到了你县中，说他姪女通会本，因奸害命死胞兄。你就听他口中华，出票差人拿犯人。34.289"但鉴于大词典将其分列，我们也权且将其分开视之，把"侄女"看作是清代新产生的词语。

　　曲本还有一种不见于字书、辞书的异体字，如"**攜**"字大词典、大字典均未收，但字海收，与"娑"组合为"**攜**娑"，表示"轻轻抚摸使舒展"[①]之义，此义不符合例证语境。据例证，"**攜**"当为"码"的异体字，义为"堆叠；垒起"。大词典中，"码"表此义的首例书证出自茅盾的作品，故"**攜**"可认作是清代新词，曲本中例证如下：

　　（30）他家放下干柴给他**攜**好。那老者过意不去，给我那两馉馉一壶烧酒，叫我吃喝。27.135

（三）明确为同素异序词的不列为清代词语或清代词义

　　出于押韵、字数及其他原因，曲本作者常用一些同素异序词，这部分词，我们不将其视作是清代词语或清代词义。

　　（31）这内中，会武之人还不少，哥皮拉肉真混星。一车劈柴不怕打，成日家，吃些壮药在家中。33.444

　　按：据下文"既为朋友的事情，割肉拉皮都是不心疼的，才显出义气来呢！33.487""哥皮"当为"割皮"，且"割皮拉肉"为"割肉拉皮"的同素异序词，故不将其视作是清代词语。

（四）因书写符号形成同义词的词语的判定

　　有时，曲本中某些清代词语因使用汉字不同，而造成了一些至少在形式上难以判定两者谁为正确写法的现象，对这种词语，笔者采取考核文献的方式。

　　（32）上月十六动了木工作，修造这隔扇。西楼的，治造大鼓。17.95

　　（33）屈丞相，想罢之时不急慢，乍着胆子往外行。连忙轻轻开格扇，只听浮门扇儿吱**呀**响了一声。30.378

　　按："隔扇""格扇"，大词典写作"槅扇"，故此"隔""格"是否正确，

---

① 冷玉龙，韦一心. 中华字海 [Z]. 北京：中国友谊出版公司，1994年版，第327页。

较难判定。"隔""格""槅",大词典分别释义为"窗槅""方框,格子""窗上的格子",宽泛看,三者理性义相同,如三者与"窗"组合,表"窗户上的格子"之义时,大词典以"窗格"为正体,同时指出它也写作"窗隔""窗槅"。但清代赵翼在《陔馀丛考·隔》又指出:"窗户之有疏棂可取明者,古曰绮疏,今曰槅子。按槅当作隔,谓隔限内外也。①"即是说,他认为"隔"为正字。综合言之,"隔扇""格扇""槅扇"属于使用同义字的情况,都正确,故我们可说三者都是清代新词。

再如"赔罪""陪罪"两者理性意义相同,大词典中首例书证都出自清代文献,说明它们在清代产生,符合产生初期有些词语形体不稳定、进而不同形体共有同一理性意义的词汇形体发展特征。曲本中例证如下:

(34)既是县爷来赔罪,暂时的,顺着口风蒙他一蒙。17.334

(35)守门官快去报与国母,你就说是东齐的宣王前来与国母请安陪罪。37.91

基于文字方面形成的种种词语现象,需要根据具体情况甄别对待,行文中,对相关的词语,本研究会采用同书参校、他书互校、辞书辅佐等各种方式寻求最合理的判定依据。

二、基于史实方面的界定

曲本中有些清代词语及清代词义的情况较为复杂,对它们的确定不能完全以大词典为依据,有时须要结合史实及文献资料进行界定。例:

(36)我不免去至席前,毁骂与他,纵然死在九泉之下,也落得青史名标。3.493

(37)太真气的似糠筛。大骂一声燕丹女,四六不知臭蠢才,不该譭骂你国母,好个无知小女孩。15.171

按:"毁骂""譭骂"义为"诋毁辱骂","毁"与"譭"为异体字关系。大词典未收"毁骂"或"譭骂",但明代《太平广记钞》已有,例:"既而鞭

---

① (清)赵翼著;栾保群,吕宗力校点.陔余丛考[M].石家庄:河北人民出版社,1990年版,第364页。

挞毁骂，奴不堪命，遂与其佣保潜有戕杀之心，而伺便未发。^①"因此，本研究不将其视作是清代词语。

（38）一封九重诏飞下万云霄，咱家司礼监是也。4.497

按："司礼监"大词典虽未收，但根据史实资料，它是明代设置的由宦官担任官职的官署名，因此不将其看作是清代词语。

（39）酒家有所不知，货已发完，算清账目回家，此处可有贩稍之人？9.7

（40）吓，你不要说，我门这按院大人新出的告示，若提贩稍二字，四十大板，一面长枷。9.7

（41）呵，不是吓，我在家奉了母亲之命，上京买妻室，侍奉老母，我不是贩稍之人。9.7

按：曲本中，"贩稍"仅在乱弹《四进士总讲》中出现以上三次，根据下文"你不知道吓，我们这新陞一位按院大人，出下告示，若有贩稍之人，四十大板，一面长枷。谁敢私卖人口？^{9.7}""我的酒铺来了一位客官，要买个人作媳妇，你瞧有对事的，咱们拉这遭。^{9.7}"可知，"贩稍"义为"买卖人口"。另，编成于康熙年间的《续安丘县志》直接对其做了解释，"饿死者道相枕藉，乃有割尸肉而食者。既而递相食，法不能止。又有奸民掠卖男女，兴贩远方，辄获重利。谓之'贩稍'。^②"实际上，明代方汝浩小说《东度记》中已有"贩稍"一词，"却说二怪送了妇女回到牙婆家里，听那贩稍的客人尚鼾呼，拐子两个犹熟寝，木怪乃说道：'石老你变个女子，我还他个妇人，且要他一要。'^③"《明天启元年重修三官庙记碑》描述万历四十三年的社会现实时，说道："连年大旱，五谷不生，树木枯死，蝗蝻遍野，老弱转乎沟壑，壮者散之四方，子女贩稍与外省，残朽者骨肉相食，逃死者实十之七八，尚存者十之二三，人烟鲜少，历年风雨，殿宇倾颓。^④"明代文献中不止一次出现的情

---

① （明）冯梦龙评纂；孙大鹏点校．太平广记钞．第 1 册·卷 1—卷 19[M].武汉：崇文书局，2019 年版，第 292 页。

② 孙昭民等编著．山东省城市自然灾害综合研究 [M].北京：地震出版社，2007 年版，第 9 页。

③ （明）方汝浩．东度记·下 [M].北京：华夏出版社，2012 年版，第 422 页。

④ 赵卫东，宫德杰编．山东道教碑刻集·临朐卷 [M].济南：齐鲁书社，2011 年版，第 192 页。

况说明"贩稍"确实不是清代产生的词语，因此，尽管大词典没有收录，本研究也不将其认定为清代词语。

（42）他与那吴连之妻认干亲，每日里，明来暗去他家住。17.26

按："明来暗去"指"白天来，晚上去，用于形容原应保密现已半公开的关系"。"明来暗去"最早出现于宋代释普济《五灯会元·钦禅师》："有句无句，明来暗去。活捉生擒，捷书露布。如藤依树，物以类聚。[①]"此时它的意思还不是用于形容人与人之间的半公开关系，其义为"光明来驱散黑暗"。但考虑到"明来暗去"现有的意思与其有一定的关联，因此即便大词典未收录，本研究也不将其视作是清代词语。

（43）叫二位壮士不为别事，因本院有位同窗契友，此人乃中堂王希老爷族侄，名叫王年，现作陕西的学院。33.337

按：例中，"中堂"明清时期指大学士，福格在解释"中堂"时，指出"大学士满汉各二人，不以殿阁为序，有新拜者，同列具疏请定班次，而阶级相均，难别正佐，故皆称曰中堂"[②]。清代王士禛的解释与之有所差异，他指出："明洪武十五年设内阁大学士，上命皆于翰林院上任。十八年，又命殿阁大学士，左右春坊大学士俱为翰林院官，故院中设阁老座于上，而掌院学士反居其旁。诸学士称阁老曰中堂，以此。[③]"虽然"中堂"在清代人王士禛的作品中出现，但根据他的阐释，显然"中堂"这个词语明代已有，所以我们不将其为"大学士"的词义视作清代产生的新词义。

（44）我老爷，曾在此处作总镇，被奸臣谋害命归阴。26.433

（45）不是说，老夫当年作过山西太原府的总兵一任，银子钱叫我搂叉了个不少。年过半百，告老随子，住在洛阳。16.45

按："总镇"即"总兵"，是清代对总兵一职的称呼，可认为它是清代词语。另，大词典认为"总镇"是"总兵"的俗称，但据明末清初黄宗羲《明夷待访录·兵制二》："有明虽失其制，总兵皆用武人，然必听节制于督抚或经略。则是督抚、经略将也，总兵偏裨也。[④]"可见，"总兵"是明代的官职

---

①　（宋）正受辑；朱俊红点校．嘉泰普灯录·上·点校本 [M]．海口：海南出版社，2011 年版，第 345 页。

②　（清）福格撰，汪北平点校．听雨丛谈 [M]．北京：中华书局出版社，1984 年版，第 24 页。

③　（清）王士禛．池北偶谈上 [M]．济南：齐鲁书社，2007 年版，第 14 页。

④　（明）黄宗羲．黄宗羲全集·第 1 册 [M]．杭州：浙江古籍出版社，2012 年版，第 29 页。

名，清代仍然使用"总兵"一名，但亦将其称之为"总镇"，故不能将其看作是俗称。另，大词典言"总兵"为明代时设立，但未举明代书证，而书证出自上文所提《明夷待访录·兵制二》，故本研究不将其看作是清代词语。

（46）这春生引着众人到了十字街儿正要奔军门的衙署，耳边厢闻听鸣锣开道，又见高脚灯笼上写着提督军门山东全省部堂。22.261

按："部堂"大词典所举书证出自明末清初西周生的《醒世姻缘传》，而据史料记载，"部堂"为清代对各部尚书及侍郎的称呼，因此，虽然西周生与黄宗羲一样属于明末清初的人，但本研究仍将其作品中提及的"部堂"看作是清代词语。

（47）黄罗伞照蟾宫客，玉带红袍丁补服，乌纱帽，插定紫金花一对，皂朝靴，粉底从无尘垢污。27.101

按：例中"补服"，大词典释义为"明清时的官服"，但未举明代书证，所举的为清代书证。实际上，在明末清初小说《醒世姻缘传》中已有："把门的也不通报，把门闪开，二人穿着大红绉纱麒麟补服，雪白蛮阔的雕花玉带，拖着牌穗印绶，摇摆进去了。竟到了后边王振的住房外。①"与"部堂"不一样，明代官服有补服是史实，但是目前并未找到明代文献中有"补服"一词的确切证据，而《醒世姻缘传》又是明末清初的小说，因此难以确切证明该词到底是否为明代出现的词，基于此，本研究依据大词典暂且将其定为清代词语。

（48）家主曾作过二府，他的那，官讳名叫万世英。告老还家身辞世，方有主母吕氏存。34.301

按："二府"即"同知"，大词典首例书证出自《儒林外史》，而非明代文献。另外，有不少学者指出"二府"是明清时期对"同知"的称呼，但未能列出相关资料佐证，基于此，我们将"二府"的"同知"义列为清代词义。

（49）众公，守府的话是倒说着呢！叫松松儿的绑，可是结结实实的绑。34.439

按："守府"即"守备"，为明清时期的武官名，大词典首例书证出自《儒林外史》，而经过搜索，笔者未能在明代文献中发现"守府"的用例，故将其

---

① （清）西周生.醒世姻缘传上 [M].北京：团结出版社，2017 年版，第 59 页。

视作是清代词语。

综上，有些事物或现象依据史实的确存在，但相关时代文献中并无用例，这种情况说明，可能该事物或现象的确早已存在，但指称其的词语随时代的不同有所不同。同时，也有可能是笔者查阅的资料不够全面，故未能找到相关用例。根据研究目的，如上文所述，本研究暂将"部堂""二府""补服""守府"等类的词语看作是清代词语或清代词义。

三、基于词语结构内某些语素古今不同的界定

曲本中有些词语与清代之前的某个词语意义完全相同，只是两者所内含的某个词素不同，如下述例证中的"奉公守法""顺水推舟""鬼哭神嚎""口干舌燥""眼急手快"在大词典中的首例书证都出自清代或晚于清代的文献，而在清代之前的文献中，它们分别写作"奉公如法""顺水推船""鬼哭神号""口干舌焦""眼疾手快"，而当下我们使用的正是它们在清代出现的形式，说明清代时，很多词语的内部构成要素得到了调整，在词义表达上更为确切。基于此，这部分词语我们也将其看作是清代新语。以上词语在曲本中的例证分别如下：

（50）我小的，奉公守法作手艺，并不敢，越礼而行得罪人。今日里，虽到公堂来听问，求大人，分付明白为什么。17.99

（51）国老一见这光景，他顺水推舟把话提。19.345

（52）黄忠一见不怠慢，顺水推舟往上迎。19.370

（53）天半夜时星辰暗，只听得鬼哭神嚎好怕人。20.459

（54）只觉得，浑身发热通红面，鼻孔之中气不通，只觉得，口干舌燥心中跳，昏昏沉沉不作声。26.289

（55）列位，这是为何？乃是拼命的杀法，敌人的兵刃使来，并不拿自己的兵刃招架，不过侧耳躲闪而已，全仗眼急手快。19.372

另外，有的清代新语在清代以前的书写形式很多，如"慢条斯理"在清代之前写作"慢条丝礼""慢条斯礼""慢条斯礼""慢腾斯礼"等，从中可以看出，"慢条斯理"的核心语素"理"与以往的写作"礼"在理性意义上有显著差异，所以本研究将其视作清代新语是可行的，它在曲本中的例证为：

（56）慢条斯理开言道："口把二位太爷尊，小人有个拙主意，说出来不

知可行不可行。"20.332

四、基于同义词视角的界定

与上述清代情况不同，曲本还有一类词语，它们构成语素不同、读音不同，词的理性义基本相同，大词典将其看作是同一个词语的不同写法。对于这类词语，本研究将大词典提供的首例书证为源自清代文献的看作是清代词语。例：

（57）话说那些无赖之徒风流子弟也就不顾烧香了，一个个跟在后头指指戳戳说说笑笑，大声嚷闹。31.477

按：据大词典，"指指戳戳"为清代词语，清之前有"指指捣捣"，但"戳戳""捣捣"的词形不同，发音不同，两者词义也有所差别，所以大词典将"指指戳戳""指指捣捣"看作是同一个词语的做法有待商榷，可能将其视作同义词更为恰当。受作者所属方言影响，"指指戳戳"在曲本中又被写作"指指拙拙"，例"晏老爷，指指拙拙不住骂，他把那，放火凶徒那住声。36.340"

五、基于词汇化视角的界定

汉语中的很多非单音节词不是一开始就是词，而是经历了词汇化的过程，即一个非单音节词一开始内部结合不紧密，以短语的形式存在，后由于各种原因逐渐词汇化，曲本中的某些词语也具备这个发展历程。在判定它词汇化后的时代归属时，我们通常依据大词典的判定，例"鞋帮"一词。

大词典在举例说明表"鞋的侧面部分"之义的"帮"时，举例是宋代蒋捷的《柳梢青·游女》词："柳雨花风，翠松裙褶，红腻鞋帮。①"根据前后两句相对应部分的结构特征及语义，此处的"鞋帮"显然还没有成为词。再看大词典为"鞋帮"一词所举的首例书证取自《红楼梦》，由此可见，至少在清代"鞋帮"已经凝固为词。考量之，我们将"鞋帮"认定为清代词语，曲本中例证为：

（58）鞋帮上青枝绿叶满花朵，细睄扎的串枝莲。21.49

"词汇化的过程反映着一个民族的体认路径，最能体现出一个民族的认知

---

① 黄勇主编. 唐诗宋词全集·第 8 册 [M]. 北京：北京燕山出版社，2007 年版，第 3805 页。

特征。①"因此，在界定曲本中的某些词语时，固然要考虑到其前身，但也要考虑到其使用语境及频率，当其已经是专有名词时，即便可以扩展，也应将其视作是词。

六、基于单音节到多音节视角的界定

曲本中有些清代词语，在清代之前已有单音节的形式，后逐渐演变为双音节或多音节的形式，例清代新词"门槛""香火地"属此类。

（59）好容易摸到后门，被门槛子上个的钉子一刮，打了个前失，连靴子带袜子都挂在门槛的里边，"噗"的一声往外栽倒，恰巧把左腿捧在石头尖子上，摔了个筋断骨折，昏迷不醒。22.59

按："门槛"②是清代新词，但这不代表清代之前的建筑没有门槛，只是清代以前它有其他称呼。单音节的为"槛"，大词典举例为《明史·太祖纪一》："移兵两河，破其藩篱，拔潼关而守之，扼其户槛。③"双音节的为"户槛"，书证为：《东周列国志》第十四回："忽见户槛之下，露出丝文履一只，知户后藏躲有人。④"需要指出的是，大词典所举"槛"的例证有误。据"户槛"词条，此处"户槛"为引申义"要害之处"，并非具体意义上的"门下的横木"，且大词典本就将此引申义与具体义列为了两个义位。另外大词典为"户槛"的具体义"门下的横木"所举例证出自《东周列国志》。据此，"槛"表"门下的横木"至迟不晚于《东周列国志》，而不是明代。"门槛"在曲本中又可以儿化的形式"门槛子"出现，例：

（60）（小白）银的还是锡蜡里头？（丑白）掉了门槛子里头咧，好孩子，帮着妈妈进去找找。14.400

清代新词"香火地"，指"奉祀、供养用的田地"，明代称作"香火田"，两者所指事物相同，是因产生时间有先后而形成的等义词。曲本中未出现

---

①　王寅.体认语言学［M］.北京：商务印书馆，2020年版，第266页。

②　曲本中有与"门槛"同义的"门坎"，大词典中，有关它的书证都出自现代文献。根据大词典所列义项，"门槛"比"门坎"多了"窍门"一个义项，说明两者虽都具有"门下端挨着地面的横木"义，但在其他义方面存有差异，因此将两者看作两个不同的词，是可取的。

③　门岿主编.二十六史精粹今译·续编［M］.北京：人民日报出版社，1992年版，第1213页。

④　（明）冯梦龙著，邓启铜注释.绣像东周列国志［M］.南京：东南大学出版社，2015年版，第1410页。

"香火田"的用法，但多次使用"香火地"一词，缩小为寺庙专有专用的田地，说明清代时"香火地"已成为表此义的主要词语，例：

（61）和尚说："我与师兄不和，香火地也分开了，不过依仗他强梁多种几项，贫僧也不和他争论。"18.61

曲本中，受韵文格式要求，"香火地"有时又可写作"香火田地"，例：

（62）庙内的，香火田地却不少，二十多倾有余零。34.339

根据本研究的判定标准及判定词与短语的常规方式，"香火地"为词，"香火田地"为短语。

七、基于有出处视角的界定

曲本中有很多词语有出处，如源出《诗经》《左传》《论语》等等，有的直到清代才固定为词语，这种有出处但彼时未作为固定结构存在，且大词典认为其出自清代文献的词语，本研究也将其看作是清代词语。如"必恭必敬"，语本《诗·小雅·小弁》："维桑与梓，必恭敬止。"据大词典为"必恭必敬"所举首例书证出自《官场现形记》，故本研究将其视作清代新语。再如"藕断丝连"源出唐代孟郊《去妇》诗："妾心藕中丝，虽断犹牵连。"凝固为"藕断丝连"后，大词典所举首例书证出自举清代王士禛《师友诗传续录》，故可将其视作是清代新语。再如"婆心"一词语本《景德传灯录·临济义玄禅师》："黄檗问云：'汝回太速生。'师云：'只为老婆心切。'①"后以"婆心"指仁慈之心，大词典为其所举首例书证出自清代李渔《闲情偶寄·饮馔·鹅》，故本研究也将其视作清代新词。"必恭必敬""藕断丝连""婆心"在曲本中的例证如下：

（63）官长亲自斟美酒算道谢，必恭必敬礼貌端方，又向众女子席面儿上，一盅盅满斟玉液把话商量。22.222

（64）老夫送些路费，远远躲避，暂且解目下之急，慢慢的再为打算，后会有期，不要藕断丝连、犹犹豫豫，老夫就此进京，无有什么觥悮了。22.232

（65）出家人到处慈悲方便，正所谓一片婆心刻刻修持。22.280

---

① （北宋）道原著，顾宏义译注．景德传灯录译注2[M].上海：上海书店出版社，2010年版，第979页。

　　曲本中其他有出处的清代词语还有"闺秀""三毛七孔""长舌妇"等，例：

　　（66）闺秀儿曹，俺是个闺秀儿曹，素武备绝伦全套。13.203

　　（67）黄盖故意哈哈笑，倒是军师有神通。难为你设瘟毒阵，费尽三毛七孔胸。看来却是白用些。16.31

　　（68）你前日说我兄弟打你，我竟被你瞒过，要我去告状，那知都是你这长舌妇一派诞言，几乎使我兄弟成仇。12.151

　　按："三毛七孔"最早见于《史记·扁鹊仓公列传》，唐张守节正义："心重十二两，中有七孔，三毛，盛精汁三合，主藏神。[①]"后合并为"三毛七孔"，表"心思、心机"。"闺秀"最早出于南朝宋刘义庆的《世说新语·贤媛》："顾家妇清心玉映，自是闺房之秀。[②]"后以"闺秀"称大户人家的有才德的女儿，多指未婚者。《诗·大雅·瞻卬》："妇有长舌，维厉之阶。"后因称好说闲话、爱搬弄是非的女人为"长舌妇"。

　　另外，如果大词典中某些词语是选自太平天国时期作品的，我们也将其看作是清代词语，如"虎背熊腰"选自《太平天国故事歌谣选·沤铁》，这类词语我们不再单独指出其是太平天国的词语。"虎背熊腰"在曲本中的例证为：

　　（69）一个个虎背熊腰多健壮，赌胜争强步下走着，仿佛一行经商携眷，谁知是响马之中的虎一窝。22.44

八、基于同音词视角的界定

　　同音词与我们上文提到的用同音字替代本字的情况不同，它指的是读音相同但意义完全没有联系的两个或多个词语，是一种已经固定下来的用法。对这种同音词，如果大词典中，其中一个的首例书证出自清代文献，我们就将其视作是清代新词语或新义。例"前儿"，一义为"鲵"，清郝懿行《尔雅义疏·释鱼》："《说文》：'鲵，刺鱼也。'"并指出《逸周书》中"《王会篇》云：'秽人前儿，前儿若猕猴，立行，声似小儿，盖即此物。''儿、鲵'古字

---

　　① （汉）司马迁等著. 史记·卷 81-130[M]. 长春：吉林人民出版社，2015 年版，第 2004 页。
　　② （南朝宋）刘义庆著；朱孟娟编译；支旭仲主编. 世说新语 [M]. 西安：三秦出版社，2018 年版，第 129 页。

通也"①。另一义为"前天"，两者完全不同义，属于典型的同音词。曲本所用"前儿"为"前天"之义，大词典所举首例书证出自《红楼梦》，故本研究将其视作清代新词。曲本中，"前儿"也被写作"前儿个"，出自《儿女英雄传》。所以，不论是否儿化，它都是清代新词，曲本中例证为：

（70）你说你又会读书，又不贪顽，前儿略薄的下了点儿雨儿，把奶奶的睡鞋偷了去当小船顽儿。14.412

（71）堂官又说："爷上不知道，我们从前儿个就晓得咧，官员们散去府门还是打开，准其别人进去听戏。"22.161

再如"行子"一词。据大词典，"行子"共有三个义位，且每个义位在意义上毫无关联，曲本中的"行子"义为"东西"，大词典为该义所举首例书证出自《红楼梦》。因其义位在意义上毫无关系，属于同音词，故本研究将其界定为清代新词，而不是新义。"行子"在曲本中的例证如下：

（72）（生白）尔等为何不除首他？（丑白）呀呸，混账行子。你这样高声浪叫，你要连累我么？ 13.400

九、基于大词典所举首例书证的界定

自大词典问世以来，就成为相关研究尤其是词汇研究的重要参照物，李申（1995）指出："大词典对近代汉语给予了应有的重视，不仅于中古以来俗文学作品的语词搜罗浩博，而且对这一时期的白话文献资料征引宏富，从而弥补了旧来同类辞书的重大缺陷"②。尽管大词典在收词、释义及书证方面存有诸多问题，但鉴于它无可替代的功能，笔者研究曲本中清代词语或词义时，主要的参照物也为大词典。实际上，上文中的诸多界定标准都与大词典或多或少有联系，只是本条是针对大词典的专项判定标准而已。

与大词典相印证，曲本中具有一个义位或多个义位的词语，在大词典中的首例书证都出自清代文献或现代文献，或其中一个或多个义位的首例书证出自清代文献，而其他义位的首例书证出自现代文献，这样的词语本研究将其界定为清代词语，如"得劲"一词，它在曲本中例证如下：

---

① （清）郝懿行撰，王其和、吴庆峰、张金霞点校.尔雅义疏 [M].北京：中华书局，2017年版，第 854 页。

② 李申.近代汉语释词丛稿 [M].南京：江苏教育出版社，1995 年版，第 171 页。

（73）两下里动手，到底是从上往下打的得劲，惟有那些木石利害，一股盘道并没躲闪，只要扔下来，再无不中只理。18.180

（74）阿哥真算有才能，打扮狠像怯条子，大料能哄外面人。我这打扮不得劲。34.38

按："得劲"有两个义位，第一个义位为"顺当"，即例（73）中用法；第二个义位为"中意、舒坦"，即例（74）中用法。大词典中，第一个义位的首例书证出自清代文献，第二个义位的首例书证出自现代文献，说明"得劲"不仅是清代产生的新词，且其在清代并未完成意义系统的建构。

再如"可不是"一词，其在曲本中部分例证如下：

（75）可不是么？我想龆年幼小，还可藏头撅尾，今年十七岁，叫我那里留神遮盖得许多吓？13.188

（76）可不是说，到了那，全得依我算开眼，不为奇。跟着奶奶，游逛庙去。15.119

按："可不是"常用在对话语境中，义位之一为"表示赞同对方说的话"，即例（75）中的用法，该义位大词典首例书证出自清代文献。"可不是"作此义时，常省作"可不"，例"可不！还有会、风二位老爷，都进来咧。16.56"大词典也收录了"可不"，但其书证过晚。"可不是"的另外一个义位同于"岂不是"，即例（76）中的用法，大词典中书证过晚。"可不是"词义的复杂性说明在一个词的多义位产生年代有差异的情况下，即便是讲求词源的大词典，有时也很难界定好这些义位的具体产生年代，这也是大词典中很多词语的全部书证或某个书证晚于其原产生年代的重要原因。

另外，曲本和大词典都具有的一些词语，大词典中有时收录了多个义位，且其书证都出自清代文献或现当代文献，而曲本中只具有其中的一个义位。鉴于其书证都出自清代文献，虽然曲本中只具有该词语的一个义位，我们也将其看作是清代词语，如"近视眼"一词，曲本中只使用了"眼睛看不清远处"之义，没有使用其引申义"目光短浅"，例证如下：

（77）光景虽像书生样，就自是，白脸之上暗含青，鹰鼻相称近视眼。43.302

曲本中还有一部分具有多个义位的词语，在大词典中的首例书证都出自现代文献，它们有的确实是清代词语，如"答话"一词，曲本中例证如下：

（78）好汉乃智谋之士，见如此只之问，情知自己失言，连忙答话说偏将言之差矣！19.26

（79）徐公子合他答话要铺子，不用说，他自然不给，话不投机，没的说，又是打不咧。33.428

按："答话"有两个义位，分别为"回答""交谈"，以上曲本中的两个例证即分别为此义，大词典书证过晚，且第二个义位的书证还为孤证。

另外，有的词语即便是大词典为其提供的书证出自现代文献，但它可能在清代以前就已经产生，这样的词语本研究也不将其视作是清代词语。

以大词典为参照物，界定曲本中清代词语或清代词义时，还有一类词语是大词典未收，但实际上在清代文献之前已经频繁使用，例"衕衕"一词。

（80）那里是，衕衕门中一枝女，真是位，贵妃娘娘稳又轻。花枝招展跪在地，慢启朱唇吐姣音。40.480

按："衕"，大词典未收，《康熙字典》引用《篇海》："音杭。俗呼衕衕，乐人也。"事实上，"衕衕"音同"行院"，义为"妓院、青楼"，明代徐渭《翠乡梦》中即有此用法，例："我想起泼红莲这个贼衕衕"[1]。因此，我们不将"衕衕"看作是清代词语。

另外，某词有两种写法，其中一种为曲本中所有但大词典首例书证晚于清代，如"纽襻""钮绊"都表"扣住衣服的套"之义，前者大词典首例书证出自清代文献，后者首例书证出自现代文献，曲本所使用的正是后者"钮绊"的儿化形式，例："回大人话，小人是个大老实人，没有往人揪过一个纽绊儿，不敢惹事。22.268"故可将"钮绊"看作是清代产生的词语。大词典收"托人情"，其书证早于清代；"托情"的书证出自现代文献，但它在曲本中有用例，如："马汉说，拉你大家进县。旁边有一个恶奴先往祥符县托情去了。26.211"再如"口干舌燥"，据大词典，其原有形式为"口干舌焦"，所举书证早于清代，而"口干舌燥"的书证出自现代文献，但实际上，曲本中有"口干舌燥"的用例，如："只觉得，浑身发热通红面，鼻孔之中气不通，只觉得，口干舌燥心中跳，昏昏沉沉不作声。26.289"再如"一目了然"在清代及其之前的形式为"一目了然"，而大词典为"一目了然"所举首例书证出自现代文献，

① 王贵元，叶桂刚主编.诗词曲小说语辞大典 [M].北京：群言出版社，1993 年版，第 214 页。

但曲本中有关于"一目了然"的准确用例，如："此事全仗你说明，到皇都，见了王爷去学舌，顺口撒个寸金谎，一目了然狠使得。27.111"

　　曲本中类似的词语还有"无精打采"（曲本中例证为：老爷想罢回身转，无精打采到家中。18.191））"蝇头小利（曲本中例证为"蝇头小利多辛苦，只因他，前世无修今受穷。"27.146）"一窝风"（曲本中例证为："那些小妖就一窝风七手八脚把长老推进殿来，战兢兢的双膝跪倒。"27.259）"等与"钮绊""托情""口干舌燥""一目了然"等相同，对这部分词语，我们都将其看作是清代词语。

　　从以上阐释[①]可看出尽管大词典在用例及释义等方面存有诸多问题，但以大词典为参照物探究曲本中的清代词语或词义，是目前较为可行的方式，因为至少能在一个相对封闭的系统内较好地揭示曲本中清代词语的特征，这种方式是对曲本词语研究的一种常规做法，也是对大词典编纂的一种贡献。

十、基于其他文献资料及工具书的佐证

　　曲本中有一些词语，大词典未收，但是其他工具书收录了，且其书证早于清代，这类词语本研究不将其视为清代词语，例：

　　（81）但愿你报冤仇名扬天下，休顾我母子们受此波渣。3.206

　　按："波渣"即为"波查"，义为"是非、口舌"，大词典未收，但明代徐渭的《南词叙录》中有："波查，犹言口舌。北音凡语毕，必以'波查'助词，故云"[②]，故即便是书写形式不同，本研究也不将其视作是清代词语。

　　（82）因此人比他两个作江里吃人的水獭，水底坏船的海鳅一般，叫他们个截江獭、避水鳅。11.235

　　按："水獭"为一种鼬科哺乳动物，大词典孤证出自碧野《天山景物记》，但后面又说参阅明李时珍《本草纲目·兽二·水獭》，故不将其视作清代词语。

　　（83）呀，是何方贫挂搭到此呵？俺这里怎留存，急早去投店免劳神。13.467

　　按："挂搭"指和尚到其他寺庙中居住，《西游记》《水浒全传》中已有，

因此尽管大词典未收，本研究也不将其看作是清代词语。

（84）不隄防，奶公奶母偷去银，我母女，把衣服首饰当卖尽，开发了，驮轿骡夫起了身。25.489

按："奶公"大词典未收，但《水浒传》中已有，例："如今又叫老都管并虞候和小人去，他是夫人行的人，又是太师府门下奶公，倘或路上与小人鳌拗起来，杨志如何敢和他争执得？若误了大事时，杨志那其间如何分说？ [①]"

理论上，以大词典为参照，界定曲本中的清代新词语及新义较为容易。但这也仅是相对那些书写形式规范的词语，例：

（85）打响藕丝琴，近英不害臊。15.147

（86）老爷正自来思想，忽听帐外交了亮钟。19.325

（87）心着窄，又发迷。只说可恨，真把人欺。凭空送珠宝，举意混搅局。16.47

（88）哦，头低下，自斟酌。听他言语，叫人发毛。16.343

按：大词典中，"害臊""亮钟"只有一个义位，且其首例书证出自《红楼梦》，"搅局""发毛"首例书证出自《儿女英雄传》，其中"搅局"虽有两个义位，但其另外一个义位的书证出自现代文献，故此我们能轻易地确定其为清代新词。但曲本中，有些清代新词为两个词语合用而成，如"充配"一词，即作者选取了同义词"充军""配军"中的动词部分后，组合而成的新词语。这类词语的使用度不高，我们对其不作深入研究，曲本中例证为：

（89）都只为，奴家一时主意错，带累合家全丧生，被获遭擒问充配。半路里，巧遇机会有救星，脱灾反到成配偶，终身嫁与假罗成。34.264

据大词典，曲本中还有一类与多音词有关的清代词义，具体表现较为复杂，界定时，会同时牵扯到清代词语和清代词义，如"拉"一词，它有四个声调，曲本中所用"拉"就牵扯到其中的三个声调。

当其声调为阳平时，它有两个义位"割开"，书证引自《儿女英雄传》，但其另外一个义位只能以"拉拉"的形式出现，义为"连续不断的样子"，书证出自元代吴昌龄的《东坡梦》。即"拉"有单用和不单用两种形式，一义可作为词使用，另一义只可作为语素使用。综合考虑，我们将其看作是清代新

---

① （明）施耐庵. 水浒全传·上 [M]. 乌鲁木齐：新疆大学出版社，1994 年版，第 64 页。

义，曲本中例证为：

（90）过来一人拉一下，可怜阴毒狗贱人，浑身往下淌鲜血，疼的鬼叫一般全。28.326

"拉"的声调为阴平时，共有 17 个义位，曲本中使用了其中三个义位，分别为"落后""闲谈，说""排泄"。前两个义位大词典所举书证出自现代文献，最后一个义位书证引自清代文献，曲本中例证分别如下：

（91）周太回头一看又不见孙权，翻身复又进重围，找着了孙权说，主公为何又拉在后面？19.497

（92）好拉大话的人说到高兴之处，叫小道儿取了一盏法水来。27.408

（93）你烧的油锅呢？老孙要洗澡了，尿屎拉尽了，免的脏了，油炸不的饹馇面觔了。27.240

当"拉"的声调为上声时，只有一个义位，义为"切开的部分"，大词典所举首例书证出自现代文献。即是说，曲本中所使用这个意义上的"拉"不属于清代词义，而属于清代词语。曲本中例证为：

（94）穿着那零落落半幅甲，护心镜才半拉，九股缏肚脐儿下，绝不该把鸡毛掸儿插。22.46

如果不是"拉"这种情况的词语，曲本中清代词义的界定相对简单，如"趿"，其在曲本中例证如下：

（95）这一去，若不机密只怕不行，倘然要是拏趿了，这广真，定然不肯放宽松。30.366

（96）不提防瓦滑，脚底下一趿，吸呼栽倒。43.427

（97）子陵正在中央站，定睛直往阵上观。观见道人趿了阵，急忙忙，传令收兵把路拦。44.219

按：例（95）中的"趿"义为"错"，大词典未收此义；例（96）中的"趿""移动"义为"滑"，大词典首例书证出自清代文献；例（97）中"趿"为"败"之义，大词典未收，判定其意义可根据下文："且说金子陵看见黄叔央等三人败阵，忙忙指挥四面上的章邯、王翦、赵高、王贲带领人马从四面上摇旂呐喊，竟扑大队而来。44.219"这种据文证义的方法也是本研究考察很多不为辞书所收集词语或词义的一种重要途径，也是判定曲本中讹字及方言记音字的重要方法，但难易程度不同。上下文语境为明确讹字的本字提供了极大的便利，例：

（98）管什厷，门斿牙叉并鹿角，左右不住把鎗拧。44.126

（99）三千齐兵一齐发威，彼此吵的一声喊咦，一仝杀入营内，那管什厷门斿、鹿角、牙搭俱是一荡而去。44.418

以上两例中的"牙叉""牙搭"实际上是"丫叉"的讹写。而受方言发音影响而出现的记音词，如果不熟识其所记方言词，辨识起来则较有难度，例：

（100）必得防范贼，把他人头要。必得如此行，方可得安落。15.147

（101）必将把他招，才能得安落。15.309

以上两例中的"安落"实际上就是"安乐"，此处作者为了押韵，使用了"乐"的方言发音"luò"，并使用了同音字"落"代替。所以，"安落"是一个由于方言发音而形成的记音形式，而不是一个独立的词语。

所以，尽管我们界定曲本中清代词语及词义的依据有 10 条，但是"词汇系统又比语音、语法的系统复杂得多，直到现在，人们也感觉对词汇的系统难以把握"[①]，因此在具体的研究过程中，难免有错讹及疏漏等现象发生，但好在能通过研究大致揭示出曲本清代词语及词义的相关特征，通过与大词典的对照及对其结构、语义等特征的研究，最大限度地使其以系统化的形式呈现。

第三节　曲本中清代词语及词义的范畴

根据以上界定标准，曲本中清代词语及词义的范畴如下：

一、曲本中清代词语的范畴

根据界定标准，本研究所确定的曲本中清代词语的范畴包括首例书证源出清代文献、现代文献、无书证及未收等四大类，按照"归类 - 举例 - 解析"的技术路径进行。例"顶戴"一词。

（1）众公，康熙年间那时并无顶戴，故此难分贵贱，也不知道老爷官居何职几品，故此车夫是睄不清官才闹大意。21.24

按："顶戴"指"清代用以区别官员等级的帽饰。依顶珠质量、颜色的不

---

① 蒋绍愚 . 近代汉语研究概要 [M].北京：北京大学出版社，2005 年版，第 273 页。

同而区分官阶大小"①。大词典中,其首例书证出自清代晚期的《二十年目睹之怪现状》,无法从中看出其起源时间。依据鼓词《施公案》所言"众公,老爷官居总漕,天霸小西全有职分,那时候乃康熙年间,一来皇恩未赏顶戴,二来是改扮私行,店家不知,只认作香客。33.50"说明至少康熙年间并无"顶戴"一词,查所有辞书及文献资料,基本上都是笼统指明顶戴是清代官员的帽饰,但至于是清代哪个时期所设立并没有提及,因此,鼓词《施公案》可谓是具体化了顶戴的出现时间。时间的界定,可为相关影视剧及有关民俗文化活动提供借鉴,因此,如"顶戴"这类词的研究,不仅具有语言学价值,也具有极为重要的文化价值,这也是本研究为什么会对曲本中清代词语及清代词义做出专门研究的重要原因之一。

与语言现象相匹配的是民族及个体的知识水平、文化心理水平及需求层次等,故任何词语即便是不具附加色彩的科技类词语在语言本体之外,都含有一定的社会元素,兼以词汇系统中成员的数不胜数的特点,决定研究词语的广度及深度、编纂辞书所选词语的数量及内容,都不可能是一劳永逸的事。在动态化的词语发展及词语数量繁多的双重作用下,相关研究及辞书编纂总有一些缺憾,如辞书会出现漏收词语的现象,甚至会出现有些词语较为流行但仍漏收的现象,如曲本中的"接官亭""接官厅"两个紧密联系的词语,大词典就未收。

(2)施公前走送行的后跟,总是无有上轿。离河相近,到了接官亭②前。但路上府州县镇但有了接送官的去处,其名叫作接官厅,多有是庙,今与古不仝。书上常说必是十里长亭残别离程,准是十里盖下一座亭子,其名叫长亭,每逢送行都在那个去处。33.301

按:"接官亭""接官厅"虽然意义较为明确,但作者采用了随文释义的方法。例中,作者解释其是官府盖造在路边用来接送上任、离任官员或其他公干官员的地方,同时还解释了它和"长亭"的区别,即接官亭、接官厅是官方盖造、使用,长亭主要是民间盖造、使用。尽管"接官亭""接官厅"不见于大词典,但作为一种迎接官员的简易建筑,却是早已存在。如明代万士

---

① 罗竹风主编.汉语大词典第 12 卷 [M].上海:上海辞书出版社,2008 年版,第 225 页。
② 作者在此处写的即为"亭",下文写的则是"厅",上下文中使用同一个字的不同形体,是曲本作者的常见用字习惯。

英修纂的《万历铜仁府志》中就有记载，"熊家屯接官厅，中厅三间，左右厢房各二间，大门一间"①。根据万士英所言及曲本上例中解释"接官厅"时所言"多有是庙"，接官厅与接官亭二者有区别，前者是规整的建筑物，后者则是简陋的路边亭子。总言之，接官厅实则是接官亭的升级版，它们是中国古代官场文化的衍生品，是一种特有的文化现象，辞书编纂时，应将其纳入。

除大词典直接漏收的词语外，曲本中还有些词语，书写形式不同，确定词义前须先确定词形，例：

曲本中表"卑劣怯懦的人"义或"卑劣怯懦"义的词语在曲本中写作"孱头""灿头""惨头""搀头""残头""参头"等，它们在曲本中的例证如下：

（3）咳，拜帅道他武艺好，今日看来草鸡毛。好灿头元帅。2.93

（4）（孟白）我把你个瞎惨头，（唱）一见焦赞出宝帐，回头再叫女花郎。你与他比武莫轻放，打坏那焦赞你二爷承当。7.118

（5）是你害死的，你怎么这们搀头？8.4

（6）你瞧你二人，小小年纪，作出这等没脸的勾当来了，不害羞，没脸残头，不好一群狗𰥳𰥳𰥳的。12.90

（7）你本是，南道鸡屎成大片，孱头窝囊又无能，还有脸，诉说人家多豪富，招我闲话你得听。26.161

（8）大片王，见他力巴冒一点儿坏，他心中，祭起了阳功动了参头。我把他，当作乏马撒开了蹓，蹓勾了，十数多荡暗使阴谋。30.356

按：以上词语，根据大词典及其他文献很容易就能确定"孱头"为正确写法，但是有一些却较为困难，例"正头乡主""正头香主"，例证如下：

（9）要番了，还要放火灼房子顽儿呢。你趁早儿戛拉开，快呌那正头乡主那牛日的滚出来！34.407

（10）无毛虎开言望着那人说："你是正头香主？"34.408

按："正头乡主""正头香主"大词典均未收，从形体上看，"正头香主"为正确写法，以上两个例证中"正头（乡）香主"都为"名正言顺当事人"之义，曲文军（2015）指出"正头香主"符合大词典的立项原则②，应该立项，

① （明）万士英修纂；黄尚文点校 . 万历铜仁府志 [M]. 长沙：岳麓书社，2014 年版，第 56页。

② 曲文军 .《汉语大词典》词目补订 [M]. 济南：山东人民出版社，2015 年版，第 121 页。

但是曲文军所举书证都出自现当代文学作品，书证过晚。

一个清代新产生的词语有时在曲本中有多种结构形式且都为大词典所收录，如"忽悠①""忽悠悠""忽忽悠悠"，都能起到提前书证的作用，大词典中书证如下：

（11）猛然抬头，只见那块红光还在那里忽悠忽悠的乱恍。38.88

（12）见公子，十分不相人模样，枯干憔悴脸焦黄，闭着二目牙关紧。忽悠悠，一丝柔气在胸膛，一把瘦骨真难看。30.322

（13）左思右想无出路，哈着一命归阴城。忽忽悠悠不知道，故此来到这山中。16.427

另外，有一种词语是清代出现的新词语，曲本中又在其基础上添加了新的语素，衍生出了新的词语形式，如曲本中有"嘴皮子""耍嘴皮子"两个结构，后者正是以前者为基础形成。大词典为前者所举书证出自清代文献，后者则出自现代文献。曲本中例证如下：

（14）怎庅如今我见有人在街上打架必是对面骂会子，斗些嘴皮子？41.412

（15）车夫说："我从来不往人顽笑，你耍嘴皮子也买斤棉花纺纺，你当我是行货兔子？"21.360

大词典收录某词时，有时只收录该词的本义，而未收录该词的引申义，如：

（16）这奸贼，连忙掰开丞相手，跑出府门上走龙，紧紧加鞭逊命走。30.487

（17）我为他师徒两个把我们十拉年的朋友把交情都掰了，故此我把窰头打了一顿，竟自把他打跑了。21.172

按："掰"未见于《说文》，据《大字典》《大词典》等，其最早出现于《红楼梦》，表"用手把东西分开或折断"②之义，例（16）即为此义。例（17）则为其引申义，其义为"断绝"，大词典未收。

---

① 曲本中，"忽悠"有时也写作"呼悠"，例"我方才在禅堂打坐，坐之坐之，我这个身子呼悠呼悠起去咧，刚到了半虚空，吧叉一声，把我摔下来咧。也门外头什么响？13.351"

② 汉语大词典编辑委员会.汉语大字典（缩印本）[Z].武汉：湖北辞书出版社，1992年版，第793页。

（18）内中这石八他就不悦。怎么说呢，他是老人会的会头，又众恶霸都比他小，今日一个坐儿的兄弟有事，他如何忍的！33.387

按："会头"即古代民间组织的发起人或首领，义同"会首"。大词典未收"会头"，只收了与之同义的"会首"，然后在解释"会首"一词时，说其也叫"会头"。曲本中亦有使用"会首"的例证，例：

（19）当日修造武圣庙，我是会首头一名，早晚焚香长礼拜，一年四季受辛勤，不过求神显灵应。20.362

曲本中某些词语，书写形式不同，读音相同、意义完全相同，但在大词典中的书证时代有先后，如：

（20）他又一想，暗说罢了。一不做，二不休，谁叫我前来管着闲事呢？26.243

（21）先生既是嘴严之人，待老身是一不作，二不休，都告诉你吧。17.68

按："一不做，二不休"与"一不作，二不休"意义相同，大词典中前者书证出自唐代文献，后者出自清代文献，鉴于"做""作"在文献中常换用，因此这里不将"一不作，二不休"看作清代新词语。

再如"笆斗""巴斗"，例：

（22）原来是白零零的一堆枯骨，骷髅有笆斗大小。27.456

（23）一气跑出十数里，只觉的，头如巴斗耳生风，秋波二目金花滚。39.228

按：大词典中，"笆斗"的首例书证出自明代文献，"巴斗"首例书证出自清代文献。两者所指事物一样，且读音相同，故此处将"巴"看作是"笆"的简写形式，而不将其看作是清代新生词语。

总之，受曲本作者用字习惯及大词典中某些词语的释义影响，曲本中有些清代词语的界定较为复杂。换言之，在界定曲本中的词语时，研究中综合考虑了多种因素，尤其在书写方面，不能完全以是否与大词典中的书写一致为标准。如：

（24）筐子里的烂肉放火烧的呼啦呼啦乱响，怎奈骂不绝声。44.179

按："呼啦"即"嘶啦"，主要用于形容被火炙烤的油脂等物发出的声音或一些刺耳的声音。大词典未收"呼啦"，收"嘶啦"，例证为词典编者自造。

二、曲本中清代词义的范畴

曲本中清代词义指与大词典或其他文献资料对比，一个词语的某一个义位或多个义位的首例书证出自清代文献、现当代文献，或曲本中已经使用但未见于辞书的义位等，如以下案例。

（25）好汉在房上看的明白，想到此人必是个小官人，今日俗谓兔子便是。34.43

按："小官人"即"男妓"，一般称之为"小官"。曲本中此处用"小官人"指"男妓"，大词典无此义。据作者，"兔子"是雍正期间对"男妓"的称呼，大词典指出"兔子"的一个义位为詈词，但未具体释义，故曲本中此例证不仅为其提供了具体书证，在释义具体化的同时，还指出了是当时的俗语，较有价值。

"词汇量是世界观复杂度（非语言变量）的标记符"[①]，在这个变量中，甚至某词语所产生时代的人都难以理解其意义的源出，曲本中就有这样的词语。如"钱粮"[②]一词在曲本中除常见的词义外，还有新产生的词义，其中还有当时人奕赓都不理解的意义。例：

（26）胡说！你又没有工食钱粮，不过仗着铺户居民所出。应办差使都有你们的规矩，这都罢了，不然你们白伺候官府么？　33.127

（27）大线鎗，好几条，起更演放不把钱粮着。铁沙子，一大包，有钱粮，有火药，就都是，桌桌粮仓打集上掭。26.163

按：奕赓曾总结过"钱粮"一词在清代的含义，"兵丁饷银按月开支，名曰钱粮。天下地丁按亩纳银亦曰钱粮，此盖言钱与米粮也。且古时地丁钱米俱纳，故云。营武鸟鎗所出之铅丸亦名钱粮，俗有钱粮鎗之目，此则不可意解。城门锁钥亦曰钱粮，禁中各门下锁曰下钱粮，启锁曰开钱粮，亦不可解。市俗享神冥资亦曰钱粮，故曰钱粮炉之目，焚化冥资以求福，名焚钱粮。[③]"第一例中的"钱粮"与"工食"同义词连用，即为"薪水、工资"之义。第二例中的"钱粮"即"鸟枪中的铅丸"，奕赓不明白其得名理据，我们姑且拟

---

① Haiman, J.The Iconicity of Grammar:Isomorphism and Motivation, Language, 1980(56):535.
② 我们只讨论"钱粮"在清代新出现的意义。
③ （清）奕赓著，雷大受校点 . 佳梦轩丛著 [M]. 北京：北京古籍出版社，1994 年版，第 187页。

测之。因为鸟枪的铅丸需要钱购买，即想要其工作，必须把花钱购买的铅丸放进它的内部，有些像让人工作就必须给他发工资一样。故此，当时的人将鸟枪中的铅丸形象地称作"钱粮"，大词典中无此义，但它在曲本中却不止一次出现，如：

（28）想罢旋马才要跑，宋营传令恍火绳。铁子钱粮齐撒放，飞蝗巨雨一般全。43.35

（29）矬爷连忙上前，鸟鎗下上了钱粮，对着人熊心窝就是一下。"嘡"，恶物中了钱粮。41.13

（30）祝二青，肩膀扛定通神器，轰药钱粮拿弹弓。44.4

曲本中的清代词义范畴的界定较为简单，但是具体情况较为复杂，例：

（31）只见老和尚把五爷一看，愣了一愣，闭目不语，把个五爷了木在这儿唎。22.153

按：例中"木"的义为"发呆，发愣"，是大词典所列 20 个义位中的一个。大词典为"木"的该义项举例时，所列首例书证出自蒲松龄的《聊斋志异》，故将其看作是清代新义。

（32）查民情，调拆青黄，只教那方民无恙。13.417

按："青黄"原指"青色和黄色"，例中"青黄"义为"黑白是非"，是它的引申义，大词典所举首例书证出自清代孔尚任的《桃花扇》，故可将其视作是清代新义。

（33）若有英雄速来战，彼此不许放流星，全凭武艺雌雄定，暗里伤人非谓能。34.260

按：根据文意以及下文"你说不许使暗器，真杀真砍见雌雄。34.260"，"流星"义为"暗器"，大词典无此义。除此外，曲本中其他地方也有此用法，例"一个个都有外器石子随身把人打，又使铁镖贯伤人，有用流星百发百中，有使神弩在袖内存，叫他转伤袁绍的将。19.34"说明在曲本创作时代，"暗器"已经成为"流星"的固定义位，体现了"人类语言一方面促进了人类认知的发展，而另一方面人类认知的发展也决定着语言的进步。[①]"

从以上清代词语及清代词义的范畴可以看出，清代词语的情况相对复杂，

---

① 王寅 . 体认语言学 [M]. 北京：商务印书馆，2020 年版，第 100 页。

通过与大词典的审慎对比，不仅能看出曲本词语的价值，对辞书编纂也有较好的作用。

第四节　曲本中清代词语及词义在语境中的呈现概况

对曲本中的清代词语及清代词义从曲本词汇系统独立出来，单独进行研究的主要原因在于它们的数量极多，完全可以形成一个自我的词汇系统，从它们在曲本语境中出现的频率也可看出这一点。

如果将曲本作为一个整体语境，可将它们出现的语境分为小语境和大语境。小语境主要指紧密联系的上下文，大语境主要指曲本中的不同作品。清代词语及清代词义在这两种语境中的呈现概况表现不同，反映出的用词价值也不同。清代词语或清代词义在小语境中大密度出现的概况，有时体现的可能仅是其作者擅于捕捉新词、新义，并具有将它们融洽用于具体作品的能力；清代词语或清代词义在大语境中的表现情况，则表明它们已经成为当时使用频率相对较高的语言符号，同时也为一些难词、难义的辨认提供了更多的可能性。总言之，清代词语或清代词义在曲本语境中的各种呈现情况，表明曲本确实有极高的词汇学价值，其中的某些文化词、文化义，则是对清代文化的一个侧面反映。

一、小语境中含有多个清代词语

曲本中清代词语数量多的表现之一是前后语句中使用了不止一个清代词语，它们在语境中有时间隔距离会稍远，有时则会位于同一个小句内。例：

（1）你妻柳氏若不答应，你说我浑身发冷，膀背发麻。8.139

按："发冷""发麻"为清代词语，大词典中，两者都出自现代文献，且前者为孤证，出自沙汀《记贺龙》。

（2）不用唠了，自己的本事不好，不要说是将门之子，就是醋门之子，也不过就会倒牙。8.168

按："唠""倒牙"为清代词语，前者为方言词，大词典书证为作者自造；后者大词典孤证出自现代文献柳杞的《好年胜景》。

（3）哎呀！老爷，这规矩这等办的，要老爷亲身批定了报多少钱粮，晚

生才好照着那钱粮的数目核算工料的吓。11.90

　　按："核算""工料"，大词典中首例书证均出自清代文献；"吓"为语气词①，大词典无此用法，而它的这一用法在曲本出现的频率较高，且其他文献中也有很多同类用法，因此"吓"无疑是语气词系统中的应有一员。

　　（4）哦，依你这等讲来，岂不是拿着国家有用的帑项钱粮，来供大家养家肥己，胡作非为么？11.90

　　按："帑项""胡作非为"为清代词语，大词典中首例书证均出自清代文献。该例证实则是出自改编自同名小说的乱弹《儿女英雄传》，换言之，作者改编时，照录了《儿女英雄传》的原文，所以"帑项""胡作非为"实则是原著《儿女英雄传》首次使用，但这不妨碍将它们判定为清代词语。

　　（5）年长的说："偺家祖居是绍兴府，我在这，成衣铺内是个手艺人，从不知得罪大小之人，你是此本乡本土的坐地虎，欺负我，离乡在外手艺人。"17.18

　　按：例中"偺"②"成衣铺""本乡本土"大词典中书证均引自清代文献，而"坐地虎"③在大词典中并无书证，故其可为大词典提供书证。

　　（6）时来一呼百诺，运去赶脚跟车，羞臊不顾奔吃喝，圆扁背捞得赫。14.223

　　按："赶脚""跟车""羞臊"为清代词语。大词典中"赶脚""羞臊"的书证出自清代文献，"跟车"书证出自现代文献。另外，"得赫"即"得贺"，是汉译满语词，也是清代词语的一种。这些词语的词性、意义范畴及源出的多样性，说明曲本的词汇系统具有极为丰富的来源与语法体系及词义范畴。

　　（7）你睄着，他是这么写，宝盖头，立人傍，三点水儿，加个走之儿。14.249

　　按："宝盖头""立人傍""三点水儿""走之儿"都为汉字偏旁，但大词典对它们的处理不一样。大词典中，"宝盖头"的书证出自《儿女英雄传》，

---

　　① 关于"吓"的用法，笔者在关于曲本语法研究的成果"语气词"章节中有详细论述。

　　② "偺"是"咱"的异体字，大词典中，"偺"书证出自清代文献，"咱"出自其他朝代，且"偺"单立条目，故笔者将"偺"视作清代词语。

　　③ "坐地虎"指地方上的恶霸，大词典未举书证，但早在《金瓶梅》中就已使用，如《金瓶梅》第九十九回："他是守备老爷中管事张虞侯的小舅子，有名坐地虎儿。"本研究中仍然将其列出，是因为大词典没有提供书证，此处意在为其提供曲本中的例证。

"立人傍""三点水儿"只有释义没有书证，"走之儿"则未收录。根据大词典对"宝盖头"的处理，其他几个偏旁名称也该有出处，"走之儿"即通常意义上的"走之旁"更应收录。

（8）包爷心中不解，正然心中发闷，只见走堂的与他烹茶。拿了两个盖碗、四个茶盅。17.17

按："发闷""走堂""盖碗"是清代词语，但其中与"盖碗"相对的"茶盅"大词典却未收。同时，收与"茶盅"同义的"茶杯"，并为孤证，而曲本中也有"茶杯"一词，例：

（9）但见太宗毛腰用三指从地上拈了两撮土掸入茶杯之内。三藏不解其意。27.143

"茶杯"在曲本中的特色之处是常被写作"茶杯"，例：

（10）刘爷吃惊，不觉茶杯当啷打了个粉碎。18.443

另外，具有"茶杯"上一层概念的"杯子"大词典中也列出清代文献，而曲本中也有，例：

（11）我正拉虱荡酒，一个小男儿拿了一只杯子。13.480

除"茶杯""杯子"外，大词典还收了与"茶盅"构词理念相同的"酒盅"，曲本中也有相应的用例，如"且说黄直将肉也拆开，酒也筛了，拿两个酒盅儿放在床上。43.451"因此，大词典应收"茶盅"一词。

（12）惟有凤雏先生心中暗笑孔明，视这江东无人物了，竟自打趣臊皮来了，真正可恶！19.376

按："打趣""臊皮"为清代词语，大词典书证出自清代文献。

（13）教习们，天天排演教戏文，教会不过为解闷，又省花钱戏馆听，谁知前者出岔事。21.35

按："排演""戏馆""岔事"为清代词语，大词典中，大词典均出自清代文献，其中"岔事"为孤证，引自《儿女英雄传》。

（14）刘宾打千说："老爷，礼当请老爷里边献茶才是，怎奈因家主今日与朋友家出分子去，被人灌醉了，方才回家睡了。"21.90

按："打千""出分子"都为清代词语，词典中书证都出自清代文献，前者书证较多，后者则为孤证，引自《儒林外史》。

（15）家丁答应取门栓，开锁复又摘了掉，拉插关把门一开分两边。

21.98

按："门栓""插关"都是清代词语，二者意义相同，前者，大词典所举例证出自清代文献；后者，大词典所举例证则出自现代文献。

（16）这小番总然碎嘴子，却不讨人嫌，才十四五岁，手拉嚼环儿狠机灵的个马童。22.213

按："碎嘴子""讨人嫌"都是清代词语，大词典中，前者书证引自现代文献，后者引自清代文献。

（17）还有那板床上放许多物，一眼睄去看不清，白铜钮子与钢针，鞋拔马刷鞋刷子，算盘石砚挂羊筋。21.423

按："算盘""钮子""鞋拔"为清代词语。大词典中，它们的书证都引自清代文献。

（18）官长亲自斟美酒算道谢，必恭必敬礼貌端方，又向众女子席面儿上，一盅盅满斟玉液把话商量。22.222

按："道谢""必恭必敬"为清代词语。大词典中，它们的书证都引自清代文献。

（19）父女之间天性相关，在房中兜番闲气，打老婆骂丫头，正自闹浑乌烟瘴气，忽闻得圣旨降临，命他入宫朝见，恰好似炮震雷轰，木雕泥塑，唬浑愣鹅一傍。22.346

按："乌烟瘴气""木雕泥塑"为清代词语。大词典中，它们的书证都引自清代文献。

（20）众公任凭什么人要是抓住礼咧，分外的长番精气神，说话刚邦硬正。小豪杰这一阵子硬冲子，只叫万岁钦派韩天化去到天波楼无佞府去翻人。23.43

按：大词典中，"硬正""精气神"的书证都出自现代文献且为孤证；未收"刚邦"，收与其同义的"硬正"。实际上，"刚邦"与"硬正"一样也较为常用，且两者常合在一起使用，如"淫风邪气刮不倒，刚邦硬正好立身"[①]；"他妈说，我有钱吃好，没钱吃差，我活人活得刚邦硬正的"[②]。显然，刚邦也

---

① 郝忠锋主编.商州民间歌谣 [M].商洛：商洛市商州区文化馆，2006 年版，第 216 页。
② 秦人.秦人文集·中篇小说卷·秦川故事 [M].西安：太白文艺出版社，2014 年版，第 116 页。

是一个固定的常用词，应该被辞书收录。

（21）女施主，你们在这里洗澡呢？莫要胰子不要哇？待老猪每人送你们一块玉容宫胰皂，保管能去油泥。28.69

按："胰子""胰皂"所指事物相同，但据大词典，前者书证出自清代文献，后者书证出自现代文献，说明在历史的发展中，即便同一种事物，其名称也会随时间的变化而有所变化，且变化后的名称都与原名称有或多或少的联系。实际上，与"胰子""胰皂"同义且早在宋代出现的"肥皂"一词，曲本中也有使用，例"说着家丁端过来，肥皂胰盒与手巾。[42.11]"这种现象说明曲本中的词语具有承前启后的特征，至少是清代词语的集大成者。另外，例中的"油泥"出自清代文献。当然，"胰子""胰皂""油泥"所指事物是早已存在的事物，只是在清代出现了新的词语表现形式，或有了词语指代它们。

（22）一咕噜躺下，伸了伸腿，说好受用呀，呼噜噜酣睡如雷。27.271

按："一咕噜""受用""呼噜噜"为清代词语，大词典中，"一咕噜""受用"书证引自清代文献，"呼噜噜"书证引自现代文献。以上三个清代词语包括副词、形容词及拟声词，它们所形容的动作行为、描述的感受及声音等是人类最习见的，然而据大词典，这些指称它们的语言符号在清代文献中才出现，说明即便是面对熟知的对象，人们也总是在不断地寻求新的更切合的语言符号指称它们。

（23）毛爷走至高堂上，居中归坐闭双睛，呼哧呼哧假发喘。28.420

按："呼哧""发喘"为清代词语，大词典中，书证均引自清代文献。

（24）却说宁妈妈骂了一声短命鬼，你还说我年轻？谁家要我这棺材穰子呢？你还浮认妈？29.293

按："短命鬼""棺材穰子"为清代词语，大词典中，书证均引自现代文献。

（25）延寿在棻木园中被妖狐撕净了衣衫，先把那一双利爪把胸膛刺破，从心口中伸进去，把他的肋条抓住，使劲的往两下里一分，只听浮"哈叽"的一声，肋巴骨往两下分开，现出了膛的心肺肝花，热腾腾、扑吭吭的乱跳。30.293

按："肋条""肋巴骨"都为"肋骨"之义，前者，大词典收录，书证出自清代文献；后者，大词典未收，今冀鲁官话区仍常用。另外，"哈叽"大词典未收。

（26）天霸轿前当顶马，头戴纬帽线红缨。天蓝袍子石青褂，一盘素珠挂前胸，迎面明显狮子补。32.449

按："顶马""纬帽"为清代词语，大词典中，其首例书证皆出自清代文献。

（27）一个个在那毡子上施展本领，拿顶下腰打跟头。33.40

按："拿顶""下腰"都属于武术的大范畴，但大词典中，前者首例书证出自现代文献，而后者却为大词典编者自造例证。"拿顶"与"下腰"是武术练习中常见的两个动作，使用频率都很高，但大词典对其书证的处理方式存有较大差异，说明在辞书的编纂过程中，在面对同类问题时，受语料等限制，编者有时不会采取不同的处理方式。

（28）男女授受不亲，又难以推搡拉扯，这却如何是好？ 35.392

按："推搡""拉扯"为清代词语，大词典中，其首例书证皆出自清代文献。

（29）临末尾子还落下一宗好处，甚庅呢？乃是鸦片烟瘾。38.341

按："末尾子""烟瘾"为清代词语。大词典收"末尾"，未收"末尾子"，根据曲本的词语特点，一些词语的后面常用词汇"子"，结合大词典的收录情况就大词典提供的书证看，"末尾"首例书证出自现代文献，"烟瘾"首例书证出自清代文献。

（30）要想我的亮吗？说个京里口头语你听，馅饼刷油，白饶不值外带着煤黑子打秋风散炭。43.249

按："口头语""外带""煤黑子"为清代词语，大词典中，"口头语"书证出自清代文献，"外带""煤黑子"出自现代文献；"馅饼"一词，大词典未收。

（31）高大人正然心中那门，忽见家生子来福走进来咧，说大人不用等着收礼咧，今日有了当横的出来咧，把咱们爷们的辕门都巴住咧。……他还不死心呢，拿了一个马扎在辕门上坐着吃烟。43.272

按："马扎""马扎子"所指一样，都为"低矮可折叠的坐具"，差别在于是否带有词缀"子"。大词典中，"马扎"书证出自现代文献，并进一步说"马扎"也称"马扎子"，书证则出自清代文献。说明在编者看来，一个词语是否带有词缀，是有所不同的。

（32）赤松子、黄石公老祖是被南极仙翁寿星老爷约了来的，说明破阵、全救了乙真人孙膑，归为俗语是个帮忙儿的，就如约了来去帮着打架的一样。44.290

按："帮忙儿""打架"为清代词语，大词典中，两者书证皆出自清代文献。

（33）身穿着，青缎靠子白骨钮，肩头上，扛着百衣皂衣襟。青缎套裤打绷腿，薄底快靴足下登，腰系钞包英雄带，顺刀一把带在身。48.4

按："靠子""顺刀""绷腿""钞包"为清代词语，大词典中，"靠子""顺刀"书证出自清代文献；"绷腿""钞包"两词大词典未收。

（34）穿一件，布衣胜过绌绫缎，洋布夹袄花儿锦。48.456

按："洋布""夹袄"为清代词语，大词典中，前者书证出自清代文献；后者则出自现代文献。

（35）那妇女你也不嫌厌气？时不常儿来。今日铺中无坐，只有二位在内。一个出家人在内，是不该要的，快去罢。49.143

按："厌气""时不常儿"为清代词语，大词典中，前者出自清代文献；后者出自现代文献且为孤证。

（36）化云龙称的起是有名的恶强人，比你这些毛贼胜强多少，尚且叫僧老爷拿住，别说是你这些鸡毛蒜皮无赖！扰在老师付的跟前吹什庅牛气？岂有此礼！49.264

按："鸡毛蒜皮""牛气"为清代词语，大词典中，两者书证皆出自现代文献。

（37）园馆居楼时常串，狐朋狗友交往的如蜜甜。听戏单找四大徽班咧，我的烟鬼哟咳楼上又把官座儿占。馆子去吃饭，单往雅座钻。56.273

按："狐朋狗友""听戏""馆子""雅座"为清代词语，大词典中，三者书证皆出自清代文献；"官座儿"大词典未收。

类似于以上语境中出现多个清代词语的情况，是曲本中一种常见的现象，此处不再一一举例，下文中将把这些词语纳入不同的维度进行研究。

二、小语境中清代词语与清代词义同现

与上文提及的小语境中清代词语的表现情况不一样，曲本中，有不少小语境中同时包括清代词语与清代词义，例：

（38）（楞白）待我算一算。今个他，明日他，后儿他，昨儿他……咳，今个该着刘老儿啦。2.387

按：例中包含了清代词语和清代词义两种情况。清代词语包括"今个"和"昨儿"，但两者情况有所不同，前者，大词典举例过晚；后者，大词典首例书证出自清代文献。清代词义包括"后儿""该"，前者，大词典未举书证；后者，大词典所举书证出自清代文献。其中，"后儿"未举书证，无法确定大词典编纂者将其认定为哪个时间的词语，但根据"今儿"的情况，很明显，"后儿"应属于该举例证的词语。此处，姑且将之认定为清代词语。

（39）又拧了我一下子。6.6

按："拧"为清代词义，"下子"为清代词语，大词典中，两者书证都出自清代文献。

（40）这个混帐东西，枷着还说趣话，安顿些罢。8.385

按："趣话"为清代词语，"安顿"为清代词义，大词典中，两者书证均引自清代文献。

（41）（旦白）敢是要饭的口袋？（生白）不错，正是要饭的口袋，还与我罢。6.351

按："要饭"为清代词语，大词典书证引自现代文献；"口袋"为清代词语，大词典书证出自清代文献。

（42）这顶柜子里面为何不安抽屉，下面也没榻板。11.132

按："抽屉"为清代词语，大词典书证引自现代文献；"榻板"为清代词义，大词典孤证引自《儿女英雄传》。

（43）帽子上边疙疸，黄的好像秋梨。黄鼻子也是大头朝下，还是俩个黄眼珠子。15.120

按："疙疸"即"疙瘩"，大词典有释义，未举书证；"眼珠子"，大词典书证出自清代文献，但"眼珠"例证出自宋代文献，是基于词缀"子"而生发的区别，说明是否带有词缀"子"，是大词典辨别词语并收录词语的一种依据①。而因为大词典没有提供书证，因此我们暂将"疙疸"定为清代词义，至于"眼珠子"则根据其形式与大词典的书证将其定为清代词语。

（44）大奶奶，带我去。前去听戏，角甚出奇。四郎探他母，还有打金枝。如若听了京戏，好似上了云梯。15.120

按："听戏"为清代词语，"京戏"为清代词义。

（45）哼，咱们只顾说话，娼妇敢自早就走咧。16.276

按："娼妇"为清代词义，大词典书证引自清代文献；"敢自"为清代词语，大词典书证为作者自造。

（46）爷位分大，他这才，狗仗人势欺乡民。17.122

按："位分"为清代词义，"狗仗人势"是清代词语，大词典中，两者书证均引自清代文献。

（47）老道约不要紧，就只是李三带了来的那十个大汉一个个长的虎羔子似的，要是保老道的，依着我睄有些扎手。20.339

按："不要紧""似的"为清代词语，大词典中，其书证引自清代文献；"羔子"为清代词义，大词典书证为作者自造。

（48）众丫嬛侍立在旁抿着嘴儿笑，指指戳戳暗地里咕哝。22.228

按：例中"抿"为清代词义，"咕哝"为清代词语，大词典中，两者书证都引自《红楼梦》。"指指戳戳"，清代以前写作"指指捌捌"，两者语素构成差异较大，故将其看作是清代词语，大词典中其书证也引自《红楼梦》。

（49）奉圣旨，军民都许射权奸，独你出来要想懞事，瞎作闹，小人乍富有几个糙钱？长了个姥姥不疼舅舅不爱，鬼头鬼脑语四言三。大略着你的话不跟皇上的话，不要脸，竟敢把爷们的高兴拦。22.448

按："糙"②"跟"为清代词义；"不要脸""大略""爷们"为清代词语，大词典中，前者书证引自清代文献，后者未收。

（50）印花手巾把头包，满脸上，黩黑是锅烟子抹。26.440-441

按："印花为清代词义，大词典中，其书证引自清代文献；黩黑、锅烟为清代词语，大词典中，其书证引自现代文献。

---

① 关于词缀"子"在曲本清代词语及清代词义中的表现情况，下文将做专门论述。

② 此处"糙"当为"糟"的方言发音，笔者所在临沂方言区就将"粗糙"中的"糙"发为"zāo"，我们将"糙"认定为是清代词义，是因为大词典中的"糟"也无此义项。

（51）回大人，民子正走到那个大洼子里面，虽说不怕真正发渗。眼面前一攒树林子，仗着眼尖，正往前走，只见树林中有个人一恍。33.228

按："洼子"义为"山坳"，"渗"（即"瘆"），义为"可怕"，"眼尖"义为"视力敏锐"，"树林子"义为"树林"。大词典中，"洼子""渗""树林子"的书证为孤证。"民子"义为"小人"，大词典未收。

（52）施某嘴直惹人恼，只想答报君。自己的，讨人嫌处也不少，我也明白八九分。33.298

按："讨人嫌"为清代词语，"八九"为清代词义，大词典中，两者书证均引自清代文献。

（53）先用尿泡将头里，勒背囊，水裤拿来穿下身，一把单刀披背后，凿船锤凿手中擎。34.140

按：本例中有"尿泡""背囊""水裤"三个清代词语，但三者具体情况不同。"尿泡"义为"膀胱"，例中指处理好的膀胱，大词典孤证出自姚衡《寒秀草堂笔记》；"背囊"义为"背袋"，大词典首例书证出自郭沫若《落叶》；"水裤"指防水的裤子，大词典未收。另外，例中的"单刀"所有词义为清代词义，指用一只手拿用的短柄长刀，此义项大词典孤证出自《二十年目睹之怪现状》。

（54）咱两索性说明，我也不要谎，你也别还价。37.290

按："要谎"为方言词语，大词典所举例证过晚；"还价"为清代新产生的词义。

（55）信口胡说，不嫌牙碜。43.138

"牙碜"一词，大词典中有两个义位，曲本所用符合其中的一个义位，即"言语粗鄙，不堪入耳"，上例中的"牙碜"即为此义，曲本中还有其他用例，如："蓝双玉儧口吐沫劈脸就啐，说：'小寿儿，亏你嚁的出来不嫌牙碜！'44.32"另，曲本中还表示"说话者认为某些话不符合自己的要求，因此觉得不好听"，该义位大词典未收。曲本中例证为："他与你，血海冤仇邱山恨，你打量，是你生身老母亲，尊他国母好牙碜。42.289"

（56）伊六那小子年年下来起租子，长在福全家落脚。富全又是他的地户，你每没有晾见富全那个底扇子真长了个都，他小名叫白翠连。43.236

按："起租子"为清代词语，大词典中，收"起租"，书证出自清代文献；

"落脚""地户"为清代词义，大词典中，其书证出自现代文献，"底扇子"，大词典未收。

（57）七月里来烟鬼把家搬，心中想着还卖大烟，左思右想真上算。吃烟人有几万，卖烟人把钱赚。56.276

按："烟鬼""大烟""左思右想"为清代词语，"上算"为清代词义，大词典中，书证皆出自清代文献。

（58）有几件，转角房子改烟铺，破落户，双肠祭灶浮罪了神。48.19

按："转角"为清代词义，大词典书证出自现代文献；"烟铺"为清代词语，大词典书证出自清代文献。

（59）本来不长不短的还有不是呢，再要使唤尊驾出去冒股子烟，那管保把我们家的坟刨了，晒干了点火燻蚊子。48.268

按："股子"为清代词义，"管保"为清代词语，大词典中，两者书证皆出自清代文献。

曲本中清代词语、清代词义乃至清代固定短语在语句上的基本概况如上，但各自的具体表现形式却较为复杂，下文将对其展开详细研究。

三、大语境中同一清代词语具有多个义位

小语境中出现的多个清代词语或清代词义，本质上是不同的词语或词义，按照语言使用的基本准则，同一个词语的多个义位通常处于有距离的语境，至少在文本上是有距离的，所以下文所列举的曲本中的同一清代词语的多个义位是位于不紧密联系的上下文或不同篇目中。

（60）救醒问他，他乃是刑部大堂闵大人的公子，因为上京救父，受了点辛苦，忽然昏迷不醒，栽倒在地。4.91

（61）包爷坐上往下观看，原来是个儒流秀士走上了大堂，也不下跪，用手一指国舅葛登云说："我把你这个奸贼！你害的我好苦！"26.190

（62）大堂上，酒满金樽筵开别饯，欢乍乍，丫嬛、仆妇侍奉张罗。22.382

按：以上三个例证中的"大堂"含义不同，例（60）为"清代对各级官署一把手的称呼"，据福格所言，这种称呼并不正确，他指出："各部尚书称正堂，侍郎称左右堂。都察院不设都御史，首座者为左都御史，既不能称正堂，又不欲称左堂，以淆于左副都御史故变称曰大堂。今日不解此意，误以大堂尊于正堂，往往称尚书亦曰大堂，非也。[①]"可见"大堂"本是对"左都御史"的尊称，后讹变为指所有官署的一把手，然后成为泛称。例（61）为"大堂"为官衙中官员审理案件的地方。例（62）中，"大堂"则为"客堂、客厅"之义。大词典中，"大堂"表例（60）、例（61）中之义的首例书证都出自清代文献，表例（62）中之义的则出自现代文献，例证过晚。

（63）身量矮小，身量矮小。年头遭荒旱，日子过不了。5.460

（64）这个年头儿，拼着一二十两银子，给你捐个监生。有志观光呢，也仝他们下下场。就是进个学，花费就轻了吗？12.238

按：例（63）中，"年头"义为"收成"；例（64）中，"年头"义为"年代，时代"。两个义位的书证皆出自现代文献。

（65）敢是你花神假扮秀才，迷糊人间女子？13.308

（66）千万的别迷糊了路径，需要你紧紧记，紧紧记。29.417

（67）总吃亏是在黑夜之间，虽有火把灯光，醉眼迷糊，如何看得真切？44.373

按：例（65）中，"迷糊"义为"使迷惑"；例（66）中，"迷糊"义为"弄错"；例（67）中，"迷糊"义为"模糊不清"。大词典中，当"迷糊"为例（65）及例（67）中意义时，其书证出自现代文献，当其为例（671）中意义时，大词典未收。

（68）你我去，堵着门子将他叫，拿回开封见大人。18.38

（69）多蒙我们大人抬举我，硬捏着脖子给我认了这么门子好亲戚，叫我管这么个叫起叔叔来了。21.151

（70）众公，刘积乃是世代将门之后，秉性刚直，因为不会奉承，别人尽走庞国丈、孙秀的门子，独他不服奸贼。22.463

按：大词典中，"门子"共有七个义位，其中有两个义位的例证出自清代文献，即例（69）中的量词用法，例（70）中的"门路"之义。例（68）中的"门子"所表"门"之义，大词典未收，而曲本中有多处用例，如："我打谅是个什么大字号儿的朋友，元来是个二把刀穷厨子作家常饭，却不知道你

---

① （清）福格撰，汪北平点校.听雨丛谈 [M].北京：中华书局出版社，1984 年版，第 23-24 页。

在那个大门子里煮饭，赚了几个钱底子也跑到楼上作脸来咧。21.445""好，后来叫人家堵着门子骂起来了。25.174""是你呀！这才可笑儿，一个村里的人要在这劫脱，倒不如拍着门子去要，那省事。33.228"曲本中多处"门子"表"门"义的用例，说明在清代时这已经是它的一个常用义。

（71）神殿内，番婆此际齐发愣，这叫作无事生非平地起包。也难怪他们这等惊乍，皆因是看着小姐打心里一毛，体态儿竟与昭君一模一样，面庞儿天姿国色百媚千姣。22.216

（72）所为无非这一遭，以后在不偷别物。姓毛手脚在不毛，到处帮助不窃取，谁人敢把你错睄？44.352

按：例（71）中的"毛"义为"惊慌"；例（72）中的"毛"义为"小偷小摸"，其义等同于"毛手毛脚"。大词典中，"毛手毛脚"两个义位的书证皆出自现代文献。

（73）朝中有一宠臣名唤费无极，他这三个字叫白咧，都叫他费无忌，此人雁爪奸心，终日只恨伍家的权高爵显，终怀篡逆之心。24.194

（74）祖师爷，你白想想，这些个话该说该当不该当？28.435

按：以上两例中的"白"词义不同，例（73）为"把字错读成了同音字"之义，例（74）为"稍微、略微"之义。

大词典中，两者的书证皆出自现代文献。

（75）老贼没了弓，他就没了拿手，可就容易擒拿。29.204

（76）姑娘，难道我没劝过你不成？妇人家若要守寡，总淳五十岁上，那才有点儿拿手。33.143

按：例（75）中的"拿手"即"拿手"，其义为"擅长"；例（76）中的"拿手"义为"信心、把握"，大词典中，其书证都出自清代文献。

据以上研究，曲本中清代词语或清代词义在曲本具体语境总的表现情况并不相同，相较而言，受语义、语用等因素影响，清代词语的情况较为简单。

第二章　曲本清代词语语料库研究

　　曲本自身就是一个语料库，因其内容包括改编和原创两部分，改编部分中有些内容改编自清代文献《红楼梦》《儿女英雄传》《儒林外史》《二十年目睹之怪现状》《聊斋志异》《三侠五义》《施公案》等等，这意味着这些改编部分中的清代词语及清代词义基本上是与这些清代文献共有的，曲本作者们对这些词语及词义的保留，也表明它们具有独特的表现力。与之不同，曲本原创部分如子弟书诸多篇目中的词语则是曲本作者自己的能动性使用，也是对清代词语及清代词义的一种珍贵的呈现。

　　以曲本为整体语料库，再以大词典及其他文献资料等为参照物缩小曲本语料库范围，确定曲本中的清代词语或清代词义，可构建属于曲本的清代词语语料库或清代词义语料库。为使曲本清代词语语料库的确定更为合理，此处以大词典为主要参照物，根据大词典对这些词语的收录情况，从它们在大词典中的书证时代特点、源出特征等角度进行研究。

第一节　大词典中曲本清代词语的书证数量

　　从书证的角度出发，分析曲本中清代词语在大词典中的呈现情况，一定程度上可反映出这些词语在清代的使用及当代的存留情况。研究中，根据本文界定清代词语的标准，通过查阅法，获取这些词语在大词典中的书证情况，以展现曲本清代词语的特点及价值。

一、大词典中书证为孤证

本类型书证指某清代词语曲本与大词典都有，但大词典中所举书证为孤证，其出处又可分为清代文献和现代文献两种。

（一）书证引自清代文献

（1）寡人将姚刚发在河北充军。军罪如同斩罪，也就够了。2.377

按："军罪"义为"充军"，大词典孤证出自《二十年目睹之怪现状》。

（2）我没敢惊动人，地方儿狭窄，请了个厨子，跁着做了一夜。普大嫂子可好哇？4.223

按："跁"今写作"爬"，其义为"匍匐"，大词典孤证出自郝懿行《证俗文》。

（3）只因前者散了个捞毛的，是我拜托闻天亮顶五更。5.167

按："捞毛的"指在妓院中除老鸨、妓女之外的其他干活的人，大词典孤证出《儒林外史》。大词典释义为"旧时泛称依靠卖淫业卫生的人"，该定义范畴过大。齐如山（2008）给出的意义较为中肯，"凡在妓馆中伺候人及打杂的等等"① 为"捞毛的"。曲本中，"捞毛"亦可单独使用，例"（院迎上白）安人吓。（丑旦白）我说那院里不见你们呢，都来捞毛来了。（院白）我们不敢捞毛。5.449"

（4）贤弟不要说呆话，待我禀告神圣。7.302

按："呆话"义为"傻话"，大词典孤证出自《红楼梦》。

（5）我不懂得你这绕口令儿吓，你只说你做甚么来了，谁叫你来的，你怎么就知道有这个门儿？11.132

按："绕口令儿"义为"曲折难懂的话"，大词典孤证出自《儿女英雄传》。

（6）我杨二本是个油头光棍，想奸淫陈大嫂他竟不肯。11.328

按："油头光棍"指"浮浪子弟"，大词典孤证出自李伯元《官场现形记》。

（7）（白）外人不知呵，（唱）都唱多只说殆君王是我这庸姿劣貌，那知道恋欢娱唱于别有个雨窟云巢。13.82

按："雨窟云巢"为"男女欢会的地方"之义，大词典孤证出自洪昇《长生殿》。

（8）"哑！谁是王八竟扯臊。""不是扯臊报应速。如此只般休作梦。"16.115

---

① 齐如山．北京土话 [M]．沈阳：辽宁教育出版社，2008 年版，第 37 页。

按："扯臊"义为"胡说"，大词典孤证出自《红楼梦》。曲本中"扯臊"常与"瞎"一起使用，形成"瞎扯臊"的结构，例"你众位，爱听我和尚瞎扯臊，条条件件问不穷。肚子饱了咱再讲，管保是，饿死和尚可不行。49.68"有时"瞎扯臊"内部又可添加其他成分，例："你们不晓淂，今日众人大闹也不过瞎扯股子臊，到了明日，可就闹的没了脑袋了。49.112"根据曲本中"扯臊"一词的应用，可见它在当时已经是一个相当成熟的词，但是大词典收录了"扯淡"的"瞎扯蛋"形式，但未收录"扯臊"的同种形式"瞎扯臊"，再次说明曲本能提供其他文献不能提供的词语用例。

（9）把昏君与我腰断三截，看他吊歪不吊歪。16.373

按："吊歪"义为"出坏主意"，大词典孤证出自《儿女英雄传》，但写作"掉歪"，曲本中都写作"吊歪"。

（10）冯其善见笔筒内有一把扇子，拿出来一看，上面落着是双款，又是颜查散的名字。26.153

按："双款"义为"书、画上的上下款"，大词典孤证出自刘鹗《老残游记》。

（11）公差看罢，紧走几步，一屁股坐在正门台堦之上发喘，口里说："哎呀，可跑死我了，呼哧呼哧的喘气多时。"33.101

按："发喘"义为"急促呼吸"，大词典孤证出自《三侠五义》。

（12）你要打官司，老爷就合你打到了衙门，轻者办你个发罪，重者办你工过铁，你门必是一群滚马的强盗。34.398

按："过铁"义为"身犯杀戮之罪"，大词典孤证出自刘献廷《广阳杂记》。

（13）老父师，替我生员拿凶犯，深感寅台天地恩。34.448

按："寅台"，大词典释义为"旧时同僚之间的尊称"，此处两者之间并不是同僚关系，身有功名的人对自己父母官的称呼，说明在该作品创作时代，"寅台"所指已相对泛化。

（14）你老爷接了河台札文，调署高堰通判，命尔等预备车辆，送你太太先到高堰通判衙门任所，等候你老爷。11.92

按："札文"义为"上级官府颁发给下级官府的公文"，大词典孤证出自薛福成《出使四国公牍序》。"札文"又称作"批答"，如"公牍之体，曰奏疏，下告上之词也；曰咨文，平等相告者也；其虽平等，而稍示不敢与抗者，则曰咨呈;曰札文,曰批答,上行下之辞也"①。但读秀资料显示,除大词典及冒志翔的文章②外,其他文献这段文字中的"札文"都写作"札文",而文献资料中有"札文"的同类词,如"札子""札付"。"札文"与"札子"同义,大词典中,作为此义的"札子"首例书证出自清代文献,但大词典并无"札文"一词,而"札"与"札"并不是异体字的关系,由此"札文"中的"札"当为规范写法。

(15)儿吓,作娘的也在此想,只好待等你爹爹回来,剖明其事的了。13.188

按:"剖明"义为"辨析明白",大词典孤证出自魏源《圣武记》。

(16)(开门对)"哦,元来是带书之人,我们不知,望海涵。""好说,是我毛草咧。"15.111

按:"毛草"义为"马虎,粗心"。

(17)且说这里有个闲汉,此人姓叶名千,自幼无曾经营之事,终日好赌。17.90

按:"无曾"义为"不曾",大词典孤证出自《白雪遗音》。

(18)过了不多时,陈先生一咕噜扒将起身。17.303

按:"一咕噜"义为"爬起的动作快",大词典孤证出自《三侠五义》。

(19)此时小姐暗叫爹娘,你女儿不幸今在落雁崖情甘跳涧,不能答报劬劳矣。22.218

按:"情甘"义为"甘愿",大词典孤证出自《儿女英雄传》。

(20)众官长齐声应道:"只管放心,这却不难,我们昨日都亲自看过了,足能照模照样的治办。"22.222

按:"照模照样"指"完全按照已有的样子",大词典孤证出自《红楼梦》。

(21)今奉点派也说不浮了,愁只愁腰间的盘费搪冷的衣穿。22.399

按:"点派"义为"点名让某个人承担某项任务",大词典孤证出自陈康祺《郎潜纪闻》。

(22)飞虎想罢催战马,环睛叠暴圆眼睁,照定番官往下打,使尽平生力

无穷。23.461

按："叠暴"指"人生气时青筋根根突出的样子"，大词典孤证出自《红楼梦》。

（23）又听"噔嘚"一声金钟响哓，冲进阵中而去。25.242

按："噔嘚"大词典中写作"噔楞"，曲本中写作"嘚"符合曲本作者在原有字上添加意符的特点。"噔嘚"为拟声词，用于形容乐器拨动发出的声音，大词典孤证出自《儿女英雄传》。

（24）全不想，读书忿志光宗祖，反倒是，乏人撒脸犯罪名。26.91

按："撒脸"义为"丢脸"，大词典孤证出自《儿女英雄传》。

（25）道童说："叫你烧锅温水给你师付净了面，我们又不放堂行好，又不邀请善会，要这些东西作什么？"27.224

按："放堂"指"旧时施主在寺庙中普遍布施僧众以期消灾得福"[1]，大词典孤证出自《红楼梦》。

（26）他的那，冷语谗言认作真，累次三番撵逐我，赖脸涎皮难贱人。27.254

按："撵逐"义同"驱逐、驱赶"，大词典孤证出自《红楼梦》。

（27）回回孟洪闻听行者之言，将他的灯虎儿打破，只吓浑身不摇而自战，体不热而流汗。27.334

（28）曾记得茶坊酒肆消闲坐，那送灯虎的见了我头疼叫苦哉。56.6

按：以上两例总"灯虎"的词义不同，例（27）中，其义为"暂时被隐藏的事物"，大词典孤证出自《红楼梦》；例（28）中，其义为"灯谜"，大词典孤证出自《儿女英雄传》。

（29）有几个，头如柳斗一般样，上下浑身毛烘烘。28.25

按："毛烘烘"形容毛多的样子，大词典孤证出自《红楼梦》。

（30）孙大圣，身体活便多灵利，闪展腾挪躲闪惊蹿跳跃急又快。28.156

按："闪展"义为"快速转身"，大词典孤证出自《儿女英雄传》。曲本中另有语句也使用了"闪展"，但意义较难理解，例"父在江都县，那个不知，

---

[1]　罗竹风主编．汉语大词典第5卷[M]．上海：汉语大词典出版社，2001年版，第415页。

谁人不怕？有名的闪展李老爷，专吃赌饭，大放加七加八的重债，非抢则讹。爱打个观音寺儿，府县中要漏个脸。每日里三五成群在外边吃喝嫖赌，那件事他不精明？34.400-401" 根据上下语境，该例中"闪展"显然非具体的"快速转身"之义，似指行事极为善变，说翻脸就翻脸。

（31）别说是刀鎗与棍棒，就是那，一个哈什也禁不的。30.308

按："哈什"即"哈欠"，大词典孤证出自《红楼梦》。

（32）只要他，至诚顶礼好生预备，三餐每日要荤食，我大家，都是白帮不图谢候。30.319

按："谢候"义为"用钱物等感谢别人的帮助"，大词典孤证出自《红楼梦》。

（33）一年四季关粮米，除吃添衣养满门。是这样，吃不中吃卖难卖，怎怪兵丁生怨声？32.4

按："关粮"义为"领取或发放粮饷"，大词典孤证出自《桃花扇》①。

（34）咱家的，项儿小子不成器，偷盗施公那张文。赶出府外逃牌递，那知削发作了僧。只说终久不成器，谁料今朝大有名。32.79

按："逃牌"义为"标识逃犯名字的牌子"，大词典孤证出自黄六鸿《福惠全书》。

（35）主人乃当朝一品，今日变了怯条子了。32.81

按："怯条子"指"没加过世面的人"，大词典孤证出自《三侠五义》。曲本中多次使用"怯条子"，例："阿哥真算有才能，打扮狠像怯条子，大料能哄外面人。我这打扮不得劲。34.38""再说我看这小子，愣头愣脑长的松，分明是个怯条子，那像公门应役人。34.44""那日正走之间，忽然抬头就晴见了姑苏城不远了，千岁也就不那们急走咧，妆出了那怯条子样儿往前缓缓儿行。38.305"

（36）贺人杰，天生豪杰多聪俊，世间之时心尽明。他一见，小二如此多邪派，两只眼，不住观晴女佳人。32.275

按："邪派"义为"不正派"，大词典孤证出自《红楼梦》。

（37）偏东里，设摆一张醉翁椅，上边厢，坐着一人打呼声。34.415

_____

① 本例较为特殊，大词典中实际上为两个例证，都出自孔尚任的《桃花扇》，虽不是孤证，但与其他有多个书证的词语又显然不同，故将其放在此处。

按："醉翁椅"指坐上去可以前后摆动的躺椅，即"半卧式的躺椅，前后两脚之间钉有弧形的木条，坐在上面，可以摇动"①，大词典孤证出自《二十年目睹之怪现状》。

（38）众人一见齐言讲，眼望着，局家把话云。34.425

按："局家"义为"赌局中的主持人"，大词典孤证出自《红楼梦》。

（39）实不相瞒，今早到了城中吴乡宦家放堂，我二人赶了个粥儿，偏了你二位师付一顿。34.489

按："放堂"指"旧时施主在寺庙中普遍布施僧众，以期消灾得福"②，大词典孤证出自《红楼梦》。

（40）你看他亲父还没有说他甚么哩，他就气哼哼的不服，死者鼠肚鸡肠的人焉能有的了福气？38.330

按："气哼哼"用于形容"生气的样子"③，大词典孤证出自《红楼梦》。

（41）这官船，不论何人该伺候，如要支腾礼不端。38.467

按："支腾"义为"应付，敷衍"，大词典孤证出自《红楼梦》。

（42）怎见二人多枭勇，攒成几句果子名。42.334

按："枭勇"即"骁勇"，大词典孤证出自毛祥麟《小刀会纪略》。

（43）金星连忙来至娘娘的跟前，把娘娘的夜容盆取将出放在唇上，长庚偿了一口稠咕嘟的恶吐沫，对准了娘娘的脸上，连连啐了三口。37.292

按："稠咕嘟"指液体较浓，大词典孤证出自《儿女英雄传》。

（44）酒保儿过来，用代手擦了棹橙。48.10

按："代手"即"抹布"，大词典孤证出自《三侠五义》。

（45）依我说，趁早儿走罢，别闹这些软局子。48.299

按："软局子"指"以款待等手段行骗的骗局"④，大词典孤证出自《三侠五义》。

除以上清代词语外，曲本中有，大词典书证引自清代文献且为孤证的部分词语还有"病呈""对不过""毛手毛脚""探头缩脑""溪河""襟子""洼

---

① （清）吴沃尧.二十年目睹之怪现状[M].长春：时代文艺出版社，2002年版，第70页。
② 罗竹风主编.汉语大词典第5卷[M].上海：上海辞书出版社，2008年版，第415页。
③ 大词典释义为"生气时鼻子发出声音"，不确。
④ 罗竹风主编.汉语大词典第9卷[M].上海：上海辞书出版社，2008年版，第1228页。

子""孤都"，曲本中例证分别如下：

（46）候太爷回来，我与你写张病呈就是。6.212

（47）你我办事不真的，对不过大人咧，依我的愚见，把这八个金钱找齐，寻出失主。18.39

（48）要想这宗话总是不懂的养家、游手好闲的那等人，他们才能说得出来。那等人说那等话，好生孝子贤孙那没来由，总然养子也是毛手毛脚。21.64

（49）内中有个家奴开言呼列位，你睄这是那来的杂毛老道，敢在咱大门口探头缩脑往门内观睄，不知他要安什厷心，别是拍花的吧！21.217

（50）又走三里有余零，马上猛然超前看。不由着忙吃一惊，往北走浔多高兴，有一道，小小溪河把路横。44.278

（51）毛爷终是心下惊慌，忙将孙三爷的后袍襟子撩开，噶上自己的脑袋。45.210

（52）祖居临安城南畔，钱塘江下有门庭。五百年前为洼子，那时无处非乱中。48.251

（53）掌起腔儿来也好看，拘拳的身子一孤都。燕支山好看的女孩儿压颤了地，也是他自己偏心看上奴。55.100

（二）书证引自现代文献

大词典中有首例书证引自现代文献、但曲本中却有用例的词语，不论这些词语是否在曲本之前的词语中已经存在，至少说明这些词语在曲本创作时代已经产生，对相应词汇系统的研究具有积极的作用。

根据笔者的搜集查阅，发现曲本中有大量的此类词语，部分如下：

（54）佯装不睬闲游荡，看他可能求凤凰。2.74

按："佯装"义为"假装"，大词典孤证出自乔子龙《乔厂长上任记》。

（55）先生泼胆，完璧归赵，赢稷一计不成，又来二计。2.171

按："泼胆"义为"大胆"，大词典孤证出自茅盾《谈鼠》。

（56）（姚刚白的）不中用，要一个大砣。（刘老白的）有抚煤的大砣。2.390

按："抚"义为"量，称"，大词典孤证出自老舍《骆驼祥子》。

（57）（净白）戒酒百日。（生白）只要皇兄在朝，慢说戒酒百日，就是周年半载，这又何妨？2.394

按："戒酒"义为"戒除喝酒的嗜好"，大词典孤证出自茅盾《残冬》。

（58）（章白）臣乃武将，权也不晓诗云子曰敬酒，请以军法劝酒，无人逃席推杯，才得尽量痛饮。2.402

按："推杯"义为"推辞不饮酒"，大词典孤证出自1982年第1期《新华文摘》。"尽量"义为"达到最大限度"，大词典孤证出自魏巍《战斗在汉江南岸》。这种曲本上下文中两个书证在大词典中都过晚的情况说明，曲本中的新词语数量确实很多，具有较大的词汇学史研究价值。

（59）你道那小秦朗武艺高大，为什庅三两合就把他杀？2.435

按："为什庅"①用于询问某种原因或目的，大词典孤证出自洪深《电影戏剧的编剧方法·故事说明》。

（60）司马犯了疑心病，他不攻城反退兵。虽然西郡却安静，思来想去不安宁。2.450

按："疑心病"指"多疑的心理状态"，大词典孤证出自鲁迅《华盖集续编·马上支日记》。

（61）各处要路路安排准，那怕各路起战征。3.21

按："战征"义为"征战，战征"，大词典孤证出自郭沫若《中国古代社会研究》。

（62）杀太医于市朝，忠臣皆裂。甚而贵妃斩于宫掖，甄氏霸为儿妇。3.56

按："甚而"义为"甚至"，大词典孤证出自杨朔《我的改造》。

（63）在下诸葛均。仲兄说道："今日有当世豪杰到庄，命我在家待迎。"3.91

按："仲兄"义为"二哥"，大词典孤证出自胡怀琛《与仲兄夜话》。

（64）军令不严，何以服众？3.148

按："服众"义为"使众人服从"，大词典孤证出自沙汀《淘金记》。"服众"在曲本中又写作"伏众"，例："心怀二意，不正军法，虽以伏众。3.138"

---

① "为什么"原写作"为甚么"，该写法出自《二刻拍案惊奇》。由于"为什么"与"为甚么"的"什""甚"并不是讹字或异体字的关系，因此此处我们将"为什么"看作是清代新产生的词语。

（65）周瑜收了礼单，言道："多承皇叔厚意，必当亲自前来相谢。"3.140

按："礼单"指"列明礼品名称的帖子"，大词典孤证引自韩子康《怯跟班》。

（66）荆襄九郡本刘表，玄德是他亲枝苗。3.145

按："枝苗"义为"亲属或后代"，大词典孤证出自王闿运《<湘潭县志>序》。

（67）呀！啊！子龙，不要使巧。3.176

按："使巧"义为"耍花招"，大词典孤证出自茅盾《子夜》。

（68）贤弟，你我兵回西羌，将近一载，陇西各郡，尽皆降顺。3.202

按："将近"指"数量等将要接近"，大词典孤证出自刘半农《扬鞭策·梦》。

（69）听一言唬得我心惊胆怕，不由人濮漱漱两泪如麻。3.220

按："漱漱"拟声词，大词典孤证出自老舍《赵子曰》。

（70）哈哈，无知幼儿。你既知木像，尔等惊慌，不败回营去，更为无耻也。3.243

按："幼儿"指"年幼的儿童"，大词典孤证出自巴金《死去的太阳》。

（71）只要书上写明在此接亲之事，我再着妥实之人前去，有甚吃疑？8.171

"妥实"义为"妥帖实在"，大词典孤证出自老舍《月牙儿》。在曲本中又写作"妥式"，例"此时天有三更鼓，别要教，少时天亮惧事情。咱须得，商量妥式怎样救，快快救出才放心。35.51"

（72）只看我这手底下的事情堆的，还分的开身，那大远的两头儿跑吗？11.238

按："手底下"指"管辖下"，大词典孤证出自老舍《四世同堂》。

（73）不是我说，何爷你往后直少出这道馊主意。你真有点不像官话。11.339

按："馊主意"义为"不高明的主意"。

（74）老兄弟退后，待俺损他两句。11.343

按："损"义为"用尖酸刻薄的话挖苦别人"。

（75）传话下去，今晚就在交河界落宿。11.348

按："落宿"义为"投宿"，大词典孤证出自郭沫若《洪波曲》。

（76）吓，好奇怪，那个来打落我的门栓？ 11.386

按："门栓"义同"门闩"，指插在门后防止门被推开的杠子，大词典孤证出自西戎《女婿》。

（77）事情已竟到了这儿了，咱们俩人二句话没有，你再找事，我再找人。12.29

按："找事"义为"寻找职业"，大词典孤证出自瞿秋白《文意杂着续辑》。

（78）他不知道，谁叫你动撼来之？ 12.37

按："动撼"义为"触动"，大词典孤证出自端木蕻良《科尔沁旗草原》。

（79）在我这尔作买卖的伙计多着的呢，要是歇工不来，都往我要人来，我道得给你们找人去呢？ 12.43

按："歇工"义为"停止工作"，大词典孤证出自郭小川《祝酒歌》。

（80）小妇人今天找到铺子里，马思远他说王龙江去年年底，因为在铺子里打架散工，不知去向。12.45

按："散工"义为"停止工作"，大词典孤证出自老舍《骆驼祥子》。

（81）里面插却花三径，笑葵花弄影，能知足向日烘腾。14.132

按："烘腾"义为"喧闹"，大词典孤证出自郭沫若《学生时代》。

（82）这个打算好得狠，省吃省穿省嫁银。下回再生看本领，只有老调水一盆。12.184

按："老调"义为"陈词滥调"，大词典孤证出自于伶等的《汉奸的子孙》。

（83）他死了，趁之你还年清，咱娘儿俩个半掩门儿咱娘儿俩闹个爹公娘母儿也可。14.463

按："半掩门儿"义为"暗娼"，大词典孤证出自姚雪垠《李自成》。

（84）奴家田珠玉，夫主郝良心，指着种地为生，夫妻二人度日。年岁荒乱，奴家上京投主做月活，可巧正遇主人高迁，挣的银钱若干。15.119

按："月活"义为"月工，指按月给雇主干活"，大词典孤证出自克非《春潮急》。

（85）二奶奶沈氏买来羊肚作汤，暗中下上砒霜。我奶奶一闻不吃，嫌膻气。15.124

按："膻气"特指"羊肉的气味"，大词典孤证出自曹禺《北京人》。

（86）管许你，丰衣足食饱又煖；管保你，珍馐美味不少餐。17.30

按："管许"义为"包管"，大词典孤证出自王统照《雪后》。

（87）坐下马，一溜歪斜削下去，只吓的，胆战心寒走真魂。18.8

按："一溜歪斜"义为"走路东倒西歪的样子"，大词典孤证出自老舍《老张的哲学》。

（88）贾信也无在家内，时不常的外面存。18.40

按："时不常"义为"经常"，大词典孤证出自高云览《小城春秋》。曲本中，"时不常"也会以儿化形式"时不常儿"出现，例："那妇女你也不嫌厌气？时不常儿来。今日铺中无坐，只有二位在内。一个出家人在内，是不该要的，快去罢。49.143"

（89）奸王他邀买人心与他出力，只想着夺取大宋锦江洪。18.150

按："邀买"义为"收买"，大词典孤证出自李国文《冬天里的春天》。

（90）你悬牌挂印为将帅，辖管六郡八十一州提兵领军机。身为都督职不小，除了吾儿臣下他属第一。竟无一条良谋把荆州取，出乖露丑诚心害我女花枝！19.345

按："辖管"①为"管辖"之义，大词典孤证出自孙犁《风云初记》。

（91）陈老爷说："李通，本院问你，你说窑头诓人作活不给工钱，累死为止，你为何又能挣钱养家呢？"20.355

按："诓人"义为"哄骗人"，大词典孤证出自沈从文《阿丽思中国游记》。

（92）胡二青闻听孔老爷之言反倒后怕，起来越思越想自己行。20.499

按："后怕"为"做完某件事后心中感到害怕，该事往往指危险或犯法之事"。大词典孤证出自邓友梅《烟壶》。

（93）为何不听老关话，竟往我们鬼吹灯。真若是不敢动刑瞎鬼混，快来磕头陪罪名，四位太爷高高手，让你过去定不成。21.70

按："鬼吹灯"为"鬼把戏"之义，大词典孤证出自柳杞《好年胜景》。

（94）不但管事的卢十看不到眼，连那一般帮助收掌的四爷们都是上下打量，撇唇咧嘴，真势利，相府豪奴那般气宇。22.6

按："咧嘴"义为"嘴唇向两边拉开"，大词典孤证出自杨沫《青春之歌》。

---

①　曲本中也使用了与之同义的"管辖"，例"他说他是名门后，宦家子弟有声名。老爷旗下官出品，梅林张乃是大人，管辖白旍都统印。36.165"但数量较少，主要使用"辖管"。

（95）春生将挑山对子之上又写书为王老东雅鉴，淮阳颍州东生手录。22.246

按："挑山"指"我国传统建筑中双坡屋顶形式之一，特点是屋面两侧伸出山墙之外"①，大词典孤证出自刘敦桢《同治重修圆明园史料》。

（96）饶这么小心又小心的，还保不齐闹打了眼，临期落个拍腿咂嘴喝凉水，往后来一辈子的窝心。22.250

按："窝心"为方言，表示"受到委屈、误解等，自己却不能辨明的苦闷"。大词典孤证出自老舍《骆驼祥子》，但曲本中却多处使用，例："那秋香在书房有一肚子的窝心，正无处可使呢！一见冯其善，不由的气满胸膛。26.156""四角台儿上是监人的罐儿，咱们俩，不论谁找了彼此都窝心儿。我劝你快下擂台去罢，我的那，架式拉开把不住门儿。30.356""在其位的评评礼，我还窝心是不窝？44.318"说明清代时，"窝心"就已成为一个常用的固定结构。

（97）特着人请到此间商议委派妥实之员护银打叠各官考语，还得出一张朝觐的告示，晓谕通行。22.287

按："妥实"义为"妥当实在"，大词典孤证出自老舍《月牙儿》。

（98）众位贤弟你们自知韩天化是庞吉的女婿仁宗的连衿，再也不想杨文广他比合朝官员硬正。23.38

按："硬正"义为"正直，问心无愧"，大词典孤证出自老舍《神拳》。

（99）今日将假宝蒙哄我朕，有欺君之罪，一定问斩。23.318

按："蒙哄"义为"用不正当的手段欺骗别人"，大词典孤证出自贺敬之《秦洛正》。

（100）咱员外，谁人不知眼皮子浅，那时管保也贤良。26.154

按："眼皮子浅"义为"目光短浅"，大词典孤证出自期刊《花城》。

（101）终日里，奔波途路化斋粮，到处遭心都是我，不住的，降妖捉怪打饥荒。27.242

按："糟心"义为"经历的事情不好，心中较为厌烦"，大词典首例书证引自聂绀弩《季氏将伐颛臾》。

---

① 罗竹风主编．汉语大词典第 6 卷 [M]．上海：上海辞书出版社，2008 年版，第 569 页。

（102）我当日，曾叫卖糖将我哄，从今不信嘴甜人。28.70

按："卖糖"义为"甜言蜜语"，大词典孤证出自萧军《五月的矿山》。

（103）谁知被大圣睄破，尊声师付，自古道客不欺主，主必敬客，你合这位先生串换个盅儿以表敬意。28.72

按："串换"即"交换"，大词典孤证出自周立波《暴风骤雨》。

（104）闵王骑的马岁身生，给文东，换了一匹骡驹子。28.331

按："骡驹子"指小骡驹，大词典孤证出自柳青《创业史》，但大词典收录的是"骡驹"。

（105）将狗血放在灯内，放上一根棉花捻子点着。29.58

按："捻子"义为"用纸或用线捻成的条状物，如灯捻子"，大词典孤证出自沈从文《生》。

（106）你竟是，满口胡言了不成，三纲五常全不懂，一味麻缠混死人。32.280

按："麻缠"义为"纠缠"，大词典孤证出自柳青《创业史》。

（107）再说我看这小子，愣头愣脑长的松，分明是个怯条子，那像公门应役人。34.44

按："愣头愣脑"形容"鲁莽冒失的样子"，大词典孤证出自杨朔《大旗》。

（108）五虎老爷终每日请闾，今日可遇见吃生米的咧。但愿这伙人打死五虎，我情愿吃常斋。34.396

按"吃生米"为"粗鲁、蛮狠不讲理"之义，大词典孤证出自老舍《四世同堂。

（109）你看那厮无道礼，他是杜保那边让人。假立文书当中保，在内窝挑把事生。33.453

按："窝挑"为"挑拨教唆"之义，大词典孤证出自《中国谚语资料》。

（110）口嗦佚经吐字真，憨声憨气嗓子大，喉咙湾转到受听。34.488

按："憨声憨气"为"说话声音粗大"之义，大词典虽有两例书证，但都出自梁斌《播火记》，故此处也将其看作是孤证。

（111）二位老哥，这三人的本领小弟知道刘六刘七他两有限，到是独角蛟还算浔起是绿林中的一个混子。35.150

按："混子"为"没有本事，混迹于社会的人"，大词典孤证出自陈登科

《赤龙与丹凤》。

（112）三人收什打哑谜，锁上房门往外行。35.151

按："打哑谜"为"说话隐晦，使人不明白"之义，大词典孤证出自沙汀《困兽记》。

（113）虽然饭食不缺少，犹如坐监差几分？35.319

按："坐监"为"坐牢"之义，大词典孤证出自许地山《换巢鸾凤》。

（114）周八与我是近邻，平日我睄不好样，我睄着，不是窝娼是卖娼。36.159

按：例中"窝娼""卖娼"都是清代词语，"窝娼"书证出自清代文献，"卖娼"书证出自现代文献，且为孤证。

（115）不多时，铁锨箩筐放在地，一齐打扫不消停。36.328

按："锨"义为"挖、铲东西的工具"，大词典孤证出自邢野羽山《平原游击队》。

（116）又听后面呐喊声，一个个，口中只嚷拿白起。不可放，走了穿黑挂皂人，挐住那，黑贼白起着刀剁，剐骨熬油点天灯。38.113

按："点天灯"古代酷刑之一，大词典孤证出自王皓沅《清宫十三朝》。

（117）先在那，针线簸箩里边找，回手又把枕头抓。38.320

按："簸箩"指"用竹子或柳条等编织成的、圆而稍浅的容器"，大词典孤证出自曹禺《北京人》。

（118）掂了掂，分两不差有十两，连忙的，装入兜囊里面存。38.321

按："兜囊"指"行囊"，大词典孤证出自孙犁《白洋淀纪事》。

（119）采芹闻听不怠慢，双手摘门掇门封。38.435

按："门封"，是古代官僚、富贵之家挂在门上表示自己身份或写有其他信息的木牌子，大词典孤证出自《中国近代反帝反封建历史歌谣选·夷氛私叹》。

（120）到庵内，九九八十一天皇忏，金庄菩萨一色新。39.75

按："皇忏"为《梁皇忏》的简称，大词典孤证出自茅盾《子夜》。

（121）那一件，青缎褂子却有年，浑身都是窟窿眼。43.233

按："窟窿眼"义为"小孔"，大词典孤证出自周立波《暴风骤雨》。

（122）咱们娘儿们都是自家，我老天巴地的竟有些个背晦了，口应是账，

又要什庅凭据？银子只管留下，好回去见大相公回话。43.354

按："老天巴地"指"年纪大"。除在《红楼梦》中写作"老天拔地"外，其他文献都写作"老天巴地"，如在鼓词《刘公案》的同名原著《刘公案》中同样章节也写作"老天巴地"，《红楼梦》《刘公案》都是创作于清代乾隆年间的作品，且大词典中"老天巴地"的书证出自现代文献，因此我们将"老天巴地"认作是清代词语。

（123）那怕你是他亲爹，不花费，他是往死了收什。43.335

按："那怕"即"哪怕"，表示"姑且承认某种事实"，大词典孤证引自洪深《电影戏剧表演术》。

（124）一共病了几个月，又不许愿又不烧香，一毛不拔求病好，这是白说不了场。43.378

按："了场"义为"结局"，大词典孤证出自赵树理《李家庄的变迁》。

（125）说罢一齐出了空房，带领兵丁每各处里搜寻，一找就找到个地窨子之中。43.395

（126）说罢一齐动手，将赵通合陈三恍打地窨里头掏出来咧。43.395

按："地窨子"即"地窨"，大词典收"地窨"，未收"地窨子"，孤证出自叶圣陶《坐羊皮筏到雁滩》。

（127）只见浑天真人把眼睛挤咕了挤咕，又把嘴张了一张，仿佛打了一个哈气一样，仍然低头不语。45.185

按："挤咕"指"眨眼示意"，大词典孤证出自老舍《樱海集》。

（128）我奉劝，列位千万加防备，不要大意总留神。世上最难防阴面，那一宗，阴气伤人来的凶。打头能折好朋友，阴面一句话戳心。46.176

按："阴面"指"外表和善而内心阴暗"，大词典孤证出自鲁迅《<三闲集>序言》。"阴面"曲本中也写作"阴面子"，例"阳人最怕阴气，任凭什庅样的英雄好汉最怕遇见阴不答的人，他的阴面子利害。列位不信，万一要遇见那阴面子，只用小扇子一搧，你白试试，管叫你死多活少。好事闹散咧，多年的交情会闹崩咧，买卖场中闹坏了，顽笑场中会闹出人命来咧，官场中能勾闹出天大之祸。46.176"

（129）我看你，今日进了死胡同，想要迯出万不能。48.87

按："死胡同"义为"没有出路的胡同"，多用于比喻，大词典孤证出自现代期刊《哲学研究》。

（130）王八精就在前边带之队，带之顶儿是一员官，王八脖子细、脑袋瓜不大点，专能勾请局混充肩膀儿宽，螃蟹横搂不勾。56.239

按："脑袋瓜"义为"脑袋"，大词典孤证出自束为《老长工》。曲本中也使用了其儿化形式"脑袋瓜儿"，如："奉周都督的将令吓，有宝剑在此，找刘备的脑袋瓜儿回话。13.21"

曲本中有、大词典中书证过晚且为孤证的词语还有"稿底""大天白日""抽抽""直性子""奶茶""酒话""沥沥拉拉""牛气""二不溜子""吸毒""看场""里里拉拉""牛气""二不溜子""吸毒""看场"等，曲本中例证如下：

（131）且说大人叫人看过文房四宝，亲自提笔打了一张行文的稿底。18.43

（132）此时素兰送了茶来，见门儿关闭，他便乍起庙来说："哟，大天白日里又不闹贼，怎么把门关上咧？"22.372

（133）行动仿佛腔腔噘，脸上抽抽满皱纹。45.123

（134）英雄坐在狼皮褥上，忽然想方才喝的奶茶这宗东西判对了景咧。46.286

（135）贫僧今日喝的便宜酒儿，有些醉了。我所说的这些酒话老官儿休要见罪呀。48.63

（136）光着脚，一双草鞋足下登，沥沥拉拉甚不堪。49.28

（137）化云龙称的起是有名的恶强人，比你这些毛贼胜强多少？尚且叫僧老爷拿住，别说是你这些鸡毛蒜皮无赖！扰在老师付的跟前吹什庅牛气？岂有此礼！49.264

（138）真应了那个话了，似你们这些二不溜子毛腾腾都不打僧人心上所过，你想可重用吗？49.306

（139）想当初是外国的汉奸贩来的烟土害中原，吸毒年深为害不浅。56.269

（140）割庄稼他送饭，到了后晌替咱去看场。57.100

曲本中有、而大词典中书证却引自现代文献且为孤证的词语数量较多，以上所列仅是其中的一部分，这种现象再次说明曲本词语具有极为重要的价值。

二、大词典中书证不是孤证

除书证为孤证的清代词语外，曲本中还有大量清代词语在大词典中的书证并不是孤证，这些词语表现情况大致如下：

（一）书证都引自清代文献

从源头看，任何词语都基于一定的时代而生，但产生后的发展速度及广度不通，如有的词语自产生后基本上只有一个理性意义，如"你""我""他""桌子""瓶子"等，这些词语的理性意义从古到今虽稍有变化，但后期的固定下来的理性意义却极为稳定，如"我"本义为"带齿的武器"，后其理性意义变为第一人称代词后，其义再无变化，基本上只有一个理性意义，曲本中也有大量这种词语。具体研究中，根据其间的细微差异，我们将其分为两类：

1. 清代特用词语

任何时代都有自己独特的社会存在，或具有为常见社会存在赋以新指代形式的独特思维和创新思维，由此就具有了相应的独特词语，如"分房""捐免"等，这些词语在一定程度上是对清代特有制度或风俗的一种记载于反映。

（141）陈公子看完心内犯想，偏偏的陶公又分房。就是他不分房，我也不能勾见他。39.187

按：据大词典，"分房"出自清代科举阅卷制度，"清代科举考试，南闱和北闱的同考官都分为十八房，分住东西经房，负有分房阅卷之责，故称"①。

（142）还有一件休错悮，不可捐免那戏文。掌柜的不可把他轻，照旧还得要唱戏。40.375

按："捐免"是清代一种通过捐银减免进入仕途手续的方式，《清史稿·选举志七》："试俸、历俸、实授、保举、试用、离任引见、投供验看、回避得捐免。平民得捐贡监、封典、职衔。清代捐途可谓广矣，虽然屡有限止，但逐渐宽弛。②"

2. 非清代特用词语

这类清代词语非是清代特用，而是受各种条件制约，大词典编者在编纂

---

① 罗竹风主编. 汉语大词典第 2 卷 [M]. 上海：汉语大词典出版社，2001 年版，第 574 页。
② 中华文化通志编委会编；宁欣撰. 中华文化通志·选举志 [M]. 上海：上海人民出版社，1998 年版，第 349 页。

时暂时没有没有找到现代文献中的用例，这部分词语比上一类词语的数量要多，如曲本中的以下清代词语，大词典为它们提供的书证都是出自清代文献，而无现代文献用例。

（143）咳，想这样缥致的后生，和他睡两夜，也不枉人生一世呵。5.38

按："缥致"义为"相貌、姿态美好"。

（144）新娶的媳妇婆婆惯纵，你打你骂我不心疼。嘴头上咕哝寔在难，你告诉我也是不中用，也是不中用。12.336

按："咕哝"义为"小声说话"。不仅它在曲本中的使用频率较高，其叠词 AABB 式的使用频率也较高，如："只见他口内咕咕哝哝念的也不知是些什么咒语，把手内蒂钟摇了个花嚼嚼的山响。20.196""先前还听见大人嘴内咕咕哝哝，到后听不见老爷言语的声音。20.389""这恶人，咕咕哝哝瞎捣鬼，那晓的，书童装睡话听真。38.434"从这些语境可以看出，"咕咕哝哝"的语法作用及语用与"咕哝"本身有很大不同。两者在曲本中的高频率使用，说明它在当时已经是一个常用词，但大词典中并未收"咕咕哝哝"，而有些词语的 AABB 式大词典中却收录了。这种现象为词典的编纂提出了一个命题，即一些相对特殊形式的词语的取舍已经以什么样的标准进行。

（145）只是我家老爷，公务未完，还有一会儿开门，可有什么谕单牌票①？ 13.429

按："谕单"是"清代皇帝或上级发给下级的文书"。通过词义可以看出，"谕单"的意义其实早有其他词语表示，如"札文""批答"，只是它是清代出现的一个表达旧行为的新词而已。

（146）哼！毛兄弟刚来，为何说起醉话来了？ 15.114

按："醉话"义为"喝醉酒时说的话"。

（147）我只说后世之人多养花水性，无非怕死贪生一些女流，又安知扬州烈女他偏学我？ 22.216

按："怕死贪生"即"贪生怕死"。

（148）幸尔那件大褂子还在，按着尺寸星夜起身飞奔城中定做，绝不惧事，不过我们大家公摊出几千两银子就是了。22.222

---

① "牌票"也是清代出现的词语，是上司开发给下属的执行公务证明。但大词典中的书证还出自现代文献，因此不将其放在此处进行研究。

按："公摊"指"共同分担"。

（149）公子打躬说："老大人在上，晚生等俱奉祖母之命前来与家叔祝五旬正寿。"26.96

按："正寿"指"五十及五十以上整岁时的生日"。

（150）我如今，顶名冒替为官去，强如为盗受搬驳。27.111

按："搬驳"义为"盘问"。

（151）但见他，明清目秀容长脸，白面高鼻耳有轮。33.159

按："容长脸"即"长方脸"。

（152）天霸班指且为定，催漕事毕把亲成。34.174

按："班指"特指套在右手大拇指上用来射箭时勾弓弦或装饰的圆形装饰品，它的写法还有"搬指""扳指"，曲本中仅有"班指"的写法。

（153）世界上那有这样大利息，这不是讹人吗？48.261

按："讹人"义为"利用某种理由勒索别人"。

（154）额娘为何太啬刻。56.180

按："啬刻"即"吝啬"。

以上清代词语仅有一个理性意义，曲本中也有大量多个理性意义产自清代的词语，换言之，不论其有几个理性词语，都产自清代。这些词语产生后，得到了广泛的应用并在较短时间内产生了多个理性意义，如"有脸"一词，大词典中有三个义位，它们在曲本中都有用例，如下：

一为"有脸面，有身分"，例：

（155）哥哥，咱哥儿们只一到了东齐，宣王把妹妹只们一封，妹子得宠，你我都是有脸的了哇。15.359

之二为"体面、光彩"，例：

（156）田虎听说不由呆獃獃发楞，胕中说好哇，我田虎熬出来了，越发走的有脸咧。21.150

之三为"好意思"，例：

（157）你自己躺下了，你还有脸问人呢？25.413

曲本使用了"有脸"一词的多个理性意义，与其产生于清代且其的确能准确描述相关的内容有关，大词典所列"有脸"三个义位的例证都出自《红楼梦》，充分说明该词在清代一经出现，就得到了广泛使用。

曲本中，像"有脸"这样的词语并不是个案，如"招惹"一词也具备此类特征。大词典所列"招惹"的四个义位，在曲本中都有用例，如下：

一为"招致引来"，例：

（158）佟老爷念罢西江月，招惹的军民不少，一齐打谅爷的品貌。21.216

二为"挑逗，勾引"，例：

（159）在街市上嬉嬉笑笑、卖弄轻狂，招惹的那些年少无知的棍徒围随在一处，故意的拥挤，捏手动脚，呫嘴摸胸无所不至。17.472

三为"触犯、触动"之义，例：

（160）况且他叫张有德，人却无德。他是人面兽心、口是心非之徒，故此民妇怕此人，难以招惹，又恐烧纸引鬼，故此不从给他送信。25.422

四为"搭理，理睬"，例：

（161）自家的产业全无，寻找那些老街旧邻，如今都务了本分不敢招惹于他。30.353

按：大词典中，"招惹"以上四个义位，前三个义位书证出自清代文献，最后一个书证出自现代文献。

大词典中，"敢自"有两个义位，曲本中都有例证，如下：

一为"自然，当然"，例：

（162）"你想回去不能勾，我们敢自不胡涂。""咳，我算上了你们的当，还有一言说在当初。"15.462

二为"原来"，例：

（163）姐姐说话无廉耻，敢自起了怜将心。16.434

按：大词典中，"敢自"两个义位的例证皆为作者自造，而其在曲本中的出现频率却较高，表"自然"义时，还写作"赶子"，例："'你赶子愿意早早死，我想断气也不中。''你说只说有元故，莫非身怀六甲形。'16.127"

"灯亮儿"一词也属于此类清代词语，大词典中所列的两个义位，曲本中都有用例，例：

一为"油灯"，例：

（164）治化一见手拿灯亮儿一一细看，睄到北头有一个牌子上写赤金累丝闹龙冲天冠。17.465

二为"灯光"，例：

（165）徐茂拿来在手中，摄足潜踪奔灯亮，来至跟前把步听。33.205

按：曲本中，"灯亮儿"也写作"灯亮"，例："一巡更二吊哨查问奸人，有罗春执灯亮忙上城楼。4.278""只用灯亮一盏，细茶一壶，吩咐外厢勤打更鼓，小心伺候。6.358""谁知窑内并无有直路，转过一个弯子来，睄是拉煤的那盏灯亮，刚走几步，又睄不见咧，所以忠良走着只觉的忽忽悠悠实难举步。21.124"上述例证表明，曲本中"灯亮儿"写作"灯亮"，有些并不是因为押韵要求，且其使用频率远高于"灯亮儿"，因此大词典中也应收"灯亮"。

"抬杠"一词，大词典中所列两个义位，曲本中也都有用例，如下：

一为"出殡时，用大木杠子抬灵柩"，例：

（166）众力抬槓①，肩头压的慌。11.281

二为"当事双方就某一个问题争执不下，大多数时候一方故意为难另一方"，例：

（167）今日个必是从此经过把官夸，师母、师妹只管看看，图什么，紫直个抬杠这算什吗？22.391

按："槓"为"杠"的异体字，大词典收"抬槓"，未收"抬杠"，显然，辞书编纂时收正字更为合适，故曲本中的"抬杠"用例就有了更为重要的意义。曲本中"抬杠"用例如下：

（168）你说巧不巧，将出门，那抬杠的溜了肩了。我是着急，恐怕把我师付栽出来，又搭着我离的近，这庅着我赶过去挈着背一探背住了，那灵罩不曾落哉。49.78

（169）姑娘来了庅？父母为你这里抬杠呢？先给父母请请安去。49.416

大词典中，"顶马"有三个义位，其书证都出自清代文献，曲本中皆有用例，如下：

一为"旧时官员出行时仪仗中前导的骑马差役"，例：

（170）想当初，咱两跟班作顶马，所仗年轻在妙龄，合洞小妖谁敢惹。28.152

---

① 此处为说明大词典收录情况，此处保留曲本原有写法"槓"。

二为"骑马在前引道"，例：

（171）天霸顶马在前行，也不鸣锣不喊道，犹恐照耀人怕惊。34.52

综上，曲本中"有脸""招惹""灯虎（儿）""抬杠""顶马"等词语，反映出清代人或各时代的人对自己时代新产生的词语或词义都有着敏锐的觉察力以及兴趣，在相关语境下会积极使用。

（三）书证具有多时代性

书证具有多时代性指在大词典中，同一个词语的书证属于不同的时代，具体到曲本清代词语，则是书证出自清代和现代，这类清代词语在曲本中的数量较多，充分表明曲本中的清代词语具有旺盛的生命力，同时，也是对汉语词汇系统能够稳定的重要原因，正是因为历代所产生的具有旺盛生命力的词语。

（172）担儿放在当院里，抬头睄见腌菜缸。2.39

按："当院"义为"院子里"。曲本中也使用了与之同义的"天井"，例："不必推让。什么兵器？可巧这门后有两根棍子。咱们天井去，还好有月亮。5.143"

（173）行路口焦渴，小店打中伙。4.270

按："中伙"指"旅途中间进餐"。

（174）非是为兄取笑你，你是个怕老婆的厚脸皮。4.272

按："脸皮"指"脸面"。

（175）人来，将前日告状的吴氏并那孩子一同带来，再到太医院，将那疯狂汉子一齐带来。13.418

按："疯狂"义为"发疯"。

（176）天地神圣，爷爷说杀，就杀起来咧，连我也要荡浑水咧。13.432

按："浑水"义为"混乱的形势"。

（177）我只得问问孙家在那住，新来乍到摸不着门。15.111

按："新来乍到"义为"新到某个地方还不熟悉环境、人或事"。

（178）媳妇哇，叫西院你昊二叔叔，到街上治办开丧的东西。再请你梅老叔与亲友送信才是。15.113

按："开丧"义为"开始丧礼或开始吊唁"。

（179）你在马号安歇去罢，我到上房告假便了。15.119

按："马号"义为"马圈"。

（180）进城不上几日，可巧有了活计。大爷一见说我好，大奶奶见面把我爱惜。15.119

按："可巧"义为"恰好"。

（181）这桌酒席虽非管家势派，却也颇颇的不俗，调和的滋味馨香，这都是玉姑娘的勺口。22.251

按："势派"义为"气派"。

（182）俗语儿说："漏勺烩汤白不中用"，保不齐赔了夫人把兵将伤。自寻苦恼将钉子碰，与我们毫无干涉谁叫他忙。22.262

按："保不齐"义为"说不定"。

（183）雄王一生吃软不吃硬，大闹周朝，何时他又怕过将广兵多？25.76

按："吃软不吃硬"指"接受以温和手段提出的要求，拒绝以强硬手段表示的胁迫"①。

（184）海上仙方那去寻？有了偏方我有救，没有偏方你扔崩，怎好回来见老道？27.241

按："扔崩"为拟声词，用于形容动作迅速。

（185）老奴才找我作什庅？莫非回过味儿来了，知道是个乱子？48.269

按："乱子"指"麻烦"。

（186）景思无奈，只得依从，赶着群羊，前去放青。56.143

按："放青"义为"在青草地上放牧"。

（187）隔壁庙里去出善会，你与二和尚对飞眼儿。57.120

按："飞眼儿"义为"眉目传情"。

（四）书证均引自现代文献

曲本中的某些清代词语，在大词典中的书证过晚，这些书证大多出自老舍、鲁迅、曹禺、周立波、茹志娟等人的小说、戏剧等作品。这种词语对大词典而言所起的作用是提前书证，对曲本而言则是证明它的词汇具有重要的

---

① 罗竹风主编；汉语大词典编辑委员会，汉语大词典编纂处编纂.汉语大词典3[M].上海：汉语大词典出版社，1995年版，第132页。

研究价值，对词汇史而言是为其近代汉语阶段的词汇系统增加了诸多新的成员。总之，曲本中的这些词语充分说明曲本虽为韵文，但它依然吸收、运用了大量的新词语，这部分词语尤其是其中的名物词具有极为重要的意义。部分词语如下：

（188）凑数的来了。2.77

按："凑数"义为"充数"。

（189）小人适才集上买东西，看见一个说相声的，实在说得好受听，小人站在傍边，学会他几句。2.241

按："受听"义为"好听"。

（190）（愣白）这买卖人的合气。（姚刚白）不要你合气。2.391

按："买卖人"义为"做生意的人"。

（191）吓！壮士，老汉从来是唾沫自干的人，纵然被人欺侮，有何较量。4.205

按："唾沫"义为"唾液"。

（192）也非是为兄弟将天瞒怨，难道说弟兄们终老林泉。4.248

按："瞒怨"义同"埋怨"。

（193）（内众白）拿疯子，拿疯子。（文通唱）都道我是疯魔汉谁猜得着，倒惹得无烦恼喜笑哈哈。2.380

按："疯子"指"患严重精神病的人"。

（194）（杀二人下）（众惊介）哎呀！不得了。（章唱）斩逃席向太后驾前覆命。2.403

按："不得了"用于形容"事情很严重"。

（195）（末白）吩咐随驾军士，一半馆驿伺候，一半在外采买花酒礼物，传言孙、刘二家结亲，使他不敢悔口。2.413

按："悔口"义为"因后悔而改口"

（196）眉头一皱心暗想，哎！须用妙计要假装。2.429

按："假装"义为"装作"。

（197）（张白）有劳将军到此。（魏白）应分当然。2.429

按："应分"义为"在职责范围内应该的"。

（198）（黄白）吓，可恼啊可恼，（唱）主公言词太含混，知俺老将便无

能。2.497

按:"含混"义为"模糊,不清楚"。

(199)玄德执意问名姓,被我遮掩混涵中。3.40

按:"混涵"即"混含",指"模糊不清"。

(200)我儿不必泪涟涟,为娘言来听心尖。3.112

按:"心尖"义为"心"。

(201)总都督之言,子敬、孔明在此为证,都督休得失悔吓。3.143

按:"失悔"义为"后悔"。

(202)(鲁呆介。周白)吓,大夫为何发呆?(鲁白)我何曾发呆?3.148

按:"发呆"义为"因某种原因对外界的事物不关注"。

(203)周郎服输未必肯。3.149

按:"服输"义为"承认失败"。

(204)不是眼红是手痒,军师端端偏心肠。3.176

按:"眼红"指"因为别人比自己好或有自己没有的东西而羡慕或嫉妒"。

(205)(马白)小畜生犟嘴。(珠白)我说的实话。8.123

按:"犟嘴"义为"顶嘴",曲本中也写作"讲嘴",例:"你还讲嘴。将事讲明,我还赠他。12.253"受押韵影响,也写作"犟嘴唇",例"高叫囚攘马大汉,休淂与我犟嘴唇。43.38"

(206)手提饭篮往前行,监中看看媳妇身。8.157

按:"饭篮"指用于盛饭的篮子。

(207)你是那里学了这两句书,来和我说歪理,不要教我薄你了。8.170

按:"歪理"义为"不正确的道理"。

(208)小子们听我说莫要捣乱,拴定了赛虎犬游玩龟山。10.313

按:"捣乱"义为"找麻烦"。曲本中有与之同义的"倒乱",例"你别倒乱了。12.308",大词典中,"倒乱"的孤证出自《老残游记》。

(209)你们都睄睄,这才是劲头儿呢。11.118

按:"劲头儿"义为"力量"。

(210)我给你哪行个骈礼儿罢,叫你哪着寔的憋屈拉。12.28

按:"憋屈"义为"因某种原因而心中感到气闷难受"。

(211)终日围之锅台转,最好喝酒爱华拳。12.32

按："锅台"指"灶台"。

（212）我望你哪讨个脸，你哪暂且回去，你哪也问询问询，他这尔也得打听打听。12.43

按："问询"义为"询问、咨询"。

（213）惜字要惜灰，勿好卷煤头。字纸勿好烧，灰弃地残踏。12.122

按："煤头"指"用于引火的小纸卷"。

（214）各位屋里向、墙壁上、抽斗里，定有废字纸破书本，可好费心送去，字纸炉里焚化焚化，免得人口不安，子孙目不识丁。12.122

按："抽斗"即"抽屉"。

（215）李广义大限之期，阎王殿上勾魂票已发。12.177

按："勾魂"义为"摄取灵魂"。

（216）兄弟你怕，我见了他，自打冷战。13.467

按："冷战"指"因害怕或寒冷而颤抖"，在曲本中也以儿化的形式"冷战儿"出现，例："他说是丙申说徽州韵吓，我一听打了个冷战儿。12.234"

（217）罢哟，这们个空儿，又眼馋咧。14.124

按："眼馋"义为"眼红"。

（218）坐在床头仔细看，只见先生面焦黄。定定精神方要问，呀，见一物件被内藏。15.105

按："焦黄"义为"干枯而发黄"。

（219）那大头鱼好吃多咧，喷香，外带着甜呢。15.120

按："喷香"义为"香气很浓"。

（220）（上二丑）"跑马拉。""就怕出征。""应当门户。""也是西松。"15.138

按："西松"即"稀松"，义为"水平一般"。

（221）"哦，当初却是胡弄你，你算入了套儿难秃芦。""你们敢是愚弄我？不叫我去救国母？"15.462

按："胡弄"义为"欺骗，蒙哄"。

（222）"亲家，你不知道，自从到了山上，心广体胖，见天总是爱吃，一日都是好几个饱，比每年吃的些乎没。""多吃点子奏是了。"16.165

按："见天"义为"每天"。

（223）呸！玉娥听罢红了脸，今个莫非有颠风，世界上那有君子这样论？只们称难道莫非你家兴？16.166

按："今个"义为"今天"。

（224）陈大户，一闻狗儿话，说的这些话，他这里，二目圆睁发了愣怔。17.74

按："愣怔"义为"发呆"。"愣怔"义同"楞怔"，曲本中两者使用频率基本相同，例"英雄睄着不识望，听他言词发楞怔。乜呆呆，瞅着殿下不语言。47.100"但大词典中，两者首例书证的时代不同，"愣怔"的出自现代文献，"楞怔"的出自清代文献。显见，两者的区别仅在于第一个字的书写形式，尽管大词典给出的释义有所区别，但实际上两者用法完全一样。通过研究发现，曲本中有些清代词语也有不同的写法，且明显不是讹字，但大词典只收录了其中的一个。实际上，大词典在处理此类词语的时候，很多都提供了不同的写法，之所以没有收录曲本中清代词语中此类词语的另一种写法，是因为曲本整理本面世晚于大词典的编纂时间，因此大量的此类词语没有被收录。这也是本文认为曲本词汇系统对汉语词汇系统具有重要价值的原因。

（225）若说起咱家本官性儿好，就只一件儿爱想银，审问官司净瞎扯，糊里糊涂闹不清。18.41

按："瞎扯"义为"瞎说"。与其同义的"瞎扯蛋"在曲本中写作"瞎扯淡"，例："你睄你，进门净是瞎扯淡，满口胡言假装疯。信口胡说就可打，不成管事礼欠通。48.52"且大词典中，"瞎扯蛋"的书证出自现代文献并为孤证。

（226）郡守之言尽礼，与其束手受死，何不拿几个垫背的，也是汉子气象。18.363

按："垫背"义为"代人受过或让人代自己受过"。

（227）我等在家常挑脚，一百多斤不嫌沉，今日挑着担子实觉重，数里压的汗浑身。20.1

按："挑脚"义为"替人搬送货物挣钱"。

（228）拜托贤弟求我干爹亲身到抚院衙门走走才好。20.443

按："拜托"，求他人办事时的敬辞。

（229）想罢站起离板凳，假装酒醉乱恍身，东倒西歪打饱嗝，故意的干

哕又恶心。21.132

按："饱嗝"指"因吃饱后胃部气体散发而发出的声音"。"饱嗝"在曲本中也以儿化的形式出现，例："那消半盏茶时，满腑内异香扑鼻，不住的乱打饱嗝儿，登时精神百倍。46.200"

（230）沿途说说讲讲，爷儿三个倒也提神。22.230

按："提神"义为"使精神振奋"。

（231）题诗句本事清高斯文之事，落笔时，第一墨迹最喜光堂，雪白的纸儿漆黑的字。再搭着诗中词句音韵幽香，只要写作两般都好。22.248

按："光堂"义为"光洁平整"。

（232）看了看四顾无人，只得自己磕磕绊绊回家去通知了街邻，在各处寻找并无踪影，只得慢慢的打听下落。26.441

（233）老者说："小师付你敢情是害眼呢？"行者说："非也。我们当和尚的从不害眼。"27.203

按："害眼"为"患眼病"之义。

（234）要去到，溺炕一夜不睡觉，擦黑儿醒到亮中天，老猪定要前有数。28.71

按："擦黑儿"即"傍晚"。

（235）共有二十个香火僧缘，这如今，一个个全都知事务，顶大的不过二十二三。30.369

按："顶大"义为"最大"。

（236）恶贼扎挣说没乱，磕磕绊绊把话言："姐姐你、你休害怕！高声叫，教人听见把咱拿。"33.329

按：以上两例中的"磕磕绊绊"意义不同，前者是"因为各种原因走路费力的样子"，后者是"因为各种原因说话费力、结巴的样子"。

（237）身穿夹袄光棍调，却是足青面子新。35.120

按："夹袄"义为"双层的上衣"，曲本中又写作"袷袄"，例："身穿一件清洋布大袷袄，外套着蓝布马褂。56.153"

（238）一睁眼睄见地下立着根顶门杠子，连忙伸手，刚然拿起，只见公差的铁拐离顶门不远。35.154

按："顶门杠子"指顶门的木棍，大词典收"顶门杠"，未收"顶门杠子"，但曲本中都以"顶门杠子"出现，例："先说那，公差徐茂不怠慢，他也连忙奔二门，摸着了，顶门杠子多沉重。徐茂拿来在手中，蹑足潜踪奔灯亮，来至跟前把步听。33.205""蒋士贵，闻听此言心大怒，獠牙咬的响连声。口叫：'苍头你先去，将那个，顶门杠子手中擎，等我到了递与我，我先入内打贱人。'39.70"

（239）想当日在望江楼棋盘会上不曾拿住你这个丑妞儿，你与宣王逃回国去。37.113

按："妞儿"义为"女孩"。

（240）不见娘娘影共踪，只有个，小小石人盒里放，黑不溜秋赤条精。37.336

按："黑不溜秋"义为"颜色深黑，黑得难看"。

（241）李二楞，吃的过卖发了楞，暗说此人有点疯。这些人，东西他也装的下，肚子内，管保发胀不受用。39.317

按："发胀"指"某物由于装东西过多或因病而过满"。

（242）我想世上竟有这样能人，这个哑巴亏只得吃了。40.395

按："哑巴亏"义为"不便说出或无法说出的亏"。

（243）只听"呼噜"一声塌了一个窟窿，把他掉在人间爱房里去咧，将人家的碗盏也踮咧。43.499

按："呼噜"为拟声词，其在曲本中以多种形式出现，如"呼噜噜"，例"就叫好汉将身子一歪，呼噜噜酣睡如雷，犹如小死一般。23.60"有时"呼噜"还会以"呼噜呼噜"的形式连用，例："谁知他把酒涌上来了，不但不能扒起，躺在地下'呼噜、呼噜'竟自睡了。34.343"

（244）海潮老祖见有人来破阵，忙在台上把令牌用仙剑把子"当""当""当"系了三下。44.391

按："把子"为"柄"之义。单音词"把"作为"柄"义，早在南朝时就已出现，《文选·潘岳〈射雉赋〉》："戾翳旋把，萦随所历。"吕向注："把，柄也。戾翳之柄，萦曲随雉之行，使不见也。[1]"清代时才以双音词"把子"的形式出现。

---

① 夏征农，陈至立主编．大辞海 语词卷 1[M].上海：上海辞书出版社，2015 年版，第 55 页。

（245）毛爷想罢，膘着腮帮子在牛上叫声："徒弟，我要打阵去。只因你毛师叔说的我脸上下不来了，单人要显一显能耐。"44.362

按："膘"义为"凸起"。

（246）列位想想，苏国母如何是死的？真要死了，这书也不用说了，节骨眼儿也没了。47.55

按："节骨眼儿"义为"事情发展的关键点或时期"。

（247）清辰一早运不通，师付你好不懂眼，来化缘，你也看看行不行。48.6

按："懂眼"义为"识货、内行"。"懂眼"在曲本中也常以儿化的形式存在，例："酒铺中的过卖迎出，说：'师付，你好不懂眼儿，从无见过大清早起，才挂出幌子，连一个座还未卖呢，你就来化缘。'48.6"

（248）这可就奇怪了，咱们说话，是谁搭茬儿？这可是活见鬼咧。48.23

按："活见鬼"义为"奇怪、不可思议"。

（249）破着姥娘不依我，我一定，想个方法去哄怂。48.94

按："哄怂"义为"劝说"。

（250）这位爷楞头楞脑的跳上花园后墙，听了听里面鸦①雀无声，楞爷竟自"刷"的一声跳将下去。48.137

按："楞头楞脑"义同"愣头愣脑"。

（251）我在你这里要是不合适，我就小车子一个人咕噜，好不好？48.268

按："咕噜"为拟声词，形容东西转动的声音。

（252）看了会覆去翻来全不解，并且有许多生字又辨不出是张王。54.443

按："生字"指"新字，还未学习的字"。

（253）有一个说戏也听俗有些个腻味，倒有个新鲜的所在其妙非常。54.444

按："腻味"义为"腻烦"。

曲本清代词语在大词典中书证均引自现代文献的部分清代词语还有"卖

---

① 曲本中写作"雅"。

命""搭茬儿""活见鬼""嘎咕""摊子""难友""打哈哈"①"溜光""道道子"②"一星半点""溜溜""溜达",曲本中例证如下:

(254)这也就奇了,咱们领赏出差的勾当,他如何知道?再其次,又说是什庅朋友卖命的钱,这件事到叫人心中照影子。48.22

(255)提起这个人来,年纪不过十八九岁,生的真清清秀秀的。那脾气真有些嘎咕,那光景还有别义。48.248

(256)快给我,咱俩就散摊子。48.419

(257)他三个,见面不黑更不明,举头有话叫和尚,照应难友在房中。48.485

(258)众僧人别要打哈哈了,想个方法,我也帮着办办。49.2

(259)老僧别要听他每,这些人,全是溜光闷坏的僧,一心要,撵我出去这座庙,叫人心中怎样行? 49.4

(260)这秃驴有些个道道子,怎庅说话之中有好些闲言闲语。49.42

(261)掌柜的,你好胡涂!我们的东西不是一星半点,难道放在这里还看不见庅? 49.126

(262)咱们总没有什庅干的,溜溜闹了一夜。49.184

(263)愿意跟着呢,就走;不愿意跟着呢,就在别处去溜达溜达。49.185

除以上单个义位的词语外,曲本中还有多个义位的清代词语,其义位在大词典中的书证都引自现代文献,如"厉害"一词。大词典中,"厉害"共有三个义位,而曲本中,涉及了"厉害"的全部义位,且书证都出现现代文献。具体如下:

一为"猛烈的手段",例:

(264)到不如,给他一个真厉害,管把草寇要除根。36.258

二为"难以对付或忍受",例:

(265)好一位,利口能言刘伴伴,施展舌剑与唇枪,句句言词真厉害。42.347

---

① 下文"打花花哨"与之义同,例"贫僧说来是自然,你等别打花花哨,到底儿,快把师付装起行。49.2"

② 大词典收"道道"。

三为"猛烈、剧烈",例:

（266）这和尚来的果然厉害，怎広毛手毛脚的？我明明见他闹到二堂上去，什么工夫又出来了？ 49.239

（四）多义位清代词语首例书证的时代有差异

曲本中很多清代词语有不同的义位，据大词典，这些义位产生的先后顺序不同，如有些义位的首例书证引自清代文献，有些义位的义项晚于清代。如同音词"上身"。"上₁身"为名词，有"身体的上半部分""上衣"两个义位，其首例书证分别引自清代文献《儿女英雄传》和现代文献《北京人》，其在曲本中的意义为第一个义位。"上₂身"为动词，有"穿在身上""招惹到身上"两个义位。首例书证分别引自清代文献《奈何天》《二十年目睹之怪现状》，其在曲本中的意义为第一个义位。"上₁身""上₂身"在群中的例证分别如下：

（267）有一件小小锦直裰，暂且遮住上₁身。前途如遇店道集场再买两件好衣服遮体。你的意下如何？ 27.179

（268）孩儿还有一件未上₂身的小衫，拿去典当些钱文，咱父女便可度日。26.288

再如"发烧"有三个义位，曲本中使用了书证为清代文献的两个义位，至于另外一个书证为现代文献的义位，曲本没有使用。"发烧"的这种情况表明了词义的动态性特征，一个词语的多个义位可能在同一时代产生，也可能在不同时代产生。对一个词语而言，能在同一时代产生不同的义位，其大多是用来描述一些常见事物或现象。如"发烧"在曲本中的两个义位分别表示"因生病而体温升高""因做错事或受到某种刺激而体温升高，此种情况下主要是脸部温度升高"，它们在曲本中的例证分别如下：

（269）三公子，一心委屈难以诉，只觉的，浑身发烧筋骨疼。17.319

（270）好汉听见膙皮话，恍杆李坐在那里只发獃，满脸发烧红过耳，干自张嘴说不出来。21.131

大词典中，"烧锅"共有三个义位，其在曲本中例证如下：

（271）咱们当铺烧锅里杂货店，尽管去。20.449

（272）在烧锅里面尸首一块一块放上，又盖上锅，这才点火烧的连声所

响，将肉煮熟，拿出喂了犬。20.455

（273）八戒说既叫我烧锅，锅上锅下交给我何妨？27.224

按：大词典中，例（271）中"烧锅"的书证为词典编者自造，其义为"做饭用的锅，其材质大多为铁或铝，现代多为不锈钢或其他材质"；例（272）和例（273）中"烧锅"的例证出自清代文献，其义分别为"用柴火、煤块等烧火加热锅中物品"及"卖烧酒的店铺"。实际上，"锅"作为炊具的名称，早在晋代就已出现，曲本中"烧锅"一词三个义位的使用，说明当时人们已充分注意到将炊具和烹饪方式联系在一起的特点。

相较以上词语而言，"咕嘟"一词的情况则较为复杂，其在曲本中的部分例证如下：

（274）赛蝉玉揪住他母亲的胳膊推在床上坐下，咕嘟着嘴说道："难为你老这么大岁数儿听不出人家的话来，好娘的浑胆哪！"22.34

（275）又听舡舱水声响，只见大水咕嘟冒。36.281

（276）金星连忙来至娘娘的跟前，把娘娘的夜容盆取将出放在唇上，长庚偺了一口稠咕嘟的恶吐沫，对准了娘娘的脸上，连连啐了三口。37.292

按：例（274）中，"咕嘟"为"嘴巴撅着、鼓着"之义，大词典书证出自清代文献。例（275）中，"咕嘟"为拟声词，形容与液体有关的声音，大词典书证出自现代文献。例（276）中，"咕嘟"为词缀，无义，与词根"稠"一起，表示"汁液浓稠"之义。曲本中在表例（275）中"咕嘟"之义时，常用"咕嘟嘟"，例："正在着急为难处，咕嘟嘟往上冒水灌孟津。18.289""咕嘟嘟跑到煤窑高阜处，连多打战话难云。20.344""有义的女子更殷勤，咕嘟嘟酒斟了一茶盅。20.389"

（277）有些人，跑了进去忙通禀，出来了，乱七八糟人数名。49.56

按："乱七八糟"义为"杂乱无序的样子"。

第二节　大词典中曲本清代词语书证源出文献特征

源出特征指的是曲本清代词语在大词典中的书证出处，即主要引自哪些文献。泛化看，这种研究是以曲本为立足点，探究大词典引用文献的特征，同时在曲本的范畴内系统化清代词语，并分析其特征；具体看，该研究可以充分揭示曲本词汇的内涵与特征，展示其在清代词汇系统中的地位乃至整个汉语词汇系统中的价值。

（一）书证源出清代文献类型

大词典中，曲本所用清代词语有很多引自清代文献，将这些词语系统化整理，等同于是以大词典为参照，在曲本范畴内对清代文献的一次清代新词考察。这种做法具有多重价值：一是可点明曲本的词汇价值；二是附带挖掘相关文献的词汇价值；三是可发现大词典参照清代文献的特征；四是可为大词典中诸多只有孤证的清代词语丰富书证。以上价值仅是就词汇本身及大词典编纂而言，就参考价值而言，该研究还可为相关研究提供语料。

整体看，曲本清代词语在大词典中的首例书证大多引自小说以及笔记、史料等相关文献，其中尤以小说为多，包括《红楼梦》《儿女英雄传》《聊斋志异》《白雪遗音》《三侠五义》《好逑传》《老残游记》《儒林外史》《二十年目睹之怪现状》《官场现形记》《玉娇梨》《荡寇志》《说唐》等。这些小说中，《红楼梦》是引用频次最多的小说，换言之，通过两者在清代新词新语的相同或非相同词语方面的展示，在说明曲本是清代新词新语集大成者的同时，也表明了《红楼梦》词汇系统实际上是清代新词新语的集大成者，即我们研究曲本中清代词语时，实际上跳出了曲本本身，将视角放置于了清代的整个新词新语系统。因此研究本身既具有专题词汇研究的性质，也有断代研究的性质。

下文我们以与曲本清代词语重合度较高的《红楼梦》《儿女英雄传》等为例，列举其中的部分词语说明。

1. 源出《红楼梦》

曲本与《红楼梦》共有的清代词语数量极多，除上文已用部分外，其他部分词语还有"木雕泥塑""大喜""了不成""发怔""几儿""害臊""受用""顶梁骨""点手""门闩""抽搭""随口""打趣""臊皮""犯不上""下作""下子""黑更[a]半夜""瞎话""东睄西望""丧话""咬舌""马猴""幸亏""一屁股""布菜""道喜""拐孤""牙碜""盘算""左不过""左不

——————
① "更"，曲本中写作"景"，是方言中发音。

是""哭天抹泪""撞客""大发""长篇大论""直眉瞪眼""叨噔"ᵃ"半吞半吐"等，它们在曲本中的例证及词义分别如下：

（1）众文武被欺压木雕泥塑，要学那王莽贼谋篡山河。3.324

按："木雕泥塑"用于形容人木然不动。

（2）今日是你大喜的日子，不许伤心。3.345

按："大喜"义为"祝贺用语，主要用于结婚、孩子出生等场景"。

（3）众将只说了不成。烧的三军齐叫苦，霎时乍了万马营。15.163

按："了不成"义为"情况严重"。

（4）一阵火光逃了生，坐在山坡只发怔。利害利害真利害，险些我今丧了命。16.483

按："发怔"义为"发獃"。

（5）我问你，你几儿来接我？8.4

按："几儿"义为"什么时候"。

（6）我倒放了你，你倒不害臊。15.169

按："害臊"义为"害羞"。

（7）只从到任以来，真正受用无比。咳，只是无有个中意的夫人，叫人终朝不乐。16.100

按："受用"义为"舒适"。

（8）安人赵氏，闻听刁氏这一句话，好一似顶梁骨上走了真魂。17.8

按："顶梁骨"即"顶骨"，大词典为孤证。

（9）包爷点手，唤过走堂的，问到将才出去的这位贵姓高名，望其指教。17.17

按："点手"义为"招手"。

（10）这张华手拿门闩就打，也叫宝刀削成两截。17.421

按："门闩"指插在门后防止门被推开的杠子。

（11）迈步连忙进小院，来在窗外站身形，侧耳留神听屋内，隐隐的，抽搭悲声是妇人。18.63

按："抽搭"指"抽泣"。

---

① 《红楼梦》写作"叨蹬"。

（12）老将随口说出这句话，其实腑内不安宁。19.327

按："随口"义为"未经思考顺口说出"。

（13）惟有凤雏先生心中暗笑孔明，视这江东无人物了，竟自打趣臊皮来了，真正可恶！19.376

按："打趣"与"臊皮"同义，表"开玩笑"义。

（14）还有下作小冤业，抓起饽饽放口中，不管软硬就一口，也不嚼，往下一咽进喉咙，噎的两眼薄头样，伸着颈子瞪着眼。21.30

按："下作"义为"卑鄙下流"。

（15）打几下子无要紧，就只吊的骨节疼。21.206

按："下子"为动量词，表动作的次数。

（16）老姐儿两个仝着小姐互相议道："目今印已是封了，还有什么大事黑更半夜的审讯？"22.273

按："黑更半夜"指"深夜"。

（17）笑嘻嘻说："奴婢前来给姑娘们道喜，并非瞎话也不是胡诌。"22.371

按："瞎话"指"假话"。

（18）上浮楼来，东晭西望，只见二人走到后边去说道："员外爷在这里吃酒呢。"26.1

按："东晭西望"义为"到处看"。"晭"为"瞧"的异体字，大词典收"东瞧西望"，未收"东晭西望"。

（19）说一句丧话你两接与信，那怕洪某我遭抢，被人拿住上了绑，也不差人把你寻。24.101

按："丧话"义为"丧气不吉利的话"。

（20）最可笑，说话咬舌还犹可，还带着，结结巴巴说不清。坐在了，椅子上面猴狲样，他的那，身量好像压油墩。26.152

按："咬舌"俗称"大舌头"，即说话时舌头在不该触碰齿背的时候也经常触碰到，进而导致说话不清的一种现象。

（21）从古信有周公礼，今日蒙脸装马猴。27.219

按："马猴"大词典解释为"猕猴"，并举《红楼梦》二十八回中的例证

"女儿愁，绣房撺出个大马猴"①。赵志忠（2016）在研究"马猴"一词时，所举也为该例证，认为其是"猴"，其凭借依据是如果不是猴子，就不会"撺"。根据曲本例证中的动词"装"及语境，"马猴"也为此义，同时，"马猴"的此义在曲本中也有明确例证，即"他是一个老母马猴，本是夫妻两个，所生一男一女，子叫白猴，女叫三华姐，四口终日参星拜斗，苦苦修持。25.334"

（22）祖上行为不公平，大斗小称将人哄，重利盘剥使欺心，临到陈宗该绝嗣。幸亏他，为人生来最忠诚，广行善事斋僧道，修桥补路济贫穷。27.290

按："幸亏"义为"幸好"。

（23）张雄一屁股坐在牙床之上，分付使女快摆一桌菜酒，待我先敬你奶奶三杯。27.387

按："一屁股"义为"快速地坐下"。

（24）该官往来张罗，巡酒布菜手忙脚乱。28.491

按："布菜"指主人或服务者将桌上的菜肴分盛给参席人。

（25）众朝臣，闻听此话齐道喜，大家散朝转家中。32.3

按："道喜"指祝贺别人。

（26）众公，这内中有压油墩李四比别人有些儿拐孤，一傍答言大叫，"这么胡第六的马第九的，你两过来，那有大工夫与他唠叨"。32.106

按："拐孤"即"古怪"。

（27）蓝双玉餍口吐沫劈脸就啐，说："小寿儿，亏你噙的出来不嫌牙碜！"44.32

按："牙碜"用于比喻话语不堪入耳。

（28）一路上虽然坐在车上，无心观景，尽情盘算，胡思乱想。40.255

按："盘算"义为"筹划谋算"。

（29）在坐上，口内长吁嗐了声，只说："好歹任凭你，左不过是我孤穷，或是生，我死全在你们两，说好你就去调停。"44.300

（30）朕出无奈淬应承，由着你，二人变着方法闹，左不是孤将合兵。叫死多少多少丧，也无非，你们作罪我孤穷。44.330

---

① （清）曹雪芹，高鹗．红楼梦上 [M]．长春：长春出版社，2018 年版，第 220 页。

按：以上两例中的"左不过""左不是"意义相同，都只"反正不过（是）"。

（31）这老儿哭天抹泪说："女儿此去，要你敦重贤良，莫要急性的顽皮，闹一身黄泥颜色，可无人陪你。"48.272

按："哭天抹泪"用于形容哭哭啼啼的样子。

（32）半准是遇撞客，送送岁儿定成功。48.276

按："撞客"义为"碰到鬼邪"，方言中"客"常读作"kei"①。

（33）我元是喝大发了，想是在此躺躺儿，谁知闹出这些人来。48.490

按："大发"表程度，指超过了限度。

（34）人是铁饭是刚，你说一顿两顿三顿不吃还使浮，左不是个饿死，这是长篇大论，这是玩的吗？49.130

按："长篇大论"义为"内容很多"，有时用于贬义。

（35）且说这众英雄听了济公之言，一个个气了个直眉瞪眼。49.183

按："直眉瞪眼"形容生气发怒的样子。

（36）只说稳定丧残生，偏偏的，来了告状人两个，番案叨噔此事情，圣旨赦了兵备道。50.81

按："叨噔"义为"啰嗦，麻烦"。

（37）寻不成自尽，全不了名节，只怕反落贼人之手，只怕臭名难洗，所以才用半吞半吐打动皇娘。51.75

按："半吞半吐"指"说话说一半留一半"。

（38）转心袜子脚指头在外边，搪寒就仗着那块骆驼屉，硌的你骨头生疼，叫奴可怜。56.445

按："硌"指因接触到硬物而感到难受。

以上仅是曲本与《红楼梦》同有的部分清代词语，曲本中类似于这样的词语非常多，此处就不再一一举例说明。这些结构形式不一的清代词语在《红楼梦》及曲本中的大量使用，至少说明了两个问题：一是清代新词语的数量极多，已经到了足够影响文学艺术作品用词的程度；二是清代各类作家们具有接受新的语言形式、新思想、新文化等的积极意识，并能主动将其呈现

---

① 调值因方言区而异。

在自己的作品中。当然，曲本与《红楼梦》重合的清代词语数量多，并不等同于这些清代词语全都出自曲本改编自《红楼梦》的内容。实际上，由于作者前期已经对《红楼梦》子弟书中的清代词语做过研究，因此这里的词语基本上没有出自曲本中与《红楼梦》有关的内容，这种现象是清代词语广泛活跃于当时交际领域的重要表现。

2. 源出《儿女英雄传》

《儿女英雄传》是清代满洲镶红旗人文康的一部小说，其语言价值和文化价值极高，这也是曲本有改编自《儿女英雄传》的同名作品鼓词的根本原因。以大词典为媒介，可发现两者之间也有大量重合的清代词语，除以上已涉及的，其他部分清代词语如"争吵""赌气子""嘟啵""厌气""难缠""不要紧""半拉""瞎闹""岔路""油泥""门框""治公""油滑""乌烟瘴气""吵翻""雅座""纬帽""酒窝""印子""抓挠""洋布""抬杠""烟毒""搭撒"等，它们在曲本中的例证及意义如下。

（39）你二人不必争吵。11.100

按："争吵"义为"争论吵闹"。

（40）他问人家是见天他来取呢，还是几天一送？众人听他这话，赌气子全不管了。12.51

按："赌气子"义为"负气"，在曲本中也常以离合形式出现，如："罢了，罢了，好一个忍刑的狗官！你要不说难道放你不成？赌着气子把鞭子扔下。35.163""班豹带怒赌着气子出了洞门，心中不忿，只说：'待我寻些柴来放火，给他把巢穴烧了，看他下山不下！'44.141"从"赌气子"的离合形式可以看出，"赌气子"以离合形式出现的条件是其结构中间只能添加动态助词"着"。

（41）是拿砂子迷你的眼来之？来一荡，望我嘟啵嘟啵，来两荡，我嘟啵嘟啵。今个我有几句话，可容我嘟啵？ 12.336

按："嘟啵"义为"唠叨"，大词典的书证都出自《儿女英雄传》，故曲本该例证可丰富大词典的清代书证。

（42）怎么这么厌气？那老虎倒像通人性似的，放下他老子，就扑了我来咧。我就是这么一扁担，竟没打着。14.275

按："厌气"义为"讨厌"。

（43）只觉头迷眼发黑，只个小辈甚是难缠。怪道吾儿被擒去，神武他又中刚鞭。15.140

按："难缠"指"难以对付"。

（44）咳！你拉倒，那个印可不要紧哪，你只个小模样子，我可舍不的呀。15.295

按："不要紧"义为"不重要，没关系"。

（45）将这妖道一剑砍下半拉飞边，竟自逃遁去了。16.34

按：半拉义为"一半"，曲本中又写作"半喇"，例："我在烟花三四十载，手里从没放过半喇。^{55.500"}

（46）可知不完咧，你们两不用瞎闹咧，已就是已就咧，还闹煞呢。16.281

按："瞎闹"义为"胡闹"。

（47）这一日，双羊岔路眼前横，包兴看见两条岔路，站住心中暗想也不知是走那边是好。17.44

按"岔路"^①义为从路上分出来的路。据《旧京琐记》^②"岔路"中的"岔"本是清代日常写作中的一种字的无用，其本字应写作"跅"或"叉"，现在的常用写法是"岔"，这一点曲本中就已经表现出来。因为曲本基本上都写作"岔路"，例："不想今早走了岔路，走到这条背道上来，走了半日，肚中饥饿了，没处打尖。11.123""猛抬头，双羊岔路在途中，不知那条是正路。25.409"故"岔路"中的"岔"可以算作是一种讹字取代原字的典型案例。

（48）他的那，脸上的油泥原有一钱。17.211

按："油泥"指"含油的污垢，常用来形容一个人长久不洗脸时的状态"。

（49）恶奴将妻打倒地，手拿着那两金钱进我房门，扶住门框身乱恍。18.65

按："门框"将门固定在墙上的木框或其他材质的框子。

（50）蒋干说："在此恐误你家都督他治公，告辞都督回归去。"19.254

---

① 大词典中，"岔路"的另一个义位首例书证出自《醒世姻缘传》，因流行观点认为的作者为明末清初的兰陵笑笑生，故此处将"岔路"看作是清代词语，而非清代词义。

② （清）旧京琐记 [M]. 北京：北京古籍出版社，1986 年版，第 47 页。

按:"治公"义为"处理公事"。

（51）单一妇人年岁不大，嘴儿巧，狠油滑。说:"有婆婆老眼昏花，去年个我才守寡，没生儿一个娃娃，因这荡差，把吃奶的孩子交给他姥姥是我的妈妈。"22.219

按:"油滑"义为"圆滑"。

（52）父女之间天性相关，在房中兜番闲气，打老婆骂丫头，正自闹浑乌烟瘴气，忽闻得圣旨降临，命他入宫朝见，恰好似炮震雷轰，木雕泥塑，唬浑愣鹅一傍。22.346

按:"乌烟瘴气"用于形容环境嘈杂、恶劣等。

（53）就因这个吵翻，又教外边客人听见反为不美。32.280

按:"吵翻"义为"吵闹，吵架"。

（54）安放小曲就不是，引诱良人把小弟坑。雅座内，添上娼家养妓者，行院之中争几分？自己静中颠夺想，正是个，牵头毛怎算人！33.450

按:"雅座"指酒馆、茶馆等场所独立的小房间。

（55）来往之人止住步，一个个，打谅忠良为民臣。纬帽一顶头上戴，帽攀扣紧显红缨。那时头上并无顶，难分官居几品臣。34.88

按:"纬帽"是清代一种没有帽檐的凉帽，在竹或藤编织好的轮廓上覆以纱。

（56）长的雪白的脸蛋，黢青的头皮，两道蛾眉、一双杏眼衬着那小腰子嘴，脸蛋上还有两个酒窝。43.409

按:"酒窝"指人笑时腮部出现的小窝，如出现在嘴角两侧下端则称之为梨窝。

（57）地上有样踪迹漏，马蹄印子甚分明。45.276

按:"印子"指痕迹。

（58）以上的情节，诸公可要牢牢紧记，不定那时候拾道① 起来，咱们大家在抓挠抓挠。要是忘了，又得费事。48.371

按:"抓挠"义为"做事、干活"。

（59）穿一件，布衣胜过綢② 绫缎，洋布夹袄花儿锦。48.456

---

① "拾道"即"拾掇"，表"整理"义。
② "绸"的异体字。

按："洋布"指用机器织造的平纹布。

（60）姑娘来了厷？父母为你这里抬杠呢？先给父母请请安去。49.416

按："抬杠"义为"争辩的双方利用对方的言语攻击对方"。

（61）见了他先把头低下，眼皮儿往下一搭撒。只说是身子有些儿不受用，头疼脑热眼发花。55.495

按："搭撒"义为"垂下"。

与《红楼梦》子弟书不成系统的改编不同，乱弹《儿女英雄传》是对其同名小说的整体改编，即按照小说的原有框架和情节布局，甚至其中大部分的语句与原小说完全相同，这就意味着乱弹《儿女英雄传》与其同名小说有共同的清代词语，本条所举清代词语基本上属于词类。这种现象反映出了安康的语言水平极高，以至乱弹《儿女英雄传》的作者都放弃了另选词语描写故事情节。从这个层面看，考察曲本清代词语在大词典中的源出文献特征，不仅是简单的对比、整理工作，也是对清代词语及相关清代文献的一种小视角研究。

3. 源出其他文献

与《红楼梦》《儿女英雄传》不同，虽然其他文献中也有大量的清代词语，但其与曲本重合的较少，或者说，它们与曲本一样都有某个清代词语，但是由于其书证没有被列为首例书证，因此显得较少，除以上已列出的词语外，其他文献的情况大致如下。

（62）连问数声无人应，只才活该属他人。15.134

按："活该"，大词典首例书证引自《老残游记》。

（63）再者，一时不逃走，产如来到了不成。15.198

按："了不成"义为"了不得"，大词典所举首例书证出自清代无名氏《香袋子》。

（64）原江南人氏，随军立功，后在陕西米脂县作过守备。我买通丞相杨国忠，新进洛阳元帅。16.38

按："买通"义为"用钱使别人同意做某事"，大词典所举首例书证出自黄六鸿《福惠全书》。

（65）他与那吴连之妻认干亲，每日里，明来暗去他家住。17.26

按："干亲"指通过结拜、结交等关系而建立的一种没有血缘关系的亲属关系，大词典所举首例书证出自《歧路灯》。

（66）看毕胜虎目之中泪直倾，只好再再托长老。24.447

按："再再"表"多次"之义，例出川剧《柳荫记》。

（67）打听弃舍呢多咱走，在何处，打尖住宿访个明。34.77

按：清代时，"打尖"指人在旅途中休息吃饭。大词典所举首例书证出自福格《听雨丛谈》，且福格指出了它的起源："今人行役，于日中投店而饭，谓之打尖。皆不喻其字义，或曰中途为住宿之间，乃误间而为尖也。谨按《翠华巡幸》，谓中顿曰'中火'。又见宋元人小说，谓途中之餐曰'打火'。自是因火字而误为尖也。①"

大词典中首例书证出自清代有"走堂"，它在曲本中既能以"走堂"形式使用，也可以"的"字短语"走堂的"的形式使用。曲本中例证为：

（68）爷儿四个一齐用，饥不择食自古云。大家用毕放下筯，走堂来把账算清。32.273

按："走堂"指古代饭馆、酒馆等场所的服务人员，大词典首例书证出自李虹若《朝市丛载》。"走堂"在曲本中主要以"走堂的"的形式出现，例："走堂的烹了二碗香茶，拿来四个茶盅· 17.17""卞九州在三家店吃了一个酒足饭饱，叫走堂的过来算还了账。走堂的上前把家伙归起，劈溜乒叉共算了三钱二分银子。44.39"其次是"走堂儿的"，例："这馆中只有掌柜的、卖坐儿的、走堂儿的、开门的、管账的、写报子的，还有几个贴报子的、茶房管水的这些人不敢动。40.111""走堂儿的，溜出铺外一溜风，跑到家内叫员外，我家夫人被人楞。47.219"

大词典中首例书证出自清代李渔作品的有"贼头贼脑""口头语""上气儿不接下气儿"等，曲本中例证为：

（69）方才这个人有些不好，天霸说他长个贼头贼脑。33.31

按："贼头贼脑"指"偷偷摸摸、鬼鬼祟祟的样子"。

（70）要想我的亮吗？说个京里口头语你听。馅饼刷油，白饶不值外带着煤黑子打秋风散炭。43.249

按："口头语"指"老百姓日常的习惯用语"。

---

① （清）福格撰，汪北平点校. 听雨丛谈 [M]. 北京：中华书局出版社，1984 年版，第 223页。

（71）陶能这时候累的上气儿不接下气儿，吁吁的直喘，汗流满面。48.142

按："上气儿不接下气儿"指"由于奔跑或体力劳动等累得气喘吁吁或喘气困难"。

除上文已举例证外，曲本清代词语在大词典中首例书证出自《儒林外史》的还有"上当""三番五次""回拜""呼哧""推搡""蹶子"等，曲本中例证为：

（72）你害我我害你看谁上当，不学那三齐王被你计诳。2.385

按："上当"义为"受骗"。

（73）国丈庞吉真可恨，实然他胆大欺君毁谤君，万恶滔天行奸诈，三番五次害狄青。23.404

按："三番五次"义为"多次"。

（74）伍明甫说至其间长吁气，又把列位口内称，不劳你家爷回拜，我无有寓所，立刻就登程。24.364

按："回拜"义为"回访"。

（75）毛爷走至高堂上，居中归坐闭双睛，呼哧呼哧假发喘。28.420

按："呼哧"拟声词，形容喘气声。

（76）男女授受不亲，又难以推搡拉扯，这却如何是好？35.392

按："推搡"义为"用力推"。

（77）李真主忙忙站起，率领蛮将蛮王等帐外上马，乱烘烘往前冲踣，迎头遇着火牛"哞""哞""哞"的吼叫，撩起蹶子来往前冲踣。47.243

按："蹶子"指"驴、马等动物用后退使劲往后踢"。

除以上例证外，曲本清代词语在大词典中首例书证出自清代《三侠五义》的还有"鼻青脸肿""鬼计多端"，曲本中例证为：

（78）待我收宝，勒令。（道跪）摔了我一鼻青脸肿。15.130

按："鼻青脸肿"用于"形容脸部伤势严重"。

（79）诸葛亮鬼计多端人难料，无故的，擅自回兵有隐情。20.285

按："鬼计多端"指"坏主意很多"。

除以上已举例证外，曲本清代词语在大词典中首例书证出自清代《官场现形记》的还有"似的""高帽子"，曲本中例证为：

（80）老道约不要紧，就只是李三带了来的那十个大汉一个个长的虎羔子似的，要是保老道的，依着我睄有些扎手。20.339

按："似的"为比况助词，用于形容事情、事物或动作行为等相似。

（81）袁达这个匹夫好戴高帽子，我如今既要哄他吃酒，少不的奉承他几句。31.303

按："高帽子"义为"恭维奉承的言语"。"高帽子"曲本中又写作"高帽儿""高帽"，例："他老人家虽说是这等脾气，却是吃顺不吃强，又爱戴个高帽儿。11.194""陈大勇，方才说的这席话，也有深义在其中。竟给贼人高帽戴，然后看风把船行。43.351""高帽儿""高帽"，大词典均未收。

大词典中首例书证引自《黑籍冤魂》的清代词语为"烟毒"，例：

（82）有朝一日，你的烟毒犯，小命儿难逃。56.269

按："烟毒"指"吸食鸦片对身体造成的毒害"。

总之，大词典选择清代文献的范围虽然较广，但所依据的重点文献为《红楼梦》《儿女英雄传》《官场现形记》《儒林外史》《三侠五义》《二十年目睹之怪现状》，等等，这些文献的生活化语言成为清代新生词语及词义的存留舞台，成为后世研究清代词语的重要参考文献。至于曲本作为专类体裁作品，其所使用的清代词语无论是在数量还是新颖性上都是清代无可替代的文献作品。因此，尽管本研究对其做了一定的研究，但在广度及深度上，还有很大的提升空间。

第三节　大词典中无出处的曲本清代词语

大词典中无出处的曲本清代词语分两种，一种可称之为例证，由大词典编者自造；另外一种则可称之为无例证的词语。为与上文统一，本节将例证改为书证，将曲本中的这些清代词语分以下两类。

一、书证为大词典编者自造

大词典中，曲本清代词语中部分成员的书证为大词典编者自造。从词语本身看，它们有的常用、有的非常用，但不论哪种，为其提供有出处的书证似乎更有说服力。如"一黑早"，大词典所举书证为"他今天一黑早就起来了"。笔者认为，这种书证可说明"一黑早"在现代的使用情况，但未反映出它在古代的使用情况，且该书证又与有文献出处的书证不同，从一定程度上看，对不了解"一黑早"在现代使用情况的受众而言，其可信度、说服力不高。基于此，如曲本中有该类词的书证，我们也将其列为提前书证，例："一黑早，差派秋香将银送，不知道，因何却把命丧生。26.171"再如"咬牙"表"咬紧牙关忍受痛苦或折磨之义"，大词典书证为"清洗伤口时，痛得他直咬牙"。曲本例为"这刑具，令人观睄个个咬牙。神见愁，鬼见怕。26.192"此例用"咬牙"一词形象地写出了包公所用处决犯人的三口铡令人观睄就感同受刑的气势，故此，这些词语实际上应该有出自古代文献的用例。曲本中有用例而大词典中书证为编者自造的部分清代词语如下：

（1）主公黄鹤楼饮宴，命你带兵埋伏土岗子，本月十六日迎战周郎，不得有误。3.442

按："岗子"指高于地平面的土坡。

（2）似这样活头儿我了不了，姐们的骑马布我都洗到了。5.173

按："活头儿"义为"生存的乐趣"。

（3）题罢诗来打哈气，（困介）好一似神差鬼卒追。6.424

按"哈气"即"哈欠"。

（4）吓，我何曾说会医病？那晓得开什么药单？7.292

按："药单"即"药房"。

（5）吓，你是四川人，怎么跑到我们柜子里来了吓？9.465

按："柜子"与箱子形制类似，都是用于装东西的器皿。

（6）因我二老无后，每日吃斋行善，看经念佛，总不受孕，也是枉然。10.209

按："受孕"义为"怀孕"。

（7）他中状元作高官倒有六唱路七载，撇父母不瞅不睬。14.181

按："不瞅不睬"义为"不理睬"。

（8）哦，这就是了。可是哥哥，那个杆子可是你扛着，我可拿不动。14.244

按："杆子"指长而细的柱状物。

（9）世间若有钟无艳，我孙操再也不敢来出征。说到此间心害怕。毛着

去罢。15.161

按："毛"即"猫"，义为"躲藏、躲避"。表此义时，曲本中都写作"毛"，例："急急回里走，君妻回东宫。急速闭上门户，毛着不敢吱声。15.224""好好毛着在家中。15.231"它们都出自某种戏词《英烈春秋》，"猫"写作"毛"，是作者的书写习惯所致。

（10）方才肖豹起铸铁山回来，告诉颜真卿战死山前，故而我急急禀知元帅。16.124

按："起"为介词，等同于"从"。

（11）（出丑大王升帐）自幼生来不上相。（爱恍）光棍堆坂横走闯。16.483

按："上相"指人照相好看。

（12）将才这一阵大风刮的奇怪，这其中，必有奇冤古怪事情。17.17

按："将才"义为"刚才"。

（13）这座平阳却属卫民县管，合登封搭界。18.27

按："搭界"义为"交界"。

（14）曹真闻听，心中一乐，要迎接副将给他个好看。20.274

按："好看"即"难看"。

（15）这桌酒席虽非管家势派，却也颇颇的不俗，调和的滋味馨香，这都是玉姑娘的勺口。22.251

按："勺口"指厨师的手艺。

（16）店小二说："仙长有所不知，那几年我们庄村逢集之日，买卖人也来的多，赶集的人也来的不少。"20.477

按："逢集"指"集市举行"，大词典等辞书依据《现代汉语词典》将其释义为"轮到有集市的日子"[①]，不确。

（17）我呢，又是个胎里素，只用一碗一碟也不要酒，也不要面食，只吃米饭，连茶水带房钱灯油、伙计的零钱一包在内，给你二钱银子。26.126

按："一包在内"指"一切包括在内"。

（18）监禁子，正与玉墨来吹嗬，见一人，监外他把禁子呕。说到是："少

---

① 中国社会科学院语言研究所词典编辑室.现代汉语词典（修订本）[M].北京：商务印书馆，1978 年版，第 381 页。

时有人把监探，你们可，小心伺候莫要装求。"26.165

按："嘵"义为"吹牛"。

（19）不敢紧行慢走道，登时间，来至柜房门外存。32.282

按："柜房"义为"商店的账房"。

（20）大叫老道好大胆，留下名单作何情？34.422

按："名单"义为"列有姓名的单子"。

（21）这位刑所陆有文他乃是王圣先提拔起来的。他是个监生，后来尚走恶人的门子，狗头狗脑的。48.13

按："狗头狗脑"义为"行动鬼鬼祟祟的样子"。

二、大词典未提供书证

曲本中还有一些词语，大词典中并未举例，此类词语我们也暂将其看作是清代词语，如"芥菜""发书""票庄""嘴喳喳""过账"，等等。

（22）三月里的芥菜，起了心啦，小蛮子。2.362

按："芥菜"为蔬菜名。

（23）世之大贤比孟母，再不肯发书唤亲生。3.67

按："发书"义为"发送书信"。

（24）这虽不甚要紧，却才先生叫我向周瑜如此回答，虽然一时说了出口，展转寻思，于理未然。3.144

按："却才"义为"刚才"。

（25）方得展六韬大机谋，一恁他移营寨暗计收。3.288

按："一恁"义为"一味"。

（26）（徐白）胆量是小的，饭量是大的。3.334

按："饭量"指一个人一顿饭所吃食物的数量。

（27）唔！这柴火有硫黄气味。3.351

按："硫黄"是一种化学元素，气味较大。

（28）将我封在养老院，万岁爷一天三问安。4.365

按："养老院"为官方或私人建造的收留老人的机构。

（29）拿耙子。众妖元人全暗上，白衣白。4.484

按："耙子"指在一个长柄的顶端镶上锯齿状的部分，用于农具或兵器，其顶端制作原料为木或铁。

（30）适才见兄好面善，原来台驾到此间。适才冒犯真大胆。5.3

按："适才"义为"刚才"。

（31）有船你还走旱道么？7.483

按："旱道"义为"旱路"，隶属方言。

（32）汝所习者外功，我所习者内功，是英雄者无不能也，何足奇异乎？
8.164

按："外功"与"内功"相对，是一种锻炼身体各部位的武功。

（33）无有往南京去的，都是往口北喇吗庙去的。8.286

按："口北"泛指长城以北地区。

（34）你夫妻二人，谁有外衣，脱件与顾老爷穿着。8.403

按："外衣"指外穿的衣服。

（35）丫环们，吩咐外面套车伺候。10.56

按："套车"指把车套在拉车的牲口上。

（36）虾蚌精、黑鱼精、赖团精、螺虾精、银鱼大仙众上。10.115

按："银鱼"为鱼名。

（37）启禀二位寨主，小人打探旅顺德丰会票庄，金银不少，特来禀报。
11.66

按："票庄"，大词典释义为"票号"，齐如山（2008）指出"票庄"指明
了的语源及使用范围，"票庄"属于简称，其"原名'汇票庄'，后省去'汇'
字。此本银行之性质。从前山西人握全国财政权，在各大城市皆设有票庄，
专与官商汇兑款项。以其汇兑皆须开票，故名。按此名词各省虽有，而知者
只官场大贾，至农工界多不知之。北京则人人口中有此名词"①。据此，"票庄"
在北京以外的地方使用范围有限，在北京内则人人都知道，即"票庄"是当
时使用较为频繁的一个词语，诸多文献资料中都应有记载，但大词典却未给
出书证，如梁启超1912年写给女儿的信中就有"票庄"一词，"山西票庄见
吾服国服，于是欢迎我，汝叔闻此，便立刻易服，汝谓可笑否"②。

（38）（姑白）我是礼拜寺出的家。（远白）别胡说八道的，礼拜寺没你们

---

① 齐如山．北京土话 [M]．沈阳：辽宁教育出版社，2008 年版，第 17 页。
② 梁启超．梁启超家书校注本 [M]．桂林：漓江出版社，2017 年版，第 395 页。

这项人。12.40

按:"礼拜寺"即"清真寺"。

（39）嗄唷唷！是粪坑拿起的一张烟包纸吓。12.117

按:"粪坑"指"用于储存粪便的大坑"。

（40）父母双亡，未能合厝，这倒是我一桩心事。12.123

按:"合厝"义为"合葬"。

（41）休得把虚脾来掉，休得把虚脾来掉。嘴喳喳弄鬼妆妖。13.81

按:"嘴喳喳"义为"热闹"。

（42）吓，刀鎗、扁担、通条、火筷子等。13.147

按:"火筷子"指"夹炉中煤炭等燃料或通火用的工具。用铁制成，形似筷子，一端有铁链连结"[1]。大词典初版中并无书证,后在《大词典订补》[2]中添加了出自《老残游记》的书证,这种情况说明大词典中有些词语没有书证,不是因为它们不用书证,而是受条件限制,大词典编者暂时未找到书证,这也是辞书不断修订的原因之一。

（43）（净白）哪,你那里可有下酒菜吗?（丑白）有。鱼虾海蜇。13.365

按:"海蜇"为生活在海里的肠腔动物。

（44）这些时无处征伐,我在那界河边恰才巡罢。13.367

按:"恰才"义同"刚才"。

（45）洒家不过会几路无用花拳,见不得高人。14.36

按:"花拳"指"姿势好看却不中用的招式"。

（46）（鼓中白）醉鬼呀醉鬼,（唱）你的朋友在那里,这一跤摔倒,倩谁扶起。14.111

按:"醉鬼"指"酗酒成性且经常喝醉的人"。

（47）短幸的冤家！幸短的牢拉！既知是马家,何须问咱！何须来问咱！14.212

按:"牢拉"为詈词。

---

① 罗竹风主编.汉语大词典第7卷[M].上海:汉语大词典出版社,2001年版,第17页。

② 汉语大词典编纂处编.汉语大词典订补[M].上海:上海辞书出版社,2010年版,第794页。

（48）孙贵柜房正过账，听说死人急上前。15.114

按："过账"指"过去指商业上把帐目由甲帐转入乙帐，现在簿记学上则指把传票、单据记在总帐上或把日记帐转登在分类帐上"①。

（49）二姑娘配姨丈，美中添美天家愿意了，你又拿唐②呀。16.90

按："姨丈"义为"姨夫"。

（50）也亏他，急中生计要瞒人，一倒手，剑把向里尖朝外，双膝点地跪在尘，口中不住呼恩相。18.233

按："倒手"指"把东西从一只手换到另外一只手"。

（51）孙权帮助日可领新兵守寨，众位看孤与曹兵比并。19.332

按："比并"义为"较量"。

（52）这宗藤子生于山涧中，盘千石壁之内。乌戈国的人把藤子采取，浸于油中。20.199

按："藤子"指擅于攀援植物的藤蔓，有的能编织东西，如古代的藤甲。

（53）且说于抚院在煤窑已经住了七天的光景。20.341

按："煤窑"指用人工开采的小煤矿。

（54）陈老爷说："李通，本院问你，你说窑头诓人作活不给工钱，累死为止，你为何又能挣钱养家呢？"20.355

按："工钱"即"工资"。

（55）恶贼说："好会顽儿啊，有这庅大口气，为什庅不去吹糖人去呢？"20.405

按："糖人"指用热糖浆吹制而成的各种事物。

（56）你想当真要算命？那却是个鬼吹灯，那就应了时兴话，老道错打定盘星。21.120

按："时兴"义为"流行"。

（57）这里的欧阳春看了一看，日已西坠，离黄昏不远，英雄施展飞檐走壁之能，蹿上房去，藏在天沟之内探听倪继祖的下落。26.466

按："天沟"指设置在屋顶上相应各处的泻水的水槽。

（58）这一日大醉，倒在铁板桥边松阴之下睡着，忽见两个人拿一张批文，

---

① 罗竹风主编.汉语大词典第10卷[M].上海：汉语大词典出版社，2001年版，第974页。
② "拿唐"即"拿糖"。

上有孙悟空三字，走进身来。27.69

按："批文"义为"上级或有关部门批复的文件"。

（59）今日江中遭凶险，因此胎动不安宁。27.107

按："胎动"指"胎儿在母体子宫内活动"。

（60）这一回书按着官板《西游记》上的原文提目下的是，四圣显化试禅心。27.215

按："官板"指"官府刊刻的书籍"。

（61）莫非他是天主教，不敬神灵把天地尊。既是异端三教外，为什么，童儿打扮是玄门？又许僧家将门迎？他师付，三十三天讲什么经？27.223

按："天主教"指"基督教的一个旧派"。

（62）天保闻听打腰中取出一物，名为软梯。此物有指头粗的一根线绳，那头是钢铁打就的铁环，上有五个爪儿，就如飞抓之类。35.181

按："软梯"指用绳子制成的梯子。

（63）哥，你听这小子来的王道不王道？35.464

按："王道"义为"霸道"。

（64）蚂蚱天黑按营寨，拉拉蛄到响钟鸣。36.348

按："拉拉蛄"为"蝼蛄"的通称，大词典未举例，"蝼蛄"一词书证则引自清代文献，但曲本未使用此词。

（65）拿酒添菜续烧饼，并要一盔子黄溪①酱，两把子大葱。39.317

按："盔子"指类似瓦盆但又比瓦盆深的器皿。

（66）且说黄直买了个羊脖子，打了一瓶烧酒，又把毛头帋买了十几张，这才回衙来到监门。43.451

按："毛头帋"也叫"东昌纸"，其质地较为粗糙，常用来包装东西或糊制窗户，曲本中也写作"毛头纸"，例："李能时下那消停，回身忙取毛头纸，又取清泉碗水就，左手拿纸右手水碗。20.405"

（67）有几个，认浔西湖的疯和尚，头宗那股粘涎劲，你若招他准不依。48.142

"粘涎"义为"举止行为、言语等让人生厌"，曲本也使用了它的重叠形

---

① 此处当为"稀"。

式"粘粘涎涎",例:"酒保闻言抬头看,认得西湖醉济公。暗暗的,说道今日又不顺,偏偏来了这个僧,粘粘涎涎又来搅。48.180"

(68)带着一个八件表,绢子荷包两边配着。香色套裤白绫袜,福字履鞋也值五吊多。56.174

按:"套裤"指"罩在裤子外面的,用以御寒或保护裤子的无腰裤"①。

通过上面的分析可以看出,曲本清代词语在大词典中没有书证或没有引自任何文献的书证,不是因为这些词语不需要书证,而是因为大词典的相关编者出于各种原因没有为其提供有出处的书证。理论上看,这些词语的词义固然不难,但有比它们词义更为简单的词语大词典却提供了书证。基于此,本研究也将这些词语列出来,以证明即便大词典没有给出书证的词语,其实在古代文献中都有用例。

第四节　曲本中未见于大词典的清代词语

曲本中有很多词语未被大词典收录,这些词语有的为常见词语,有的是清代专有词语。但这一类清代词语由于受曲本作者用字及使用频率的影响,有的难以确定是否可将其列入大词典未收清代词语范畴,例"捞稍"一词。

(1)李升出了刘家迈步前行,自言自语心中盘算往姐姐家再要几吊钱来好捞稍。34.425

按:"稍"即"赌本"之义,《古今小说·临安里钱婆留发迹》:"自古道:'稍粗胆壮。'婆留自己没一分钱钞,却教汉老应出银子,胆已自不壮了,着了急,一连两局都输……婆留那里有心饮酒,便道:'公子宽坐,容在下回家去,再取稍来决赌何如?'②""捞稍"即"捞本"之义。因为在其下文同样的语境中作者就换用了"捞本",例:"我今再取钱几吊,周意经心可留神。但能捞本打胜仗,我也就,嗷杨不顽才趁心。34.425"据大词典"捞本"也是清代新生词语,大词典所举首例书证出自《红楼梦》,但《红楼梦》中写作"捞稍",例《红楼梦》第七三回:"原是我们老奶奶老糊涂了,输了几个钱,

---

① 罗竹风主编.汉语大词典第2卷[M].上海:汉语大词典出版社,2001年版,第1543页。
② (明)冯梦龙编著.喻世明言[M].长沙:岳麓书社,2019年版,第201页。

没的捞稍，所以借去，不想今日弄出事来。①"而曲本中都写作"捞稍"，例"这等是你太脸热，才射一箭何为能？老爷你，把钱送来不要了，不想捞稍解解疼。若据索某心中想，连射九支才趁心。32.11""只想捞稍脚步快，那管天黑路不平。34.425""捞本"却仅见1例，说明清代人更乐于使用"捞稍"，换言之，与"捞本"同义的"捞稍"在当时实际已经是一个常用词，根据曲本的写法，"捞稍"似比"捞稍"更常用。

抛开"捞稍"类词语，曲本中有些清代词语则较好判定是否为大词典所收录，根据笔者调查，曲本中未被大词典收录的部分清代词语如下：

（2）看罢神像忙跪倒，声声不住念穷殃。2.39

按："穷殃"义为"不吉利、不愉快的话"。

（3）奴婢启奏大王，今有秦国遣磨长胡伤来国下书，请主御览。2.162

按："磨长"应为"陌长"，而"陌长"即"伯长"，是古代地方官的统称。大词典未收"陌长"。

（4）娘子，我一命不起，别无挂碍，只是有累娘子，如之奈何？2.292

按："挂碍"义为"牵挂"。

（5）耳听得众兵丁闲言毁谤，掌生杀俺就是那取命阎王。2.85

按："毁谤"义为"通过说别人坏话败坏别人名声"。

（6）吾兄窫生，乃系横产，所以甚为不喜，欲立我为世子。2.116

按："横产"指胎儿不是以头朝下的姿势出生，而是脚朝下或者背部等朝下，极易引发难产。

（7）红颜当配夫随往，纵是哭丧又何妨？2.247

按："哭丧"指在为长辈亲人举行的丧葬仪式中大哭，主要是子女为逝去的父亲或母亲哭泣。"哭丧"从古到今都是中国丧葬仪式中的重要仪式，有的人甚至请外人为自己逝去的长辈亲人哭丧。

（8）（衰白）哎呀！蒙兄不弃，寒儒焉敢不遵？兄庚几何？（伯白）桃年四旬。2.252

按："桃年"代指年龄，古人在别人寿辰时，常常送桃，祝福对方长寿之义。其源来自王母娘娘种桃年的典故，王安石《元日》诗中也有"总把新桃

---

① （清）曹雪芹. 红楼梦·卷2[M]. 北京：民主与建设出版社，2016年版，第212页。

换旧符"。所以，用"桃年"代指"年龄"即为顺理成章的事。

（9）吾儿临终之时，老汉与他坐在围榻之上。2.266

按："围榻"指类似于椅子有靠背的坐具。

（10）他一家养猪，众家扶养，一日送食不到，轻者是打，这重者……2.389

按："扶养"此处义为"帮助供养"。

（11）（付上白）稍丁快来。（丑白）来了。2.408

按："稍丁"义为"撑船的人"。

（12）我朕金殿传旨命，晓谕合朝文武卿。4.112

按："我朕"为曲本中皇帝的自称，"我""朕"属于同义连用而形成的词，曲本中多次使用，例："我朕问他炼丹访仙，出于寡人本心，与阁老无干。9.372""兵困郯城运气到，活该我朕出龙潭。15.258""咳，你把、你把我朕苦胆都吓破了，再也是不敢去的哇。15.340""我朕虽不比孔孟，广览词章战策篇。33.5""我朕"的这种结构是曲本中常用的一种结构形式，即"第一人称代词＋名词"，例："白起领兵来助魏，我膑不忍动刀兵，两次三番将他躲。怎奈那，白起不肯撤回兵，说不浔，孙膑总得破杀戒，那管秦邦五万兵。31.167""我小人，平素之间蒙抬举，先派跟班后门公。驸马如今身有难，我费升，情愿舍死救主公。31.178""我孙膑，提兵前来非困魏，为的是，擒拿庞涓把恨伸。31.197"故可将其认定为"我朕"是曲本中大量"第一人称代词＋名词"结构的一个泛化产物，需说明的是，曲本中，"第一人称代词＋名"的同位语结构主要见于戏剧部分，鼓词及其他部分少见。

（13）你反听他背耳之言，害我一死。4.261

按："背耳之言"指背后议论别人的话，多指坏话。

（14）好一悟空，胆大猴头，将这灵牌拿来，冷本参人，该当何罪？5.6

按："冷本"指诋毁、歪曲事实的奏本。它主要出现在各种曲艺作品中，并且和"参人"形成了固定的"冷本参人"结构，曲本中也多次使用，例："公子莫要冷本参人？10.394""岂能冷本参人，少时圣上临殿，先动老贼一本。10.394"

（15）哦，咱家为了朝廷之事，昼夜的心焦，想不到你在马台石上打睡，会梦见一个投军的？9.203

按："马台石"是清代富贵人家在大门口放置的两块用于垫脚上马的石块，福格对此做了描述："京师阀阅之家，门外置石二块，形如叠几，谓之马台石，又曰上马石。[①]"大词典收与之同义的"马台"，实际上，"马台石"早已是一个固定的结构，例"上得马台石[②]上，正要上马，通象是有人从马台石上着力推倒在地"[③]。从时间上看，"马台"的产生时期早于"马台石"，后者应是在前者的基础上复杂化的结果，是对其原料的强调。

（16）兄昨日听见几位朋友讲起，说老师在河工上有个小小的挂误，却也不知其详。11.98

按："挂误"义为"冤枉"，属北京方言，老舍在《偷生》中曾使用该词。"挂误"在曲本中多次使用，例："这是什么萨官板儿脖铐，两大钱的火烧，掰开就吃，犯了事，我们跟着你哪打场挂误官司，这也有点儿干系呀。14.248""他本是武举出身，作过一任运粮千总，因为他押运漕粮，来到通州遭了漕粮的挂误，把个千总丢咧。43.239"

（17）华忠，算清账目，共吃多少人的店钱，骡子麸料共是多少？11.105
按："麸料"义为"饲料"。

（18）哎呀！不好，这是勾脚痧转腿肚子，快些给他刮出来才好呢。11.107

按：该例出自乱弹《儿女英雄传》，目前有关"勾脚痧"的例证也都出自小说《儿女英雄传》，但不同学者对它的解释不同，如有学者将其解释为"中暑"[④]，有学者将其解释为"绞肠痧"[⑤]。绞肠痧病症类似霍乱，如清代陆以湉《冷庐杂识·干霍乱》："干霍乱，心腹绞痛，欲吐不吐，欲泻不泻，俗名绞肠痧，不急救即死。[⑥]"根据曲本上文的描述："我家的老院，他口内哼哼唧唧的

---

① （清）福格撰，汪北平点校.听雨丛谈[M].北京：中华书局出版社，1984年版，第224页。

② 岳国钧主编《元明清文学方言俗语辞典》（贵州人民出版社，1998年版，第218页）"马台石"条中，本处"马台石"写作"马台"，缺"石"字。

③ （明末清初）西周生著，夏海晏校注.醒世姻缘转[M].武汉：崇文书局，2018年版，第24页。

④ （清）文康.儿女英雄传·上[M].北京：华夏出版社，2013年版，第42页。

⑤ （清）文康.儿女英雄传[M].长春：长春出版社，2017年版，第42页。

⑥ 俞理明.历代笔记小说俗语词汇释·上[M].成都：四川大学出版社，2020年版，第196页。

这半天，言道腹内疼痛，也不知是什么病症？11.106"可知"勾脚痧"确为"绞肠痧"，而不是"中暑"义。

（19）倘忽找着了，必然给你哪留在柜上，要是找不着的时节，你哪过几天到这儿。12.27

按："倘忽"义为"假如、如果"，义同"倘或"。

（20）（远白）非老礼的话。12.28

（21）（远白）非老理的话。（甘白）你哪瞧之点儿，我卷铺盖了。12.29

按："老礼"义为"旧规格"，例中"老理"即"老礼"。

（22）讲到咱们这行啊，全仗的是磨搅讹绷、涎皮赖脸，长支短欠，摸点赚点儿，才剩钱呢。11.115

（23）真果是侍儿最怕多伶俐，涎皮赖脸好大的难缠。22.191

按："涎皮赖脸"义为"嬉皮笑脸地纠缠人"，大词典未收，但在明代李开先的《宝剑记》中就已有"涎皮赖脸"，例："你在这青堂屋舍里坐的，到也自在，你这等涎皮赖脸的，俺管监的吃风！[①]""涎皮赖脸"在曲本中又写作"赖脸涎皮"，例"他的那，冷语谗言认作真，累次三番撵逐我，赖脸涎皮难贱人。27.254"

（24）不想行在路店中，我的家人华忠又染下重染病，不能前往。11.121

按："路店"即"旅馆，旅店"。此处作者写作"路店"，疑为作者发音所致。

（25）今儿个新年正月初一日，连市开张的日子，东方都发了白了。12.39

按："连市"为北京土语，专指"清末民初北京八大胡同妓院称年节前不停业"[②]的一种市场行为。

（26）兄弟，你别望我闹娇情。天也不早了，我不陪着你了，我要赶城了，咱们过年儿见。12.34

按："赶城"义为"到城里买东西、卖东西"。

（27）吓，师傅，你要钱得要个仁义水甜，别胡拉六扯的。12.40

---

① 岳国均主编.元明清文学方言俗语辞典[M].贵阳：贵州人民出版社，1998年版，第1130页。

② 曲彦斌，徐素娥编著.中国秘语行话词典[M].北京：书目文献出版社，1994年版，第454页。

按："胡拉六扯"义为"瞎说八道"。

（28）啊，店主人，自我进得店来半日，你讲了这们一句人话。12.294

按："人话"的字面义为"人说的话"，常用于否定句中，表示"不是人、不通人性"等义，如："不像人话，我再想想。9.452""你真不说人话，怪不得你背着鞍子妆畜类呢！你亲妈他是你小妈儿的什么人？12.25"

（29）（太乙真人上唱）〈园林好〉："静参禅，打跌云房。"（哪白）："师父快来。"（太乙真人连唱）〈前腔〉："探微奥潜修妙方，声何骤？谁叩仙丈？"12.442

按："仙丈"即"云房"，是僧人、道人等参禅或居住的房间。

（30）老爷揸巴舞手的时候就去了。12.447

按："揸巴"义为"张开手"。

（31）马后屁也是要放的。12.447

按："马后屁"义同"马后炮"，指"事后提出解决方法或提出自己早已经有某种想法"。

（32）我时常最爱在女客面上作工夫的，闻得间壁有个标致女子，只是不能见他一面。14.2

按："间壁"义为"隔壁"。

（33）你若归顺天朝，光明正大，作个天地间杰烈丈夫，庙堂忠义士，上合君臣大义，下全你父子天伦，岂不美哉？14.21

按："杰烈"义为"杰出且忠贞刚烈"，与"节烈"主要用于女性不同，它主要用于男性。

（34）二位言之有理，但此子虽非吾嫡子，他曾为我建下许多大功，何忍拼抛与他？14.21

按："拼抛"义为"抛弃，舍弃"。

（35）洒家叫汝真，乃当今王叔藩封为宁王之位替僧也，住持延庆寺，挂锦在常州府界中。14.29

按："挂锦"义同"挂单"，指"云游的和尚到某个寺庙暂住"。例中使用"挂锦"是和尚汝真对自我身份的抬高。

（36）忽听声喧闹，细语声姣，移步前行问底苗。14.31

按："底苗"义为"事情的根源"。

（37）舍妹扮了烧香女子进寺，保护大人，倘有举动，身畔取出锡炮放起空中，我等即见炮者，一全杀进除奸，如何？ 14.49

按："锡炮"即"鞭炮"。

（38）大保，端正茶与牌官爷爷。14.53

按："牌官"为"旗牌官"的简称。

（39）且喜前面将近常州，吩咐将船停泊，进城访了朱求，然后发妆送亲。14.54

按："发妆"指"发送嫁妆"。

（40）天不早了，快些改扮起来。14.62

按："改扮"义为"改换装束"。

（41）领了朕当的宝带回去，竟奔家乡。且慢说黎民百姓，就是那府县的官员，见了朕当的宝带，毕竟是钦此钦遵，谁敢违背？ 14.179

按："朕当"义同"我朕"，是曲本中皇帝的自称。与"我朕"一样，"朕当"在曲本中的使用频率也非常高，例："怎么？就是朕当在此，他也不去通报？ 13.457""御妻你去自己去，朕当再也不阻拦。15.341""宣王恼，怒冲冲，无耻丑妇不正经。朕当与你无瓜葛，你怎能以将子生？ 15.361"曲本中，"朕当"还有与"我朕"在同一语境中换用的例证，如："迟疑多会，皇爷开恩，叫声于成龙奴才是得水，我朕赏给你太监就是了。朕当的旨意早就发出去了，算把太监拿去起解。21.6"

（42）待我回去禀过爹爹，军中出一告条，挨查^①你丈夫回来，管教你夫妻完聚、骨肉团圆，你意下如何？ 15.55

按："告条"义为"告示"。

（43）不是膈了去，就是丢了去。"忙"字上还溽加上个竖心呢。15.117

按："竖心"义为竖心旁。

（44）虾米俩根须，高似般樟立。里面蛤蚂乱叫，声音好似雷劈。15.120

按："蛤蚂"应写作"蛤蟆"，即"蟾蜍"。

（45）哙！王老昏君，他算少韬略。不该来献琴，混海来搅闹。我国敢干休？叫你来扯票。15.147

按："扯票"义为"撒谎"，曲本中又写作"扯标"，如："果然甚出奇，不

---

① "挨查"虽然不是清代词语，但大词典提供的书证也为孤证，出自明代凌蒙初《初刻拍案惊奇》。

是你扯标。16.64"

（46）太真算罢心内想，只个贱人太作精。15.165

按："作精"义同"作怪"，指"捣鬼并引发一定的坏作用"，曲本中多次使用，例："燕丹女，笑盈盈。你只丑妇，太也作精。15.173""柬帖必有先见，宰辅特也作精。15.235""可笑白氏不知事，孤身竟自来作精，不但未能将书盗，反倒受伤落阴坑。16.344"

（47）吩咐带走龙，去擒现世报。提起定齐刀，喊声又大叫。15.170

按："走龙"指"马"，为戏曲中专用语。

（48）玉容寂寞倚栏杆，抱得琴车不忍弹。15.343

按："琴车"指"琴"。

（49）这国舅，五花大绑朝前走，后跟着，副参游守二百兵。17.136

按："五花大绑"指帮人的一种方式，曲本中又写作"五花绑"，例："军卒答应不怠慢，齐营兵将受了伤。俱个上了五花绑，一个一个押在营傍。15.167""法场松了五花绑，乱棒齐打不容情。19.417""真乃是，从天降下大鹏鸶，立刻上了五花绑。40.258"从曲本中的实际使用情况看，"五花绑"并不全是为了押韵而减省词素"大"，且其使用频率较频繁，故大词典也应收录"五花绑"。

（50）老爷只想立奇功，看看的相离不远临切近，那袁将对准描头反手一松放刁翎。一点寒星如飞快，梅针竟奔美髯公。19.95

（51）天霸正在着急处，忽见凶僧站起身，趁空连忙一伸手，鞘内拔出标一根，睄准大腿发出去。六和尚，正要迈步中梅针，"克叉"一声站不住，身躯栽倒地上存。33.392

按：以上两例中的"梅针"意义不同，例（50）中义为"战箭"，例（51）中义为"镖"，两者相比，作为"箭"的词义在曲本中使用最为频繁。"梅针"作为"箭"义时，实际上是"梅针箭"的简省形式，《绥远志书》"军器数目"条有："协领：盔甲一副、撒袋一副、腰刀一口、弓二张、海螺一个、梅针箭二百五十枝。①""梅针"与"梅针箭"常在同一语境下出现，如《清实录》曰："打牲乌拉、索伦、达呼尔官兵，向来未办军器，除各带本身弓箭外，每

---

① 佟靖仁校注.绥远城驻防志（满汉合璧四卷本）[M].呼和浩特：内蒙古大学出版社，1991年版，第63页。

人应给棉甲一副、腰刀一把、梅针箭五十只，请交部备办等语。查打牲乌拉、索伦、打呼尔官兵，皆自有弓箭，今若交部另制梅针，不惟一时赶造不及，恐弓力亦多不合。①"除"梅针"外，曲本中亦有使用"梅针箭"的用例，如："壶中插满梅针箭，袋内斜插铁靶弓。27.83""七星锤、八楞锤，上阵冲锋追魂魄；梅针箭，甲乙木配宝雕弓。42.332""梅针箭""梅针"都是"战箭"之义，据嘉庆七年（1802）谕旨："箭镞翎羽之轻重，总视弓力为准。如射鹄则用鲍头，射靶则用铲箭，射牲则用批箭，临阵则用梅针，随地异宜，总在发矢有准。②"只不过，曲本中，"梅针"又具有了"镖"的意义。

　　另，受押韵等影响，"梅针箭"在曲本中有些也写作"箭梅针"，例："左带弯弓身分硕，右配一壶箭梅针。19.146""只听吧的一声响，心窝中了箭梅针。19.334"

　　（52）不多时，这家将领着吕范入了府门，上礓磋见了吴侯他的面。坐前躬身把礼行，口尊主公有何话，请主意见吩咐明。19.341

　　按："礓磋"即"礓磋"，指中国古建筑中做成表面为锯齿状的斜坡道，宋代时代被称之为"慢道"。"礓磋"在曲本中还写作"礓擦""江擦""疆搽""江槎""江搭"等，例证分别为："玄德、吴侯把礓擦上，皇叔抬头细细观；子龙也把月台上，君臣只见悬花结彩颜色鲜。19.347""此台高大不仝寻，上面实实宽又大，上有那江擦七十零二层，要上滇③从盘道上，别无道路可能通。24.374""长老带领众徒门，上了疆搽登大殿。27.223""他把那，金撰黄旂手中擎，不多时，来至法台临切近，脚跐江槎往上行。31.228""灵通天紧跟着小童来至法台，从后江搭踏板上台，后面跟随众人也都上去。40.288"

　　（53）这个贼回手背后将刀取，拨开那上下的阡关往里行，慢慢推开门一扇，仗他的武艺全无怕惊。21.469

　　按："阡关"义为"插关"，大词典未收。根据"来至角门之内，复把阡关儿插好。22.291"可知"阡关"不是"插关"的误写，且曲本中有其他用

---

　　① 梁志忠点校摘编.清实录东北史料全辑·4[M].长春：吉林文史出版社，1998年版，第202页。

　　② 钦定大清会典事例卷七一一《兵部·军器》。

　　③ "滇"在大词典中只有"huī"和"mǐn"两个读音，其义同"须"没有任何关系，但鉴于曲本对它作为"须"的大量使用，不能将其视作一般的讹字，而应将其视是清代产生的"须"的俗字，因此文中保留了它的写法。

例，如："他就奔至了门前，那天就有三鼓之半，东边月色微明，正是二十二三的时候，借着不甚黑暗，将身后的利刃取出剥门。那阡关声音咯嗒咯嗒的响。22.19"

（54）四个恶奴一见登时唬得魂飞天外、魄散九霄。彼此面面相觑，复又腹中暗转说："且住，好朋友暂且先别秃噜，等到十个头儿了不了的时节，再作道理。"22.269

按："秃噜"义同"吐露"，指"说出实话或说出实情"。

（55）只为奸贼费无忌，谗言捼挑我父王。24.288

按："捼挑"，北大CCL语料库、台湾的汉籍电子文献数据库及近代史数位数据库、读秀学术搜索系统等均无。《说文》释"捼"为"推也。从手委声。一曰两手相切摩也。奴禾切。"该义与文意不符，且曲本中仅有此句使用"捼"，故其为讹字无疑。据文意，"捼挑"，即"X挑"结构需要承担起"调唆、怂恿"的表义职责。下文中，涉及费无忌惯用的这一手法时，使用的是"挑唆"一词，例："且说奸心贼佞党，自从昨日上山峰，用说词，挑唆小爷飞天豹。25.122"虽"挑唆"的词序与""X挑"不同，但其意义确为"调唆、怂恿"。

（56）葛登云用好言语安住，慢慢用酒将范仲羽灌的酩酊大醉，命家丁搀往书房去了。26.180

（57）我将他，用酒灌的酩酊醉，现在那，书房之内睡朦胧。26.181

按："酩"即"醺"，为曲本作者的一种个人写法，大词典未收"酩酊（醺酊）。""酩酊（醺酊）"义同"酩酊"，义为"醉得利害"。

（58）这房内，也有马子与坐桶，又有那，鸳鸯绣枕子孙灯。26.261

按："坐桶"指人如厕时用的桶。

（59）连忙将公子扶起，用枕头靠住，用手向胸前往下扒撒着，叫够多时，这才苏醒过来。26.288

按："扒撒"为"按摩"义。

（60）那人闻听张成之言，说道你别拿大字号压我。我们告诉你，别说是包兴，就便是包黑子，我这眼睛里也不夹萨他。26.347

按："夹萨"此处义为"在乎、瞧得起"。

（61）你睄睄，把一个狠好的孩子遭囊的这个样儿，终究要熬煎死，你于

心何忍？26.349

按："遭囊"义为"糟蹋"。

（62）回头一看，欧阳春正在那里吃挂面①呢！26.355

按："挂面"即"面条"。

（63）好容易将隔扇的明飞起下了一块，往里张望。只见里面绕眼锃亮，四是玻璃窗棂。26.397

按："明飞"即为"玻璃或糊裱在窗户上的遮挡物"，该词语只在鼓词《包公案》中使用，受作者书写影响，又写作"朋飞"，例："伏楼上下共是三层，头一层俱是朋飞的隔扇，内有光明显露出来。26.397""在窗外一看，周围俱是栋杆，前后左右四面皆是朋飞的隔扇。26.397"因该伏楼中装有宝物，为便于从楼外看见楼内的情况，以防有盗贼进入，因此其窗户上的遮挡物都为透明物。

另，"明飞"似应写作"明扉"，指房屋建筑中透光却不透风的地方，如皇祐元年九月十五日的《修扶风县庙学记》载："学中孔子堂即重阜上，最宏大，左右有序屋，中敞明扉，横限庙位。②"

（64）那个卖煎饼的闻听此言，扛起盏子如飞而去。26.406

王虎得了这个信，扛起煎饼盏子一直竟奔白水滩龙王庙而来。26.406

按："盏"作名词时，义同"杯子"，根据描述，以上两例中的"盏子"需要一个壮年男子扛着，因此绝不是轻而小的物体。"盏子"在以上两例中，都与"煎饼"处在同一个语境下，且第二例中直接形成"煎饼盏子"的组合，表明"盏子"是制作煎饼的工具，而制作煎饼的工具其名为"鏊子"，所以"盏子"也是一种类似鏊子的制作煎饼的工具。

（65）皆因是，开店过往行人少，斗胆欺心无奈间，在此处，开设贼店为餬口。26.421

按："贼店"指"杀人或抢人财物的店"。大词典中，与"贼店"同义的"黑店"书证引自《儿女英雄传》，曲本中也有相关用例，如："在下夜行鬼刘李华的便是，在这三岔路口开了一座小小的黑店。5.328""等候多时不见归

---

① "面"遵循了曲本作者的写法。

② 曾枣庄，刘琳主编．全宋文第43册[M]．上海：上海辞书出版社；合肥：安徽教育出版社，2006年版，第382页。

房，随呼唤小二前来查问，恐是黑店害命图财的情弊。22.292"这种现象说明"黑店""贼店"的产生时间相当，处在一种杂用的状态。从命名看，两者理据不同，"黑店"理据为杀人越货的发生时间，"贼店"的理据为贼人开的店。

（66）只听得哧的一声响亮，竹标正中气嗓之上。26.427

按："气嗓"指"嗓子，咽喉"，清代胡廷光所著《伤科汇纂》中有此用法。

（67）玉主言词还未尽，闪出长庚太白星。丹墀下，跪倒磕头呼圣主。27.72

按："玉主"义同"圣主"，是对皇帝的尊称。

（68）只听"咣"，一脚踢中大番门，"咕咚"掉下擂台去。犹如那，倒了山墙一般全，跌倒在地嘴吃屎。28.171

按："番门"的词义可以通过上下文语境确定，其直接下文有："大汉黄虎被二小姐一脚踢在了粪门之上，咕咚跌下擂台，趴伏在地，迟了半晌，扎挣着方才扒起，还是发楞不止。28.171"据此可判定"番门"与"粪门"同义，故其义为"肛门"。

（69）黄夜之间睄不出辕门在于何处，主仆三人只浔绕着营盘寻找辕门。不隄防被坐冷子的差兵当作奸细，一起上前把他主仆全行掀下马来，绳拴二背。31.159

按：据资料，"坐冷子"最早出现于清代石玉昆的《三侠五义》，常指在窝棚中静坐值守或在规定地方守卫的人，曲本中又简化为"坐冷"，也写作"座冷子"，例证分别为："毛遂所仗隐身法，故此来回任意行。捵有那，坐冷巡更人来往，要想睄他万不能。29.345""俩个人，空中留神朝下看，座冷子兵丁几百名，围着芦棚兵站立，一点空儿也不能。30.98"

（70）儿骡赶上闵王的马，口咬蹄登不放松。坐骡一见魂不在，四蹄如风往前行。28.331

按："儿骡"常用义为"公骡"，据该例证的上文"闵王骑的马劣身生，给文东，换了一匹骡驹子。28.331"故例中的"儿骡"在例中的具体义为"小骡驹"。

（71）皆因看见布云死，二人害怕是情真。听见了，罗声响亮对了劲，正

好拉勾见好脱身。30.97

按:"拉勾"指两个人的小拇指互相勾住,约定某件事情,是盟誓的一种。童谣中常用,如"拉勾上吊,一百年不许变"。曲本中"拉勾"也以儿化的形式出现,例"众公,无毛虎到底是灵透,大料手下人拿了兵来未必中用,连忙拉勾儿叫声老弟兄每不用动手呢! 34.398"

(72)野鸡戴帽混充莺,我们爱挤与不挤。庙场人多人挤人,要是你的亲合眷,怕挤就不出门。31.478

按:"庙场"即"庙会"。

(73)棚内说话,这个说姑老爷首席,那人说不敢哪! 亲不见友,还是吴大太爷头席。34.406

按:"头席"即"首席",其义为"宴会时位置最尊贵的席面"。大词典只收"首席",而"头席"虽未被收录,但它在现代文献中有很多用例、当下日常交际中也常用。

(74)话说钟国母把冉文豪的心摘将出来,只见血淋淋不住唬酥唬酥的乱跳。37.224

按:"唬酥"用于形容事物跳动的样子。

(75)作好汉的到处总没有怕敌害怕二字,方才一闻这些话,只当是一对崩子手。42.66

按:"崩子手"隶属北京土语,指专门骗取熟人财物的人。

(76)来祥快去莫消停,你把苏元拿几个,立等要用有事情。内司答应番身去,不多时,复又胡来手托银。43.473

按:"苏元"即"银子",作者下文有解释。

(77)我三哥呀,我这是替你去的,你怎広反到约薄起我来了? 44.356

按:"约薄"义为"开玩笑",清代《绿野仙踪》中也曾使用"约薄",例"那太监大笑道:'好约薄话儿,笑话我们内官不识字,你自试试瞧。'①"

(78)青布小夹袄,青布棍裤打绷腿扎护膝,板尖大掖巴撒鞋,腰系钞包。47.100

按:"钞包"即"钱包",曲本中又写作"抄包",例:"为首一人头戴马尾

---

① (清)李百川.绿野仙踪 [M].长春:吉林文史出版社,2017年版,第451页。

巾歪撕，花巾、言巾缠头，穿一件青缎短靠，浑身血骨钮扣，腰系抄包，青缎子兜当垮裤，青缎薄底快靴。46.431"

（79）将他的绿布裤子拉下来，漏那漆黑的屁蛋子。43.380

按："屁蛋子"义为"屁股"。

（80）跑着不住回头看，见孙膑，在后催牛不放松，颠憨颠憨在后赶，也不哈来也不哼。44.405

按："颠憨"义为"不紧不慢"。

（81）快着走罢该着了，不要如此净磨楞。48.302

按："磨楞"义为"磨蹭"。

（82）这小子真是贱上脸来了，你睁睁那里不是行李吗？你怎么瞪着子子往我嚷呢？这可没有好人走的道儿咧。47.128

按："子子"义为"眼睛"。

（83）这是顽的吗？黑孤影里这样吓活人，我真有点子不了事呀，在闹会子我要溜了。48.43

按："黑孤影"即"黑影"，黄仕忠主编《清车王府藏戏曲全编》影词《锁阳关》中也使用了"黑孤影"，例"一仰脖哈了个壶底朝天，黑孤影孤单单炕又冰凉"[①]。

（84）谢氏说："我把你这狗日的小娼妇、无脸的养汉精！生来是气人又咳人无。爱穿好的爱吃好的，调三窝四，背地里串通汉子逼妻害子。那一宗儿事件是真正的可恨！"48.279

按："养汉精"为詈词，指与其他男性保持不正当男女关系、并藉此获取钱财养膳家庭的已婚女性。

（85）赛珠儿你当谁是傻小子呢？不懂得天高地厚，你竟闹这个软局子、自在腔儿，这可是胡想发财。48.315

按："自在腔儿"义为"摆谱、目空一切的样子。今无此说。'在'字读音介于 zei、zai 之间，轻声"[②]。

（86）外面说："我们求亲来了，别悮了吉时。"里面说："拿包儿来，拿包

---

① 黄仕忠主编；潘培忠，彭秋溪本册主编.清车王府藏戏曲全编·第17册 影词[M].广州：广东人民出版社，2013年版，第305页。

② 俞冲.京腔儿的前世今生·150年来的北京话·上[M].北京：北京燕山出版社，2016年版，第477页。

儿来。"外面说:"没包儿了,吃糖三角儿罢。"56.265

　　按:"糖三角儿"指一种用发酵后的面包为皮、以红糖或白糖为馅子、形状为三角的蒸制食品。

　　(87)高高山上一棵蔴,两个蝍蟟儿望上扒,我问蝍蟟儿扒怎的?嗓子干了要喝茶,挲摩挲摩蜜蛤蟆,撒把土儿散散打了罢。57.95

　　按:"蝍蟟儿"即"青色的小蝉"。

　　(88)有不伏的赴赴坛儿,偺们老娘儿们嘎啦嘎啦,分个字漫儿,闹场喧嚷儿,不怯官儿。57.217

　　按:"嘎啦"义为"聊聊,谈谈"。

　　据上文研究,曲本清代词语有些成员未被大词典收录的原因很多,如有的词语还是"言语词"①,还未成为"语言词",使用频率较小,因此难以被大词典编者捕捉或被其舍弃。不过,曲本中这些未被大词典收录的词语很多并不是"言语词",而是方言词,或是编纂大词典时,确实未发现相关的文献,而这也是本研究多次强调曲本语言价值的重要原因。

　　另外,从上面所举曲本清代词语看,其价值较高,如"自在腔儿"虽然被一些研究方言的书如《京腔儿的前世今生·150年来的北京话》《宿豫方言研究》《齐如山文集》《北京土话》等所收录,但是并没有在古代文献中使用的案例,而曲本用例的出现,是对其在清代就已出现使用的有力佐证。根据俞冲所言,"自在腔儿"已经在北京方言中消失,那么,曲本中案例的价值自然更高。其他词语如"嘎啦""磨楞"等与"自在腔儿"的情况基本相似,现已基本不多见。

　　当然,以上我们所列举曲本清代词语的数量仅是其实际数量的一部分,本研究未论及的部分,笔者将在后续研究中持续进行。尽管如此,上文所列曲本清代词语的数量已极为客观,已完全能揭示和描摹出曲本清代词语的整体概貌。

---

　　① 周琳娜(2016)指出:"言语词是指该语词第一次出现,还未得到语言使用者的认可,是偶发性的,言语词为词在语言中的固定提供了物质条件。"(周琳娜.词的嬗变研究——以清代为例[M].沈阳:辽宁人民出版社,2016年版,第6页。

第三章 曲本清代词义语料库研究

与清代词语不同，清代词义是在原有词的基础上产生的一种新义，出现此种现象的原因或是社会上新出现的事物、行为或思想等与原有的词语在意义上有所联系，或是其发音与原有的某个词语相同或相近，前者是多义词形成的原因，后者是同音词、近音词形成的原因。除此外，还有一类清代词义在语义及读音两方面与原有的词语没有任何关系，它成为某个词的义位，仅仅是借用已有词的形式。以上这些现象，实则都是人们在言语交际中追求简便、经济原则心理的体现。

如上，确定曲本清代词义的主要依据也是大词典，具体而言，大词典中具有两个或两个以上义位的词语，它的某个或多个义位的书证或出自清代文献，或出自现代文献，或其例证为大词典编者自造，或没有例证，或某个词语的某个义位没有被大词典收录，而曲本中某个词语在词义上与其中一条相对应，那么这个词义就是清代词义。因此，以大词典为参照物审视曲本中的清代词义，其情况与清代词语一样复杂，须要对其进行类型化分析。

第一节 大词典中曲本清代词义的书证数量

与上文所述清代词语一样，曲本清代词义在大词典中的书证数量上也有有所差异。从数量上看，有的书证为孤证，有的书证为两个或三个以上。书证的多寡，一方面可以体现词典编纂者对该词语的搜集情况，一方面有时也反映出相应清代词义的使用频率问题。

曲本清代词义的新颖性，不仅表现在一个词语的诸多义位虽是清代其他文献也使用，但是使用频率较低，也表现在很多义位大词典不仅所举首例书证出自现代文献，且书证为孤证。从这个层面看，即便是已有学者为大词典收录的书证过晚的清代词义提供了前代的书证，对曲本中的这部分清代词义进行研究仍有意义，至少可为丰富该词义的书证，并为从史的角度考察相关词义的发展提供佐证，进而凸显曲本的语言价值。

一、书证为孤证

从词语的生命力看，生命力越强，它的使用频率越高，代表其在古今书面资料中出现的频率也越多，故词典编纂者在为其寻找书证作为佐证时，也更容易，但不论是上文所提曲本中的清代词语，还是本节要研究的清代词义，大词典为其中的部分只提供了一个书证。客观看，不论出于何种原因，只为某个词语提供孤证的做法，无形中都降低了该词语的重要性。从这个视角看，曲本中的相应例证就为这些清代词义提供了书证，使其具有更为充实的语料支持，同时也可反映出这些清代词义所代表的语用、文化等内涵。

（一）孤证引自清代文献

大词典中，书证为孤证的某些清代词义，曲本中有例证，有的在曲本中甚至有多处用例，具体如下：

（1）（丑白）张生，我问你，几眼一板？（魏白）四眼一板。（丑白）三眼一板。（魏白）三眼一板是后续的。7.364

按："眼"指"乐曲中的节拍"，大词典孤证出自方以智《物理小识·天类》。

（2）母亲，我们三人在中途打了东道，谁要先入大营，就为元帅，后到者，就为先行，第三到者，还要认罚问罪。7.452

按："东道"义为"赌博的庄家"，大词典孤证出自李渔《凰求凤》。

（3）等我把家伙先拣下去，归着归着。11.141

按："归着"义为"收拾"，大词典孤证出自《儿女英雄传》。

（4）至于你们磕双头成大礼，那可得等你公公出来，择吉再办。11.164

按："大礼"义为"婚礼"，大词典孤证出自《红楼梦》。

（5）那时仗邓九公的作合，成就何玉凤这段良缘，岂不是好？11.252

按："作合"义为"做媒"，大词典孤证出自清代俞樾《春在堂笔记》。

（6）小的虽不曾看见，只听得一阵阴风向房门里势响出去的。老太爷从此神清气爽，鬼话也不说了，分明好像姑奶奶吓退的光景。12.218

按："鬼话"义为"受生理及心理原因等影响而说的胡话"，大词典孤证出自《红楼梦》。

（7）咳，这是那里所起？单等唐兄回来，辞馆便了。15.107

按："辞馆"指"私塾先生辞掉工作"，大词典孤证出自《儿女英雄传》。

（8）你去舞剑，倒也爽然。饮酒把剑耍，凑手到跟前，将他君臣杀死，才趁我的心田。15.342

按："凑手"义为"顺手，顺便"，大词典孤证出自王夫之《姜斋诗话》。

（9）我小的，跟的主人是广信府，官印名字叫孙容。26.205

按："官印"指人的正式名字，一般指学名，大词典孤证出自《三侠五义》。

（10）我作这个营生又不隔手，难道我还哄你不成？33.144

按："隔手"义为"经过他人之手"，大词典孤证出自《红楼梦》。

（11）叫二位壮士不为别事，因本院有位同窗契友，此人乃中堂王希老爷族侄，名叫王年，现作陕西的学院。33.337

按："学院"义为"学政"，大词典孤证出自《儒林外史》。

（12）黄带子，他可本来根子硬，他的那，势子不少金银广。33.397

按："势子"义为"势力"，大词典孤证出自陈天华《警世钟》。

（13）那家院子原是一座广货铺的后院子，小的只得向铺家问。34.509

按："广货"指"广东出产的商品"，大词典孤证出自《捻军歌谣》。

（14）现有京里抄报在此，这也是假的不成？说着从背后取下黄布包袱，打开取出抄报一本递与赵连登。41.65

按："抄报"指朝廷的官文，大词典孤证出自《红楼梦》。

（15）哎呀，这件事情你作的太猛浪了，北京城来的军兵锁不得的。再者，五军都督府乃是护驾的亲军，总然犯法，必须行文到都督府办理。41.187

按："孟浪"义为"鲁莽"，大词典孤证出自李渔《蜃中楼》。

（16）毛爷想罢，腆着腮帮子在牛上叫声："徒弟，我要打阵去。只因你毛师叔说的我脸上下不来了，单人要显一显能耐。"44.362

按："下不来"义为"难为情"，大词典孤证出自《红楼梦》。

（17）小豪杰正然用话克薄那众将，忽见蓝旗炮上大帐朝上跪倒报乞。45.412

按："克薄"义为"挖苦，讽刺"，大词典孤证出自《红楼梦》。

（18）一个姑子八十岁，无故还俗要嫁僧。48.286

按："姑子"义为"出家修行的女子"，大词典孤证出自《红楼梦》。

（19）门外乌鸦声乱叫，耗子出来咬箱笼。老猫只在房上溺，夜猫子，叽叽嘎嘎咲连声。48.294-295

按："夜猫子"即"猫头鹰"，大词典孤证出自《儿女英雄传》。

（20）这牢头，一见不由心中恼，娟妇蹄子骂连声。你这个，软软的局子说了个巧，是人听着好心疼。48.314

按："局子"义为"圈套"，大词典孤证出自《红楼梦》。

（21）渐渐的家私不像先，田园卖尽把价儿掉，各样的东西踢弄光。57.98

按："踢弄"义为"践踏，糟蹋"，大词典孤证出自《红楼梦》。

（22）隔壁庙里去出善会，你与二和尚对飞眼儿。57.120

按："善会"特指寺庙举行的法会。善会是"清代时兴的一种佛诞日的新风俗。善会亦称斋会，即由僧家做主人，邀请一些善男信女在佛诞日当天到寺内来吃斋"①，善会的目的是筹资，故善会邀请的善男信女都是富贵人，子弟书《阔大奶奶出善会》描述的即为此事。

曲本清代词语在大词典中引自清代文献且书证为孤证的词语极多，此处不再赘述。

（二）孤证引自现代文献

曲本清代词义中的这部分成员，即大词典提供的书证出自现代文献且为孤证的词语，数量较多。从词义范畴上看，这些词语大多为一些常用词。其中的部分如下：

（23）太医院现有药箱，代我将药箱腾空，将公子装在内面，抱出宫来，赴与程兄抚养，可不安然无事。2.231

---

① 于永玉主编.趣说中华民族传统节日上 [M].长春：吉林文史出版社，2013 年版，第 215 页。

按："内面"即"里面"，大词典孤证出自郭沫若《海涛集·涂家埠》。

（24）臣知罪，那太师也有一行大罪。2.394

按："一行"义为"一项"，大词典孤证出自老舍《正红旗下》。

（25）共把父仇报，方显志量。奈何相争拗，违教犯条。我在尚如此，日后必酕醄。2.494

按："酕醄"义为"轻率冒失"，大词典孤证出自京剧《取南郡》[①]。

（26）明公，此马名为滴芦，定是攒走能行，有千里的脚程，但只一件。3.46

按："脚程"指牲口的腿力，大词典孤证出自刘宝瑞等《扒马褂》。

（27）贤弟总有高妙计，你替愚兄再寻思？3.85

按："高妙"义为"高明巧妙"，大词典孤证出自鲁迅《准风月谈·中国文与中国人》。

（28）大夫，谁来怪你？此言深中我之病源也。3.168

按："病源"指"产生某种问题或毛病的根源"，大词典孤证出自夏衍《写方生重于写未死》。

（29）王氏宝川仔细观，番邦女子似天仙。怪不得儿夫不回转，被他缠住十八年。4.365

按："怪不得"义为"知道了某件事情发生的原因后，对该事情的出现不再奇怪"，大词典孤证出自曹禺《日出》。

（30）咱们大家试演试演。7.451

按："试演"义为"正式演出前排练"，大词典孤证出自孙犁《秀露集·戏的梦》。

（31）我看他是一个人，八成是一个半疯儿。10.463

按："八成"为"十分之八"之义，大词典孤证出自老舍《骆驼祥子》。曲本中还以儿化形式"八成儿"出现，例："哎！怎们不响吓？哎呀！八成儿是他娘的个假的罢吓。4.48"

（32）连那么个缸都搬不动，起开，瞧我的。12.37

按："起开"用于"命令别人离开"，大词典孤证出自老舍《龙须沟》。

---

① 因京剧《取南郡》创作时代特征不好确定，此处暂将其归为现代文献。

（33）今儿个趁之他醉了，你帮之我把他除治了，咱们俩人岂不是长久的夫妻，这儿不就算是你的家了？12.38

按："除治"义为"惩治"，大词典孤证出自郭澄清《大刀记》。

（34）哈哈，你当是在后台哪，我不敢打你？上了台，我是公报私仇，真打东西。12.417

按："后台"指舞台后的空间，大词典孤证出自洪深《歌女红牡丹》。

（35）两猫走食子，拣了一个。13.93

按："食子"为"食物"之义，隶属方言，大词典孤证出自克非《春潮急》。

（36）围上了赤金点翠西施带，珍珠挑牌穗头悠悠。15.144

按："穗头"指"穗状物"，大词典孤证出自萧红《手》。

（37）若再有别情，不过是坤道所为。17.26

按："坤道"义为"妇女"，大词典孤证出自沙汀《淘金记》。

（38）他投奔我来，挪借钱文。是我劝他，他又不听。故此小的一狠心，我就把他活埋了。17.110

按："狠心"义为"极大的决心"，大词典孤证出自叶蔚林《在没有航标的河流上》。

（39）这马力腰中带一把钢刀，他闲不住、闲不住的在靴底儿上磨刀，一来二去把一把刀磨的风快。17.442

按："风快"义为"非常锋利"，大词典孤证出自秦基伟《故乡的战斗》。

（40）只疼的，直声怪叫喊连天，那个将我救一救？天大之恩非等闲。28.51

按："直声"义为"直着嗓子"，大词典孤证出自柳青《铜墙铁壁》。

（41）步军腰刀不合手，又短又轻怎相征。18.458

按："合手"义为"合用，适合"，大词典孤证出自《人民文学》。

（42）民子又把大妈叫，"你老人家真善心。晚生就在此这里住，明日清辰我再行，过后儿，叫我父母来相谢，补报今日留夜的情。"33.230

按："大妈"义为"尊称年老的妇女"，大词典孤证出自茹志鹃《关大妈》。

（43）好个恶棍，指望拿大帽子押我，怎浮能勾！33.398

按："帽子"义为"罪名或坏名义"，大词典孤证出自邹韬奋《经历》。

（44）晚生嘱咐灶儿上，诸般菜蔬要留神，千万的，不可抽条要照旧作，别叫主顾出怨声。33.424

按："抽条"义为"体积缩小"，大词典孤证出自《实事白话报》。

（45）大船舵公不怠慢，忙差水手人两名，上划船，又禀钦差施大人。34.141

按："划船"指"用桨划行的小船"，大词典孤证出自阿英的《如蕤》。

（46）"咕咚"从树上摔下来，摔的呲牙咧嘴。一咕噜扒起，揉着腰不知什么馅儿。35.144

按："馅儿"义为"事情的底细"，大词典孤证出自周而复《上海的早晨》。

（47）俗言量体裁衣则不错，你这里二百年来错之久矣。49.69

按："量体裁衣"义为"根据实际情况做事"，大词典孤证出自毛泽东《反对党八股》。

（48）无奈何，挖了挖烟斗擦了擦烟签，唆了唆指头，剔了剔指甲，放下烟枪，推过烟盘，闭目合睛，假妆睡。56.446

按："唆"，义为"咬"，大词典孤证出自方光焘《疟疾》。

（49）亲家家有事，他喝了一盅红棚酒，当着个亲家公楞脱了光脊娘。57.99

按："楞"义为"竟然"，大词典孤证出自刘宝瑞《连升三级》。

二、书证为非孤证

书证为非孤证，指的是曲本清代词义在大词典中的书证有多个，首例书证有的是出自清代文献，有的是出自现代文献。前者我们直接将其认定为是曲本中的清代词义，后者实则是大词典书证过晚的清代词义。

（一）首例书证出自清代文献

首例书证出自清代文献包括两种情况，即所有的书证出自清代文献，或首例书证出自清代文献，而其他书证出自现代文献，曲本中的部分例证如下：

（50）诸葛亮好大胆前来借箭，便宜他逃脱了虎穴龙潭。3.260

按："便宜"义为"给以好处，使得到某种利益"。

（51）我也曾命人四门紧守盘查，未见交签。3.324

按："盘查"义为"盘问检查"。

（52）是这般言合语令人可恨，猜不透内中情是假是真。我只得向寝门叩首为敬。3.344

按："可恨"义为"令人愤恨"。

（53）世事如棋着的紧，万般无奈差孔明。3.356

按："万般"义为"非常"。

（54）喂呀！众尔官，不要听他混说，此人是放不得的吓。3.371

按："混说"义为"胡说"，大词典书证都出自《红楼梦》。

（55）当今万岁万寿，为此大张御宴，受百官朝贺。4.70

按："万寿"指"封建时代皇帝、皇太后等人的生日"。

（56）（因介，入帐子介，阴锣介，烟火上，虎形尔扑帐子，彩屏唱）【倒板二簧】耳傍听得风狂荡。4.89

按："帐子"义为"床帐"。

（57）喂，史篾片，我告诉你说，我们夫人的叔父，乃是当朝太尉内监余朝恩，官拜观军容使，管辖郭子仪、李光弼两大元帅。4.403

"篾片"是"清客"的一种，大词典的解释不确，台湾《古今艺文》（1995年5月）中对其做了详细解释。他们"身佩竹子削成的篾片两枚，专门侍候主子云雨巫山之用，若主子力疲、萎弱，便用篾片两枚代为分开，以便纳入主子的那话儿去，称为'篾片'，那是帮闲的最下流"①。通过这段释义可以看出，大词典之所以释义较为宽泛，主要原因在于篾片所作之事实在属于隐晦之事。

（58）罗士信泼命来阻挡，又听上方叫一声。4.480

按："泼命"义为"拼命"。

（59）他是饭桶。吃了睡，睡了吃，更不中用。4.483

按："饭桶"用于形容"只会吃饭而什么都不干的人"。

（60）你能够将他耍弄了来，咱们俩打伙儿乐，好不好？5.38

按："耍弄"义为"戏弄"。

（61）斩也斩了，打也打了，我就是不听你这个米汤灌我。6.335

---

① 蔡正发.《汉语大词典》商榷 [A].赵嘉文；石锋，和少英主编.汉藏语言研究：第三十四届国际汉藏语言暨语言学会议论文集 [M].北京：民族出版社，2006 年版，第 328 页。

按："米汤"代指"甜言蜜语"。

（62）打破琉璃油坏我的衣。6.423

按："油"指"用油弄脏或弄坏"。

（63）哎呀！大哥呀，我听了他这歌儿，我就乐背过去了。7.363

按："背"义为"昏厥"。

（64）你前脚儿走了，我后脚儿钉死他，没事便罢，有事跑不了你吓。8.4

按："后脚儿"常与"前脚儿"连用，表示前后两个动作紧接发生。

（65）哈哈哈，这个东西，怪不得他如此不堪无耻，原来他带着个鬼脸儿呢。11.134

按："鬼脸儿"指按照人脸大小制作而成的面具。

（66）就便是姐姐施恩不望报，也得给我们这受恩的留些地步才好。11.137

按："地步"义为"回旋的余地"。

（67）姐姐的深心，除了妹子体贴的到，不但我爹妈不得明白，大约安公子也不得明白。11.144

按："体贴"义为"关怀"。

（68）劈空而来，如同从云端里下来的一般，把这起和尚屠了。11.153

按："劈空"义为"划破长空"。

（69）还说胡太爷因此上台见重，说他留心地方公事，保了卓异了呢。11.168

按："卓异"为清代考核官吏时，其中成绩优异者，为卓异。

（70）你虽是个便家，况你我还有个通财之谊，只是你在差次，那有许多银子。11.173

按："便家"义为"殷实富足的家庭"。

（71）房子如不合式，山上现成的木料，大约众位自己也还盖得起来。11.236

按："合式"义为"合意，满意"。

（72）罢了，马掌柜的，你真是说里面儿说外面儿的好朋友，烟袋我准是拉在这儿了，我可不是讹。12.28

按："讹"义为"借助某种借口向别人敲诈钱财或是要求对方满足自己的

某种要求"。

（73）我兄弟待我一向还好，岂有计算我之理。12.146

按："计算"义为"算计"。

（74）没气便罢，有了气，嘴一撅眉毛一竖，我吃过他哪的横亏。12.164

按："撅"义为"翘起，鼓起"，曲本中也写作"橛"，例："但只见殿下一傍橛着嘴。睄见妹妹泪不干，方欲近前来解劝。15.450"大词典中在为"橛"释义时，指出其也有与"撅"同样的词义，即"翘起，鼓起"，并举了鲁迅在《彷徨·肥皂》中的用例，但又同时指出在另一个版本中，"橛"写作"撅"。故在此例中，笔者将其列出不做其他判定，以为相关研究提供语料。

（75）且慢说是我们俩，就是你老碰见他，叫他这么一鎗，攮一个大窟窿。13.22

按："攮"义为"刺，戳"义。

（76）他说道张生哥哥病久，俏俩个背着夫人向书房中问候。道夫人事已休，将恩便为仇，叫小生半途中喜变作忧。13.76

按："背"义为"背地里"。

（77）拿个小钱，赏给这花子去罢。13.92

按："小钱"表示"铜钱"之义。

（78）好，跟着我们相公念书，斗大的字认得一口袋呢。13.93

按："口袋"指用布、麻等为原料缝制成装东西的袋子。

（79）哦，我只当你为何打我女儿呢，原来为吃馋。你有了馋劳了。14.142

按："馋劳"即"馋痨"，用于嘲讽人嘴馋想吃东西。

（80）好不咧，我们大爷的把势，一千多人打不过。他自己哪，那王爷，也不离。15.119

按："不离"义为"差不多"。

（81）身子粗蠢更灵便，鼓上行走如飞腾。15.299

按："灵便"指"身体灵活轻便"。

（82）将字暗暗换了去，走鼓沾绵把人村。15.315

按："村"指"讥笑，嘲讽"。

（83）说些淡话，礼仪不明。人前来献佞，太也礼不通。15.369

按："淡话"指"不相干的话"。

（84）吃亏矬官晏平仲，显他的阴阳妙入神。15.413

按："吃亏"义为"在某方面条件不利"。

（85）大丫有婿还招婿，将奴竟自撂一边。论理说只个不该我争道，实实叫人心里发烦。16.73

按："发烦"义为"烦躁"。

（86）爷俩有话慢慢讲，拿刀弄剑好狠心。16.81

按："狠心"义为"心肠硬"。

（87）咳哟，作媳妇的乃是大喜，为煞虎气昂昂的的找算人喏。16.279

按："虎气"义为"气势很足"。

（88）先生见这一张告白，他急回太书院内回禀大人，定计访寻是下回交代。17.90

按："告白"即"告示"之义。

（89）仵作手用筷子一支上下检验一番，心中纳闷，一连验了三次，但是死尸并无伤痕。17.56

按："支"为名量词。

（90）你也别向老陈家作活去，你各自回家侍奉老母尽孝，岂不是好？17.71

按："别"为否定否词，义同"不要"。

（91）先生见这一张告白，他急回太书院内回禀大人，定计访寻是下回交代。17.90

按："告白"义同"告示"。

（92）这白安想了会，下楼出了酒铺往南，一溜歪斜竟奔大侟寺看热闹。17.96

按："夹道"义为"两道墙壁之间的通道"。

（93）正在路上行走，离陈州的南门不远，走至一座坟茔，见一老妪在一座新丧的坟前烧纸恸哭，口内数落叨叨他的心事，主人的苦楚。17.119

按："数落"义为"不断诉说"。

（94）太师之言多外道，女乐都是我家人，今日不敢轻讨赏，叫他们另日再沾太师的恩。18.314

按："外道"义为"见外"。

（95）老爷赶下月台，一声大叫，好卞喜，你往那里去？19.117

按："月台"指房屋和台阶之间的平台。

（96）满破着挨他娘的一顿打，横竖不能要我残生。20.408

按："横竖"义为"反正"。

（97）众公想，这个杀人的恶妇话头又来的甜甘，车夫唱的曲词他又不搭茬。21.348

按："甜甘"用来形容"言语和婉动听"，再如："容颜端正无有对儿，不笑就是两酒窝儿，话语甜甘浔人意尔满嘴里尽是哏。57.291"

（98）众老爷俱是祝寿同是一般，若要是在此处，紧斟陪我们坐。别者要挑眼，反叫我等把不是担，常言道客去主人安。22.10

按："挑眼"指"挑剔，找毛病"。

（99）邱公与春生讲论梅夫人夜间蒙神赐药登时病瘥，是以焚香答谢，就着祭祀的供献以便给老诰命起病，又算大家散福。22.281

按："供献"为"祭祀的供品"之义。

（100）为臣路上得了水泻之症，不住出恭，那名家将生生跑肚死了，实实扎挣不住，臣得先回家去医治医治，止住就来，望主恕罪。24.379

按："跑肚"义为"拉肚子"。

（101）只听的，一声响哓叉飞去，振的两膀木又疼。25.94

按："木"义为"失去知觉"。

（102）祖上行为不公平，大斗小称将人哄，重利盘剥使欺心，临到陈宗该绝嗣。幸亏他，为人生来最忠诚，广行善事斋僧道，修桥补路济贫穷。27.2

按："盘剥"义为"高利贷剥削"。

（103）满面含春尊一声相公，你的心事奴家知道。27.97

按："含春"指脸带笑容。

（104）罢了，既合我充正经人，我就给你个麻菜喂鸭子，吃吃你就知道我的利害。33.370

按："鸭子"即"鸭"。

（105）小划走动急如箭，眼看来到咫尺中。34.141

按：“小划”义为“小船”，“划”读阳平。

（106）前年我家老爷上京纳监，我在国子监门口伺候相等。34.421

按：“纳监”指明清时期用钱买监生的行为。

（107）你我四人非比别个，有话只管讲来，万贤弟再没有个中间拦你的道理。35.34

按：“别个”义为“别人”。

（108）上官桀虽是英雄，遇这样烧心之事由不得动气。只要守到天明，姓盛的若是不来，定是个言过其实的小人，那就不是较量了，也就放了心咧。40.401

按：“烧心”义为“烦恼”，“由不得”义为“不能自主”。

（109）哎呀，这件事情你作的太猛浪了，北京城来的军兵锁不得的。再者五军都督府爱是护驾的亲军，总然犯法，必须行文到都督府办理。41.187

按：“猛浪”义为“鲁莽”。

（110）你去告诉厨役，一概官员送的下程饭食，咱爷每全都不要。43.233

按：“下程”指“接待别人时送的酒饭”，清代西厓《谈征·事部·下程》：“世谓下马饭也。夫登途曰上路，则停骖当曰下程，必有归饩以食，故有谓归饩曰下程也。①”“下程”在清代前文献中也写作“嗄程”，《金瓶梅词话》中有：“来到新河口，来宝拿着西门庆拜帖来到船上见，就送了一份嗄程：酒、面、鸡、鹅、嗄饭、盐酱之类。②”“下程”可看作是“嗄程”是出于书写的经济简便思想需求，在清代出现的一种用同音字代替的新写法。

（111）大人想，九月天气不算热，走马入殓礼不通。43.300

按：“走马”义为“急速、快速”。

（112）宗婆子见何氏的话紧，有些个嗔心，恐怕事黄了，他把话就抽回来了。43.354

按：“黄”义为“事情失败”。

（113）这一天正然挑水挑着两桶水打南往北走，迎面来了一人，年有三十多岁，朝南而走，展眼之间与徐克展走了个对头。43.494

按：“对头”义为“迎面”之义。

① 王学奇，王静竹.宋金元明清曲辞通释[M].北京：语文出版社，2003年版，第1171页。
② （明）兰陵笑笑生.金瓶梅[M].呼和浩特：内蒙古人民出版社，2005年版，第203页。

（114）这丫头是个有口无心的风流的丫头，他来送信并无说寿姑爷来了。他要是说了，荣姑娘在也不来。44.18

按："有口无心"义为"由于心不在焉，说话内容模糊不清"。

（115）打阵的，旗牌有语声叱咤，高叫营门楚将兵，"尔等速速前去报，就说有，大国长安正先锋，殿西王来要战，快叫你主早投诚。"45.322

按："投诚"义为"归顺"。

（116）忽见太君喝一声，两个顽皮还不退！46.17

按："顽皮"义为"调皮的人"。

（117）酒保连忙烫过两壶放在了圣僧的面前，各自去了。48.6

按："各自"义为"自己，独自"。

（118）要不是我们老爷叫问哪，也好经络经络，也都用只是盘算。是个解子总要出溜，到是四角台上也好分几个礼儿。48.51

按："经络"义为"经营、筹划谋算"。

（119）这人提起来好生的脏污，是个无要紧的人。出身嘎杂子，无所不为。先前曾在街上鬼混帮吃帮喝，所有他一家子全是些棍徒无赖。48.259

按："一家子"义为"全家"。

（120）这狗子进了山门来在佛殿之上，见那小姐花枝招展出来拜了老儿，然后众女人扶着新人上了彩轿，放下帘子。48.272

按："花枝招展"用于比喻女性打扮得十分艳丽。

（121）珠儿是亡魂皆冒，心中七上八下，拿出那旧脾气来说："老爷子们等我穿件衣裳啊。"48.298

按："老爷子"对"老年男子的尊称"。

（122）这阿哥闷坐书房正然念诵，忽见那媄媄娘前来请阿哥。说是太太呼唤叫你往丈人家去，看看他的病体果是如何。55.142

按："念诵"义为"心中惦记而不断提及"。

（123）见了他满面堆欢陪咲脸，太爷长太爷短的和他兜搭。55.496

按："兜搭"义为"交谈"。

（124）既然要赚钱和钞，不湏挑枣又挑瓜。一进门都给他一个欢喜，这才叫做眼里乖滑。55.497

按："乖滑"义为"伶俐"。

（125）大员子弟人人阔，家道殷实各各丰。55.231

按："大员"指"职位高的官员"。

（126）七月里来烟鬼把家搬，心中想着还卖大烟，左思右想真上算。吃烟人有几万，卖烟人把钱赚。56.276

按："上算"义为"合算"。

（127）当着个女婿打起了莲花落，奶着个孩子唱钉缸。57.100

按："奶"义为"哺乳，喂奶"。

从上面首例书证出自清代文献的曲本清代词义范畴看，它们的范围较广，有名词、动词、形容词等，名词中又包括官职、称谓等。词性及意义范畴的广阔，充分说明单在大词典范畴内对其作引证及释义的工作，是不够的。如根据曲本清代词义的地域归属，还可将其分为通语中的清代词义与方言中的清代词义等。总言之，任何一种语言现象的研究，都不可能局限于一个角度，不同学者从同一个视角对其进行研究，也会有不一样的结论，这也是我们将在其他研究成果中对此做深入阐释的原因之一。

2. 首例书证出自现代文献

曲本清代词义中的部分成员，在大词典中的首例书证出自现代文献，例：

（128）听树稍风悠悠黄昏寂，禁不住对此景有事在心。2.325

按："禁不住"义为"承受不住"。

（129）容弟解衣兄穿，将口粮代去，弟宁死此地。2.255

按："口粮"义为"每人日常生活所需的粮食"。

（130）你今领兵前去勦，看你君臣怎开消。2.269

按："开消"义为"打发"。

（131）任凭你假惺惺命也该丧，庄子休身躲过大梦黄粱。2.301

按："任凭"义为"无论，不管"。

（132）（孔唱）想起先皇托孤话，一时大意错用他。未出兵先将状立下，（白）来，（唱）快斩马谡正军法。2.450

按："大意"义为"疏忽"。

（133）我想吴、魏两国，皆非诸葛之敌手，万难取胜。是我奏明主公，暂用两全之计，虚作人情，兵扎三江口，坐观胜败，就中取事。2.468

按："万难"义为"非常难"。

（134）这等人，喜欢的时节，付之行云流水也使得；烦恼的时节，狗一般的可以吆喝出去，你要这块石头何用？11.120

按："吆喝"义为"大声呵斥"。

（135）你既这么说，别管值多值少，冲着你，我不要了。12.28

按："冲"义为"凭借"。

（136）不能够，我给你支上两块砖。12.36

按："支"义为"砌垒"。

（137）我儿年幼欠明亮，多谢亲邻赐药方。12.177

按："明亮"义为"明白清楚"。

（138）你算入了连环套，他今一去不能来。你想见他不能勾，除非三更梦阳台。15.170

按："连环套"义为"环环相扣"，一般用于对手时所使用。

（139）不是胡话果有喜，前庭来了个老晏英。15.243

按："胡话"指"假话，胡言乱语"。

（140）难道我还糊弄你？我包管表弟插花你戴红。20.354

按："糊弄"义为"欺骗"。曲本中还用了它的叠词形式"糊糊弄弄"，例："剩下母女人两个，全仗浆洗连补缝，方算是，糊糊弄弄护住口，不致挨饿过光阴。34.314"说明"糊弄"表"蒙骗"义时，在清代的使用已经相当广泛。

（141）口中说："罢哟！朋友这屋里用不着你，你怎么在这里嘀咕？"21.359

按："嘀咕"义为"小声说话"，它的情况与"糊弄"类似，如《旧京琐记》中就提到"向人私语曰'啾咕'"，并指出这些"则仅为一种流俗方言，无可深考矣"①，但大词典中，其例证却过晚，而在曲本中"嘀咕"和其重叠形式"嘀嘀咕咕"同时存在，且多次使用，例："好的吓，临阵交锋，你与我先行在此嘀咕什么？7.491""自从娶了殷氏进门之后，他二人朝欢暮乐，撂的我冷冷清清，他们俩在屋里嘀咕，隔之窗户，我这心里怎么气得过？14.456""见他们，嘀嘀咕咕脸靠脸，慢吐姣音身靠身。26.236"

（142）秦金心内一机灵，暗说道这女子说的真真有理，怨我脓包老实有玷官箴。22.209

---

① （清）夏仁虎.旧京琐记[M].北京：北京古籍出版社，1986年版，第46页。

（143）我家不幸遭妖业，爷儿俩，性命残生顷刻中。你本机灵见识广，庄内人称赛陈平，想一条，妙计良谋答救我，恩全再造如重生。28.9

按：以上两例中的"机灵"意义不同，例（142）中，"机灵"义为"因受到某种刺激而猛烈抖动"[①]；例（143）中，其义为"聪明伶俐"。

（144）众番婆将桌子合拢摆在居中，把席面调开。22.224

按："合拢"义为"聚合"。

（145）春生说："若问实价是二钱五分银子，虚价便是三钱。"22.260

按："虚价"义为"高于实际价值的价格"。

（146）祝毕复又连连叩首，犹然是芳心儿带怵鼻翅儿发酸。22.317

按："发酸"指感到委屈，觉得难受。

（147）不大方便，我家老小七八口子，下了三升米，还未曾熟，你转化一化罢。27.458

按："口子"指人。

（148）海上仙方那去寻？有了偏方我有救，没有偏方你扔崩，怎好回来见老道？顾不的，长老西天去取经，你回花果山上去，那管八戒与沙僧！27.241

按："偏方"义为"民间流传，不见于医药经典著作的中药方"[②]。

（149）又则见，左带弯弓右别箭，虎头战靴把镫登。29.19

按："别"为动词，义为"将某一事物插在或钉在其他事物上"。

（150）你想一想，爆肚儿要不吃脆吃个甚么劲儿？你等着三样儿炒得你才端来，炒肚儿亦皮哩，嚼不动哩。32.276

按："皮"义为"不脆、没有韧性"。

（151）如若道路心迷糊，千万不可乱胡行。29.418

按："迷糊"义为"眼睛模糊看不清"或"神思不清晰"。曲本中也多次使用其叠词形式"迷迷糊糊"例："曾记得臣在阵前相对垒，大战王妃肖玉贞，一时之间心不爽，只觉浔迷迷糊糊一阵昏，原何衣甲全不见，此事闷坏我为臣。25.30""单表吊客与丧门，二人只为心一怒，不由得怨气冲空一阵昏，

[①]　大词典中，其书证为作者自造，为说明"机灵"有两个义位都出自清代，因此将其放在此处。

[②]　罗竹风主编. 汉语大词典第 1 卷 [M]. 上海：汉语大词典出版社，2001 年版，第 1563 页。

迷迷糊糊如酒醉，这才方能现原身。24.271"

（152）耳闻他难缠漏着拐，话不虚传果是真。43.271

按："拐"义为"乖僻"。

（153）你既将人杀害，应该受绺到衙中。43.469

按："绺"为方言，义为用布条、绳索等物将物体绑住。

（154）两半拉，死尸一迸挺身形，全然站起不能走。一条腿迸快似风，东边的，蹿答蹿答朝西蹿，西边半拉就往东。44.177

按："蹿答"即"蹿跶"，表"蹦蹦跳跳前行"之义。

（155）一位位，暗中各自显神通，炮共一百单八位，炮口先冲易州城。一阵风，立时一概打转脸，位位全然对秦营。44.410

按：例中量词"位"一是指人，构成了"一位位"的结构；二是指物，分别为"一百单八位""位位"。指物时，为清代产生的词义。同时，清代还出现了一个与之同义且现在常用的量词"尊"，例：

（156）只听浮，头尊火炮响咕咚，烟火直飞真可怕。但见那，钱粮如飞冲出去，滚滚红霞奔秦营。44.411

（157）总有未死逃了命，并无一人影共踪，只见有，几尊大砲扔在地。44.418

"位""尊"在曲本中作为量词修饰"炮"，且都出现在鼓词《锋剑春秋》中，说明清代大炮已经成为一种常用的军事武器，但当时的人还未确定到底使用哪个量词修饰它，因此有"位""尊"同用的现象出现。

（158）因为输急把贼作，学走黑道干营生。36.165

按："黑道"义为"盗匪集团或秘密帮会"。

（159）伊六那小子年年下来起租子，长在福全家落脚。43.236

按："落脚"义为"停留，住宿"。

（160）你算答应了，还有那位吴先生呢？大楞巴的一个案首，难道说就空过儿吗？总浮许我点量儿，不然我也要麻烦麻烦他。48.60

按："麻烦"义为"烦扰"。

（161）且说这狗子打心眼里都是乐的，并不告诉父母，他就办起事来。48.269

按："狗子"义为"坏人"。

（162）我这厷和你善说这件事，你一定是不出血呀，总浔我叫你受用受用，你才肯花呢。48.315

按："出血"义为"花钱"。

第二节　大词典中无出处的曲本清代词义

大词典无出处的曲本清代词义指的是大词典未提供书证、或是书证为大词典编者自造的词义。

一、书证缺失的曲本清代词义

大词典中某些词语或词义书证缺失的原因多样，为这些词语或词义提供书证是完善大词典内容系统及体系的重要举措之一，且从书证缺失的曲本清代词义的情况看，它们的意义范畴及使用频率并不弱于其他有书证的词语或词义，同理，有比其意义范畴更窄或使用频率更高的词语或词义都有书证。因此，在曲本蜂蜜的系统内，将这些词语展示出来，具有辞典编纂和词汇学研究的多重价值。

曲本中的部分例证如下：

（1）哎呀！这是贾有礼的帽子，怎么到得这里来，你叫我要当个乌龟呀。8.3

按："乌龟"指"妻子有外遇的人"。

（2）忘八日的，你知道你大爷是个豁子。8.255

按："豁子"指"豁嘴的人"。

（3）攀亲的除非立刻成亲，如今柳逢春问罪在狱，叫我也寻不出第二个女婿。8.505

按："攀亲"是"议亲""定亲"的俗称。

（4）（净白）笑你何来？（贴白）笑我是个带肚子的。9.114

按："带肚子"义为"怀孕"。

（5）一个人讲不下情来，怪燥的，你还在这里吹什么喇叭。9.212

按："燥"义为"害臊"。

（6）摆茶幌子切末，上写清真回回永和轩三个大字，挂面幌子介。9.421

按："清真"特指"伊斯兰教"。

（7）陈孝，你的仁义嫂嫂前来与你替罪。10.254

按："替罪"义为"代人受过"。

（8）那边有一孝妇，在彼掮坟，不知何意，不免上前去问他一声吓。12.451

按："孝妇"指"还在为丈夫服丧期间的妇女"。

（9）黄金屋凭唱印样藏婿，葡萄架霎时推倒。13.81

按："葡萄架"指为葡萄搭建的架子。

（10）赶明儿我认你做干妈，给我做红兜兜裤子老虎鞋。14.408

按："兜兜"即"肚兜"。

（11）（丑白）我箭直的掳你个猴儿崽子。（扔小丑，倒介。小白）哎呀，哎呀，把我的腰子打掉了，咱们见当家的。14.425

按"腰子"是肾脏的俗称。

（12）不在咱心上，也非是性不长。恼恨咱唱杂遍体劳伤，不比先那年精力壮。14.431

按："劳伤"是中医用语，指因过度劳累而引起了内伤。

（13）我合你，强打精神，耍笑欢娱，唱一套粉红莲、四句半，扒山虎儿双叠翠，就死阴司，也作、也作风流鬼。14.446

按："扒山虎儿"即"爬山虎"，一种擅于攀爬的植物。

（14）忽然间，西北玄天起阵怪风，不多时，大风刮了连三阵，把一个轿顶子刮的影无踪。17.16

按："顶子"为建筑物及轿子等顶部的装饰部分。

（15）你今要想花烛夜，除非是，认母投胎另托生。谁让你安心欺良善，硬抢烈妇配婚姻？谁叫你勾搭狗官害秀士？18.197

按："硬抢"指凭武力抢夺。

（16）也是天使其然，忽然灯花儿落于带衬之内上面，烧着背衬。19.41

按："背衬"指"衣服背面里子中的丝棉、驼毛等所衬的薄纱。大衣或亦以羽缎为衬"①。

（17）若与敌人打上仗，就打小路往回里行。19.206

按："上"为趋向动词。

（18）老将闻家丁之言就有些不爽，可难忘相交之好，无奈只得说有请。19.327

按："不爽"指身体或心情不舒服。

（19）孔明闻言微微冷笑说："你那绑的是活扣儿不结实，我的人来把他们从新再绑。"20.198

按："活扣儿"即"活结"。

（20）那时节，爬在房檐留神看，隔着风斗看的真。39.298

按："风斗"特指用纸糊成的冬季按在窗户上通气且抵挡寒冷的装置。清代李广廷在《乡言解颐》第四卷物部上设有"风斗"条，他指出："烟有隙则出，风有隙则入。出烟恐入风，故穴窗纸，外安风斗。家乡剪纸为花，谓之窗户眼，以帘卷舒之，未尝不善。②"

（21）再者，这又比不得戏馆之中演戏，将假而作真，特意作出一下排场来，必是扮女角的一回头，那扮生角的必是勾着那女角，"啧"，要一个嘴，招的看戏的老爷们大家叫好，一齐大咲，那算卖乐买乐。40.436

按："生角""女角"都指戏剧角色，"生角"多由青年男子扮演，后特指老生；"女角"指戏曲中的女性角色。

（22）有一个衙役被护国公踢中肾囊，气绝身亡。40.466

按："肾囊"指"阴囊"。

（23）刘罗锅难说话，在要问他，他就说顽法不尊，拉下去打。好，不容分说，拉下去把眼子打个一撮撮的，还浮去拿。42.244

按："眼子"为"屁股"之义，隶属方言。曲本中多次使用，例"未从要去看热闹，到底想想我这个德性。带着一眼子屎，臭烘烘的，这是何苦来？49.227""你同众人在他庙后，等着好将黄信、何青的衣裳偷来穿上，难道说光着眼子？49.293"

（24）营门上的军卒看见又是一个醉汉要出去，肚里说我家王爷真会顽哇，

① 罗竹风主编.汉语大词典第6卷[M].上海：上海辞书出版社，2008年版，第1232页。

② （清）李光庭著，石继昌点校.乡言解颐[M].北京：中华书局，第64页。

从韩国请来这们几个醉猫来。44.381

　　按："醉猫"指喝醉后行为举止失常的人。

　　（25）这时候，想这还浮出主意，宝盖底下牛不行。谁人参着这个礼，要到那里走一程？48.481

　　按："宝盖"即"宝盖头"。

　　（26）且说律令鬼何青、夜叉鬼李四二人只顾听和尚说话，不提防行李、衣裳、钱搭子等项一概全无。49.126

　　按："搭子"曲本原写作"答子"，根据上文"头宗儿，搭连里面有银子，行李之中更多财。怎的无人失了盗，我们的东西不见宗？49.125""搭子"此处义为"搭连"。

　　二、书证为大词典编者自造

　　曲本清代词义里也有部分成员在大词典中的书证为作者自造，如曲本以下清代词义的书证即为大词典作者自造，例：

　　（27）（唱）老寿星与王母齐来庆贺。（二丑仝白）你给人家什么吃？（文白）有吓。（唱）吃珍馐与美味人参燕窝。2.381

　　按："人家"义为"他，他们"。

　　（28）启员外爷，咱们门口来了十几驼子盐，到咱们门口卸下来了。5.257

　　按："驼子"为量词，特用于衡量牲口驮着的货物。"驼子"即"驮子"，曲本中都写作"驼子"。

　　（29）若要沾了生人气，他必要乍尸，那可怎么了？9.74

　　按："乍尸"即"诈尸"，是古代的一种迷信说法，即死者入殓后突然站起的现象。

　　（30）"家父为人奴长顶。""你说他不好，你也未可好哇。""奴家顶杠拿话丁。"叫人不信。16.151

　　按："顶杠"义为"争辩"，大词典未收，收"顶槓"。上文提过"槓"是"杠"的异体字。

　　（31）奉先又被曹将困住，倒换着班儿来战吕布，这五个战会子退去，那五个又上来厮杀。18.476

　　按："倒换"义为"轮流替换"。

（32）李三说："仙长你老不晓内中有个原故，我在这煤窑内年代多，与头目一样却是五天一换班儿，一个月该十五天。"21.142

按："换班儿"为上下两个相连时间段的工作人员按照时间替换工作。曲本中，"换班儿"也可不儿化，例："你看魏兵来的紧，咱须得留下换班的人，堵挡敌人好打仗。20.284"

（33）我睄着杨三那个意思真心疼咧，本来利害，那根大柁是老黄松，足有一丈八九尺长，被这个老道吃了半截子去了，满地下还有许多的木渣子。28.11

按："渣子"义为"碎屑"。

（34）正然说着，只听"忽"一声，踪在房上跳下一个人来，跳在屠户身上，押的屠户坐在屎上，闹了一屁股屎。43.471

按："一屁股"义为"满屁股"。

（35）倒戴金冠他说好，嘟噜着，一件八卦水火袍，八搭麻鞋登族系，杀腰系定大穗带。45.123

按："嘟噜"义为"下垂，垂下来"。

（36）总别言，列位年尊一百岁，侄儿幼小在年轻。甘罗十二为宰相，岂不闻，萝卜大了必糠心？45.411-412

按："糠"指"植物质地较为疏松不结实"。

（37）睄见个人毛儿也不能，陆爷这才没了主意。两条腿，好像挂着大醋饼，酸溜溜的只不能动。49.176

按："酸溜溜"指由于劳累或其他原因而引发的肢体轻微的酸痛。

（38）何从不是今日你我吊此坑子里头？到底儿寻个地方儿躲吃，不然再出来溜溜，有头绪没有？49.124

按："坑子"指地平面凹下去的地方。

从数量上看，曲本清代词义在大词典中，书证为大词典编者自造的案例较少，与之相比，没有任何书证或例证的曲本清代词义数量则相对较多。

第三节 曲本中未被大词典收录的清代词义

曲本清代词义中，也有一部分未被大词典收录，这些词义有的常用，有的不常用，情况较为复杂。下文列举其中的部分词义，以证明该现象。

（1）我越思又越想心头火恼，手拿定笘篱把将他来捞。5.173

按："笘篱"义为"笊篱"，曲本中多次使用，如："凭这把笘篱，我吃遍天下。5.174""浮萍草笊离捞，南城的这秧歌又往北城约。6.307"从字音看，"笘篱"中的"笘"最初极可能是作者基于"笊"与"笘"的声符"召"同音而讹用，后逐渐固定。

（2）夜深难与你分解，明日早朝奏龙台。5.206

按："龙台"义为"皇帝"。

（3）那时你爱着咱，咱就爱着他，你、咱、他三人拜为崑仑。5.249

按："崑仑"义为"结拜兄弟"。

（4）关大叔、相公是走了，咱们俩人得来来。5.257

按："来来"义为"打、赌等"，专用于下棋、打牌等，如当下临沂方言中还有"我们来牌吧""他们在来钱"。

（5）看见山子进洞门，展爷在花园子住着呢。5.394

按："山子"泛指"假山"。

（6）油清面又白，好大的个来，油炸鬼来。5.462

按："个"义同"个子"，表"个头"义。

（7）忙将军情事，报与太后知。太后在上，末将等磕膝。6.36

按："磕膝"义为"磕膝礼"，即"单腿跪下，右手向前撑地请安"的一种礼节。

（8）也罢，取一枝与他顽耍顽耍，明日大明，急急送来，还要用他提兵调将呢。6.43

按："大明"义为"天亮"。

（9）伙计，你又是这一下子吓。6.66

按："一下子"指"为对方所熟知的用过多次的招式或方法"。

（10）（小元场，丑船上，解子白。）水稍，这可是觧船？（丑船夫白）是觧船。7.160

按："觧船"义为"押送犯人的船"。

（11）往前刚走十数里，迎面灯球火把一齐明，齐声呐喊把严刚叫，今日难出虎穴坑。19.20

按：大词典中"灯球"义为"球形的彩灯"，但在曲本中其不是"彩灯"义，而是泛指一般的照明灯具，曲本中多次使用，例："忽听四面上金鼓齐鸣，人声呐喊，炮响惊天，只见灯球火把照淂营中大亮，四面上的魏兵一齐往上围里。31.112""这阵大风走石飞沙，打淂二百一十六名军卒抱头鼠窜，俱是二目难睁；那些火把、灯球、亮子、油松尽行刮灭，人人站立不住。44.410"

（12）闻听贼徒有走眼，留神之处加小心。20.486

（13）这个贼素日与司九狠好，走眼甚大。20.496

按：曲本中多处使用"走眼"一词，其义均为"势力""关系"之义。

（14）高矮不等胖与瘦，僧衣各色是绑身。21.316

（15）这狗的毛便就来的各色，是个红白花儿，长就的腰身儿也不过八寸。那红花儿才真真的红的好看，好像胭脂半儿。48.141

按："各色"为"特别"之义。

（16）他也大模大样上这么高楼，他也不怕闪了哈什？有了，待我问问他是作什么的，要是喝酒要菜必是个大笑话。21.437

按："哈什"义为"腰"。

（17）狄东美闻听不由唬一跳，暗把野狗骂二声。他叫我把天来钻，到只怕楦头一露了不成。23.154

按："楦头"指"破绽、真相"等义。

（18）你方不知道呢？只因玉林班杜丑那一案，大人把一干人犯连知县都提到淮安府亲自审问这一案，咱那县官就够撕罗了。32.381

按："撕罗"义为"分析、处理"之义，据金受申①，此义为北京话所有。

（19）这个酒瓶子几日前泡过药酒，你姐夫嘱咐教涮净，我也忘了，许有点儿底子也是有的，何必疑心？33.333

按："底子"指固体或液体剩余的少许部分。

（20）他有个，朋友名叫王友庆，家中豪富广金银，作过儒学告了老。34.325

按："儒学"此处表"教授"之义，即王友庆曾做过儒学里的教授。儒学是元明清时期为生员设立的学校，例《元史·选举志一》："依儒学、医学之

---

① 金受申编.北京话语汇[M].北京：商务印书馆，1961年版，第153页。

例，每路设教授以训诲之。"可知，儒学中的教师当时称之为"教授"，是学官名。鼓词《施公案·镯子记》下文亦有"施主有所不知，要题起那位令友，他是赣榆县城里人，人是狠好的学问，在王教授家教学。只因主官病故，他嫌家内不便，师徒两个搬到此庙念书。34.340"此处"王教授"即王友庆。故此"儒学"为"教授"之义。

（21）幸亏这天晚咧，没人看准，要是白天，害怕露了楦子呢！38.359

按："楦子"义为"马脚"。

（22）三位留神仔细听，一根牌子是银十两，要完了，按着牌子把账清。43.398

按："牌子"即"牌"。

（23）小妇人，恳求邻居挨路找，又到庙中问影形，回来街居告诉我，一路到庙并无踪。43.406

按："街居"即上文中所言"邻居"，大词典中无此义项，其上义中还使用了与之同义的"街坊"，例："回大人，我女儿要去的时节，小妇人也从说过你去求东边的街坊王老伯一同去。43.406"

（24）姓陈的，我说你菜你就菜，这们个本事把我拎？43.468

按："菜"指"无本事"之义，今日还有用"菜鸟"代指"新手、无经验之人"。

（25）依我是要去冲营，闯一阵，试样试样真合假。这叫坐船湏看风，探明虚寔得了信，到明辰，那时再用众弟兄。44.370

按："试样"曲本中原写作"式样"，为同音字讹用现象。例中"试样"为"试试"之义。

（26）元说是不过三五天必有不详之兆，湏浔撒散撒散才好。47.496

按："撒散"义为"花费钱财做法事消灾免难"。

（27）为什庅他竟懂浔往人家要个过节儿呢，就不懂浔吐出点儿来？48.60

按："过节儿"义为"过节的礼物"，也可泛指"礼物、礼品"。

（28）相公你想这事行的有礼无礼？此时偏又雁孤了，光景是啊小老婆不依，不知把人家女儿鼓捣了那里去了。48.288

按："鼓捣"为"弄"之义。

（29）那人接了抹头就走，出了广梁门走不多时，看见了供神的所在。
49.189

按："抹头"义为"回头"。

（30）这件事难道就这広放他去了不成？日后也叫姓化的在背地里说古
哇。你们想，怎広着才好？ 49.251

按："说古"义为"谈论"，重在表达背地里谈论别人，侧重贬义。今山
东临沂方言仍有。

以上所提未被大词典收录的清代词义也仅是曲本同类清代词义系统中的
部分成员，即便是这些部分成员，也足以说明曲本创作时代，原有的词义系
统已经不能满足人们的需求，而本着简便经济的原则，人们又不能无限地创
造新词语，因此就出现了藉助原有词语表达新意义的现象。

简言之，本章虽以曲本清代词义语料库命名，但考虑到内容的架构，具
体研究本质上更倾向于举例说明曲本清代词义的系统性与丰富性，而不在于
用具体的数字说明其到底有多少成员。

第四章　曲本清代词语及词义特征研究

　　杨端志（2003）指出："'词'是人们对客观事物认知命名的心理现象，这种认知命名的心理现象往往反映在词的理据上。因此，词的理据成为我们今天认知'词'的一个重要的根据。那么，我们以何来认知汉语的'词'呢？以造词之初词义的理据的整合性，即以造词之初的语义结构、语法结构、语音结构，如果是书面语的话，还有词形结构的整合性。①"任何时代的词语在普适性特征外，都具有自己独特的结构，包括语义、语音或语法等，曲本清代词语及清代词义自然也不例外。

　　曲本中的清代词语及词义数量较多，它们在构词及词义范畴方面都颇具特征。构词特征主要指是排除通用的常规构词法外，曲本清代词语在形式上出现的类型化的典型特征，如儿化词、叠词、带词缀"子"的附加式，等等。这三种结构虽然也是常见的汉语词语结构形式，但曲本清代词语的不同之处在于，很多词语本不须使用以上三种结构形式，但是曲本却使用了，而且数量还不少，因此本研究所提的曲本清代词语的特征主要指的是以上三种结构形式。曲本清代词义的特征指从宽泛层面的意义范畴看，曲本中清代词语或词义的意义类属。对这些词义进行研究，从中可以窥见清代社会生活、精神文化、民俗文化、政治文化、经济文化等的特征及发展变化等。

---

① 杨端志．汉语词汇理论、词典分词与"词"的认知 [J]．山东大学学报（哲学社会科学版），2003（06）：85-89.

第一节　曲本清代词语的构词典型特征

蒋绍虞（2005）[①]认为就语言本体看，近代汉语研究最先开始的即为词汇研究，近代汉语的词汇在构词及语义等方面都有显著特征，如 ABB 式、AABB 式、ABC 式、ABCD 式等构词方式的出现与大量使用。"对于这些新的构词方式，不但要从历史的角度作准确的描写，而且要对它们的发展演变作出解释"[②]。比如 ABB 式早在先秦时期就已经呈现，但那时结构还不固定，还属于短语范畴，当然这不是说曲本中此类结构就一定是词，如：

（1）他竟是吁吁代喘口吐红，悲切切，坐落地下难举步；痛哀哀，满胸伤心难放声；闷悠悠，家人包旺那里去；孤伶伶，他自一人怎进京？声惨惨，抛下家口父与母；喘吁吁，两腿疼痛怎逃生？ 17.318

上段文字中，大词典收录的有"悲切切""孤零零""喘吁吁"，其中"孤零零"为清代新产生的 ABB 式结构；至于"痛哀哀"与"声惨惨"则不被辞书收录。从使用频率看，"痛哀哀"也是一个使用频率较高的词语，且常与"悲切切"连用，例"急得我哭嚎啕滚滚珠泪，悲切切痛哀哀眼望苍穹。[4.495]"从使用频率尤其是其出现的语境看，"痛哀哀"实则已经具备了一个 ABB 式词的特征，而"声惨惨"显然是一个短语。因此，即便是在紧密联系的同一语境中出现的 ABB 式结构，也存有诸多差异。

总体看，曲本清代词语在构词上遵循汉语词语构词的一般性特征，即其复合式结构主要为并列、偏正、动宾、主谓及补充，另外还包括诸多儿化词、附加式及重叠式结构。因为清代词义都是某个已有词语产生的新义，故此处只讨论曲本清代词语在结构方面的一些典型性特征。

一、曲本清代词语中儿化词数量较多

儿化词是在某个语素后添加卷舌动作从而形成的词语，从必要性看，包括必须儿化和非必须儿化两种；从意义上看，有的词儿化后意义改变，有的不改变；从词性上看，有的词儿化后词性改变，有的词儿化后词性不改变；从"儿"的位置看，有的在多音节词的中间，有的在末尾。根据曲本清代词

[①]　蒋绍虞. 近代汉语研究概要 [M]. 北京：北京大学出版社，2005 年版，第 273 页。

[②]　蒋绍虞. 近代汉语研究概要 [M]. 北京：北京大学出版社，2005 年版，第 297 页。

语的儿化情况，及与大词典收录情况的对比，本研究将曲本清代词语中儿化的词语分为以下两类。

（一）大词典已收录且儿化

这一部分词语指曲本清代词语中的儿化词在大词典中同样是以儿化形式出现，根据大词典给出的首例书证源出文献的时代特征，又可分为源出清代文献、现代文献及未提供书证三类。

1. 源出清代文献

曲本清代词语中源出清代文献的部分儿化词有"昨儿""今儿个""乱儿""空儿""今儿""兔儿爷"等，例证如下：

（2）待我算一算。今个他，明日他，后儿他，昨儿他……咳，今个该着刘老儿啦。2.387

（3）大姑娘昨儿个查了，今儿个又查仔吗？ 2.360

（4）你还不知？左近四五十里地面，糕干铺买卖都在闹乱儿，出鬼了。4.16

（5）（鲍白）没空儿。（普白）你哪有什么事？（鲍白）今儿给人家收生。4.224

（6）那不成了兔儿爷倒碓了吗？ 4.365

2. 源出现代文献

曲本清代词语中源出现代文献的部分儿化词有"样儿"①"八成儿"②"爷儿俩"③"妞儿""耍嘴儿""这儿""哪儿"④"那儿"⑤"爷儿们"⑥"根儿"⑦等，例证如下：

（7）你这个样儿，连饭都无有吃的，你还有银子钱娶老婆？ 2.380

（8）哎！怎们不响吓？哎呀！八成儿是他娘的个假的罢吓。4.48

（9）哈哈哈，姑娘，我方才告诉我夫主与犬子，他爷儿俩个俱各不允，

---

① "样儿"属于清代词义，大词典孤证出自现代文献老舍的《二马》。
② 大词典孤证出自现代文献郭澄清的《大刀记》。
③ 大词典孤证出自现代文献老舍的《骆驼祥子》。
④ 大词典孤证出自现代文献老舍的《龙须沟》。
⑤ 大词典孤证出自现代文献张天翼的《丰年》。
⑥ 大词典孤证出自现代文献老舍的《龙须沟》。
⑦ 大词典孤证出自现代文献老舍的《四世同堂》。

说自古常言："人离相贱，物离相贵。" 4.129

（10）王大奶奶，我们妞儿在这儿没有？ 4.221

（11）战中耍嘴儿介。4.369

（12）哎哟，我的兄弟，我这个当儿哪儿找人去？兄弟，我明白你这一个小心儿啦。14.248

（13）哥哥，张大爷说咧，那里来的许多？自有一伯吊在那儿搁着呢。14.446

（14）鲜红鞋儿毛钻道，里了个干净叫人惜罕。爷儿们为煞里了脚？再睄睄，咳，元来也是一样般。鸡妈炒叫吵吵起。16.74

（15）要问到他们望谁说什么话，那我可不知道。你老别刨根儿，即或挨着次儿形容出来，没的倒招心肠儿软的老太太们替古人落泪，莫若打发他们起程才好。22.400

3. 未提供书证

曲本清代词语中的儿化词在大词典中也有一部分没有书证，如"后儿"，例：

（16）明日又支后儿，竟我这鞋就跑坏了好几双拉。2.188

曲本清代词语被大词典已收录且儿化的词语中，还有一部分属于清代词义现象，如"身儿"①"娘儿们"②，大词典已收录，但是并无曲本中所用意义，这种现象出现的原因之一在于表该义时不需儿化，也或者是因大词典漏收。

（二）大词典已收录但未儿化

曲本作者多居住在京津一带地区，创作时使用了大量的儿化词，但有的词语大词典只收录了基式、未收录其儿化形式。究其因，在于这些词语可儿化，可不儿化，因为儿化与否对它们的词性和词义没有影响。根据它们在大词典中首例书证的源出时代特征，可将这些词语分为源出清代文献和现代文献及未提供书证三类。

1. 源出清代文献

曲本清代词语中被大词典收录基式但未收录其儿化形式的词语也有一些，

---

① "身儿"在曲本中的例证为："咱们只要多派几个人儿，再重重的悬上赏格，还有个拿不住凶手的？ 11.152"

② "娘儿们"在大词典中的首例书证出自现代文献，曲本中例证为："（丑白）你瞧瞧看，眉清目秀一个娘儿们。（付白）不错，真闹得利害。4.164"

如"太平鼓儿""外号儿""笑话儿"等儿化词大词典都未收录，只是收录了其基式，曲本中例证如下：

（17）哦，我爹爹今日回来了，必要两个太平鼓儿，孩儿顽要顽要。3.200

（18）无妨，甄大虚子外号儿又叫甄大头，往往儿都叫他大头虚子。12.49

（19）奴因为，公婆二位年纪高大，留下这，笑话儿怎叫外人云。17.8

2. 源出现代文献

曲本清代词语中的儿化词在大词典里不以儿化形式出现且首例书证出自现代文献的有"迈步儿""亮相儿"①等，曲本中例证如下：

（20）迈步儿来至在百艹山口，远望见来了位年少儒流。2.37

（21）姚刚与黄一刀亮相儿，暗看。2.391

（22）壮士也不用着急。我大女婿是贼，一晃儿②管保是他两口子弄了去咧，等着我与你找去。16.84

3. 未提供书证

曲本清代词语中有些儿化词的基式出现在大词典中时，没有书证，如"草帽儿"基式"草帽"就没有书证，"草帽儿"在曲本中的例证如下：

（23）瞧我们俩人，头戴草帽儿，脚踏草鞋，那里给我们俩人借两票印子，亦好补办靴帽。裤子都没有整的，真是笑话儿了。2.398

（三）大词典未收录

曲本清代词语中大量儿化词未被大词典收录，这种现象不代表这些词语不该儿化，因为这些词语儿化和不儿化的两种形式在意义上有所差异，故本研究将其单列一类，权为后来研究者提供参照。该部分词语中的部分词语有"特意儿""身儿""幌儿""险些儿"③"心儿""多儿"④"梦儿""猫儿"，例：

（24）特意儿上前去来拉龙手，请万岁用茶羹不必心愁。2.143

（25）将身儿来只在山岔路道，见娘行身穿孝独坐荒郊。2.288

---

① 大词典孤证出自现代文献徐迟的《＜牡丹＞跋》。

② "一晃儿"为清代词义，义为"时间过得很快"。

③ 大词典也未收录"险些儿"的基式"险些"。"险些"在曲本中亦有用例，如："战马超好一似凤鸣相斗，我被他一鎗杆险些丢头。"4.36

④ 义为"多少"。

（26）他那里可有什么招牌幌儿？　2.390

（27）（白）哎呀！（唱）险些儿我把事作差。3.330

（28）心儿恍，一霎时沉吟半晌，我挂碍不由人枉费思量。4.24

（29）（普白）当铺里油漆幌杆。（小白）多儿钱？（普白）三吊五伯钱，管饭。走，跟了我家去。4.222

（30）（生睡中唱）茶花圣母归了位，三国华佗已成仙。梦儿里又听得人呼唤，（醒介，唱）又只见二相公两眼泪巴巴。5.274

（31）那个猫儿不偷鼠，那个耗子不偷鸡。8.2

虽然上文所举曲本清代词语中儿化词的例证较少，但不代表它们在曲本中的数量较少，只是因为本研究以大词典为参照物，大大缩小了选取曲本中例证的范围。实际上，曲本中的儿化词数量极多，且基本上都未被大词典收录，当然有一些也不必收录，因此无须用例证的多少说明曲本清代词语中儿化词数量的多少。

二、曲本清代词语中"X＋子_{词缀}"式词语数量较多

从结构上看，曲本清代词语中的附加式合成词以使用词缀"子"为主，它们的大量存在，突出了曲本语言的口语化色彩及京味色彩，提升了曲本语言的魅力。

以大词典为参照物，它们或被收录、或未被收录，已被收录的，在书证等方面特征也较为明显；未被收录的，其数量明显多于被收录的，这固然有曲本作者乐于使用词缀"子"的原因，但也有大词典未能查阅到相关语料的原因。从意义上看，曲本中使用词缀"子"清代词语，有的与不带词缀"子"的原有结构意义相同，有的意义上发生了变化。

与曲本中其他形式的清代词语一样，大词典中，"X＋子_{词缀}"的情况也体现为以下几点：

（一）大词典已收录

就书证多寡看，可从书证为孤证及非孤证两个角度考察"X＋子_{词缀}"在大词典中的书证情况。

1. 大词典书证为孤证

"X＋子_{词缀}"在大词典中书证为孤证的情况，又可分为孤证出自清代文献

及现代文献两种。

一是孤证出自清代文献，具体词语及曲本中例证如下：

（32）眼面前一攒树林子，仗着眼尖，正往前走，只见树林中有个人一恍。
33.228

按："树林子"义为"树林"，大词典孤证出自《二十年目睹之怪现状》。

（33）祖居临安城南畔，钱塘江下有门庭。五百年前为洼子，那时无处非
乱中。48.251

按："洼子"义为"山坳"，大词典孤证出自《老残游记》。

二是孤证出自现代文献，具体词语及曲本中例证如下：

（34）今又摆下场子，不知谁来上当。15.128

按："场子"指"为某种目的设立的较大的活动空间"。

（35）贼的心中一慌，把凿舡的凿子掌住，将身长脑袋探出水面留神向北
观看。33.282

按："凿子"指"挖槽或打孔的工具"，大词典孤证出自沈从文《从文自
传》。

（36）听见说，他那小婆子更利害，现在家中管事情。招了去的丫头小子
真不少，见天总掌大棍楞。48.261

按："小婆子"即"小老婆"，大词典孤证出自老舍《四世同堂》。

与曲本中其他形式的且被大词典收录的清代词语相比，"X+子词缀"的书
证在大词典中为孤证的较少，其因在于大量的"X+子词缀"并未被大词典收
录，也在于有些"X+子词缀"的书证不是孤证。

2. 大词典书证非孤证

曲本清代词语中"X+子词缀"式被大词典收录时，有一部分的书证不是
孤证，具体看，其书证也可分为清代文献及现代文献两种。

（1）书证出自清代文献

大词典中，不乏"X+子词缀"式词语，这些词语的文献出处有很多为清
代文献，将其缩小至曲本清代词语或词义的范畴，数量也很可观，部分例证
如下。

（37）闹了半天，与你赶网咧。」走罢，蹄子。」15.107

按："蹄子"是对妇女的贬称，是清代新出现的词义。

（38）慌忙拉过黑驴子，备上软屉戴嚼子。15.118

按："嚼子"指两端连在缰绳、放在马嘴里的链形铁器，其目的是为了便于驾驭马。

（39）（旦内）再表那田氏上街买东西。手提筐子往外走，（上）睄见丈夫俩眼直。你是多前来到此，莫非接我回家去？15.118

按："筐子"指方口或圆口的用竹条或柳条等编制成的器皿。

（40）只个老爷呀，我从小算命那瞎子说我日后作夫人，谁知嫁何该，常常担饥受冷，我奏想起算命的来咧，我只瞎兔子瞎王八木有的瞎混。16.91

按："瞎子"指"卜卦算命或卖唱的盲人"。

（41）可是呢，着窄会子不中用，人死如何把阳还？16.101

按："会子"①指"较为短暂的一段时间"。

（42）哦，侯哭侯哭。元来是会大嫂子。16.94

按："大嫂子"用于称呼比自己年长同辈男性的妻子，大词典孤证出自《二十年目睹之怪现状》。

（43）自从进了衙门内，我方才，除了钮子并无铜。48.314

按："钮子"义为"纽扣"。

（44）嫂嫂快开门来，我给你捎了书子来了。48.442

按："书子"义为"书信"。

（45）老鸨子，听了王八说来话，吓的他，不脱裤子出了大恭。48.462-463

按："老鸨子"义为"老鸨"，指开设妓院的女性。

（46）闲言少叙，且说众乡民不信僧家，七言八语乱说此事。就有一半子信的，一半子不信的，俱在村头纷纷言讲。49.61

按："一半子"义为"一半"。

（2）书证出自现代文献

就结构看，大词典为某些词语所举书证过晚，几乎体现在所有结构的词语上，曲本清代词语中的"X+子词缀"式词语，在大词典中，也有很多书证过晚的，部分如下。

---

① "会子"为清代词义，曲本中写作"回子"。

（47）因我好赌好喝，家财花了个落花流水，万般无奈，打杠子为生。16.83

按："打杠子"义为"拦路抢劫"，大词典孤证出自梁斌《红旗谱》。

（48）贤臣观睄，见迎面有一起叫花子乞丐执手举杯，齐说跪倒。33.300

按："叫花子"即乞丐。

（49）这个光景，你每是难劝的了，屋子里也狭窄难以动手，出外头去较量较量，你们谁是真光棍谁是二道毛子。33.452

按："二道毛子"指留齐耳短发的女性，此处特指不是光棍。

（50）可巧你大哥又不在家，一天家的脚鸭子都扎杀了，回来真是绳子担担顾不得，躺下就睡了。48.346

按："脚鸭子"即"脚指头"。

（51）酒保儿，我这话说的可急些，你别恼。实对你说了罢，咱今日是瘸子的屁股邪的也不广往你。咱是老牛逮错遭闷乎吃全有。49.86

按："瘸子"指"腿脚有缺陷的人"。

（52）背地里说什庅人穷不合鸡斗，不打醉汉，不合棺材穰子惹气，搭讪着走了，你算不是正经朋友。49.86

按："棺材穰子"为詈词，用于称呼别人是"快死的人"。

（53）醉禅师来得更又阴毒，他又不打人，只是抽冷子腿上拧一下子，胳膊上搣一下子，气浔半截塔吴成大叫大嚷。49.87

按："抽冷子"义为"乘人不备"。

（二）大词典未收录

曲本中有很多"X+子词缀"未被大词典收录，其中有些是常用词语，有些不常用，其中还有部分为北京土语，另有一些因作者的使用习惯而成。充分说明了词缀"子"具有较强的构词能力。具体词语及曲本中例证如下：

（54）夫人，我一嘴把子白胡子，还哄你不成。2.296

按："一嘴把子"即"一嘴巴子"，义为"满嘴"。

（55）吓，为什么磨子不响？11.389

按："磨子"即"磨"。

（56）他哪挤了我噶啦子里，把我的裤子脱下来。12.164

按："噶啦子"即"旮旯子"。

（57）催驴就把城门进，不走大街走胡同子。穿街过巷来的快，有人胡同下了驴。15.118

按："胡同子"即"胡同"。

（58）风承仁携眷在路游。忽尔见一青年女，温柔美貌好风流。一边坐着哭的痛，光景像走头子无人瞅。16.93

按："走头子"在东北方言中指"跟男人私奔的女性"。

（59）朱亮闻听，叫声小哥子，有话请讲有屁就放。33.329

按："小哥子"即"小哥"，用于称呼年轻男性。

（60）舅爷子，你吃盅儿，好送你出城逃命。33.333

按："舅爷子"即"舅爷"，用于称呼祖母的兄弟。

（61）朱亮故妆喝酒之形，先闹些花胡儿，把盅子端起不喝，说会子话儿。33.333

按："盅子"即"杯子"。

（62）依我也不用问他咧，他的眼眶子也高，瞧不起你我，总把他打一顿，他也不怕，不如拿石灰把狗肏的眼揉了就是。33.349

按："眼眶子"即"眼睛周围的框"。

（63）天霸见小西去后，他把衿子披起，急忙前去。33.360

按："衿子"即"襟子"，义为"衣襟"。

（64）贱人常充正经人，别说想个雀子用，沿边缩近也不能。33.370

按："雀子"义为"娼妓"。

（65）这个话听的过儿，这小子是口外药子烟好冲话儿。33.386

按："药子烟"义为"火药烟"。

（66）请放心，不过痛痒几天，何足挂心！取些烟末子敷在伤处包好。33.392

按："烟末子"义为"很碎的烟叶"。

（67）徐公子，回头复又叫家丁，急急快写报单子。是日子，一定开张作营生，旧伙计，若要来了全收下，按旧规，各作手艺在家中。33.467

按："报单子"义同"报单"。

（68）赖成虽然是个行家子，见这一招儿来的利害，再无不防之礼。34.3

按："行家子"义同"行家"，指精通某种知识或技艺的人。

（69）火锅子里捞个净，挟起一块红炭火。34.27

按："火锅子"义同"火锅"，专用于煮青菜和肉的一种锅。

（70）你们还不知道呢，那位姑娘的力量不小，连石碓臼子都举的起来。40.441

按："臼子"指用于捣碎物体的容器。

（71）有几件，尸亲曾经澡堂子告，胖子挤死在洗澡的盆。48.19

按：大词典收"澡堂"，未收"澡堂子"，"澡堂子"今日已经成为常用词。与其他带有词缀"子"的词语不同，曲本中未有使用"澡堂"的例证，但清代文献《儒林外史》中已有"澡堂"的用例，说明"澡堂子"不是没有基式的附加词，曲本中未用，与其内容相适应。

（72）我在你这里要是不合适，我就小车子一个人咕噜，好不好？48.268

按："小车子"义为"手推的独轮车"。

（73）要是给银子就淳给我们七八个后半辈子嚼用，我们可亦将这饭碗子朝着你过去。48.297

按："饭碗子"义为"生计"。

（74）是了，你要过节子也淳把他叫进来，所有带来的都是他拿着呢。要是叫进他来，我可有什庅说的呢？48.300

按："过节子"义同"过节"，指"待人接物方面的规矩或手续"，此处特指"礼物"。

（75）怎庅今日不见道济起来？光景是要磨楞子。48.431

按："磨楞子"义为"磨蹭"。

（76）说罢，打篮中取出一块破手巾子。48.441

按："手巾子"义同"手巾"，指"专门用于擦脸、擦手用的布"。

（77）这宗物，多半这是水牛子，下了雨，只在墙上不住行。49.29

按："水牛子"即"土鳖虫"，平时在土中生存，下雨后才会爬出地面爬行。

（78）这秃驴有些个道道子，怎庅说话之中有好些闲言闲语？49.42

按："道道子"指"方法、门路"，大词典收录其基式"道道"，且书证过晚。

（79）王安士开言骂声："淫妇、囚奴，休淳在此！你与我离了我这眼皮

子底下，快些走去！"49.47

按："眼皮子"即"眼皮"。

（80）你们别说我僧人不知涵养，将你们的病根子说出来，那可就不浮了。49.104

按："病根子"用于"比喻引起疾病或灾祸的根本原因"。

除以上词语外，曲本中有些"X+子_{词缀}"式词语和它的基式即"X"同存，只是大词典只收了基式，没有收录"X+子"式，如：

（81）（程白）你好比那墙上蝎虎子。（敬白）猛虎。（程白）蝎虎子。4.240

（82）慧眼遥观，乃城西红雾山蝎虎精作耗，不免前去降妖。5.457

按："蝎虎子"即"壁虎"。

（83）这个夹道子，还是黢黑，也得一步儿一步儿走，慢慢儿的上哪。11.132

（84）公子无奈随后跟，登时穿过大门里，顺夹道领进前厅小角门。22.465

按："夹道子"即"夹道"。大词典所举出自《红楼梦》的首例书证中，两者并用，例："西南上又有一个角门，通着夹道子，出了夹道，便是王夫人正房的东院了。①"可见，带有词缀"子"的词语与其基式在意义上没有区别，具有在同一语境同时使用的可能。

（85）咱两个交交儿妆个盒子，打一壶酒，带捆葱，买一包瓜子儿。12.221

（86）周先生，咱们喝一壶子再去罢。15.117

按："一壶子"特指"一壶酒"。

（87）赵虎他，正然心中无主意，看着蒋平端来一磨盘，他这才，一见磨盘吓了一跳，重有千金难为他端。26.286

（88）小人刚才摸着一个死尸，用绳子拴着一扇小磨盘子，小人去搬，搬不起来。35.93

按：大词典收"磨盘"，未收"磨盘子"，且"磨盘"的书证出自现代文献，根据大词典对其他带有词缀"子"词语的收录情况看，"磨盘子"应属于

---

① （清）曹雪芹.红楼梦·上 [M].沈阳：辽宁美术出版，2018 年版，第 32 页。

被收录之词。另，曲本中还使用了"磨盘"的儿化形式，如："洋蓝布大棉袄，缎子镶沿着，磨盘儿围着脖咧。56.178"，再次说明，"磨盘"一词在当时已经是一个使用较为频繁的词。

（89）但见两间小正房并无隔扇，惟有风门紧闭。猛然里边隐隐透出哭声，细听是妇女之音。18.63

（90）少不浔登上中衣，披上衣服下床来推开了风门子。30.296

按："风门"即放置房屋仅入口挡风的门。

综上，通过大词典对曲本清代词语中"X+子"式附加式合成词的观照结果看，可以拟测出以下结论：一是大词典收词时，较少关注"X+子"式附加式合成词，其因在于很多"X+子"式附加式合成词与其基式"X"意义相同；二是受各种条件限制，大词典编者并未获取到相关语料，因此漏收。

（二）曲本清代词语中"X+子词缀"式词语与"X"的词义关系

根据曲本清代词语中"X+子词缀"式词语与"X"的词义关系，我们将其分为"X+子词缀"与"X"词义等同、"X+子词缀"与"X"词义相异两类。

1. "X+子词缀"与"X"词义等同

曲本词语中，常出现同一个词语有时不带词缀"子"，有时带词缀"子"，且其词义相同的现象。如果以大词典为参照物，有的"X"不是清代词语，有的"X"为清代词语，具体如下：

【门】【门子】

（91）但不知为何事不见影相？叫为娘倚门间挂肚牵肠。3.2

（92）哥哥家里有三块支锅瓦儿，开开门子，见天得要嚼过。12.33

按："门""门子"两者都为"建筑物或其他物体的出入口"，"门"是先秦时期就已存在的词，"门子"不见于大词典，但其作"出入口"义时，在曲本中并不是孤证，例："你我去，堵着门子将他叫，拿回开封见大人。18.38""上月你关了钱粮去押宝，银子黄钱你斗输了，招惹的账主子堵着门子把钱要，吓唬我要上吊，不然你就要讲迤。57.110""猪肉铺里性情刚，竟是山嚷，最难搪；零星账到无妨，不过是围着门子闹嚷嚷。57.190-191"

【新娘】【新娘子】

（93）哎呀，员外，我昨日把新娘送过去了，都安置停停当当的了。5.448

（94）赛蝉玉反倒吃了一惊，心里的话说，怪不得人家说京里的人惧内的狠多，怎么头一晚上就跪起新娘子来了。22.38

按："新娘子"即"新娘"，大词典中，"新娘"的首例书证出自清代文献，"新娘子"的首例书证出自现代文献。

【胳膊肘】【胳膊肘子】

（95）众狗奴一齐答应，说："知道，二位太爷放宽心，我等既吃煤窑饭，在爷门下愿爷兴，怎么肯，胳膊肘子往外撇？那就不是父母生。"20.348

（96）两管袖，露两支，胳膊肘。老鹳爪，两支手，敞着怀，不爱扣，从来不洗一衣油。30.289

按："胳膊肘""胳膊肘子"义为"肘部"，大词典中，"胳膊肘子"孤证出自《二十年目睹之怪现状》，"胳膊肘"书证出自现代文献。

【狗腿】【狗腿子】

（97）不过是打倒了几个狗腿子，又道什庅辛苦！21.81

（98）恶棍又，勾串宗室行抢劫，带领着，狗腿混星无数人，把表妹，抢到家中行苟且，硬自成亲作妾身。33.399

按：以上例证中的"狗腿""狗腿子"词义都为"主人的帮凶"，大词典中，前者的首例书证出自清代文献，后者的书证出自现代文献，且在举例时，编者特别强调"狗腿"亦作"狗腿子"。

【锅烟】【锅烟子】

（99）印花手巾把头包，满脸上，黢黑是锅烟子抹。26.440-441

（100）锅烟抹脸如墨染，黑帽黑衣黑古冬。27.158

按："锅烟""锅烟子"指"锅底上的灰"，大词典收"锅烟"①，其书证出自现代文献。大词典未收"锅烟子"，但曲本中"锅烟子"的使用频率远高于"锅烟"，如："众公有所不知，锤却不是真的就会二根擀面杖上绑着吹鼓了的尿包，用锅烟子染的，黑晚之间好像两柄大锤，好振唬孤客。41.480""二人来到台底下站住，睄了睄，有一个光脊梁的摸着一脸锅烟子，手里拿着半截子锄杠，满台上横碰。43.246"

---

① 大词典中，"煙"写作"烟"。

【丫头】【丫头子】

（101）这个小丫头子十分嘴欠，大王不必理他。28.63

（102）你这个丫头，你父亲常在家中不成？就只你与你姐姐作伴，谁来走动与他有奸，再无不知之礼！分明支吾于我。33.222

按："丫头"与"丫头子"理性义相同，都是指称"小姑娘"，但"丫头"的感情义范畴较广，根据语境不同，褒义、贬义及中性等三种色彩都有可能出现，但是"丫头子"只用于贬义，感情义较为单一。根据大词典，"丫头"不是清代词语，"丫头子"则未收录。

【腮帮】【腮帮子】

（103）只听"吧"的一声响，腮帮着重淌鲜红。28.170

（104）谁知第二支镖打出来了，只听"哧""嘡""吧"，打在了腮帮子上了。29.332

按：尽管"腮帮""腮帮子"两者的意义完全等同，但大词典中，"腮帮"书证出自现代文献，"腮帮子"首例书证出自清代文献。

据此，大词典收录词语时，考虑到了词缀"子"有无的情况。从辞书编纂上看，可以考虑这一点，但从意义上看，两者完全等同；从形式上看，以上"X+子_词缀"结构比"X"的口语化色彩更浓。

2."X+子_词缀"与"X"词义相异

【印】【印子】

（105）今到教场，得了帅印，派我为先行总监军，说媒拉牵，在我一人，包管不错。10.237

（106）你别问我，问放印子的太爷们去。14.413

（107）梁九公等四个总管奏朕，他说畅春园的宝坐底下有贼出入的印子，细想定是贼人早入殿内藏在宝坐之下，难道各门上依都章京转答辖等都不事吗？42.110

按："印"在曲本中主要为"官印"之义，其在先秦时期就已存在，而"印子"则是产生于清代的词。例（106）中的"印子"即"印子钱、高利贷"，大词典书证出自现代文献；例（107）中的"印子"则为"痕迹"义，大词典首例书证出自清代文献。"印"也有"痕迹"义，曲本中未见此义。

（108）贼啊，把我的腰眼打伤，至今疼痛，等我先砍他几刀，看他疼不

疼。40.410

（109）且说张婆子见剜眼判官净街虎、赛朱江这几个恶霸与他仗腰眼子，他就洋洋得意跑回了娼门。41.242

按："腰眼"义为"腰部"，大词典书证出自清代文献；"仗腰眼子"为固定搭配，义为"有依靠、有凭借"，其中的"腰眼子"则义同"依靠、靠山"，大词典未收。

三、曲本清代词语中叠词较多

因为是韵文，所以曲本中的叠词较多，从形式上看，它们囊括了叠词的所有形式，如 AA 式、A 一 A 式、AAB 式、ABB 式、AABB 式等等。这些叠词有的是临时组合，有的是固定组合。

临时组合的 AABB 产生的原因极为复杂，有的是因为受韵文影响，有的AB 结构需要以 AABB 的形式出现方能满足韵文七字句的要求，也才能与上下文保持字数一致，如"剪剪绝绝""坡坡洞洞""事事由由"，曲本中例证如下：

（110）这们着罢，剪剪绝绝的，你给二十吊钱罢。12.85

（111）湾湾曲曲水流道，坡坡涧涧长黄耗。12.107

（112）若提我，时才躲避有缘故，天黑难辨有歹人。你把情由告诉我，事事由由要说明。44.80

以上三个叠词，显然不属于形式已经固定的词语，它们的使用是源于作者表达及行文的需求，换言之，是作者的个人行为，但也正是这一点说明了汉语词语以叠词身份进入语境的宽展性、包容性，而这可视作是汉语独有的一种词语形式。

从学界已有研究成果看，目前关于叠词的专项词典有张拱贵和王聚元（1997）的《汉语叠音词词典》、傅玉芳和姜心（2006）的《常用叠词词典》，研究专书叠词的，如戴恩来（2014）《采采〈诗经〉叠词》、王美雨（2015）《车王府藏子弟书叠词研究》①。这些对叠词的专项研究说明叠词具有研究的价值，不能因为韵文对它的大量不规则使用而忽视它。

---

① 有关叠词的学术论文成果较多，此处不再赘述，仅用词典及专书帮助叠词也应是研究汉语词语时不可忽视的一部分。

　　客观看，叠词是汉语词语不可缺少的一种结构形式，但由于其构词较为自由，关于其是否是固定且常用的结构，有时难以把握。比如从大词典是否收录的角度看，有些叠词被收录，但有大量的叠词未被收录。以上两种情况是曲本中叠词的基本情况，也是曲本清代词语中叠词的基本情况。

（一）曲本清代叠词中被大词典收录的部分成员

　　审视大词典收录叠词的情况，可发现大词典收录叠词的标准较为模糊。以 ABB 及 AABB 式为例，它收录"好端端""眼睁睁""醉醺醺""血淋淋""滴溜溜""呼啦啦""乱烘烘""赤条条""烈烈轰轰""吆吆喝喝""荡荡悠悠""唧唧哝哝""恭恭敬敬"等，但一些明显常用且构成要素固定的叠词如"年青青""四四方方""昏昏沉沉""大大方方""零零碎碎""迷迷糊糊"等却未收录。单与曲本对比看，大词典中收录的这些叠词有的书证还出自现代文献，综合大词典的整体情况，可见叠词也是其收录内容之一。因此，以其为参照，呈现曲本清代叠词有可操作性。

　　曲本清代叠词的情况较为复杂，有时，同一个清代词语会以不同形式出现，如清代词语就有"咯噔"就有"咯噔噔""咯噔咯噔"两种形式，例：

　　（113）未从开弓他先一声大喝，那只鹿咯噔站立不能伸。19.39

　　（114）小金莲那么咯噔噔的响，世上最酷烟花巷。21.348

　　（115）不觉来到后楼中，咭噔咯噔把楼上，上了楼梯十三层。38.485

　　按：查其他文献，"咯噔噔"与"咯噔咯噔"是"咯噔"的常用叠词形式，且其出现频率较高，但大词典并未收录。"咯噔噔"在曲本中又写作"各登登"，例："听一言不由人无名火动，各登登咬钢牙怒发雷霆。[4.252]"

　　曲本中大量叠词的使用，并不仅是韵文特征的一种表现，更为重要的是，它所使用的很多叠词，哪怕是清代叠词中的很多成员都具有较高的语用价值，有的到今天还是一个高频词，大词典阐释某个叠词多个意义的举措，也是明证。例如，曲本中也有些清代叠词具有多个义位，据大词典提供的书证，这些义位不是同一个时间产生，例：

　　（116）哎呀！本吗辛苦了，顶灯罚跪，哼哼唧唧的，唱了多半夜，待我唬吓唬吓他。8.132

　　（117）上房内想必有了病人了，只哼哼唧唧的这半天拉，你哪去晴睛去。

11.106

按：例（116）中，"哼哼唧唧"指小声嘟囔、言语不清的样子，大词典中，其首例书证出自清代文献；例（117）中，"哼哼唧唧"指因为病痛而发出的呻吟声，大词典中，孤证出自束为《老长工》。曲本中，"哼哼唧唧"又写作"哼哼叽叽"，例："骑着一条耕牛背，横笛吹的甚好听。哼哼叽叽口内唱，看见韩国的宝二宗。15.497"因此，叠词的意义不仅在于其形式独特，还在于其独特的表义性，它的部分成员还因此成为高频词。故尽管使用叠词是韵文语言的常见特征之一，本研究仍将其作为曲本清代词语及清代词义中部分成员进行研究。总体看，将大词典收录叠词的情况与曲本清代叠词对照，曲本中清代叠词大体情况如下：

1. 书证引自清代文献

曲本清代叠词里被大词典收录的部分成员，其首例书证出自清代文献，曲本例证的出现，可使该叠词的书证更为丰富。

（118）军士们烈轰轰站立两边。4.183

按："烈轰轰"义为"声势浩大"。

（119）咄！谁与你文绉绉作揖，快拿俺的旧规来。4.200

按："文绉绉"形容"举止斯文的样子"。

（120）你是个卖花的，就该在大街卖。为什么疯疯颠颠，卖到大爷堂上，与那些倚官压势的吵闹？6.211

按："疯疯颠颠"形容人言行失常的样子。

（121）他说话好一似马带铜铃铛，嘟嘟嘟嘟响叮当，走起路扭扭捏捏动我心。7.84

按："扭扭捏捏"用于形容身体摆动的样子，多用于形容人害羞或不自在的样子。"扭扭捏捏"在曲本中又写作"扭扭捻捻"，例："未施礼先抖衣衿袖，扭扭捻捻才风流。7.144""皱目摇头施一礼，扭扭捻捻收新妻。7.155"

（122）你看他们拉拉扯扯，尽然带了去了，不免收拾门户，上堂打探。7.157

按："拉拉扯扯"义为"拉拽"。

（123）对此书深施礼恭恭敬敬，瞧见了娘亲笔好不伤情。8.283

按："恭恭敬敬"用于形容极为恭敬的样子。

（124）唱支山歌开怀抱，粗言俗语乱嘈嘈。博得老年开口笑，一天到晚乐陶陶。11.317

按："乱嘈嘈"义为"乱糟糟"。

（125）狄阿三，在这里抖抖擞擞，莫非发了三疟症了？12.277

按："抖抖擞擞"形容"颤抖的样子"。

（126）在下周守良，自蒙韩大人助我白银五百两，作本营生，一路忙忙碌碌，转眼已是九年。12.401

按："忙忙碌碌"形容"不得闲的样子"。

（127）到了事情平静之后，众哥儿们吃他的饭，担他的担，端他的碗，属他管，谁敢辞辛苦？急急的到各主户家溜溜瞅瞅的送信儿。15.12

按："溜溜瞅瞅"即"溜溜湫湫"，指躲躲闪闪小心小意走路的样子。曲本中又写作"溜溜秋秋"，例："好汉笑着往前走，溜溜秋秋奔了马棚。20.408""且说矮爷毛遂上了法台，溜溜秋秋来至桌子一傍，楞楞着脚儿要抢那桃木人。29.266"曲本中，"溜溜秋秋"的使用频率高于"溜溜瞅瞅"。

（128）众人一齐说上绑，将把国母用绳拴。推推搡搡前殿去。15.254

按："推推搡搡"义为"连续不断地推"。

（129）周德仁，今日你竟来见我面，我那白花花的银子你借去，难道说罢了不成。17.121

按："白花花"用于形容东西很白。

（130）这些话你不必云了，明明是大人亲笔，我岂不认的？似这些鬼鬼祟祟之事，何必有这些做作呢？17.274

按："鬼鬼祟祟"形容行为举止不光明正大。

（131）哑叭他，也要逛灯还爱说话，指指戳戳闷死人。17.471

按："指指戳戳"指"悄悄议论"。

（132）破黄巾义兵到处扫烟尘，实指望赫赫扬扬成大事，那晓得汉室将倾，朝中不断有奸雄。19.103

按："赫赫扬扬"义为"兴旺显赫"。

（133）又见贤臣乃是斯斯文文往前所走。列公，于老爷是作官之人，行走不肯乱步，二则间老爷慢步而行，所为观睄恶人。20.371

按："斯斯文文"指"言谈举止文雅"。

（134）冯公说道："得意师生有话便讲，何必吞吞吐吐。"22.239

按："吞吞吐吐"指"有话不直接说有所顾虑的样子"。

（135）店小二嘴里说不怕，眼睛可是直勾勾的瞅着。见他闹会子痰，把嘴一张，只听"哏儿"的一声。21.381

按："直勾勾"义为"眼睛发直、目光呆滞的样子"。

（136）看米胜虎目之中泪直倾，只好再再托长老。24.447

按："再再"义为"多次"。

（137）两头尖来中间大，恍恍悠悠嘎嘎形。30.402

按："嘎嘎"是一种两头尖中间粗的儿童玩具，大词典孤证出自《三侠五义》。

（138）台下的众喇嘛吹吹打打，如全转咒的一样。32.53

按："吹吹打打"指多种乐器一起吹奏、演奏。

（139）兴兴头头招女婿，那知惹气又遭殃。44.32

按："兴兴头头"为"高兴的样子"。

（140）霎时间波浪滔天东风起，呼拉拉旌旗人马不消停。56.128

按："呼拉拉"即"呼啦啦"，为拟声词。

（141）亲娘、亲娘，千千万万千万好歹别牵挂罗成。56.134

按："千千万万"义为"务必"，大词典孤证出自《儿女英雄传》。

2. 书证引自现代文献

曲本中有一些叠词，大词典给出的书证出自现代文献。

（142）不知这狗头偏偏躲藏不见了，教咱如何缴令？3.164

按："偏偏"为清代词义，义为"客观事实与主观愿望相反"。

（143）鼓打二更天阴风惨惨，冷嗖嗖他为何透人胆寒。8.78

按："冷嗖嗖"形容风吹过很冷的样子。

（144）急忽忽追法场珠泪暗忍，说与这戚世兄尽可放心。8.395

按："急忽忽"即"急呼呼"，形容匆忙的样子。

（145）想奴磨不动气力用尽，气呼呼心忐忑急汗淋淋。11.388

按："气呼呼"义为"大声喘气的样子"，大词典孤证出自叶圣陶《记金华的两个岩洞》。

（146）何玉凤捧香炉，恭恭敬敬，直柳柳的跪在那边，一面跪着，不住

偷眼往外看。11.262

　　按："直柳柳"即"直溜溜"。

　　（147）你这孩子，好累赘，你痛痛快快说个价儿，比这们磨我强多咧。
12.84

　　按："痛痛快快"义为"干脆利落"。

　　（148）但愿你稳稳当当、渺渺茫茫、荡荡悠悠。13.132

　　按："稳稳当当"义为"安稳"，大词典书证为作者自造；"渺渺茫茫"义
为"辽阔无际的样子"，大词典孤证出自《红楼梦》；"荡荡悠悠"则为清代
以前就有的词语。另外，"稳稳当当"在曲本中还有"行动举止不急不慌的
样子"之义，例："看见三爷尸首不倒，还在牛背之上稳稳当当的坐着呢!
43.173"

　　（149）豪杰一傍干摄手，怔了一回也吵吵。16.46

　　按："吵吵"义为"大声吵嚷"，大词典孤证出自张天民《创业》。

　　（150）众人怨，嘟嘟嚷嚷的往前走。17.77

　　按："嘟嘟"义为"连续不断的说话"。

　　（151）赵爷说进香不能，这件事不能假，元是婆婆妈妈的，大概是实。
17.175

　　按："婆婆妈妈"指"拘泥旧俗而缺乏知识的人"。

　　（152）这长工提皮鞭，吆喝着牛车出村上路，大大咧咧往前而去。
17.295

　　按："大大咧咧"用于形容"毫不在乎的样子"，大词典孤证出自杜鹏程
《保卫延安》。

　　（153）某家只恨包文正，将我那，活跳跳儿男铡下死，我与那，四海冤
仇未能报。17.301

　　按："活跳跳"用于形容"活力十足的样子"。

　　（154）谁知他把酒栽上来了，不但不能扒起，就躺在奴的屋内呼噜噜的
竟自睡了。18.66

　　按："呼噜噜"为拟声词。

　　（155）苦的是青春少妇闺门女，一个个，裹小鞋弓步难行，抛头垢面腮
落泪，怀中还抱小儿童，磕磕绊绊朝前跑，只使的汗流粉面赤通红。18.92

按："磕磕绊绊"指"因路不好走或腿脚不便而行走费力的样子"。

（156）谁知窑内并无有直路，转过一个弯子来，睄是拉煤的那盏灯亮，刚走几步，又睄不见咧，所以忠良走着只觉的忽忽悠悠实难举步。21.124

（157）两个姑娘把轿乘，跟随之人也上车。还有那，叶宅来接众仆人，忽忽悠悠往前走，恰似神仙一般全。38.484

按："忽忽悠悠"有两个义位，一是"心神不定"，如例（156）；二是"悠闲的样子"，如例（157）。两者在大词典中的书证都出自现代文献，后者"悠闲的样子"的书证则是出自梁斌《播火记》的孤证。

（158）黄嵩道："邱魁此际已然回寓，出相府骂骂咧咧闹了个十足。"22.335
按："骂骂咧咧"指所说的话中夹杂詈词、詈语。

（159）毛毛咕咕眼似灯，将身趴在鞍桥上，影在了，众人背后细睁睛。43.139

按："毛毛咕咕"是方言，表示"害怕慌张"之义，大词典孤证出自老舍《骆驼祥子》。

（160）青儿这个丫头迷迷怔怔闻听他姐姐叫他，打东屋里就跑过来，说姐姐人在那里呢？43.241

按："迷迷怔怔"为"迷迷糊糊发愣的样子"。

（161）他要问我浮多少，咱爷们，要想就往大里想，星星点点算不少事情。43.458

按："星星点点"义为"细碎"，大词典孤证出自《人民日报》。

（162）又几个，病病歪歪劳病鬼，几个上喘气吁吁。44.70
按："病病歪歪"形容多病、衰弱无力的样子。

（163）虽至后来种类奇怪，明朝以前但凡螃蟹盖上具是平的，明朝以后不论大小螃蟹俱有坑坑洼洼的，可就不平了！就是二和尚捆过定海珠之故。44.90

按："坑坑洼洼"义为"物体表明高低不平"。

（164）说罢，站起身来一溜歪斜往外就走，两支袖子鼓鼓囊囊沉嘟噜的去了。48.71

按："鼓鼓囊囊"用于形容物体因为填充满了东西而鼓起来。"鼓鼓囊囊"在鼓词《济公传》中也写作"鼓鼓襄襄""鼓鼓让让"，例"我睄见那个和尚真也就奇怪，若论长相儿到也罢了，就只是脸上的泥有一指多厚，醉吗咕咚，身上穿的那件道袍也值上三个大钱，腰间鼓鼓攘攘也不知掖着些什庅东西。48.38"手里拿着一包鼓鼓让让，里面满满当当，不知是什庅物件。49.157"

（165）光着脚，一双草鞋足下登，里里拉拉甚不堪。49.28

按："里里拉拉"即"沥沥拉拉"，表"稀疏凌乱的样子"，大词典孤证出自魏巍《东方》。

（166）接过状看端详，见上面甚荒唐，黑乎乎的好几荡。56.168

按："黑乎乎"用于形容"颜色很黑"，大词典孤证出自魏巍《谁是最可爱的人》。

3. 大词典未提供书证

曲本中有一些清代叠词，大词典未给出书证，部分如下：

（167）他又说："有那吃不了的稀溜溜的饭儿，那酸溜溜的菜儿，虎皮酱瓜儿，咸鸭蛋儿，那热腾腾的老米饭烧小猪儿的脊梁盖儿，青韭猪肉馅的饽饽，不要醋合蒜儿。"17.86

按："稀溜溜"指"粥、汤等稀薄的样子"。

（二）曲本清代叠词中未被大词典收录的部分成员

（168）老臣世世代代，犬马当报君恩。2.378

按："世世代代"义为"每世每代"。

（169）多蒙先生美意，二百钱我也不要了，毛也不捞了，实实在在的我不干了。5.174

按："实实在在"义为"真实、确实"。

（170）我这里撩铠甲大营来进，（坐介）朔风儿吹得我冷冷森森。7.94

按："冷冷森森"义为"寒冷"，大词典收"冷森森"，未收"冷冷森森"。

（171）四四方方一座墙，多少痴獃里面藏。8.108

按："四四方方"形容物体周正的样子。

（172）啊，陈郎，我倒不是不让你出去，怎奈我时时刻刻的离不开你。8.134

按："时时刻刻"指每时每刻。

（173）我是什么事情都见过尝过，你年青青的，未开花的一样，后头快

活的日子长呢，跟着我死些什么？ 8.189

按："年青青"形容人年龄不大。"年青青"义同"年轻轻儿"，曲本也有用例，如："我看他年轻轻儿的，只怕守不住。[9.6]"。

（174）睡是睡了，还在昏昏沉沉未醒的样儿。8.313

按："昏昏沉沉"用于形容神志不清的样子。

（175）此时叔叔早出去未归，不免叫他出来，大大方方的吃杯情酒，欢乐一回。8.395

按："大大方方"用于形容举止大方的样子。

（176）贵啦，你把那状子念与太后老佛爷听听，清清楚楚的念。9.49

按："清清楚楚"义为"清晰"。

（177）二位睄，这是他的铜棍，这是他的宝剑，其余零零碎碎，全在这里头，烦你们给他都拿了去罢。9.97

按："零零碎碎"形容"零散琐碎的样子"。

（178）我们清清白白的女子，难道从贼吗？ 11.397

按："清清白白"指"品行纯洁"。

（179）慢着，你这推磨手也不能闲着，这是一尺二寸梭布，给你侯七哥哥作双鞋，给你爹爹作鞋，给妈妈作双鞋，剩下边边沿沿，你再作双鞋。12.95

按："边边沿沿"指"用剩下的布头、布边等边角料"。

（180）咦！老身自觉心慌，两只眼睛又是糊糊涂涂，一时摸不着衣服，连那盖身的花被披在身上了。12.216

按："糊糊涂涂"形容"人头脑不清醒的样子"。

（181）他呀，穿的破破烂烂的，我见他作什么？ 12.366

按："破破烂烂"形容"东西破碎不堪的样子"。

（182）仰观稀稀朗朗半天星，猛然间一阵狂风吹起了、吹起了刮地灰尘。14.464

按："稀稀朗朗"指事物稀疏但是脉络清晰，曲本中也写作"希希朗朗"，例："生就的，眉长看看遮二目，火眼金睛似鳔胶。面上皱纹千百道，细睄来，希希朗朗满猴毛。行动腔腔咳带喘，手拉拐杖毛着腰。45.1"

（183）拿到家中，夫妻两个咕咕唧唧商量了一夜，还与那人去了。

14.426

（184）元帅章邯传令才要命人去撮土垫水整理紫薇帐，那知平地觉浮宣古浓的，迈一步咕唧唧，连一块干地也没有咧。44.180

按：例（183）中，"咕咕唧唧"义为"贴近耳朵小声说话"。李鼎超所著《陇右方言·释言》中有："今谓附耳私语曰咕咕唧唧。"所以，"咕咕唧唧"并不是一个罕见的词。例（184）中的"咕唧唧"则为拟声词，用于形容踩在泥水中发出的声音。

（185）我不劝你，难道叫你杀了他？不用着急，等我慢慢的劝他，管保叫他顺顺当当的的前去。16.81

按："顺顺当当"形容"很顺利的样子"。

（186）不怪姐姐长思念，郭郎果然才貌差。红扑扑的腮儿不脂点，白素素的脸儿似把粉搽。16.196

按："红扑扑"指"脸色很红"。"白素素"指"脸色很白"，大词典未收。上下句中，两个结构一样且都是用于形容脸色的 ABB 式叠词，大词典只收录了其中的一个，而未收录另一个，对这种情况，应该慎重处理。

（187）张龙心正然思想，但见这赵虎楞楞柯柯的跑到跟前，站在一旁发怔。17.64

按："楞楞柯柯"义为"失神发呆的样子"。

（188）只见那动手大汉冒冒失失走至跟前，丁二业正自防备，只见他人跪倒就磕头说："将才若非这住口称公子，险些错误。"17.382

按："冒冒失失"形容"鲁莽冲动的样子"。其原型"冒失"是清代词语，曲本中亦有使用，如"这都是我自己冒失，为何不看是谁，就拦轿喊冤，真真岂有此理！26.89"但大词典收"冒失"，未收"冒冒失失"，从曲本中的使用情况看，"冒冒失失"的使用在当时已经较为普遍。

（189）他鬓边，有一物，哆哆嗦嗦的戴顶中。17.392

按："哆哆嗦嗦"形容"颤抖的样子"。

（190）夫妻两个无儿女，将将就就过光阴。18.46

按："将将就就"义为"凑合、勉强能"。

（191）乌合之众任意的行，将将赶过山峪口，只听得，一片锣声振耳鸣。18.206

按："将将"义为"刚刚"。

（192）从今再不将车赶，顺顺溜溜过几春。21.39

（193）那妖暗暗欢喜，顺顺溜溜的叫大圣背他。27.362

按：以上两例中的"顺顺溜溜"词义不同，例（192）中，其义为"顺当"；例（193）中，其义为"服从，顺从"。

（194）江知府闻听机灵灵打了个冷战，霎时间唬得面如土色。22.265

按："机灵灵"义同"机灵"，它在曲本中又写作"急灵灵"，例："铁对云闻听此言，急灵灵打了个冷战。[38.440]"。

（195）伍家父子还则罢了，惟有黑爷、丑爷不住嚷道，还带着口中不住大骂，只说："这也不知弄的是他娘的什么黄黄子，野道狗、牛鼻子真真可恶！"25.217

按："黄黄子"是"黄子"的 AAB 式，其为詈词。

（196）好哇，你睄这个牛鼻子怎庅杀着杀着他又不还手咧，他的嘴里只是个嘟囔什庅呢？哦，是了，想必是这个牛鼻子杀不过我了，他嘴里嘟嘟囔囔的敢则是骂我呢！37.171

按："嘟嘟囔囔"指"不停地自言自语"，大词典中，其基式"嘟囔"的书证引自清代文献。与"嘟囔"相比，"嘟嘟囔囔"重在表明"不停地自言自语"，不重在说话者的不满情绪，而"嘟囔"则重在体现说话者的不满情绪。故"嘟嘟囔囔"具有"嘟囔"所不具备的表义功能，应将其收入。

（197）他在马上用鞭子指指点点的讲话，也听不真说的是什庅言词。43.388

按："指指点点"指"用手指或物品乱指"。

（198）真是直扭起来，在当街上滴滴溜溜的乱转。48.142

按："滴滴溜溜"此处义同"滴溜溜"，表"团团转"之义。

（199）你要真个硬正，等唐大叔回来可就硬硬正正的。48.348

按：大词典中，"硬正"的书证过晚，但曲本中不仅多次使用"硬正"，如例中还使用了它的 AABB 式"硬硬正正"，因此"硬硬正正"应该被视为常用形式。

（200）再不然，你家相爷这些事，算我们，在你府内行的凶，抓抓挠挠拿了去，再往那，主人跟前去报功，只怕你又不能勾，白闹一场用何中？

48.389

按："抓抓挠挠"义为"抓取"，大词典未收。大词典收其基式"抓挠"，但其书证出自现代文献且为孤证。曲本中也使用了"抓挠"一词，但其义与"抓抓挠挠"不同，为"梳理"义，曲本例证为："以上的情节，诸公可要牢牢紧记，不定那时候拾道起来，咱们大家在抓挠抓挠。要是忘了，又得费事。48.371"虽然两者意义不用，但其在曲本中以不同形式、不同意义的存在的现象，说明"抓挠"在曲本时代已经是一个固定的词语。

（201）又见他面如金帛心忐忑，迷迷糊糊带落袍松，游鱼漏网、野鸟出笼，左旋右转不辨西东。身形乱恍，欲战不能战，欲征不能征。56.129

按："迷迷糊糊"义为"神思不清"。

（202）似乎我这拉锁头之人心肠儿不坏，准是滚邦邦的热心肠，遇见苦哈哈的朋友必得说会子话儿。56.166

按："苦哈哈"义为"穷苦"，在清代也可作为名词使用，如："若把这七天费用帮了苦哈哈，包够过一辈子的。①"

（203）算了罢，辛辛苦苦半载多，保佑你当家的买卖顺，明年换辆傲骡车。56.180

按："辛辛苦苦"用于形容"辛酸悲苦"的程度很深。

（204）那边又来了一个结巴，秀才上前来结结巴巴问一遍。56.260

按："结结巴巴"形容一个人说话不流畅、打磕绊的样子。除"结结巴巴"外，曲本中还使用"结巴巴"的形式，如："呼悠悠，身子倒像腾空起；结巴巴，满口只说了不成。21.173"

（205）谁知奶奶更比爷爷儿妙，托胳膊把哈拉巴摸，轻轻生生一吊腰。你说爷爷儿好像个顺风旗，顺着奶奶儿脖子朝下吊。57.117

按："轻轻生生"义为"很轻松"。

（三）曲本中具有叠词形式的清代词义

根据大词典，曲本所使用的一些叠词，其早在清代以前就已经产生，只是在清代产生了新的义位，这类叠词，本研究称之为具有叠词形式的清代词义，如：

---

① （清）石玉昆．三侠五义 [M]．长春：长春出版社，2018 年版，第 597 页。

（206）今早闻听言，说乡约、地方已在峨嵋半山中，尸首寻着，并无遮体衣服，乃是光光身子。6.170

按："光光"义为"赤裸"。

（207）细想此事，日后倘有些长长短短，其罪非轻。17.11

按："长长短短"义为"错漏、好歹"①。

四、曲本清代词语为改省原有词义中的语素而成

曲本清代词语中的部分是在原有词语的基础上，改换了其中的某个词素或是减省了某个词素而形成，与原有词语相比，它们的词义及词性完全相同。

（一）更换原有词语中的某个语素而成

曲本中的某些清代词语与原表该义的词语有相同的语素，这些词语与原有的词语意义和词性完全相同，例：

（208）闺娃欢畅，欢畅。13.203

按："闺娃"即"未婚的女孩"义，该义原用"闺女"表示。

（209）你我君妻，今日等至夜至三更，手拿竹杆，以上绑上火硝硫磺，去到寒宫放火，将他活活烧死寒宫，以免后患。15.221

按："寒宫"指旧社会用以安置皇帝厌弃或犯错嫔妃的宫院，该义原用"冷宫"表示。

（210）皇娘呀，你不打救谁打救，你不见疼谁见疼。15.244

按："打救"义为"拯救"，该义原用"搭救"表示。

（211）上阵全凭三声喊，犹如平地打焦雷。16.17

按："焦雷"即"响雷"。

（212）知客闻听连忙跑出，他知行情的亲友前来道喜。34.406

按："知客"指"主持丧礼、婚礼的人"，该义原用"知宾"表示。

（二）减省原有词语中的某个词素而成

这一部分清代词语，是简化而成的产物，它们体现了语言由繁到简的发展趋势。

---

① 大词典中，"长长短短"孤证出自《儿女英雄传》，但不是此义，因此此处将其视作是清代词义。

（213）掌官，可将我母亲带上城楼，容我母子一见。4.244

按："掌官"，《劝善金科》及高腔本均作"长官"，清代为"官吏的泛称"。例中用于称呼当值官员，在某种程度上，"掌官"的写法也有一定的道理，可将其看作是对"收掌官"的简称及泛化使用，只是意义发生了变化。"收掌管"是"明清乡试、会试的执事官，有内收掌、外收掌之分。考生试毕，由誊录所将墨卷誊抄成朱卷后一并交外收掌。外收掌职责是核对朱卷、墨卷红号，并将两种卷子分开。朱卷送内帘交内收掌分送考官评阅，墨卷存外帘由外收掌管理"①。因此，"掌官"或"长官"的写法两种写法都有一定道理。

（214）好丫头吓，你们与杨家千方百计，将我江山弄得希糊脑子烂。7.65

（215）别人一辨，稀呼脑子烂。8.259

（216）把一双红绣鞋呀，踩了个稀呼脑儿烂。9.58

（217）我今日，将你劈的希脑烂，孙膑你还有何能？30.498

按："希糊脑子烂""稀呼脑子烂""稀呼脑儿烂""希脑烂"等的不同，一是体现在词缀"子"与"儿"的差异，二是"希"与"稀"的差异，三是减省而成，如"希脑烂"，其成因是为了保证上下两句字数相同。

（218）回禀太爷，后面有死和尚八个，还有一火具道。也有有脑袋的，也有没有脑袋的。11.152

按："火具道"是"火具道士"的简称，即有家室的道人。《正字通·衣部·褐》中有："黄冠有室家者名寄褐，宋太祖开宝中诏禁之，今俗称火具道士。②"没有室家的道士则称之为"净居道士"。

（219）既然如此，只因我与陈大嫂，说了几句亏话，他竟自刎了。11.326

按："亏话"即"亏心话"。

（220）他因此与他打赌，不肯叫他写下军令状。若把军令状写了，又怕到了临期不杀雄王难以伏众。25.54

按："打赌"原形为"打赌赛"，元代时就已出现，后省作"打赌"。大词典为"打赌"举的首例书证出自茅盾的《子夜》。

（221）指望着，抽冷迟出河南去，又谁知，咱两夹路又相逢。30.495

---

① 顾明远主编.教育大辞典 8[M].上海：上海教育出版社，1991 年版，第 194 页。

② （明）张自烈著，（清）廖文英编，董琨整理.正字通 [M].北京：中国工人出版社，1996 年版，第 1031 页。

按："抽冷"即"抽冷子"，作者为保证上下两句字数相同，将其词缀"子"去掉，形成"抽冷"。曲本中仅见此例，其他皆为"抽冷子"，例："到此间，打一两香油要掺醋，抽冷子，抹一指头酱他就跑。17.338""许褚抽冷子一回马，李封早中了他回马刀法。18.403"

（222）这个口内说好酒，真正老干儿不仝寻。33.250

按："老干"即"老白干"的省略形式，表年岁久的高粱酒。曲本中通常写作"白干"，例："我与你哪要一壶白干，你哪睄好不好？ 11.311""倪爷说：'你先烫二两白干，有什么现成的酒菜拿一两样儿来先吃着。'26.449"

（223）民女也知僧人正，叔父之话当过风，照常的，来往走动不理论。34.288

按："过风"即"过耳风"，作者为达到行文字数的要求，去掉了其中关键性的语素"耳"。

曲本中也有一些因为行文需求减省某个词素而成的结构，但与以上减省式结构不同，它们基本上不能作为一个固定结构用于其他语境中，如曲本中的"搬是非"即是"搬弄是非"的减省式，其例为："哭哭啼啼上殿去，见了父王搬是非。4.273"故此，在研究曲本中因减省而形成的结构时，应充分考虑它的成因及在大语境中的使用情况。

同样，曲本中也有一些词语的成分多于其常用形式的结构，如曲本中"拉皮条"都写作"拉皮条纤"，曲本中例证为："妈妈，你哪不知道，如今拉皮条纤的最多多写点子，他们太爷们给找着呢！ 15.17""老爷要拉皮条纤，又淊高官又弄钱。就只怕，卖豆腐点了河滩地，江来水去两丢开，打米不成丢口袋，画虎不成反哀哉。48.35"根据以上两个例证，"拉皮条纤"中带有"纤"并不是因为押韵或其他体裁原因，而的确因为它是"拉皮条"的另外一种表达形式。另外，根据大词典对其他同类词语的情况看，它只收录"拉皮条"，而没有对"拉皮条纤"做出说明，有所不当。

而根据大词典，"拉皮条"是出自《官场现形记》的词语，因此"拉皮条"或"拉皮条纤"在曲本创作时代或许还是一个未固定的词语。

第二节　曲本清代词语及清代词义的地域范畴

着眼于曲本中清代词语及清代词义的地域范畴，可将其分为通语、俗称、方言及土语等。以上范畴之间有交叉，如从宽泛意义上看，俗称中的部分属于方言，土语是方言中应用地域范围较窄的部分词语，就曲本看，主要是北京土语。为便于研究，按照其地域范畴，下文将曲本中清代词语及清代词义分为通语词及方俗词两类。

一、曲本清代词语及清代词义中的通语词及通语义

通语指的是普通话，实际上，上文所列举讨论的清代词语及清代词义绝大部分都属于通语，此处再次以不同于上文的例证阐释相同的问题，一是为了从地域范畴方面论述曲本清代词语及清代词义的地域特征，二是因为曲本清代词语及清代词义的数量庞多，此处呈现的不同于上文的词语及词义，也是对清代词语及清代词义的有力补充。

（一）隶属于通语的清代词语及清代词义

从数量上看，曲本中隶属于通语的清代词语要多于清代词义，充分表明清代是一个语言急速发展的时代。以大词典为参照物，其大概情况如下：

1. 隶属清代通语中的新词语

一是大词典中书证出自清代文献：

（1）（姚刚白）打不住砣，取肉去。（愣白）有，大爷，你看这挂肘子。2.391

按："肘子"特指"用作食物的猪腿上部"。

（2）多贪刘伶心乱性，言词显着太失神。3.29

按："失神"义为"精神状态不正常"。

（3）不仗着硬朗哥哥吃什么？兄弟你叽哩咕噜不来。（普白）叽哩工儿的。4.226

按："叽哩咕噜"拟声词，形容物体滚动的声音，大词典书证出自现代文献。

（4）爷们有甚么残茶剩饭，赏与我婆母一碗半碗。4.348

（5）慢着，慢着，你们别闻见爷们味儿，你们就急拉。5.128

按："爷们"在曲本中有两个义位，一是例（4）中的"对男子的尊称"，二是例（5）中的"男人"义。

（6）那不成了兔儿爷倒碓了吗？4.365

（7）据我睄来，这本事是呱嗒嘴儿兔儿爷，肚子里有线。48.89

按：以上两例中的"兔儿爷"词义不同，例（6）中，其义为"传说中月亮里的玉兔"；例（7）中，其义为"中秋节应景的一种兔头人身的小玩具"①。

（8）旦坐思春介，作梦介，抱搂介，醒介，从袖内拿红绢子看介，比介。4.369

按："绢子"义为"手巾"。

（9）齐桓公霸诸侯，一匡天下，还开三百个烟花柳巷窑子。4.463

（11）我要抄你们的嫤子。6.412

按："窑子"义为"妓院"，"嫤子"是"窑子"的讹写。

（12）今日虽是愚夫妇贱辰，难得大恩人到此。4.500

按："贱辰"是对自己生日的谦称。

（13）你也算在行朋友，怎么偷起芦相爷来？5.33

按："在行"义为"内行"。

（14）赵兄，乍会之间，俺的丑态，尽被兄知道，使俺不胜惭愧。5.33

按："丑态"指"丑恶的面目或姿态"。

（15）赵兄又着魔了。5.34

按："着魔"指"因过于迷恋而近乎失去理智。

（16）我把串戏的行头穿戴起来，扮作堂候官。只说相爷请他说话，领他走后门进来，一直到房里。人不知，鬼不晓，你说好不好？5.38

按："串戏"义为"演戏"。

（17）待小子们拿上账目折子，到各处去收取房租地税。若有归还不了的，小子与太岁爷折算些个房产地亩，岂不是好？5.407

（18）如此我把折子送，白马关内见总戎。15.207

按：以上两例中的"折子"词义不同，例（17）中，其义为"纸张折叠而成的册子"；例（18）中，其义为"奏折"。

①　汉语大辞典编辑委员会；汉语大辞典编纂处编纂；罗竹风主编.汉语大词典缩印版·上·全三册 [M].汉语大词典出版社，1997 年版，第 855 页。

（19）县主偏心不容讲，打得屁股遭了殃。9.96

按："屁股"义为"臀部"。

（20）老兄弟，你又能说京话，你就去问问就结啦。10.415

按："京话"指北京话。

（21）既承伯父这等疼爱侄女，侄女还有一句不知进退的话说。11.226

按："疼爱"义为"关切喜爱"。

（22）只守了母亲的灵，除了内眷，不见一个外人。11.226

按："内眷"义为"女眷"。

（23）我抄总儿说一句，泰山可撼，北斗可移，我这条心、这句话断不能改。11.268

按："抄总儿"义为"总的说"。

（24）你们这班人，真真不好说话。不管人心里怎样的为难，还只管这等嘻皮笑脸的吓。11.268

按："嬉皮笑脸"指"嘻嘻哈哈的样子"。

（25）在这鸡鸣驿开了一座醉仙楼，挑选好脑袋的，与我女儿过瘾。11.311

按："过瘾"义为"满足某种嗜好"。

（26）再备小车一辆，吩咐鼓手，送孝子母子回去。11.317

按："鼓手"指打鼓的人。

（27）既是没有嫁衣，这一件小东西，便可抵得嫁箱不成？11.387

按："嫁衣"指"女子出嫁时穿的婚衣"。

（28）赞美上帝，为天圣父。赞美耶稣，为救世圣主。11.394

按："耶稣"义为"基督教所信奉的救世主"。

（29）李妹妹，死得干干净净，不把长毛开心了。11.398

按："长毛"指"太平军"。

（30）我在蓬莱驿亲眼见的，到说我来说谎？12.468

按："亲眼"义为"用自己的眼睛看"。

（31）诚恐闻不的难免忧疑，专修寸楮，预为禀明。13.4

按："寸楮"义为"短信"，大词典孤证出自太平天国罗大纲《致英使书》。

（32）我二人奉令把守，正把守的好好的呢，也不知是怎么个缘故儿，大

概是门缝子大呀，把个要紧人走了。13.20

按："缝子"义为"缝隙"。

（33）此后人间有一番波折。13.32

按："波折"指事情进行过程中出现的不如意因素或障碍等。

（34）拉扯我作什么？13.50

按："拉扯"义为"拉"。

（35）可是真言，还是梦话？13.52

按："梦话"义为"假话"。

（36）哎呀！怪呀，我怎么走着没精打采？13.52

按："没精打采"义为"没有精神"。

（37）命你提铃喝号，传与四散妖属。那猴儿非同别者，惯会变化蠓虫苍蝇，在人头上，暗听机密重情。13.53

按："蠓虫"指比蚊子小的小飞虫。

（38）你还娘哩羞呢！你有羞么？骗人家的烟吃满桌子上闻人家的鼻烟儿也可。15.17

按："鼻烟儿"为"烟草制品之一。以香味较好的烟叶，晒干后和入必要的名贵药材，磨成粉末，装入密封容器，经一定时间的陈化，即可应用。不需燃点，单以手指粘上烟末，轻轻由鼻孔吸入"①。

（39）如此是只般，那才心敞快。15.210

按："敞快"义为"痛快"。

（40）我只当他犯了什庅谋反大逆了呢？原来是为他走了御路，这也犯不上打呀！21.25

按："犯不上"义为"不值得"。

（41）拿着灯，进东屋，先去睄那宝物，见玉蝉在都乘盘内砚台盖儿爬伏。22.146

按："都承盘"即"都盛盘"，用于专门盛放文具的托盘。曲本中出现两次都写作"都承盘"，另一次为："都承盘端砚旁边墨床儿古雅，笔筒儿精精致致很润的文竹。22.252"这种现象说明，即便是很常用的词语，曲本中的

---

①　罗竹风主编.汉语大词典第 12 卷 [M].上海：汉语大词典出版社，2001 年版，第 1419 页。

某些作者已然习惯其中的某个词素，从语用上看，可将其看作当时书写习惯下的一种特有产物。

二是大词典中书证出自现代文献：

（42）这话你趁早休提，免得搅散了今日这个道场，枉了他老夫妻的一片好心，坏了我师生三年义气。11.264

按："搅散"义为"扰乱拆散"。

（43）至于赔送，姑娘，你有的不多，却也不到得无寸丝片纸，待由我来说与你听了吓。11.268

按："赔送"义为"出嫁时，新娘父母给新娘的嫁妆"，大词典孤证出自胡祖德《沪谚外编》。

（44）（兵白）告的是煤球儿。（军白）告的是门头沟王二。11.277

按："煤球儿"指"用煤的粉末加上一定比例的土，加水搅拌后做成圆形，从中间竖着穿七八个不等圆眼的取暖或烧饭的工具"。

（45）听见说有五百多呢，出来进去闹丧吓似①的，都是些和尚。11.279

按："闹丧"义为"去参加丧宴"。

（46）我把你这两个给脸不要脸东西！一股脑儿给我滚出去，扯得你妈的稀糊脑子烂。11.293

按："一股脑儿"义为"全部"。"一股脑儿"在曲本中又写作"一古脑子"②，例："三更之后，待我丈人，一古脑子偷个精光，与浑家远走高飞，岂不是好？16.84"

（47）想这禅杖，往日拿在手内，犹如灯芯一般，今日为何这样沉重，是何原故？11.300

按："灯芯"义为"灯心"。

（48）瘾头大，力头长，最爱美貌与才郎。对我的劲配鸾凤，不对劲，见阎王。11.311

按："瘾头"义为"浓厚的兴趣"。

（49）今朝棍犯拿得好，杀牛开赌两土豪。11.320

按："开赌"义为"开放赌博"，大词典孤证出自《向导周报》。

---

① 曲本中，"似"写作"是"。
② 此处的"古"为"股"的讹字。

（50）向沿街做缝穷也还道好，得些钱稍餬口不惮勤劳。11.321

按："缝穷"指旧时的贫穷妇女靠给人家缝制衣服养家糊口。

（51）想我杨二，向来窃玉偷香，从不曾塌台。11.323

按："塌台"义为"失败、垮台"。

（52）有一马只一鞍不贪荣耀，好衣裙与难妇不配身腰。11.325

按："身腰"义为"身材"，大词典孤证出自梁斌《红旗谱》。

（53）（施白）今晚何处落宿？（黄白）今晚茂州地面落宿。11.357

按："落宿"义为"住宿"，大词典孤证出自郭沫若《洪波曲》。

（54）启禀大人，想那褚彪所生一女，名叫兰香，祖传一把镔铁刚刀，万人难敌，可算得女中头子。11.350

按："头子"义为"头目"。

（55）恐怕他又来寻气，只得在此赶紧纺纱是好。11.385

按："寻气"义为"找麻烦"，大词典孤证出自柳青《创业史》。

（56）若是我老身，却要吃沸滚百荡的热酒，方才适意。11.388

按："沸滚"义为"沸腾翻滚"。

（57）不许我母与儿一言告禀，泪纷纷牵衣袂难舍难分。11.389

按"难舍难分"义为"不忍分离"。

（58）咳，数百万生灵同遭劫数，原属自作自受，只是带坏了中国的原气，如何是好？11.393

按："原气"义为"生命力"。

（59）只可怜老萧、老冯两个，要想作王爷，倒作了炮灰。11.396

按："炮灰"义为"替死鬼"。

（60）小的是本不愿吃教猖狂，求大人饶狗命有话商量。11.401

按："吃教"指"旧时对天主教或基督教信徒以信教为名而谋生或图利的讽刺说法"①，大词典孤证出自鲁迅《准风月谈》。

（61）啊，好脸大的丫头。往后来过了门，还不会睄吗？吓！11.408

按："脸大"义为"脸皮厚，不害臊"。

（62）天霸看介。武亮相出门介。三人同进门，坐介，对看亮相。11.419

---

① 罗竹风主编.汉语大词典第3卷[M].上海：汉语大词典出版社，1995年版，第132页。

按："亮相"指"戏曲演员上下场时或一节舞蹈、武打完毕后，在一个短促的停顿中所做的塑像式姿势。目的是突出角色情绪，加强戏剧气氛"①，大词典孤证出自徐迟《牡丹》。

（63）这烟瘾对别人难以讲叙，烧一个烟泡儿魂魄来餐。11.436

按："烟泡儿"指把"把鸦片烟膏就烟灯烧成的圆形小泡子"。

（64）我们当家儿的他叫王龙江，在大栅栏马思远茶馆里掌灶。12.24

按："掌灶"义为"主持烹饪"，大词典孤证出自曹禺《北京人》。

（65）弟子适在瑶台眺望，只见红光刺目，飞箭前来，却将碧云射死。12.441

按："刺目"指"光线强烈，刺激人眼睛"。

（66）俺心中自揣，恁且慢假装呆，少不得庄周有一日赴泉台。12.454

按："装呆"义为"装成傻子"。

（67）瞧吗，三番五次，叫回叫去，末尾儿呀了还要啐。12.458

按："末尾儿"义为"最后"。

（68）叫出烂子来了，待我跑他娘的。12.466

按："烂子"义为"乱子"，大词典孤证出自沙汀《记贺龙》。

（69）主帅不必动怒，待俺等且去会他一阵。12.486

按："动怒"义为"发脾气"。

（70）这把剑我怎么拿了去的，怎么拿回来，纹缝儿没动，我算交了令了。13.22

按："纹缝儿"指极为细微的痕迹。"纹缝儿"在曲本中也写作"纹风"，例："连腰牌带钩，纹风也没动，贤弟拿了去。11.342"

（71）大哥，还是依我说，功宴也排，喜宴也摆上。13.24

按："喜宴"指"结婚时招待宾客的宴席"，大词典孤证出自京剧《沙家浜》。

（72）你这耳软的老和尚，促掐人的弼马温，面弱驾威的沙悟净，你们在那里受用，唤叫我来巡山，恁般捉弄，好生晦气！13.50

按："耳软"义为"容易轻信别人"，大词典孤证出自王西彦《死在担架

上的担架兵》。

（73）看张爷浑身上下一派黪黑，乌马长枪，面如两铁，环眼雄眉，人高马大。18.260

按："黪"义为"黑"，常与"黑"一起，组成"黪黑"，表"很黑"之义。曲本中也常在"黪"与"黑"之间添加一些衬词，表示同样的意义，如"黪鸦乌黑""黪麻乌黑"，曲本中例证为："众豪奴去后，屋里是黪鸦乌黑，冷冷嗖嗖，阴风滚滚。34.424""杨矬子，来到山旁往下看，黪麻乌黑黑洞洞。42.500"后人们也常将其与其他色彩词一起使用，表"黑"之义，例"黪青""黪紫"，曲本中例证分别为："头戴范阳蓝绒毡帽，罩定了黪青的颈皮紧。齐眉勒一条青帽包头儿，拧一个茨菇叶。30.358""国母被宣王的一席话说的他蓝脸羞了个黪紫。37.91"查大词典，以上带有"黪"的词语，只收录了"黪黑"一词，且其书证还是出自现代文献，而其他几个词语"黪鸦乌黑""黪麻乌黑""黪青""黪紫"四个词语大词典都未收录。

（74）那个说："就便累死了比饿死了强啊，累死你到底还有劲儿呀抢江水喝，还麻力抢到手哇。"20.350

按："麻力"义为"迅速"，大词典孤证出自从维熙《故乡散记》。曲本中"麻力"受方言发音影响又写作"吗尼"，例"陈达、李刚、孙青这① 三个人是浑吃闷睡，任什厷不管吃饱咧吗尼咧躺下就着。41.415"

三是大词典中未提供书证：

（75）小子等跪在地下，恳求百战百胜，有衣有食。托救世真圣主，天兄基督，转求天父上主皇上帝，俯准所求。11.395

按："基督"指基督教对耶稣的专称。

四是大词典未收：

（76）（耻、廉同白）什么叫作皇亲国戚？你们还有几件自来旧的衣服？2.398

按："自来旧"主要指新生产的不聊就像旧的。

（77）那一个囚囊的，这样凶头凶脑。4.230

按："凶头凶脑"指"凶神恶煞的样子"。

---

① 曲本中，"这"写作"着"。

（78）（净白）咳，咱是生成的雄脸。（丑白）哦，你是生成的哝脸。（净白）雄脸。（丑白）哦，雄脸。4.230

按："雄脸"即"英雄脸"，是"京剧脸谱的一种，专指描绘绿林英雄形象的一种脸谱"[1]，曲本中多次使用，如："（付白）怎么，你哪是个人，怎么这说正么个模样儿呢？（净白）天是天也可生成的雄脸说减。14.272""咱是生成的雄脸，你不用怕咱。9.78""（酒保白）人怎么这么样？（常白）天生的雄脸。9.271"这些用例说明，"雄脸"已经从特指性的京剧脸谱转为形容一个人的长相。从其出现的语境看，它所代指的相貌较为丑陋。

（79）咱试试他的胆量。4.232

按："胆量"义为"胆子"。

（80）慢来、慢来，我有些唬怕，得把我救出去才好。4.408

按："唬怕"义为"害怕"。

（81）你二人各领堂签一枝，分头密访。11.315

按："堂签"义同"签票"，指古代官员交给衙役逮捕犯人的凭证，相当于今天的逮捕证。

（82）是酒壶一把、饭碗两个、猪肉，这是两个烧饼，这是一块糖糕。11.317

按："糖糕"指加糖的一种糕点。

（83）可惜你花枝般千娇百媚，嫁了个赤手汉难称心怀。11.322

按："赤手汉"义为"穷汉"。

（84）前面关帝庙前，有一绝色妇人，他丈夫名叫陈有量，乃徐州人氏，流落在此，托我寻一只便船回去。11.323

按："便船"指"顺路且方便搭乘的船"。

（85）陈大娘莫拗强，细心想想，我大爷有财势，四海名扬。11.325

按："拗强"义为"固执任性"。

（86）忽有甘露寺命案，是我私自私访，才知是西村豪恶卜良，今日陞堂勘问。12.259

按："勘问"义为"审问"。

① 吴同宾，周亚勋主编．京剧知识词典 [M]．天津：天津人民出版社，1990 年版，第 139 页。

（87）家中但有磨箱，没有筛箱。要叫我速作筛箱，以免罪过。11.386

按："磨箱"指磨面的工具，"筛箱"即筛面的工具。

（88）吓，你这不是诚心来诓谁来拉？德喜，把看街的叫来。12.44

按："看街的"原是地保一类，"但清末以致'民国'初，只是在里巷间管杂事，如每天燃点路灯（油灯），清扫垃圾，有冻饿而死的'倒卧'，由他去报官，看守死尸等等。'看街的'一般也是更夫，夜晚值班打更。他的工资，由本街巷各户分担，每月由本人按户索取"①。

2.隶属清代通语中的新词义

隶属清代词语中的新词义指的是某个词早已经存在，只是在清代产生了一个新的义位。

一是大词典中书证出自清代文献：

（89）春喜，怎么还不进来，又望老爷嘀咕什么哪？4.406

按："望"介词，用法同介词"向"。

（90）好个丫头，你是什么样人，多嘴多舌。来吓，打他的嘴巴。4.408

按："嘴巴"指"嘴部周围"。

（91）听他口气，我只说出凤姨私约，小姐必然动怒，可不把一桩美事决绝了？也罢，我只要瞒过中间这节，就无妨碍了。5.41

按："口气"指"说话的语气、措辞或格调"等。

（92）原来如此，大爷你就照我这话，染病原故，着寔的替我给他写一封书信。就说我求他一直的把公子你送到淮安，老爷自然不亏负他的。11.109

按："着寔"义为"认真"。

（93）我们那些乡约、地保合猎户们就报了官。那州官儿还亲身到庙里来，给他磕头拈香上供。11.243

按：例中的"乡约""地保"及"上供"都为清代词义，"乡约""地保"都为清代基层小吏，都是由地方官府任命，替其负责乡里事务的人，只是前者隶属明清时代，后者是清代及民国时期存在。另外，虽然大词典说"乡约"明代就有，但给出的书证出自清代文献。"上供"指摆放祭品供奉神灵、祖先或其他对象。

① 徐世荣.北京土语辞典[Z].北京：北京出版社，1990年版，第550页。

（94）自幼在家闲散荡，最爱美貌女姣娘。11.310

按："散荡"义为"闲游"。

（95）我妈妈养我，与我闯名字。隔壁的二婶击酸菜来着，这们个功夫，可巧阴了天啦，说："不击了，不击了。"因此我的名字叫不击。11.311

按："闯"指"为一定目的到处奔走"。

（96）哎呀！列位贤弟，卖酒的那里对水，打这个婊子养的。11.313

按："对"义为"掺、混"。

（97）寻花问柳爱风流，此番借脚上街头。11.323

按："寻花问柳"义为"狎妓"。

（98）好好，你们就在此起造，本官已经申详上宪，请旌建坊，就烦你们一同起造。11.328

按："上宪"义为"上司"。

（99）哎哟，这是咧。等我摆上供。兄弟们，你们会赞礼不会？15.12

按："供"指"祭品"，此义与上文中"上供"的意义相匹配。

（100）你别问我，你问剃头的，谁叫他留下上头的呢？15.26

按："剃头"义为"理发"。

（101）可是呢，他虽然兼葭倚玉，除却我的虚心，总是个惦着呢。15.218

按："可是"义为"但是"。

（102）说书的，我且问你，说书弯子也推多了，拿了又放，放了又拿，岂不烦絮？20.396

按：根据大词典，"说书"是清代新出现的词语，其所指的曲艺形式起源较早。姚颖（2008）指出："说书的起源要追溯远古的盲瞽口述部族史，那种口头人际传播的方式始终没有中断过。说书，或推而广之到整个说唱文学，一直在民间存在着、被消费着，但记录下来的却很少"①。自"说书"作为"评书、平话"等表演艺术形式的代名词后，它的使用率一直非常高，并成为现代汉语基本词汇中的一员。

二是大词典中书证出自现代文献：

---

① 姚颖.清代中晚期北京说唱学与伎艺研究——以子弟书、岔曲为中心 [M].北京：北京燕山出版社，2008 年版，第 156 页。

（103）喝酒吗，弄些个娘儿们出来做什么？ 6.17

按："娘儿们"一般用于对女性的蔑称。

（104）纵说你玉洁冰清、于心无愧，究竟起来，到底要算一块温润美玉，多了一点黑青，一方透亮净水，着了一痕泥水。11.271

按："透亮"义为"透明"。

（105）（石白）对个火儿。（知白）什么东西，大堂上对火来了，来，把狗日的烟袋荷包入库，你有什么话，说罢。11.276

按："对火"义为"引火、借火"。

（106）今乃四月初八日，我爹爹寿诞之期，姐姐回来，与我爹爹拜寿。恐他乡下农忙，爹爹叫我送姐姐回去，带了二十两银子，下乡买猪。11.284

按："农忙"指"农事繁忙"，大词典孤证出自柳青《狠透铁》。

（107）刘玉告你杀子灭门，李三旺告刘玉劝房盗卖，又是他妈的一桩啰唆的事。11.290

按："啰唆"义为"麻烦"。

（108）酒倒好，就是水多点。11.311

按："就是"为转折连词，义为"只是"。

（109）是酒壶一把、饭碗两个、猪肉，这是两个烧饼，这是一块糖糕。11.317

按："饭碗"指"盛饭的碗"。

（110）你大嫂，休挂心，着人陪伴；放心去，办地道，另有盘缠。11.324

按："地道"义为"工作、技能或材料的质量符合标准"。

（111）老兄弟退后，待俺损他两句。11.343

按："损"义为"用刻薄的话语挖苦人"。

（112）你别发昏。你不恭敬那天父，死的时候，灵魂到地狱里大大的受苦咧。11.394

按："发昏"义为"迷糊，神志不清"。

（113）巧装束奔走风快，想那厮武艺超群，莽男儿合胆一命。11.410

按："风快"义为"飞快"。

（114）拿着我们当家尔说罢，不到三节，永远不能家去。12.41

按："三节"指"端午节、中秋节、春节"，大词典孤证出自老舍《骆驼祥子》。

（115）王龙江他头年二十八算清账，还望柜上借了几吊钱就走了。12.41

按："头年"义为"去年"。

（116）你瞅，我不说话，实在憋的慌。12.77

按："憋"义为"气闷"。

（117）出去？我拿钱买的票子，你叫我出去？ 12.167

按："票子"义为"纸质的凭证，即门票"，大词典孤证出自中国近代史资料丛刊《辛亥革命·辛亥革命与列强态度》。

（118）娘娘将他唤进来，问他若有担待，将小恩主托付与他。若无担待，秦也就罢了。12.449

按："担待"义为"担当"。

（119）这些个巡罗的头目满荒草里一路乱拨拉，可就拨拉到桦爷个青年。42.501

按："拨拉"义为"拨动，翻动"。

（120）你们爷们这程子的买卖茂盛，多化些个，五脏苍可是个乐事儿。49.99

按："程子"指"阵子、一段时间"。

三是大词典未举书证：

（121）不料他仍在江阴当兵，因此又到江阴。遇见内侄光景单寒，回到常州盘费用尽。幸得我妻针指尚好，只得缝衣度日。11.321

按："缝衣"指"缝制衣服"。

四是大词典未收：

（122）是了，不要哈，你当我白人，我还是个监生呢。11.277

按："白人"义为"没有功名官职的人"。

（123）把眼泪拭干了，快把摇车移到后面。我不叫你，不许出来。11.387

按："摇车"义为"纺车"。

（124）差事办的算得脸，一定圣主把我封。15.211

按："得脸"义为"得到肯定和赞誉"。

二、曲本清代词语及清代词义中的方俗词与方俗义

与清代通语一样，曲本中也有一些清代词语或词义也属于方言词汇系统。蒋绍愚（2005）认为汉语史的研究应与方言结合，"汉语史研究依据的是死的历史资料，现代汉语方言是活的语言资料，汉语历史演变中出现的一些语言现象，往往在现代汉语方言中依然保留，把两者结合起来进行研究，可以互相补充。同时，现代汉语方言中的一些语言现象，是在历史文献中和普通话中看不到的，这对汉语史的研究也有启发。[①]"同时，他特别指出方言研究是"近代汉语研究中的一个重要问题"[②]。

（一）隶属于清代方言词或方言义

曲本清代词语及清代词义中有些是方言词或方言义，以大词典为参照物，与曲本中通语类型清代词语或清代词义相比，它们大多出自现代文献，其中也有大量未被大词典收录的方言词语。除上文中涉及的曲本清代词语中的方言词及方言义外，其他部分方言词及方言义例证如下。

1. 隶属清代方言新词

一是大词典中书证出自清代文献：

（125）大人怎么会跑了钟底下去了呢？这可是死鬼留下的活乱儿。11.283

按："乱儿"义为"乱子"，大词典孤证出自《儿女英雄传》。

（126）好好，拿来，你快快灶堂里看看，小心火烛。11.387

按："灶堂"义为"厨房"，大词典孤证出自《何典》。

（127）咳，可怜我年轻力小，一夜天如何推得完功，不免急急推磨是好。11.388

按："一夜天"义为"一整夜"。

（128）好当家儿的，你别闹了，你是眼离了哇。12.37

按："眼离"指"因视觉错乱而产生幻觉"。

（129）外甥不必哭了，今番恭喜。阎罗王眍着了，竟不来请了。12.177

按："眍"义为"睡"。

（130）我是连片子嘴，我叫这岳子期。12.304

①　蒋绍愚.关于汉语史研究的几个问题[J].汉语史学报，2005（05）。
②　蒋绍虞.近代汉语研究概要[M].北京：北京大学出版社，2005年版，第324页。

按："连片子嘴"指说话滔滔不绝、连续不断，大词典孤证出自老舍《二马》。

（131）出去罢，你不出去，我就要拧你的踝子骨了。13.19

按："踝子骨"义为"脚踝"，大词典孤证出自《儿女英雄传》。

（132）迈步分袍把吊桥上，就地毛腰泪不干。15.258

按："毛腰"义为"弯腰"。

（133）才要张口，只见那西北旮旯里座儿之上走来一人，也是个老者。17.372

（134）你打谅李三太爷竟在煤窑山旮旯子里头作苦活呢，就没到过大地方开过眼呢。21.130

（135）二来难比京城内，山旮旯全都是些乱劈柴。21.132

按："旮旯"即"角落"；"山旮旯子""山旮旯"即"偏远的山区"。

（136）刘苍头，前者到此来告状，睄起来，再是一宗怪事情。大人爱揽偏就准，也不管，闹手挠头办不清。18.28

按："闹手"义为"棘手"，方言，大词典孤证出自韩子康《怯跟班》。曲本中，却多次使用"闹手"，例："该死的禁卒李能腑内说，这件事有些闹手，这可如何是好？20.410""忽听内中有一个热口呼列位，这件事依我睄来有些闹手。21.186"曲本作者对"闹手"的频繁使用，说明其确为清代产生的词语。

（137）堂官答应不消停，酒菜饼面齐送到。饽饽窝窝热腾腾，还有几样村野菜。38.17

按："饽饽"指用面制作而成的面饼、水饺、馒头之类的食品。"饽饽"在清代有时也指睡觉，如富察敦崇《燕京岁时记·元旦》："是日，无论贫富贵贱，皆以白面作角而食之，谓之煮饽饽，举国皆然，无不同也。富贵之家，暗以金银小锞及宝石等藏之饽饽中，以卜顺利。①"

（138）只听管家身后那些溜勾子，一起接声叫，"牛鼻子听见了没有？我们管家太爷叫你，还不快过来见礼，别混充那文绉绉。"21.220

按："溜勾子"即"溜钩子"，表"钻营、奉承"之义。曲本中有"溜沟

---

① 碧滢，张勃标点．燕京岁时记外六种 [M]．北京：北京出版社，2018 年版，第 67 页。

子"的用例，如："众官中贤愚不等，耿直些的微冷笑。那些爱吃甜酱瓜溜沟子的个个无笑强笑，连声夸奖索老爷好箭，古时养由基、李广也不过如此。32.10"也写作"溜勾"，例："定然是，我主洪福欺了天，众军溜勾抱粗腿。44.28"

（139）若劝之不醒，就如全无一分改悔，那准是他应该自寻败运，一定现眼。24.163

按："现眼"为"丢丑"之义。受韵文句内字数影响，曲本中"现眼"一般写作"现眼睛"，例"一个个软哒哒兔子软相公，快些你们拉开吧，省得在此现眼睛。21.220""时气旺，胡诌胡咧胡有礼，就怕运败现眼睛，说嘴得嘴定打嘴，为人务本要思恩。20.351""这也是，五虎老爹报应到，应该叫他现眼睛。34.395""大人想，一辈做官坑百姓，他的那，九辈儿孙现眼睛。43.272"

（140）前任太爷离了任，升来一位施县尊，是个骄官拐棒子，他与别人大不同。33.193

按"拐棒子"指"怪癖、古怪"之义。

（141）我也不便遭扰了，改日再会。33.193

按："遭扰"表"打扰、打搅"之义。

（142）哥哥有个小手艺，勤行跑堂茶铺中。34.442

按："勤行"是以前北京人对饭馆茶铺等服务员的称呼，大词典孤证出自《儿女英雄传》。

（143）大家共把端阳庆，菖蒲艾子放当中。37.154

按："艾子"即艾草。

（144）天气温和，不寒不暖，正好行路，惟有八戒闹魔。40.26

按："闹魔"为"胡闹"之义，大词典孤证出自《三侠五义》。

（145）此时间把个黑爷在下边跪的磕膝盖生疼，满肚子没好气儿。42.437

按："磕膝盖"义为"膝盖"。

（146）不害臊，一脸官粉搭多厚，驴脸瓜搭颧骨高，黄眼珠儿只乱转，红嘴抹的似血瓢。47.163

按："瓜搭"为"因为生气或自然长相而搭拉着"之义。

（147）这正是，龙生龙来凤生凤，耗子的儿子会盗洞。48.260

按："耗子"即老鼠。

二是大词典中书证出自现代文献：

（148）你瞧你这个德行样儿，你还请客，有什么事么？2.380

按："德行"用于讥讽别人的言行、质量等，大词典孤证出自老舍《龙须沟》。

（149）小人们就用这磕膝，我就磕、磕、磕、磕，磕了这们几个窝窝，我们照着那窝窝分银子。6.55

按："磕膝"即"膝盖"，大词典孤证出自老舍《四世同堂》，曲本中，"磕膝"又写作"胢膝""𪬚膝""胢膝半"等，曲本中例证分别为："啊，大哥，看赵云上马无有拳头大，下马无有胢膝高。3.231""列位贤弟，看这天上下的朦松雨，地下乃是浮土，各将胢膝印个窝窝，照窝窝分银子。7.177""那们，老头子你哪快着罢，我胢膝半都跪酸了。12.320"

（150）员外，不是我小桃夸口，有我小桃先出马，不怕他这些琉璃球儿。8.482

按："琉璃球儿"特指"圆滑狡诈之人"，大词典将其解释为"圆滑调皮之人"，贬义程度过轻。

（151）眼时到了年底了，合柜上算了算账，存个五吊多钱回家。一还账，没了过年的了，又合柜上借了五吊钱。12.32

按："眼时"义为"现在"。

（152）小生赵琼，奉圣恩监管饭场。左右，打道饭场。12.162

按："饭场"义为"一群人聚在一起吃饭的场地"。

（153）没气便罢，有了气，嘴一撅眉毛一竖，我吃过他哪的横亏。12.164

按："横亏"义为"无缘无故吃亏"。

（154）越思越想心胆痛，父仇不报待谁们？13.6

按："谁们"义为"哪些人"。

（155）再表瞎掰周先生。学房正写百家姓，赵钱孙李百家姓终。15.112

按："瞎掰"义为"胡说"。

（156）这老庞贼听得这一番的上谕，又不敢再往下讲。只是暗中生气，

臊眉耷眼的叩了个头，垂手归班。17.142

按："臊眉耷眼"义为"羞愧"。

（157）你当那些窝囊手，那就错打定盘星。那是你等作春梦，往我们要冲朋友惊。21.62

按："窝囊"义为"无能"之义，大词典书证出自现代文献。曲本中常与"手""脚"搭配使用，例："前夫本是窝囊手，奴夫刚气无半分。21.363""那妇一闻反不喜，有语开言把话云。似你真是窝囊脚，江湖那有这朋友？叫人剥了一地皮，还给那个来贴金。41.482"曲本中将"窝囊"与"手"或"脚"连用从字面上看是将其无能的一面具体化，实则是以身体的具体部分代指全部，即整个人。

（158）画童说："你睄那马光秃鲁的不戴嚼子，那马往前紧走，我怎么带的住？倘若把我出溜下来蹾破脑袋，回府怎见我姐姐？"21.239

按："出溜"为"迅速滑动"之义。

（159）道爷你紧自打探他作什么？26.372

按："紧自"为"连续不断"之义。

（160）𠲤，张典哪，你先别嚎丧呵，留着眼泪给你妈妈洗脚后跟不咱。29.236

按："嚎丧"义为"一个人因为不是丧事而大叫，有时也伴着大哭"，是詈词。

（161）这一镪，惊醒了长工与佃户，人人是，冷战机灵把凉气吸，反把苍头大家抱怨。30.309

按："机灵"指"因受到某种刺激而猛烈抖动"。

（162）五兄弟这算你藏奸之中带着大话，你我此来非为己事，大家都为的是绿林义气，拿黄天霸与亡者的江湖报仇。34.240

按："藏奸"义为"不肯说全话或尽全力帮助别人"。大词典孤证出自杨朔《三千里江山》。

（163）常听人说，若是遇见邪祟，将头发往上抹撒抹撒，那个鬼立刻就退。36.286

按："抹撒"义为"捋"。

（164）只见香郎一激灵，半晌过一口气。39.10

按:"激灵"义同"机灵"。

(165)我又惹不起他,况且他又待我不错,一年多添二厘股子。出门的人谁给的多,就跟谁走。39.309

按:"股子"义为"股份"。

(166)细想此人真无耻,混出江湖坑害人。为人但有一步地,糊糊将就养其身。何苦归入此道内,也不怕,玷辱现先人祖父名。41.479

按:"糊糊"指用玉米、高粱面等做成的稍微有点稠的稀饭。

(167)老弟,你说无巧不成书,偏偏的我那一条裤子是稀糟,那禁的那一脑袋呀,一头顶了个窟窿出来咧!43.277

按:"稀糟"义为"糟糕透顶"。

(168)未从说话,那一宗光景最恼人,下神不过是二五眼,诓点子吃食与银钱。43.377

按:"二五眼"义为"差劲"。

(169)正在为知难,只见一老道婆子走上前,来到金寡妇的跟前站住,未从说话先把两个母猪眼一挤咕。43.377-378

按:"挤咕"为"眨眼睛示意"之义,大词典孤证出自老舍《樱海集·柳屯的》。

(170)众蛮女,拍掌帮腔哈哈咲,好戏帮场顽一顽。46.144

按:"帮场"为"帮衬场面"之义,大词典孤证出自沈从文《生》。

(171)杨猛一见心中咲,这个僧人好贪玩。放着正事他不干,胡闹八光礼不端。48.89

按:"胡闹八光"指"行动不合常理"。

(172)来至山口正当阳,两位忠良下了马。47.209

按:"当阳"应为"当央",为"中间"之义。

(173)刘老三你不用瞎毛咕,这个地方离城一跑儿,难道说还会有什庅元故不成?不用胡说,先坐下商量商量主意要紧。48.39

按:"毛咕",指"因为恐惧、疑虑等感到恐慌"之义。"毛咕"与"毛毛咕咕"一样,大词典中,其书证都出自老舍的作品。

(174)破着姥娘不依我,我一定,想个方法去哄松。48.94

按："哄松"义为"欺骗、抚慰"①之义，通常写法为"哄怂"。

（175）我有件事总没浑提，不知道是我哥哥是我兄弟，为什么竟在家里闹气？ 56.263

按："闹气"义为"生气吵架"。

（176）窝囊废呀，天下有几个？ 56.181

按："窝囊废"义为"怯懦无能、甘愿受人欺负的人"。

三是大词典未收：

（177）那些徒弟，惟有袁达毛包，爹爹要去惹他，只恐没有活人回来。2.53

（178）带领手下毛包子，峉讹大客大商人。21.48

（179）众泥腿、毛包等一齐大叫说："不好了，打死人咧。看街的快来套上罢。21.445"

按：以上例中的"毛包"有两种含义。如例（177）中，其义为"行动粗率，心思不细密的人"②。例（178）中的"毛包子"及例（179）中的"毛包"则与"恶棍"同义。《京都竹枝词注》："棍徒，京师曰'老土'，又曰'茅包'，近又曰'土拨勒贺'。③"齐如山（2008）释"毛包"为："凡人不讲清理，永远与人搅强者，人便以此呼之。按'毛包'与'光棍''刺儿头'性质不同。彼则讲斗心眼、用手腕，此则只是蛮横，然亦不做大恶。④"

（180）好，有了包圆的了。大爷，待我拿秤去。2.391

按："包圆"义为"全部"。曲本中也以儿化的形式"包圆儿"出现，如："老猪从来不会偷嘴吃，等着师付合你们吃过了，剩下的我包圆儿就是了。27.224"

（181）（外白）附耳上来。（丑白）哦，说奢话？ 2.415

按："奢"义为"什么"。

（182）古哩古董的病，吃饱了饭，就不想饭吃，睡了觉，就不想睡。就

---

① 狄呈麟主编；民和回族土族自治县志编纂委员会编．民和县志 [M].西安：陕西人民出版社，1993 年版，第 623 页。

② 徐世荣．北京土语辞典 [Z].北京：北京出版社，1990 年版，第 268 页。

③ 李家瑞编；李诚、董洁整理．北平风俗类征上 [M].北京：北京出版社，2010 年版，第432 页。

④ 齐如山．北京土话 [M].沈阳：辽宁教育出版社，2008 年版，第 7 页。

是这个病。4.230

按："古哩古董"义为"稀奇少见"。

（183）你二人随定了我，见笑、可笑与我，这里凑地可拍一掌，越墙而过。4.233

按："凑"义为"突然，猛然"。

（184）你是嘴大嗓嗝眼小，吞不下去。4.240

按："嗓嗝眼"义同"嗓子眼"。

（185）骑马？不是哥哥薄你。你骑惯了毛驴子啦，没^说骑过大牲口。8.257

按："毛驴子"即"毛驴"。

（186）（花白）那爹妈的魂牌呢？（净白）儿子进了教，爹妈的灵魂上天堂去唎，要灵牌怎用？俺同你家去烧掉。11.394

按："家去"义为"回家"。

（187）你不家来你也不醉，家来总得醉之家来。12.36

按："家来"义为"回家"。

（188）（赵玉白）你一块儿交过我好不好？（王白）弟起是这么排的么。12.36

按："弟起"即"第起"，义为"本来"。

（189）你越闹酒越上来了，你一下儿看栽躺下，我拉不动你。你先上屋里慎一慎儿罢，回来你再搬好不好哇？12.37

按："慎"义为"等待、休息"。

（190）我告诉你马掌柜的，你不用望我闹这宗反打瓦。12.41

按："反打瓦"义为"反诬。自己做了坏事不承认，反而无赖斥责揭发自己的人"①。

（191）自顾咱们顺当了，马思远今年的买卖可干了。12.49

按："自顾"义为"只顾"。

（192）那也怨不上咱们来，方才我听见刘小儿说，今尔清早有俩人仝着个小回回儿，在西边钱铺买五十两银，上毛先生家去。12.49

按："怨不上"义为"怨不着、埋怨不着"。

---

① 徐世荣. 北京土语辞典 [Z]. 北京：北京出版社，1990 年版，第 128 页。

（193）兄弟，你也常给人家了事，衙门坎儿里，什么沾光、起土、添油、拨灯这些个事，你不至于不懂得，怎么你会说出力伴话来了？（果白）怎么力伴儿了？（甄白）怎么你还不力伴儿？外行人常说的话，黄金有价情无价，事望事不同，到临期看是作事。12.54

按："力伴"义为"外行"。

（194）妈妈养我肚子鼓两鼓，老娘一把没接住，闹了侯七一嘴土。12.96

按："一把"义为"一下"。

（195）抬起来，哥哥给你拾道拾道。12.96

按："拾道"即"拾掇"，义为"收拾、整理"。"拾道"在曲本中还写作"拾到""什道"，例："记之点儿，头上脚下，拾到的紧紧沉沉的。15.21""什道了，则一宗儿那一宗，又叫人，知会同乡并好友，还有那，一家当户好些个。48.328"

（196）你妈妈嫁了黄天禄，把你代过来就是代肚儿。12.103

按："代肚"即"带犊"，指已婚妇女因离婚或丧夫后，带着与前夫生的儿女改嫁。

（197）吓，你看这狼藉满地，罪过吓。待我收收起来。12.144

按："收收"指"收拾"，"收收"中的第二个"收"读轻声。

（198）母亲，孩儿不但来迟了，有大户人家要三百菜。孩儿还要到菜园子洗菜去了。12.144

按："菜园子"义为"菜园"。

（199）你哪上了几岁年纪了，结昨儿个到今儿个，如何饿得起？ 12.161

按："给"义为"从"，介词。

（200）蔫啦？头里那么摇头拂抖尾巴的，那么有气，这会儿可怜不大见儿的。12.168

按："可怜不大见儿的"义为"可怜"，结构中的"不大""见儿的"为后缀。其中，"不"读轻声，"见儿"读"jier"。

（201）（八白）你才没开过眼哪，那有张椅，你枯碓着。（华白）什么叫枯碓着？（八白）你坐下，你知道他干什么来了？ 12.366

按："枯碓"义为"坐、坐下"。

（202）我自顾合说害你闹毛包，把我的香都兜说忘了烧咧。14.137

按："闹毛包"义为"吵闹"。曲本中使用较为频繁，例："哎呀大叔哇，我只顾这儿合他闹毛包咧，把香都说兜忘了烧咧，我烧香去咧。14.484""曹辛越发发了毛。你兄弟说话刚强性又鲁，此去一定闹毛包。16.46""打街骂巷闹毛包，揎拳掳袖胡言道。57.97"

（203）好个过卖狼日的，竟闹撒邪广塞人，一点东西无到口，先来排楂李祖宗。满嘴里你逼丢吧嗒一阵数，我连一宗没记真，明明是他要挠我，我可知道要那宗？ 21.130

按："逼丢吧嗒"义为"胡说八道、蛮不讲理"，曲本中共有两处使用，另外一处也出自该文，例证为："想罢多时开言道：'叫声过卖少浪声，不用你往我来闹茄皮声，雁孤少往李三行，依溜凹拉膜达子话，逼丢吧嗒懒怠听。你就问我吃什么，这就完了你的事情。' 21.130"

（204）无暇玉，正中攃，吐光华，生瑞彩。22.32

按："攃"义为"缝缀"。

（205）十三桌面都坐满，一齐动手那容情。也不顾，不使快子硬下把，把抓口嘴直咽唵。34.409

按："下把"义为"动手、用手抓"。

（206）如今他到坐在正面上岗儿，大模大样的，那十殿阎君到在下首相陪他说话儿。36.295

按："上岗儿"义为"上首，筵席中最尊的位置"。

（207）若是不伏咱就闹，戛拉戛拉，我与你一仝见官见个分明。35.99

按："戛拉"为"打架"之义，其依据为下文"若要打架呀，我也不用写字儿，暂时该你一架，另日再打。35.99"徐世荣在《北京土语辞典》中收录了"嘎拉"，其义与曲本中"戛拉"一样。大词典收"噶拉""噶喇"，并指出其是拟声词，而无论是曲本还是《北京土语辞典》中都无此用法，两者写法也不同，故此处将"戛拉"单列为方言词，且曲本中还有其他同类例证，如："老囚攘的，撒马过来，咱爷儿门戛拉戛拉！ 34.392"

"再没伤，咱们就嘎啦个大屁蛋了。8.8"中的"嘎啦"与"噶拉"一样，也是拟声词。据此，"戛拉"，大词典未收，而"嘎啦"则出自清代文献，两者虽然同音，但其词性与意义完全不同。

（208）袜筒内，取出根，象牙快子手中擎，用手不拉仔细看。43.274

按："不拉"义同"拨拉"，表"用手或工具翻动"之义。

（209）蓝双玉接过凉冠，歪蒯在头上，身披斩衣，连麻绳也不系，敞着衣儿开怀。把白靴蹬在脚上，大摇大摆走到花园。44.31

按："歪蒯"，其义为"歪着"，曲本中多次出现。如"这如今有一种下作不堪的新闻将，半泥半混的小冤家。帽子这尥横歪蒯，袍子脱下来胳膊上搭。进了门子全无一点儿安稳气，燕儿骨啷当也不怕麻。55.495""歪蒯"今在山东临沂方言中还存在，例"坐直了，别歪蒯着。""他歪蒯在床上看小说。"

（210）动手之人闻听，齐把铁铣簸箕一扔，说到："我的妈呀，吉里咕咚一齐栽倒。"44.178

按："吉里咕咚"表"慌忙之间出于惊慌、紧急而滚动或脚步快速且沉重"之义。

（211）你睄我的腿是胉䯊盖儿吗？天生的残疾人，难道说为人折了不成？48.35

按："胉䯊盖儿"即"膝盖"，下文有"济公身穿着一条破裤子，明明的漏着两腿上黑泥不少，笔管条直，何曾有磕膝盖呢？ [48.35]"

（212）说罢，顺手拿过一块熟面来，又到上些冷酒，在手里捏巴捏巴递与陈亮。48.222

按："捏巴"义为"捏捏"。

（213）这事奇怪了不成，从来我可不害怕，为何今日毛不腾？ 48.90

按："毛不腾"义为"害怕"。

（214）依仗着，国舅侯我也是有几百糟钱儿，特意到这里喝个酒儿散散心，难道说使不浮？到当我是猪八戒下学，书獃了呢？那可就老西儿拍巴掌，坏了醋了。48.202

（215）你就是有那几个糟钱，也搁不住常常的花用。48.339

按：大词典未收"糟钱（儿）"。"糟钱"在北京方言中用来"指斥来源不正的钱财，使用者不加珍惜，任意挥霍；即'来得容易，去得马虎（胡花）'的钱财"①。临沂方言②、东北方言③等多方言区中则等同于"破钱"，但其使用

---

① 徐世荣. 北京土语辞典 [Z]. 北京：北京出版社，1990 年版，第 469 页。
② 笔者身处临沂方言区，日常交际中，"糟钱"使用较为频繁。
③ 马思周，姜光辉. 东北方言词典 [Z]. 长春：吉林文史出版社，2005 年版，第 371 页。

频率远高于"破钱"。"破钱"大词典释义为"少量的钱币，微薄的收入。带调侃或愤激义"。根据曲本例证的上下文语境分析，其"糟钱"的意义正为词义，异于其在北京方言中的意义。这种意义的不同，说明"糟钱"并不是一个生僻词，而是方言区的常用词，根据其在曲本中出现的频次及篇目数量，可以判定它在曲本所在时代是一个常用词。

（216）而且又小吊又不开眼，食众才黑，鼠肚鸡肠，大处不算小处算，拘拘嗖嗖，自己一身的毛病尚无治好，偏又替人家分忧改恼。49.317

按："小吊"义为"小气"，今还存于山东临沂方言中。

（217）这妇人本没见过这玩艺儿，又搭着是二不愣子的女人，他管什庅好歹，上前说道："这件事我也不狠知道。"49.336

按："二不愣子"为"胡涂"①之义。

（218）也是这娼妇不懂眼，他弄了一个溺鳖子，放在我头直下。睡的我楞里楞怔，扒将起来喝了一口，只当是一壶六安茶。57.107

按："溺鳖子"即"尿壶"，"头直"即"枕头"。

四是大词典中书证为作者自造：

（219）于抚院奏罢前后的原故，把一位圣祖伏爷龙目不错眼的只是瞅着连连点头。21.6

按："不错眼"指"目不转睛、全神贯注"。

（220）自己个，无缘无故摔一跤，从今以后还跟你？竟叫我，伤脸丢人合不着。27.409

按："合不着"表"不合算、不值得"义。

（221）扎挣连忙扒将起两腿哈吧往前蹭。41.424

按："哈吧"义为"走路上两个膝盖往外翻"，大词典中写作"哈巴"。

（222）虎惊文，看见此马龙心爱，就知天产俊驹龙。忽见野马连声吼，"嗖"的声，立楞身形奔储君。又啼又咬鬃尾乍，亚赛欢龙一般同。47.98

按："立楞"为"竖起"之义，大词典写作"立睖"。

（223）别说是一个济公，就是十个也不是他的个儿。49.87

按："个儿"义为"可以较量一下的对手"。

---

① 李行健主编. 河北方言词汇编 [M]. 北京：商务印书馆，1995 年版，第 352 页。

（224）什厷心肠把我薄，天生成不学好，爱装琉璃学土包胡打扮，真可笑。57.114

按："土包"义同"恶棍"。

五是大词典无书证：

（225）你妈妈，里借子忘了顺你的腿，闹成了，一长一短不能行。49.340

按："借子"即"襟子"，指"尿布"。

2. 隶属清代方言新义

一是大词典中书证出自清代文献：

（226）咳，正是襁褓幸，扫烟尘，致烽火俍。4.419

按："襁褓"指"愚蠢无能"的人。例中的"幸"也为清代词义，其义为"希图得到非分的东西"，大词典孤证出自魏源《默觚下》。

二是大词典中书证出自现代文献：

（227）怀凄愁不提访花间人听，真果是害相思空伤情。3.177

按："真果"义为"真个"，大词典孤证出自沙汀《困兽记》。

（228）骂一声小刺客真格大胆，不招供管叫你鲜血不干。4.78

按："真格"义为"真个"，大词典孤证出自刘心武《班主任》。

（229）可笑他，峀一只会拉大话，胡念八卦仗嘴强。如今且慢将形现，等他下楼闹个笑声。27.407

按："拉"表"说、闲谈"义，曲本中多次使用。

（230）这件事情非别故，又是贼根使古董。45.74

按："古董"义为"稀奇少见"，大词典孤证出自王统照《银龙集》。

三是大词典未收：

（231）换一个轻生的。3.334

按："轻生"指"重量轻"。

（232）（周白）小弟醉了吓。（蒋白）哎呀！我也八达了。3.402

按："八达"义为"醉"。

（233）这是结那儿说起哪。4.225

按："结"为介词，义同"从"。

（234）獃了一会，听听王龙江睡着了，忽然他女人起屋里出来了，把那

口缸往起一周，我隐在暗处一看，起底下蹸出一个人。12.55

按："周"指把物体掀起来。

（235）人老了，人老了，人老先皆那个上头老？人老先皆我这雀儿上头老。蔫着的日子多，鎗着杆儿的日子少。12.76

按："雀儿"指男性生殖器。

（236）自家张古董儿，我本叫张国栋。只因家中有个古董儿铺，皆因咱们不成器，生来的好耍，一二年的工夫，把个古董儿铺抖漏咧。12.76

按："抖漏"义为"挥霍"。

（237）只听"噹"，打可是打着了，老者到文风未动，到把恶棍手腕子存了。你说这个恶棍他还不懂眼儿，又奔了前去要动手。34.394

按："存"此处表"折"之义。

（238）白莲圣母从锦囊之中取出五个帛绞的走兽，吹了一口仙气，登时变为五色虬龙。37.354

按："绞"义为"剪"，今冀鲁官话区仍有此用法。

（239）就是前日我们大大那里叫人给送信来的时节，我们小子他爹就说坏了。49.336

按："大大"义为"嫂子"。

（240）佳人肚子里有点饿，腰里掏出个黄窝窝，叫声当家的你也逮，偺们两小口儿往饱里撮。56.173

按："逮"义为"吃"。

（二）隶属于俗词或俗义

俗称是流行于民间的非正式称谓，也是方言词的一种，与官称相对，反映出人们对同一对象的不同关注视角，呈现出了同一对象的不同特征或内涵，为全面了解该事物提供了语言层面的支撑。

从宽泛意义上看，俗名隶属于方言词，如大词典中"俗称"的意义为"通俗的或非正式的称呼"，"俗名"的意义为"通俗的名称，多有地方性，别于正式名称而言"。两者的差别在于"俗名"强调地方性，"俗称"不重在地方性。实际上，既然是非正式名称，自然是局限于一定的范围内，如地域及人群等，因此两者实则都有一定的方言属性或社团属性，为与方言词作出区分，我们只列举少量的辞书或相关文献中明确定义为俗称的词语，以便用于说明曲本清代词语的特征。

（241）老夫王铎，晋君驾前为臣，官居礼曹，钦奉圣命，开试文场，选择奇才。4.118

按："礼曹"为"礼部"俗称。

（242）哎，闲话少说，前日献来一班女戏落子，相爷命我教他们排演排演，倒不要误了差使，不免前去。5.27

按："落子"，北方曲艺"莲花落"的俗称。

（243）吃了睡，睡了吃，院子你也不扫了，姐们的骑马布，你也不管洗了。5.169

按："骑马布"为"月经带"的俗称。

（244）好了，宫中娘娘打降，孤王要去讲和。5.298

按："打降"义为"打架"，清代郝懿行《证俗文》卷六："俗谓手搏械斗为打降。降，下也，打之使降服也。方语不同，字音遂变。或读为打架，盖降声之转也。①"

（245）好好好，好比那红狼误入天罗网。11.23

按："红狼"为"豺狗"的俗称。

（246）听说奴家有喜信，乐的你无明无夜唱高腔。想起来那一条儿不叫人想，这如今割恩断爱奴怎当。16.469

按："高腔"是"弋阳腔"的俗称。清代富察敦崇《燕京岁时记·封台》："咸丰以前，最重崑腔、高腔（即弋腔）。高腔者，有金鼓而无丝竹，慷慨悲歌，乃燕土之旧俗也。②"

（247）老公太监一般样，为什庅欺压我们小老公？21.11

按："老公"是"太监"的俗称，"太监"是清代时对宦官的专称。

（248）又出来一个王八变的兔子精，杀了一回，看着那妖精又闹那个鬼八卦咧。他大妗子把手一扬，就入了他的袖子里头去咧。16.357

按："王八"为乌龟和鳖的俗称。

（249）鹦鹉灯，绿毛红嘴会说话，虎不拉拿家雀儿灯。27.5

---

① 岳国钧主编.元明清文学方言俗语辞典[M].贵阳：贵州人民出版社，1998年版，第403页。

② 王碧滢，张勃标点.燕京岁时记·外六种[M].北京：北京出版社，2018年版，第115页。

按："家雀儿"即"麻雀"。

（250）这五营军门金乌卫掌管京营，就是如今的九门提督一样，故此应当救火。29.159

按："九门提督"为"步军统领"在清代的俗称，古代称之为"执金吾"。"九门锁钥、白塔信炮、大内合符，皆归掌之"①。

（251）大鹏一路提人马，地鵏催粮接济军。37.135

按："地鵏"为"大鸨"的别称，大词典未举例。

（252）乳娘带着小相公上房内更换衣服，将香罗带解放在案上寒暑表的底下。乳娘与相公换完了衣服，回头一看……38.389

按："寒暑表"是体温计的俗称。

（253）身穿着，石纱袍儿郭什哈，俗名叫作一口钟。41.393

按："一口钟"为"郭什哈袍"的俗称，即"斗篷"。"郭什哈"为音译满语词，义为"护卫"，此处用"一口钟"点出了清代护卫的一个服饰特征。

（254）腰中虽无零碎物，羽纱马褂窄长袖，通俗浔胜好兴名。41.393

按："浔胜"是"得胜褂"的简称，是"马褂"中"对襟方袖"一类的俗称。

（255）过了东华门一座，车夫摇鞭往南行，皇城南边往西拐，御河桥，翰林院又在面前存。42.38

按："东华门"即"东安门"的俗称，乾隆时《日下旧闻考》"官署"条指出"光禄寺署在东安门内桥之右，《春明梦余录》谓在东华门内者，盖东安门俗亦称外东华门也"②。曲本中则有"内东华门""外东华门"同时出现的例证，如："轿夫抬起，法官们围随出了内东华门，众法官这才攀鞍上马，前呼后拥出了外东华门，不多时出了正阳门，竟扑了九天宫而来。32.42"

（256）刚过二堂，打外边打着花点、嘴里还带着唱的是李渊辞朝的梆子腔，原来是个打更的名叫王瞎虎。43.483

按："梆子腔"是秦腔的俗称。

（257）小爷领命，去拣了一个顶大的牛腿炮抬来装在里面，将盖丁好，用丁子丁上棺材盖。44.320

---

① （清）福格撰，汪北平点校．听雨丛谈[M]．北京：中华书局出版社，1984年版，第19页。
② （清）于敏中等编纂．日下旧闻考[M]．北京：北京古籍出版社，1985年版，第1073页。

按：与其他名物词不同，"牛腿炮"虽未被大词典收录，但其所代指的事物明代就已有。"明代'神威大将军'火炮在八达岭瓮城登长城入口处，陈列着 5 门，它们是明代守长城的'重'武器。其中，最大的一门炮筒长 2.85 米，口径 105 毫米，铭文大字是：'敕赐神威大将军'，小字有铁匠姓氏，铸造时间为崇祯十一年（1638 年）。另有 4 门小炮（俗称'牛腿炮'）和炮弹 235 枚，都是 1957 年整修长城时出土的。炮弹直径最大 12．5 厘米，重 6 公斤；最小的直径 4 厘米，重 0.25 公斤。①"

（258）遍地黄花铺地锦，都只为，勤娘子造反乱乾坤。十宙子要把冤仇报，江西腊，海棠花逞强讲勇，玉兰花望江南怎逃生？47.375

按："勤娘子""江西腊"分别是清代对"牵牛花""翠菊"的别称。

（259）这一年雨水多，庄稼地里出蛤蟆，无打粮食真难过。56.172

按："蛤蟆"是"蟾蜍"的俗称，大词典未收。"蟾蜍"的俗称还有"癞蛤蟆"一词，曲本中也有用例："樵夫砍了些枸杞子，渔翁打了些癞蛤蟆，牧童吹的是牛胯骨，农夫耕的是土楞窠。56.173""蛤蟆"在曲本中也写作"蛤蚂"，例："那里马折了前蹄，你那是蛤蚂。4.240"

（260）高高山上一棵蔴，两个蜘蟟儿望上扒。我问蜘蟟儿扒怎的？嗓子干了要喝茶，掌摩掌摩蜜蛤蟆，撒把土儿散散打了罢。57.95

按："蜘蟟"为"蝉"的别名，郝懿行《尔雅义疏》释"蜩"："今黄县人谓之蛣蟟，栖霞谓之齮蟟，顺天谓之蜘蟟，皆语声之转也"。大词典未收，收与之同义的"齮蟟"。

（261）题起字号个个知，要钱的顽艺儿全都会，什庅金羊岔局、蛐蛐儿、鹌鹑与闹鸡，题起输钱把人唬死。57.238

按："蛐蛐儿"是"蟋蟀"的俗称，大词典孤证出自富察敦崇《燕京岁时记》。

三、隶属于清代记音方言词

根据已有研究及方言的实际情况看，方言中有很多词语并没有相对应的固定的汉字，很多方言词语只能用同音字记音的形式，或者甚至连同音字都

---

① 本书编写组编著．京畿重地北京 3[M]．北京：中国旅游出版社，2015 年版，第 127 页。

找不到，只能用拼音甚至国际音标的形式记录。曲本中也有这样的方言词存在，曲本作者赋予它的物质载体汉字的作用尽在于记音，是汉语方言发音复杂性的一种必然产物。即是说，记音方言词而不同于一般的讹字，可将其看作是汉语方言词语的一种特殊记录形式。

（262）今日他在我的跟前告了一伙假，他拜客去了。8.130

按："一伙"为"一回"的记音形式。

（263）铁牌一面挨一面，形如**筬籔**掌儿形。19.8

按："**筬籔**"即"簸箕"，今山东临沂方言还读此音。曲本中写作"**筬籔**"，只有此例，主要用其通用写法"簸箕"，例："夜行猫心中暗道说，好哇，这买卖越作越出长咧，下次再出去一定是端一簸箕煤球儿回来了。22.150""春王正然心犯想，一桩岔事令人惊。只见那，从空伸出一只手，簸箕大小毛烘烘。38.172"

（264）我二人，俱个显说生身母，姐妹彼此痛伤情。32.411

按："显"此处为方言记音字，表"哭"之义。其本字当为"喊"，表"大声叫""大声喊"之义。因人在哭泣时常伴有喊叫或诉说等动作，因此冀鲁官话区、中原官话区中取其声旁"咸"音，用来表示"哭"之义。

（265）并非是老毛来夸口，东齐除了无艳他的神通奥妙，我不是他的对手，余者的齐将老毛的眼角儿也不加撒他等。38.45

按："加撒"义同"眨煞"，即"眨眼"之义。

（266）虽说衣裳华丽，如何盖上前鸡胸后罗锅？又是囊鼻子、结巴柯子，真不是他妈的好人养的！46.474

按："结巴柯子"义同"结巴"，大词典未收。"结巴柯子"中的"柯"为记音字，通常写作"磕"。

（267）复又留神往下验，胳**膞**上，并非是墨迹笔来写，却原来，针刺靛染上边存。43.275

按："胳**膞**"即"胳膊"，紧接下文中，作者将其写作"胳膊"，例"胳膊上还有两行字，针刺靛染到也真。[4.275]"说明当时至少在"胳**膞**""胳膊"组合中，"**膞**""膊"无区别意义作用。"胳**膞**"，今冀鲁官话区常用。

（268）屠户说："你怎么歹儿的妈妈，有了银啦。"43.471

按："银"即"人"，今冀鲁官话区还读此音。

（269）儿的妈妈，好瞎眼的则儿跳贼身上，儿，我把你这个驴屌劲的！儿你往那个厂儿跑？43.471

按："则儿"即为"贼儿"，安徽一带将"贼"念作"则"。其同名原著《刘公案》中为："屠户说：'儿的妈妈！好瞎眼的贼儿，跳在身上，儿，我把你这个驴日的！儿你往哪个场儿跑？'[①]"

（270）顷刻之间，那海外的一百二十位散仙前后不等律律行行一齐来到。45.77

（271）今日里，大家商量回家去，出门齐往四下分，律续前后齐来到。49.446

按："律"即"陆"，今山东方言中还有此音。"律律"即"陆陆"，表"断断续续"义；"律续"即"陆续"。

（272）一声"哎呀"，"哭吃"栽在石路以上。48.35

（273）只听这边"哭吃"，那边"咕咚"，二人俱倒。49.226

按："哭吃"是拟声词，表示动作突然发生时的声响，义同"噗哧"，例中即为词此义。今在山东临沂方言中还使用，且表义相对丰富，如"他哭吃笑了"中为"噗哧"义，而在"他哭吃一下子就把石头举起来了"中在表拟声的同时，也带有了"突然"的部分语义。

（274）我和尚原本就是贼，就是我无有本事。我每逢一偷，偷十莫儿总有九莫儿叫人家把我拿住。48.88

按："莫"义为"回""次"之义，"十莫""九莫"即"十次""九次"或"十回""九回"，今在齐鲁官话区的使用频率还很高。

（275）什道了，则一宗儿那一宗，又叫人，知会同乡并好友，还有那，一家当户好些个。48.328

按："则"即"这"。

（276）济公在后说道："我把你这些个花尾巴！可估们想跑是不能的，总浔旋涡命来，咱就结事，不然我赶到你天边儿上去，看你们还能跑吗？"49.1

按："估们"为"估摸"的方言记音，今在山东临沂方言中还使用。

---

① （清）佚名.刘公案 [M].南昌：江西美术出版社，2018 年版，第 424 页。

（277）胆大之人就去赶，跑到跟前看分明，元来是，小驴拉的驴粪且，彼此不解为何情。49.448

按："且"，发音为"ju"，"驴粪且"即"驴粪蛋"。

（278）伸手掏出两锭白花花到有十两多，回手又拿钱两吊，连底不短，新关的侧。56.180

按："侧"即"钱"，曲本中另一处用法也在该篇文章，例："你别管，那不叫你挨饿，银钱算什厷？吃穿值几合？买房置地奶奶有侧。那像你窝囊废呀，天下有几个？ 56.181"

（279）拣了根蓆米儿往鼻子眼儿里通。56.255

按："蓆米儿"是"蓆篾儿"的记音字，指的是从高粱、玉米等农作物秸秆上剥下来的细细的长条物。

（280）老李把话儿讲："畏起喃的事儿教你笑的慌。喃家的婆子要上闺女家去逛，衫子儿又嫌短、裙子儿又嫌长，搭上了一连粉，好像个白脸儿狼，招的那孩子们怪哭山嚷。"57.99

按："喃"即"俺"。

（281）亲家家有事，他喝了一盅红棚酒，当着个亲家公楞脱了光脊娘。57.99

按："脊娘"即"脊梁"。

当然，以上仅是一些理想的分类法，实际上，曲本清代词语中有一些词语较为复杂，如"墩子"一词，它在曲本中的例证如下：

（282）红鹤氅，绣三蓝。时款式，墩子兰。被风吹，透出那，里面的衫儿却是玉色蓝。22.25

（283）列位众公详礼，人人原为花钱买乐，谁可爱个死木头墩子呢？所以还是一个未开怀的闺女。40.471

（284）张才打杯中拿出个打酒的墩子，伸手打了一墩子倒在头一支杯里，放在桌案之上面。43.213

按：例（282）中，"墩子"义为"马褂"，大词典无此义项；例（283）中，"墩子"为"短而粗的木头或石头"，大词典书证出自清代文献；例（284）中，"墩子"为打酒的器皿，大词典中无此义项。范炎培、钟敏两人对"墩子"指代打酒器皿的意义做了考证，他们指出："井子、酒井子，是民间拷

（打）酒、拷（打）酱油使用的专用工具。旧时酒井子常用毛竹筒制成，上端联着一个长竹柄，便于伸入酒坛拷（打）酒。北京人称为提子、墩子，或酒提子、酒墩子。①"

显然，"墩子"三个义位并不都是通语，也并不都是方言，而这种词语在曲本清代词语中的数量又极多，因此，上文的划分也仅是一种理想化的划分，对其更细微的分类需要另作他究。

第三节　曲本中清代词语及词义的典型意义范畴

"文化是人类的思维和行为有意识地作用于自然、社会和人类自身的活动及其成果以及人类对成果的享用。这是广义的文化，包括物态文化、制度文化、行为文化和心态文化。狭义文化是人类的心态文化，包括政治理论、法权观念、哲学、科学、艺术、宗教等，是整个文化的核心。②"从曲本中清代词语及清代词义的角度关照曲本创作时代乃至清代的文化，可从它们的语义出发。语义上看，曲本中的清代词语及清代词义与其数量相匹配，在语义上呈现出了丰富多样的特征，并主要体现为以下特征：一是呈现了清代新出现的事物和思想；二是人们用新词语指代或描述原有事物和动作行为；三是詈词詈语较多，等等。以上三点是对曲本清代词语及清代词义的不同层面呈现，是对两者语义丰富性和重要性的相对系统描述。具体看，可从以下层面关照曲本清代词语及清代词义的语义典型特征。

随着人类对社会认知的深化及科学技术的进步，世界上几乎每天都有新事物甚至新思想的出现，清代虽然是封建社会，但作为一个具有三百多年历史的朝代，无论其统治者是否作为，在人类及社会发展的大趋势下，出现一些新的事物与思想总是不可避免的。

_____

① 范炎培，钟敏.略说常州地名中的方言字 [A].上海市语文学会，香港中国语文学会编著.吴语研究·第五届国际吴方言学术讨论会论文集 [C].上海：上海教育出版社，2010 年版，第218 页。

② 杨自俭.英汉语言文化对比研究和翻译理论建设 [A].刘重德.英汉语比较研究 [C].长沙：湖南科学技术出版社，1994 年版，第 19 页。

一、与曲艺有关的清代词语

清代为曲艺形式较为发达的时代，当时出现了很多新的曲艺形式及有关的社会习俗活动，反映在词汇上，就是出现了很多与之有关联的词语。

（一）新曲艺形式

（1）哎，闲话少说，前日献来一班女戏落子，相爷命我教他们排演排演，倒不要误了差使，不免前去。5.27

按："落子"，北方曲艺"莲花落"的俗称。清代张焘《津门杂记·唱落子》："北方之唱莲花落者，谓之落子，即如南方之花鼓戏也。系妙龄女子登场度曲，虽于妓女外别树一帜，然名异实同，究属流娼。[①]"此处所言花鼓戏在曲本中写作"花鼓""花鼓子"。

（2）唯哟！那边好像一伙打花鼓子的，不免向前饱看一番，有何不可。9.56

若要拿那花得雷，必须用这四位姑娘，扮作美女卖艺的花鼓连厢模样，你我大家俱扮作车夫模样，混进庄去，看我的眼色行事，再做道理。11.434

按：花鼓子、花鼓为"流行于湖北、湖南、江西、安徽等省的一种民间歌舞。一般由男女两人对舞，一人敲小锣，一人打小鼓，边敲打，边歌舞"[②]。

（3）（院白）啊啊，不要这等乱语乱言。（丑白）烂弹？你真是个会听戏的脑凿子。高腔听够咧，要听烂弹，二黄、二六、西皮都有，你听之。14.429

按：上例中提及的"烂弹"（即"乱弹"）、"高腔"是流行于清代的两种曲艺形式，"二黄""西皮"是京剧的声腔，"二六"是西皮的调名，它们在曲本中的出现频率较高，如：

（4）（唱）【西皮二六】刘祖师妙策甚为贵，元帅兴兵有雄威。军令紧急来差委，（白）马来，（唱）【西皮摇板】统领军卒且相随。9.339

（5）时常叫我学弹唱，不唱西皮唱二黄。学的匡美把位让，竹影计本是梆子腔。又学崑腔唱三挡，后学卸甲又封王。10.66

---

① （清）张焘撰；丁绵孙，王黎雅点校；佚名撰，罗澍伟点校. 津门杂记 [M]. 天津：天津古籍出版社，1986 年版，第 101 页。

② 罗竹风主编. 汉语大词典缩印本下 [M]. 上海：汉语大词典出版社，1997 年版，第 5429 页。

（6）听说奴家有喜信，乐的你无明无夜唱高腔。想起来那一条儿不叫人想，这如今割恩断爱奴怎当。16.469

（7）洪贼要讨少爷喜，也要巴结展才能。拿一个，胡琴拉了二黄调，唱了一处二进宫。41.505

另外，"烂弹""高腔""二黄""二六""西皮"五者在大词典中的书证或是过晚，或是没有书证。

（8）他口中哼哼唧唧唱傍戏，杨三孝打鞭儿梆子腔。21.356

按："傍戏"指"异乡的地方戏"，"梆子腔"是"我国北方用硬木梆子作打击乐器以按节拍的剧种的统称"，在清代有时专指秦腔，如清富察敦崇《燕京岁时记·封台》："咸丰以后，专重二簧，近则并重秦腔。秦腔者，即俗所谓梆子腔。①"

（9）无毛虎，他与恶棍净街虎，高腆胸脯面带春，欢欢喜喜往前走，马头调儿唱的中听。35.224

按："马头调儿"是清代初期到道光年间流行于民间的曲调，"一般有六十三字，可加衬字，平仄通协"。马头调产生后，在各地的流行较为普遍，《中国曲艺志·天津卷》中指出马头调又名"码头调"，"清中期以前传入天津，是大运河南北通航时，艺人在客、货船中演唱的一种小曲，据传其源头客上溯至明代。流行于天津武清到北京通县一带的叫'北板马头调'，流行于河北沧县到山东临清一带的叫'南板马头调'"②。

（10）这贱人嘴比数来宝的还快。35.469

按："数来宝"是"曲艺的一种。流行于北方各地。一人或两人说唱。用竹板或系以铜铃的牛髀骨打拍。常用句式为可以断开的'三、三'六字句和'四、三'七字句，两句、四句或六句即可换韵。最初艺人沿街说唱，都是见景生情，即兴编词。后进入小型游乐场所演出，说唱内容有所变化。部分艺人演唱民间传说和历史故事，逐渐演变为快板书，与数来宝同时流行。③"大词典中，"数来宝"书证出自现代文献。

---

① 王碧滢，张勃标点．燕京岁时记·外六种 [M]．北京：北京出版社，2018 年版，第 115 页。

② 中国曲艺志全国编辑委员会，《中国曲艺志·天津卷》编辑委员会；罗扬主编；王波云，周良副主编．中国曲艺志·天津卷 [M]．北京：中国 ISBN 中心出版社，2009 年版，第 163 页。

③ 罗竹风主编．汉语大词典第 5 卷 [M]．上海：汉语大词典出版社，2001 年版，第 508 页。

（11）琵琶会弹十三套，抡指轻妙却时兴。胡头调儿好浮狼，岔曲儿，尖团字板分的清。36.425

按："岔曲儿"是清代乾隆年间兴起的一种曲艺形式，所用乐器为八角鼓，内容较多，包括"抒情、写景或滑稽嘲弄"。"岔曲儿"是"岔曲"的讹变形式，崇彝对此作了论述，"文小槎者，外火器营人，曾从征西域及大、小两金川，奏凯归途，自制马上曲，即今八角鼓中所唱之单弦杂排子，及岔曲之祖也。其先本曰小槎曲，减称为槎曲，后讹为岔曲。①"

（12）这一当子到受听，原是评书说的好，喉咙响喨吐字清。43.429

按："评书"内容一般为长篇演义故事，是清代流行的一种曲艺形式，如清富察敦崇在《燕京岁时记》指出："戏剧之外，又有托偶（读作吼）、影戏、八角鼓、什不闲、子弟书、杂耍把式、像声、大鼓、评书之类……评书抵掌而谈，别无帮衬。②"

（二）与曲艺有关的行为

与曲艺有关的行为主要指与曲艺演出形式、因曲艺而衍生的相关行为等。

（13）若要拿那花得雷，必须用这四位姑娘，扮作美女卖艺的花鼓连厢模样，你我大家俱扮作车夫模样，混进庄去，看我的眼色行事，再做道理。11.434

按："卖艺"指"通过在大街或相关场所表演曲艺及杂耍等获钱财"。

（14）惯走票，子弟名，嗓子不济竟哼哼。57.145

按："走票"，义为"业余演员登台演出"，例出老舍《正红旗下》。清代很多旗人喜欢唱戏，《旧京琐记》："北京人好唱二簧，于是有票房之设、票友之称，自亲贵以至富厚家子弟之好游荡者往往入焉。有约谓之走票，清唱谓之坐唱，上妆谓之彩唱。③"由于是业余演员，因此很多票友在走票时所需物资都需自备，次数一多，就有导致破产的可能。《旧京琐记》："既登台，则内外场之犒资皆由自备，往往因而破家。④"因此，不富贵且有票友的旗人家往往家庭不睦，如子弟书《为票嗷夫》描述的即为此事。而且，因走票而导致

---

① （清）崇彝.道咸以来朝野杂记[M].北京：北京古籍出版社，1982年版，第105页。
② 王碧滢，张勃标点.燕京岁时记·外六种[M].北京：北京出版社，2018年版，第115页。
③ （清）旧京琐记[M].北京：北京古籍出版社，1986年版，第105页。
④ （清）旧京琐记[M].北京：北京古籍出版社，1986年版，第105页。

家道中落的旗人并不在少数，所以夏仁虎说："因走票而破家者比比。最可怪者，内务府员外文某，学戏不成，去而学前场之撒火彩者。盖即戏中鬼神出场必有人以松香里纸撒出，火光一瞥者是也。学之数十年，技始成而巨万之家破焉。①"当然，清代汉人也有走票的，"汉人走票者率为各部科房人家之子弟"②。

二、亲属称谓词

中华民族历来注重家庭伦理关系，辈分关系井然，家庭成员及亲属之间的关系区分鲜明，由此就形成了中华民族独特的亲属称谓系统。这些亲属称谓词有的因婚姻关系而成、有的因血缘关系、辈分、长幼等而成，且同一种亲属关系在不同的时代或地域会有不同的名称，由此就使得亲属称谓词具有了动态化的特征。除上文已提及的亲属称谓词，曲本清代词语中还有下列类型的亲属称谓词。

（一）表血亲关系的亲属称谓词

因血缘而成的亲属称谓词包括对血亲长辈、血亲平辈及血亲后辈等的称谓，它们用于表各种血亲之间的关系。曲本清代词语中此类亲属称谓词部分成员如下：

（15）孩儿后面把舅母儿见，求舅丈，引领外生到房中。17.219

按："舅丈"义为"舅父"。

（16）司马昭控背躬身口尊父，天伦在上请听闻。20.239

按："天伦"义为"父亲"，大词典无此义位。曲本中，"天伦"有时也和"父"搭配使用，如："一顿棍，活活打死天伦父。20.385""他的女，心中挂念父天伦，也是钦差该有救，偏我夫妻往南行。35.46"

（17）方才你对我言讲说，令爱被庄头恶贼抢去，令公郎又被恶贼的家奴活活的打死，大公郎又现受罪，细想此事真乃死生别离，令人可恨！20.363

按："公郎"用作尊称别人的儿子，大词典未收，吉长宏《汉语称谓大词典》收，书证出自《儒林外史》。曲本中有时为了满足句中字数要求，也将其

---

① 同上。
② 同上，第106页。

省作"令公",例"今年你老取新妾,过年必定得令公。40.198"

(18)这一日,姐丈前去将你找,忽然猛虎到我跟前,唬的我,人事不醒昏过去,怀中抱着你的外男。26.193

按:"外男"即"姐妹家的儿子",大词典未收。"外男"在曲本中又写作"外生男",例:"这如今,难满消灾身荣贵,就不见你的外生男。那一日,山中被虎叼了去,不知骨肉在那边? 26.193"

(19)张爷说:"天色晚了,学生带甥女回店中去了。今日在此处住这一宿,天明就全外女回家去了,免得他母亲日夜悬挂。"26.373

按:"甥女"义为"姊妹的女儿",大词典孤证出自《儿女英雄传》。

(20)自想着今日可是我时运到,想不到认着这门子好亲戚,慈寿宫养老太妃是姑母。23.61

(21)小人回思又一想,他姑妈,现今埋在我家中,看亲戚,因此将他收留下。35.87

按:"姑妈""姑母"同义,为"父亲的姊妹"之义,大词典中,其书证皆出自清代文献。"姑母"曲本中又写作"姑母亲",例:"快请我父上关城,我的那,祖母、姑母亲来到了,请出我父有话云。47.396"

(22)都司的,故父追封指挥使,世袭前程与后人。34.300

按:"故父"表"已逝的父亲",大词典未收,但收录了与之同义的"先父",曲本中也有用例,如:"皆因是,该缺外选未到任,先父归西服在身。丁忧满服刚打点,偏偏的,老母哀哉一命终。32.47"

(23)王黑子,他的姥爷在何处? 快快哦,放他出来无话云。35.134

按:"姥爷"即"外祖父"。"姥爷"本写作"老爷",见于明代沈榜的《宛署杂记·民风二》:"外甥称母之父曰老爷。"曲本中也有用"老爷"的例证,如:"因为去看外祖母,枯柳树,天黑我要转家门,老爷相留我不肯,牛心到底是年轻。外祖母,给了他棒槌拿到手,辞了老爷我出门。33.229"大词典未收"姥爷",因"姥爷"为"外祖父"目前最常用的形式,因此我们也将其列入曲本中新出现的称谓词,但与其他新称谓词有一定差异,即它仅仅是书写形式的改变。

(24)咱的那,大小子回家曾言讲,女儿添了小外孙,至今未曾见过面,偺们两,何不出去看假真? 37.306

按："大小子"为"男孩子"义，大词典书证出自现代文献。

（25）黄升一见心欢喜，船家是他外舅翁。二人见面忙拉手，黄升卷腿把礼行。船家伸手忙拉起，口中连连叫外甥，"那阵风儿吹到此？外甥儿，咱们不见好几冬，今日何事将船雇？有何公干到山东？"38.462

按："外舅"此处为"舅父"之义，大词典无此义项。

（26）老娘娘既是我哥的祖母，也是我的干老老了，应该去见个礼儿。43.65

按："老老"指外祖母，大词典孤证出自《二十年目睹之怪现状》。

（27）弟子事出无计奈，皆因兄长引贼兵，将我那，带病的父尊盗了去，径自收藏在他营。弟子找父心急出无奈，不浑已，才用神宝取他魂。43.2

按："父尊"义为"父亲"，大词典未收。

（28）蒯文通叫声师兄回来了，师付命你去看师大爷，怎广今日才回来？贪住那里吃好东西，身量儿没长一点？ 44.302

按："大爷"为"伯父"之义，大词典中书证出自现代文献。"师大爷"即"师伯"，上文有"时方才，师伯也曾分付我，现有柬贴字一封。44.302"下文也有"你看你师伯去，怎广今日你才来？想是留你帮他，你师伯可好？ 44.302"

除以上表直系亲属称谓词外，曲本清代词语中还有专门用夫妻互称或用于称呼他人丈夫或妻子的直系亲属称谓词。夫妻之间虽是因婚姻关系而形成的一种直系亲属关系，不同于其他的血亲称谓词，但也不同于其他姻亲称谓词，因此本研究虽将其放置于血亲亲属称谓词，但却将其单列出来，以示区别。

（29）相爷又说道；"各姨娘谁能生个儿子，就扶他作正夫人。"5.27

按："姨娘"是对妾的泛称。"正夫人"即原配、嫡妻，大词典孤证出自《花月痕》。

（30）我又与他娶了一房续妻唐氏，我的爷们哪，可就自从续女过门之后，就是家中坐，祸从天上来的。17.193

按："续妻"义为"原配死后，再娶的妻子"。"续女"义为"后娶的儿媳妇"，即把上文的"续妻"换了一个角度称呼。"续妻""续女"，大词典都未收录。

（31）秀才说："老公祖，那妖邪一阵闯入房内抱住寒荆放肆，生员忿怒，抡拳逐之，被他毒气一喷，只觉头迷眼晕，贱内竟受其乱。"18.104

按："寒荆"用于谦称自己的妻子，大词典未收。

（32）闻听说他乃张秀的婶母，张清的继妻，叔父何不暗暗叫他来宴乐，不怕他不依。18.454

按："继妻"指"原配去世后又娶的妻子"，大词典未收。

（33）敢则此妇夫亡故，目今是个半边人。21.349

按："半边人"指寡妇，隶属方言，大词典未提供书证。

（34）迈步走进山神庙，在佛殿中倒身下拜，说道："弟子范仲羽今日在此山中失去贱妻、孩儿，若能相逢，那时重修庙宇，另塑金身。"26.147

按："贱妻"用于"谦称自己的妻子"。

（35）范仲羽闻听此话，"多蒙国舅恩重如山，搭救荆妻不死学生未曾搭救，今日岂敢讨扰？"26.180

（36）今春里，拙妻一病命归阴，我也害了一场病，家私花尽一旦空。34.61

按："荆妻""拙妻"用来谦称自己的妻子，大词典未收，但收录了与"拙妻"相对的"拙夫"。

（37）我们家煮饭，把锅盖一掀，饭都没了，满满的一锅长尾巴蛆满锅台上出溜出溜的乱拱。唬的我们家里的"嗳呀呀"一声，栽倒在地，从此之后也就疯了。30.299

按："家里的"是对别人称呼自己的妻子时所用。

（38）我现今并无一儿也无半女，我要与你商量商量，作个配房如何？31.145

按："配房"义表"续妻"，大词典无此义项。

（39）他本是二房姨娘亲兄弟，他的名字叫它洪，长的灵透嗓音好，唱的绝好《俏东风》。21.62

按："二房"即"妾"之义。

（40）老贤契，你起疑心虽有礼，但有一件不分明，也该详情细究理。令宠盛介平素中，枉陷了，家奴在县方好救，如夫人，死后焉能有复生？34.121

按："如夫人"用于称呼对方的妾，大词典无此义项。

（42）我的男子欠银两，拿他到县情礼通。34.466

按："男子"为"丈夫"义，大词典书证出自清代文献。

（43）如今我官至公爵，一人之下万人之上，岂肯将女儿配了人家为副室之礼？所以心中犹疑不能定准。39.96

按："副室"即"妾"。

（44）要这么着，你便是我的娘子，我是你的夫郎。56.324

按："夫郎"指称"丈夫"，大词典未收。

（二）表姻亲关系而成的称谓词

婚姻是人类以合法身份延续后代的保障条件，随之而生的就是形成了很多相关的姻亲称谓词。姻亲称谓词的使用者与被称者之间并没有血缘关系，而是因为第三方与使用者或被称者之间有婚姻关系，由此就形成了相应的姻亲称谓词。曲本清代词语中也有大量的此类词语，部分成员如下：

（45）可恨梁王太无礼，强逼吾女作儿媳。5.152

（46）（张白）可是你定娶的儿媳如么？（兴白）不是定娶的。9.398

按："儿媳""儿媳妇"都是"儿子的妻子"之义，大词典中，两者书证都出自现代文献，"儿媳妇"的则是孤证，出自老舍《柳家大院》。

（47）我的父，再不嫌贫爱富翁，这都是，爹爹耳软全无主，又看那，不良的晚娘内调停。17.225

按："晚娘"即"继母"。亲属称谓中，有关母亲的称谓较为复杂，连带着关于"继母"的称谓也相对复杂，如"继亲""后母""后娘""后妈""晚母""晚妈"等。从构词要素看，这些称谓词中界定继母身份的正是结构中的表时间的修饰成分，而其中的词素"娘""母""妈"则承担起了该称谓词的核心所在。至于"继亲"一词，则无法从其构词语素表面准确判定出其义，需要通过考核文献或查阅辞书的形式确定。

除"晚娘"外，以上有关"继母"的称谓词中，曲本还使用了"晚母""后娘""后母""继母"，例证为：

（48）因此丞相大怒，命我前来取你首级，一则与刘表、刘琦消恨，二则与天下做晚母的警戒。3.361

（49）你若有这个造化，管吃有穿，安然自在，强比跟着你的后娘，每日里挨打受骂，多尊是一个了手？ 10.51

（50）后母不能兼容，小侄性命只在旦夕间，望叔父怜救之。19.200

（51）我的父，姓王叫作王安世，母亲故去八年零。续娶了，前村一位黄氏女，这继母，行事有些不公平。49.34

曲本中有关继母五种称谓词的存在，说明就称谓词而言，即便某个时代出现了新的同义称谓词，但原有的称谓词会照旧存在于其原属称谓词系统中，并继续活跃在交际舞台。从辞书编纂角度看，大词典中，"晚娘"的书证过晚。

（52）此乃护卫芦大哥的少君，只因他父钻天鼠受朝廷封诰为五义之长，护卫之职在京为官，芦大嫂放心不下，打发公子上京来望看，就住在五义馆内。18.72

按："少君"[①]用于"尊称他人之妻"，为清代新产生的词义，大词典孤证出自清代张泰来的《江西诗社宗派图录·谢逸谢薖》。

（53）俺妹丈忠信诚实无远虑，只怕难防那骁雄。19.176

按："妹丈"指"妹夫"，大词典孤证出自《儒林外史》。

（54）舅爷子，你吃盅儿，好送你出城逃命。33.333

按："舅爷子"指"妻子的兄弟"，大词典无此义项。

（55）施公就把他船雇，诓入湖内山岛中，交与令岳李寨尊，教他给徒把恨伸。35.32

按："令岳"用于"尊称对方的岳父"。

（56）真若调兵围住岛，家岳难免被人擒，问斩连诛也罢了，自作自受怨何人？ 35.34

按："家岳"用于"尊称自己的岳父"。

（57）鲁义他家与一女，出聘婆家小官屯。认我娘亲为义母，姑娘比我小一春。32.247

按："婆家"义为"丈夫家"。

（58）亲婆说："姻姪你且回家去，明日我去你家中。"举人之弟回家转，

---

① "少君"不同一般的亲属称谓，此处是与被称之人无任何血缘关系的人所用，但因其基于婚姻关系而成，故将其放置于此处。

次一日，果然亲婆来家中。举人之妻与弟妇，迎进家中献茶羹。"亲家婆要见我妹，妯娌引见绣房中。"34.213

按：例中，"亲婆""亲家婆"都未见于大词典，大词典所收录的与之同义的"亲家母"，曲本中也有所使用，例"起来告诉亲家母，快叫那，新人出来拜公公，不是大伯子来争嘴，喜酒应该吃几盅。27.220"

（59）按下如英回净室，单言士贵作恶人。口叫："婶娘怎宏了，十月初十聘来临，择定十月十八日，吹吹打打来迎亲。"39.61

（60）依我愚见，大爷到汾阳县告我婶母一状，就说他赖婚姻。39.62

按："婶娘""婶母"是对比自己父亲年轻的同辈男性妻子的称呼。两者出现在上下文中，说明作为清代新出现的词语，两者处于同时使用的状态。曲本中亦有同义但早已产生的"婶子"一词，例"我弟兄两个父母早亡，我弟兄乃是叔父婶子养成人。21.421"亦有早已存在但在清代出现与"婶娘""婶母""婶子"等同义义项的"婶婶"一词，例"我婶婶，他老人家身体好？总也不到刘家村？35.305"

（61）那叔公虽然死了，定有执掌三军之人。我今何不先到他的营内看个明白，然后进城再拜我的祖婆，也未为晚。44.317

按："叔公"为"丈夫的叔叔"之义，大词典无书证。"祖婆"为"祖母"之义，大词典首例书证出自清代梁章巨的《称谓录·祖》。

（62）你的那一担儿挑是当今的国手，他来看我说："厄吃各不是痰火。"下的是开胃和中与咱清解，打昨日身子活动，这也是仗着神佚。55.145

按："一担儿挑"即"一担挑"，隶属北京方言，义为"自己或妻子之姐妹的丈夫"，大词典只有释义，未举例。

（三）无血亲关系的亲属称谓词

无血亲关系的亲属称谓词主要用于因结拜、认拜或社会性泛称而形成的称谓词，曲本清代词语中也有部分称谓词属于此类，例：

（63）交了些个狐朋狗友，一群一伙吃仓讹库，朦吃蒙喝，把兄把弟不少，茶馆酒肆，成群聚伙，生吃白拿，坑蒙拐骗，炸酱夺壶，扠圈弄套。10.410

按："把兄""把弟"大词典未收，前者指比自己年长的男性结拜者，后者则指比自己年少的男性结拜者。曲本中，"把兄"与"把弟"常连用，例

“狄青与我如骨肉，恰似同胞一母生，既然是贵人有心怜夫主，把兄把弟岂不疼？23.443”有时两者合成为“把弟兄”，例“仁兄，你老人家不用这们低头纳闷的，有这们些个把弟兄陪着你老人家归天，何等的舒服呢！29.151”也可合为“把兄弟”，例“他们几个人还是把兄弟来着，怎庅不管他呢？想来这件事不小，不是人命定是盗案。这件事要紧，果然真了，可实在可惜，把个正大光明好人受此！48.26”

曲本中，“把弟”亦可称之为“小把弟子”，例：“把弟你困了？你困困了？把弟，小把弟子。12.88”

（64）乡兄你是听，事不宜迟急速去，拿着圣旨去到鄜邬诓佞臣。18.329

按：“乡兄”指尊称同乡的平辈，是亲属称谓的泛化使用。大词典孤证出自清代王士禛《池北偶谈》。

（65）义成说：“好说好说，我弟子偏偏有点小事儿，是我个盟弟的母亲的寿日，我少不得去走走。”20.402

按：“盟弟”指结盟中年幼者的男性，大词典孤证出自孔尚任《桃花扇》。

（66）老爷想罢，伸手将拜帖拿来观看，上写着眷弟旗杆李七拜。老爷说：“这个名儿定是匪类。”21.59

按：“眷弟”是男子面对平辈时的自称，大词典未收。

（67）他别是东京汴梁城受过高人的传授来了，准是与包黑子一党，不然是不敢私访咱们爷儿们。26.453

按“爷儿”为男性长辈和男性晚辈的合称，大词典孤证出自现代文献蔡东藩及许廑父合著的《民国通俗演义》。

（68）小公子吽声奶公，我听见我父亲说咱们家有一个瘸大爷，可领了我去睄睄呢。30.447

按：“奶公”义为“奶母的丈夫”，大词典未收，收录与之相对的“奶母”。

（69）胡氏妇女将父认，光景是，徒弟挟嫌害师公。34.323

按：“师公”此处表“师父”之义，大词典无此义项。

（70）上次复又将城进，正正的，五日未曾转庙中。师娘烦人到庙内，说是并未转家门。34.329

按：“师娘”义为“师父的妻子”，大词典书证出自现代文献。

（71）拦路虎咲嘻嘻的招呼说：“吆！出了来么？大兄弟跟了哥哥逛逛去

罢。"34.398

按:"大兄弟"一词,大词典释义为"北方妇女用以称年岁小于自己的男子",但实际上,"大兄弟"也可用于男性称呼比自己年轻的女性。

（72）二位大翁从那里来的？小可闻浔长安城内出了异事,你们二位大翁可曾知晓？ 46.420

按:"大翁"是对"老年男性的尊称",大词典无此义项。

（73）珠儿是亡魂皆冒,心中是七上八下,拿出那旧脾气来说:"老爷子们等我穿件衣裳啊。"48.298

按:"老爷子"对"老年男子的尊称",隶属于方言。

三、与特定身份有关的称谓词

称谓是人际交往中表明、鉴别身份及展示交际双方关系的重要凭证,王子今（2014）认为:"在某种意义上,称谓是社会身份的符号,同时也是标志着社会等级,体现着社会关系,维护着社会结构的基本秩序的一种文化存在。[①]"因此,称谓词的时代性、地域性、阶级性、文化性等特性实则是人心理诉求及文化心理的一种外化形式,是揭示相关个体或群体文化特质及精神特质的一把钥匙。

清代属于封建社会晚期,按理说,单是继承自前代的称谓词就能保证社会交际对称谓词的研究,但即便是社会制度性质相同,但人对社会的认知、对人际关系的诉求及应社会发展而应运而生的职业、行为,等等,决定清代的称谓词不会是静止封闭的系统,如曲本中就使用了数量可观的新称谓词,它们可作为了解清代相关文化的媒介之一。

与特定身份有关的称谓词指从事某一行业、具有某一行为或某种性质而获得的称谓,就具体意义范畴看,这些称谓词的特色可以从下面词语看出。

（74）你二人可随我改妆衣服,充作嫖客模样,前去城外,探访新到扬州妓女。4.458

按:"嫖客"指玩弄妓女的男子。曲本中,"嫖客"还以儿化形式"嫖客儿"出现,例:"我娼门喜的是嫖客儿来到,恼的是臊寡脾臊。寡脾尽都是白

---

① 王子今.秦汉称谓研究 [M].北京:中国社会科学出版社,2014 年版,第 1 页。

饶。15.22"嫖"作为"嫖娼"义，始自明代，而妓女古已有之，如王书奴指出："唐代官吏狎娼，上自宰相节度使，下至庶僚牧守，几无人不从事于此，并且任意而行，奇怪现象百出。①"至于"嫖客"作为专指狎妓男子的专称清代时才出现，说明即便娼妓早已存在，但与之相伴而生的狎妓者却一直没有专指称谓，而当"嫖客"一词出现后，它的内涵就再也未曾变过。它的这种现象说明人们在为某类人物或某种现象命名时，始终处于动态的调整中，直至出现一个能涵盖其内涵和外延的称谓词时，其动态化的进程就会停止。

（75）啊，原来被积贼云里手窃去，快去报与相爷知道。5.30

按："积贼"指惯偷。

（76）那一天我正在楼上闲坐，进来了两个打茶围的，在我床上坐了坐，同我顽笑了几句，你上得楼来，把人家打跑了。5.170

按："打茶围的"指导妓院品茶、饮酒取乐的男性。

（77）（焦白）像什么？（排白）像挖煤的煤黑子。7.117

按："煤黑子"对挖煤人的蔑称。

（78）年纪幼有何能提兵调将？是何方黄花女带在身傍？7.348

按："黄花女"义为"处女"，大词典书证出自现代文献。

（79）我瞧你竟不是交战，分明是来找野汉子来了，看我擒你。7.491

按："野汉子"指"情妇"，大词典孤证出自老舍《骆驼祥子》。

（80）我在阵前，曾对你先行说过的，愿杀丈夫献城来降，你那醋坛子又不依我。7.498

按："醋坛子"特指"嫉妒心很重的人"。

（81）这是败家子，我把钱掖在这儿块。7.364

按："败家子"指"不务正业、挥霍家产，使家庭败落的人"，大词典书证出自现代文献。

（82）台接吹打介。小生上，见拜介。吹鼓手、四院子、小生、媒婆全下。8.261

按："吹鼓手"，旧时指在各种场合吹奏乐器的人，大词典认为"吹鼓手"应专指婚、丧礼仪中吹奏乐器的人，不确。另，大词典中，"吹鼓手"的书证

---

① 王书奴. 中国娼妓史 [M]. 生活印刷所，1934 年版，第 84 页。

出自现代文献。

（83）可是一刁妇，二位大人用刑。8.438

按："刁妇"义为"泼妇"，大词典孤证出自1984年6月4日的《中国法制报》。

（84）拳师要去，着备酒筵，送些银两与他起身便了。8.362

按："拳师"指"教授拳术或精于拳术的人"，大词典书证出自现代文献。

（85）说什么儿子咧，孙子咧，我倒是认个女婿罢，把你许配那个花子。我又是个杆儿头儿，也倒门当户对。你想好不好？9.249

按：据下文"不瞒贤婿你说，我姓金，名筒，在本处当了一名花子头儿，你还属我管辖咧。9.249"及"哎呀呀，这件事情，比我当这花子头儿胜强百倍了"9.250，可见"杆儿头儿"实则是"花子头儿"的意思。花子头儿之所以叫"杆儿头儿"，是防止到人家要饭要钱时，被人家的狗咬，因此花子的手中通常都会拿着已给棍子，号称"打狗棍"。文中金筒的手中的确是拿着杆子的，如在女儿结婚时，他和女婿说："吓，你且别忙，等我把伙计邀来，我把这根杆儿交给他们，咱们再走。9.250"通过对上下文语境的分析，可以看出"杆儿头儿"是从花子所持物件的角度出发而形成的一种形象性名称。该称谓词大词典未收。

（86）我们这内掌柜的庞氏月英，倒也十分贤惠。这两口子时常吵闹不和。9.421

按："内掌柜"特指"主人的夫人"，大词典孤证出自赵大年《公主的女儿》。

（87）（四个捞毛全上，白）什么事，老板？（刁白）你们大家到后院找找苏巧云。（四人仝白）是啦。（一番、两番全白）老板，你哪快来罢，苏巧云在柳树上悬梁了。10.36

按："老板"指"旧时顾工对雇主的称呼"，大词典书证出自现代文献。

（88）这就是前者我与大爷提的那个新到角色汪桂芬。10.37

按："角色"指"演员"，大词典孤证出自洪深《最近的个人的见解》。

（89）做一个叫花子乞食街头。10.121

按："叫花子"义为"乞讨者"，大词典书证出自现代文献。

（90）是了，待我来吩咐伙友，分头查去便了。11.2

按："伙友"指"共同做事的人"，大词典孤证出自郁达夫《春风沉醉的晚上》。

（91）咱家非别人，乃是本县头儿脑儿顶儿尖儿一个地保的帮伙便是。11.2

按："帮伙"义为"伙计"，大词典未收。

（92）想我等俱已扮作镖客模样，备大车二十辆，上写贩卖红花紫草的客商车辆，上要饱载金银。11.331

按："镖客"指人出行时雇用的保镖，大词典孤证出自沈从文《新景与旧谊·天安门前》。

（93）风闻此贼出世以来，白昼打抢，刀伤事主，鎗伤叔婶，拒捕官兵，霸占营寇，掳劫客商，抢夺民女，目无王章。11.71

按："事主"指"纠纷或坏事情的当事人"，大词典孤证出自赵树理《李家庄的变迁》。

（94）只这内面门印跟班，以至厨子火夫，外面六房三班，以至散役，那一个不是指望着开个口子，弄些工程吃饭的。11.90

按："厨子"即厨师，大词典孤证出自《儒林外史》；"火夫"即在厨房挑水煮饭的人，"散役"指没有固定职务的差役，以上两者，大词典孤证都出自《儿女英雄传》。

（95）前后跟夫们，本家姑娘赏钱二百吊。11.258

按："跟夫"是"指旧时出殡时跟随的拨旗扛夫。旧时北京富人出殡，要用32人、48人或64人抬棺材，也叫抬扛。另有4位杠夫拿着拨旗，在四角跟随。扛夫换班须注意拨旗，以便进退有序"①。大词典孤证出自老舍《茶馆》。

（96）不愿在此受官告，不愿穿爷家的蟒龙袍。12.316

按："爷家"专指皇帝，大词典孤证出自河北梆子《喜荣归》。

（97）你今得罪了我，就得罪你们家皂王爷了，我把这门亲事给你打退了，你认得我是小子，是油绔儿？12.366

按："皂王爷"即"灶王爷"。

（98）天老爷那有许多心思，来听我们的话，你不要着魔。12.380

---

① 罗竹风主编.汉语大词典第10卷[M].上海：汉语大词典出版社，2001年版，第480页。

按："天老爷"指"上天"，大词典孤证出自洪深《香稻米》。

（99）（付、净仝白）你哪怎么祷告马王爷吓？（占白）马王爷三只眼，当中这只眼，尽管我们这个事。12.425

按："马王爷"是相传长着三只眼的神仙，大词典书证出自现代文献。

（100）吓，好硬手，真会赶上了，万想不到。12.426

按："硬手"指高手，大词典书证出自现代文献。

（101）这宁王与俺本有父仇未报，少顷他们来迎娶，即命二位贤弟扮了二位小姐，妹子扮了伴婆，俺装个院子，一起混进王府，杀了宁王，以报俺父仇也。14.62

按："伴婆"是"搀伴婆"的简称，其义为"伴娘"。

（102）招女婿一番白话，娶媳妇两事无成。老身贺氏，元来那个假小子，乃是青楼许妙仙。16.79

按："假小子"用于称呼泼辣好强的年轻女性。

（103）这件事，却是上月初三日，天黑夜晚上了门。有一个姓王的伙计回家转，肉铺里，就是小的一个人。17.103

（104）叫声伙计你且住，烦劳一事要听明。18.34

（105）火计的，一双旧鞋偷了去，两腿如飞跑似风，被人看见将他赶，三个人赶上囚徒，下绝情。38.440

按：以上三例中的"伙计""伙计""火计"意义相同，都指店铺中雇用的店员，为清代新增义。大词典中，"伙计"例证出自清代文献，"活计"例证出自现代文献，"火计"未列此义项。除此外，"伙计"在曲本中还有其他用法，如：

（106）张义成说："李伙计，且看二位之面，把众人的刑法松去如何？"20.430

按：例中"伙计"是对共事之人的一种称呼，也可写作"火计"，章炳麟《新方言·释言》："朋辈谓之火计，此合语也。元魏时军人同食者称火伴。汉时吏民被征诣长安者，令与计偕，故今合语为火计。"

（107）若依孩儿，分付家人、院婆、丫环带领前往，去寻外公家中，找人与我爹爹送信，言明在外公家下相逢，不知母亲意下如何？17.312

按："院婆"与"院公"相对，是古代戏曲中对年老女仆的尊称，大词典未收。

（108）高祖皇爷起首乃是泗上一位亭长，手提三尺宝剑在芒砀山前斩白蛇起义。19.41

按："皇爷"是古代臣民对皇帝的尊称，大词典孤证出自姚雪垠《李自成》。

（109）店小二走进门来问："爷上用什么东西不用？"19.421

按："爷上"对男子的尊称，大词典未收。曲本中多次使用，如："炒豆儿小铺之中真没有，爷上休怪免挂怀。不知还要什么菜，爷上分派莫迟挨。21.131""过卖说声有，口尊爷上请听禀。21.256""这个布，爷上请拿回去，到了店中问问令正，只怕夫人扯下来也未可定。21.362""周氏他，若说是臣为媒证，原本爱女许广文，那时爷上怎么样？难道圣上有偏心？31.106"以上例证说明，"爷上"作为对男子的尊称，用于面称中，曲本中主要用于各种店老版、店小二等对男性顾客的称呼，有时也用于其他场合，如上面所举最后1例。

（110）他有一妻两个妾，还有仆妇与娈男。20.459

按："娈男"即"娈童""男妓"，指"供女性玩耍的男性"。

（111）这叫那些个眷晚生们听见，只怕连大牙都笑掉了。21.54

（112）有点艺业，也不过仗水内熟习，到了岸上在兄弟跟前讲勇还得递个眷晚的帖儿呢。35.150

按："眷晚""眷晚生"义为"晚辈或基于姻亲而生的晚辈"，大词典未收。

（113）店小二说："好一个小媳妇子，这赶车的捞毛的撒粪兔子，别瞧他圆溜脑袋，他倒有这宏俏皮女人，他还赶车？"21.359

按："媳妇子"指已婚女性，大词典孤证出自《儿女英雄传》。

（114）自古药医不死病，混障方治有缘人，皆因是，凶徒恶贯尚未满，遇见混障老玄门。27.394

（115）这位玄门有来历，那洞的神仙降凡尘？咱门大家若有事，趁早儿，求求玄门老道人。34.402

按：有一些词语原表抽象义，在曲本中表个体的具体义，且此具体义大词典未收。如"玄门"原指"道教"，曲本中则常用来指"道人"，以上两例中的"玄门"即为此用法。

（116）才然要吃这杯酒，惊动身边耳报神。36.319

（117）你要说是你的妻子你不知道他们的去向，他母子躲避血胡的这个话你如何知道呢？难道说你有耳报神儿不成厷？38.76

按："耳报神""耳报神儿"指"暗中报告消息的人"，该义在清代以前写作"耳报"。

（118）只见那，当先一个元门道，狰狞相貌不非凡。37.397

按："元门"指"玄门"即道教，"元门"因避玄烨的讳而生。大词典孤证出自《绿野仙踪》。

（119）少爷可从在家中？门丁答应回说："在书房之内坐养神。"38.449

按："门丁"指"看门的仆人"。

（120）这姑子庙里若有老道，这内中一定有奸情。39.60

按："姑子"原指"年轻的女子"，此处则指"出家的女子"，大词典孤证出自《红楼梦》。

（121）地方闻听此言不由魂飞魄散，连忙来到知县跟前双膝跪倒口尊太爷不好了，那坟坑之内又有一个小人的尸首。39.301

按："小人"义为"小孩子"。

（122）众公，长言道的好，神灵庙主肥，主子硬正奴才豪横。众家将依仗着公侯的势力眼内无人，举着鞭子唰唰乱抽乱打。39.435

（123）他其密的也要人，预备主子把跤看，署毡子，好给佛爷闲散心。42.35

按：以上两例中"主子"的含义不同，例（122）中，是"奴仆对主人的尊称"；例（123）中，是"对皇帝或后宫嫔妃的尊称"。

（124）长舌妇，闻听奸佞一席话，不由的，短叹长吁带欢容。39.452

按："长舌妇"指爱搬弄是非的女人，源出《诗·大雅·瞻卬》："妇有长舌，维厉之阶。"大词典孤证出自蒲松龄《聊斋志异·凤仙》。

曲本中还有一些早已存在但在清代又具有了新词义的称谓词，如下：

（125）老客，你有什厷事问这位巡抚大老爷，作何勾当？40.256

按："老客"对客人的尊称。

（126）清官爷，满腑忠义怀赤胆，怎能勾，为国礼君调化民？不枉我，几载寒窗灯下苦不负那，康熙佛爷圣相恩。41.249

（127）只见那地下佛爷头里站的一个泥小鬼可无了，竟剩下了一个木头托子。48.273

按：以上两例中的"佛爷"含义不同，例（126）中，其为"对佛像的尊称"；例（127）中，其为"清代对皇帝、皇后或太后等的尊称"。

（128）我有心，上天去奏朝玉主，尽把此事奏知闻。44.423

按："玉主"义为"玉帝"，大词典未收。

（129）那日竟遇着拐子婆将他拐了出来，疑心要卖了此女。48.404

（130）谁知道拐子婆娘善用迷魂药，将这女子迷住一言不发，任凭这妇人说长道短。48.404

按："拐子婆""拐子婆娘"词义相同，专指拐骗人口的女性，两者大词典都未收。

（131）老四你好胡涂！据我们听你所说，这和尚准是个溜子手。他见你瞧破了他的行藏，故此把你支开。49.190

按："溜子手"指"扒手"，大词典未收。

（132）言罢，叫人取将官牙婆请来，这个名儿就是现在收生婆，宋世年间称作牙婆。49.314

按：据作者阐释，"牙婆"在当时有"收生婆"之义，大词典未收此义项。

四、与仕途军队等有关的清代词语

曲本中，有大量与官员、官署、军队等有关的清代词语，这些词语为我们充分了解清代相关文化提供了诸多借鉴。除上文已经涉及的部分相关词语外，曲本清代词语中与仕途、军队等有关的词语还有如下部分。

（一）表官职

这一类词语实际上是清代对官职的特定称谓，而不等于这些官职在以往的朝代没有。除上文提及的相关词语外，曲本清代词语中有关官职的称谓词还有如下部分：

（133）朱、马二位把总呢？　4.458

（134）俺王天豹，在杨元帅麾下做一把总之职。6.16

按："把总"①是明清时代的低级官员，其职责是"操练军马、修理城池、严明号令、防御虏寇、抚恤士族"②。

（135）怕的是途中遭大变，他亲派马捕与三班。5.1

按："马捕"即"马快"，大词典孤证出自蒲松龄《聊斋志异·某乙》。

（136）家住山东历城县，姓秦名琼当快班。5.3

按："快班"即"马快"。

（137）你们这班下役，晓得什么？因不肯与这班脏官饶舌，所以不肯到案。5.36

按："下役"即"差役"，大词典孤证出自《儿女英雄传》。

（138）老爷即吩咐，去看门那里，皂班快来吓。9.180

按："皂班"指"旧时州县衙役三班中的一班，其职掌站堂行刑。亦泛指差役"③，大词典孤证出自沙汀《记贺龙》，在订补版中将书证出处提前到了清代文献《蜃楼志》。

（139）官亲合幕友俱不看待，食王禄必须要忠义满怀。11.48

按："幕友"作用等同师爷，但不是由官府任命，而是由官员自行聘任，两者一般相处如朋友，故称之为"幕友"。

（140）（都统上，众随上。通白）者，旨意下。要你跪接。14.85

按："都统"，官职名，古已有之，清代专指八旗的最高首领，担任者皆为旗人。据《大清会典》，"满洲、蒙古、汉军各八旗，各置都统一员，共二十四人，秩一品；副都统各二员，秩正二品，分领八旗政令。④"因都统较为重要，因此"京旗每以皇子、王公兼任。国初，都统位在大学士之上，最贵重也。清语曰固山额真，固山，旗一，额真，主君也。今改为固山谙班。⑤"

（141）小的皂头名李用，小的快头叫王能。19.379

按："皂头"为官府中衙役的头目，"快头"大词典未收，其义为"捕快

---

① 大词典为"把总"提供的首例书证引自清代文献，故此处将其列为清代词语。
② 魏焕.皇明九边考，卷9《甘肃考·责任考》。
③ 汉语大词典编纂处编.汉语大词典订补 [M].上海：上海辞书出版社，2010 年版，第 954 页。
④ （清）福格撰，汪北平点校.听雨丛谈 [M].北京：中华书局出版社，1984 年版，第 128 页。
⑤ 同上。

的头目"。清代鄂尔泰在雍正四年所写《分别流士考成疏》中点出了"快头"的意义，他写道："平时缉盗之捕快，皆宜分定乡村。某方失盗，罪在某捕快，而捕快之中亦有奸良不易，能否不齐。由须每十人立一快头，如缉盗不获者，罪在某捕快，快头一同治罪。①"

（142）二衙只说吾卖了法，把为夫的把大板楞。19.381

按："二衙"大词典未收，其义当为"县丞"，依据为鼓词《刘公案》中所言："太师椅，坐下二衙叫陈工，长随忙把茶来献，县丞用过接去盅。陈二衙，低头思想时多会，忽然一计上眉峰。43.494"

（143）尚书侍郎好几位，四品京堂站满堳。厅外边，司官笔帖有数百，闹闹吵吵数不过来。27.97

按："京堂"是清代对一些高级官员的称呼。"笔帖"即"笔帖式"，是清代各部院管理文书的官员，其"主要掌管翻译满汉奏章文书、记录档案文书等事宜。笔帖式为国家正式官员，有品级，早年有五、六品者。雍正以后除极少数主事衔笔帖式为六品外，一般为七、八、九品。因为笔帖式升迁较为容易，速度较快，被称为'八旗出身之路'"②。

（144）每船炮手派二名，船至江心再点炮。29.440

按："炮手"为"负责操纵大炮的士兵"，大词典例出清代文献。与之同义的"砲手"宋代已有。

（145）本府衙中的房科三班棍头皂役京通仓场花户，石土二坝的水脚车夫漕白经犯俱来侍候贤臣。32.4

按："房科"指官衙中的下级官吏，大词典孤证出自清代王浚卿《冷眼观》。

（146）卑职家居江西省，南昌府，新连县内有家门。拔贡出身将官作，初任沈阳为县尊，二任时到安东县，在此为官一年零。32.242

按："拔贡"指从全国秀才的文章中选出最好的呈送京师，由礼部奏请廷试，选中的或是外放当县官，或是作为国子监的生员。"拔贡"是清代新出现的一种选拔制度。福格指出："御前拔贡之制，无一定年限。乾隆七年，谕曰：

---

① 张双智，陈洪毅编著；陈虹君协助整理；张双智主编.清代苗疆立法史料选辑、清《圣训》《皇朝经世文编》选辑第2册[M].北京：北京联合出版公司，2018年版，第263页。

② 韩炜炜编著.辫子与小脚·清都风物志[M].北京时代华文书局，2019年版，第29页。

'从前选拔，或数十年一举，或二十年一举。今则六年一举，为期太促。应酬量变通，定为十二年一次，皆以酉年举行着为令。①"后来就固定为十二年一次，"按拔贡之科，每十二年，学臣于府、州、县学廪生内各举一名，贡入京师，钦简大臣会考后，拔其优等，再赴朝考，入选者以七品小京官分部观政，或以知县分发直省叙补，其余贡生，均以州佐教职选用。今称拔贡为明经"②。

（147）他的父，皇粮庄头人人晓，本来豪富有金银，交结乡党与仕宦，州县官员论弟兄，并无一点恶暴处。33.240

按："庄头"指"清代农庄的头目，庄头成了满洲贵族剥削庄丁的代理人，虽然身份同为奴仆，可地位和处境却远远高于普通庄丁。正因为有此特殊的身份和权利，所以到清末，庄头大多成了土地高度集中的地主"③。经君健（2021）考察了庄头的法律地位，指出"皇庄、官地、旗地的庄头，虽然都是管理庄田，但他们的身份视具体情况而有所不同"④。曲本中涉及的主要是皇庄的庄头，表现的基本都是其为恶之事，较少像上例中所言"并无一点恶暴处"的皇庄庄头。

（148）且说东昌府二府李守志奉施公委署府印进衙坐下，正然盘问参股与稿案，只见下役回话说："外边有钦差大人差人到此，说有话要见老爷面讲，又是位守备，特来回禀，"34.216

按："稿案"指"清代官府衙门中负责掌管公文的官吏"。

（149）他仗京中有硬根，姐夫现在行刑部内，掌稿经承头一名。36.44

按："经承"为清代各部院役吏的统称，《清会典·吏部九·验封清吏司》："部院衙门之吏，以役分名：有堂吏、门吏、部吏、书吏、知印、火房、狱典之别，统名曰经承。⑤"

---

① （清）福格撰，汪北平点校.听雨丛谈[M].北京：中华书局出版社，1984年版，第115页。

② （清）福格撰，汪北平点校.听雨丛谈[M].北京：中华书局出版社，1984年版，第116页。

③ 李德洙主编；王宏刚主编.中国民族百科全书12·满族、朝鲜族、锡伯族、赫哲族卷[M].世界图书出版西安有限公司，2015年版，第21页。

④ 经君健作.论世衡史丛书·清代社会的贱民等级[M].四川人民出版社有限公司，2021年版，第102页。

⑤ 孙永都，孟昭星.中国历代职官名词手册[M].天津：百花文艺出版社，2006年版，第72页。

（150）我的男人当门斗役，今岁刚交二九春。36.153

按："门斗"专指官学中的仆役。徐珂《清稗类钞·胥役》"门斗"条言道："旧称为学官供役者曰门斗，盖学中本为生员设廪膳，称门斗者，当是以司阍兼司仓，故合门子、斗子之名而称之耳。①"

（151）上边写的是老爷得了实缺，搬取家眷的话语。38.467

按："实缺""清制，以额定之官职，经正式任命者为实缺，其委派署理者为署缺。"

（152）胜瑞周闻听外面大叫，出外一看，原来是州里的两名快手，心中就有些发毛，连忙上前说："二位班长有何贵干？"40.464

（153）众公，蛮王驾下的班长就是中国的宰相一般。且说这个班长他的名叫土思孟。45.496

按：以上两例中"班长"词义不同，例（151）中，是对清代对衙役头目的称呼，大词典孤证出自《歧路灯》；例（152）中的"班长"应为"宰相"义，此义只在曲本鼓词《龙虎征南》中使用。将其确定为"宰相"义，因作者在下文中有时也会将"班长"换用"宰相"一词，例"每人赐过三杯酒，口叫国舅、宰相公，此一去，路途之中滇保重，莫辞劳苦奔汴京。46.1"例中所言三个人是土思孟、古儿同春、乌必纳，根据作者所言，后两者是国舅，例"想罢，眼望班长土思孟、古儿同春、乌必纳三个人说道：'班长与二位国舅此一去，可要知道并非是进贡献表，朝上拜见，却为卖弄才能、显姓扬名、施展武艺而去。'46.1"因此土思孟就是班长，即宰相。

（153）立即请过令箭一支，令前营游击唐怀祖持赴法场，将唐顺昌解交巡道衙门听候复审。41.199

按："巡道"为清代官职，《清史稿·职官志三》："寻改置布政使左、右参议，是为守道；按察使副使、佥事，是为巡道。②"

（154）分付内司传出话来，叫衙役、门皂、经承、书吏、牢头、禁子等众将新旧案件传齐，明日伺候。48.17

按："门皂"指看门的差役。

（155）我作司官悔之晚矣，且把行乐图儿信手儿描。54.293

---

① 徐珂编撰.清稗类钞[M].北京：中华书局，1931年版，第5262页。

② 赵尔巽等撰.清史稿 卷84-卷130[M].长春：吉林人民出版社，1995年版，第2287页。

按："司官"是对清代各部属官的通称。

（156）这老爷曾为翼长，现在告老在家中。55.136

按："翼长"为清代军官名称，"八旗之火器营、健锐营、神机营，在掌印总统（总管）之下，设翼长2-3人，秩正三品，管理营务"①。

（157）接班时双手捧杆两拳高举，向轿后整仪卫把脚毡接过，治仪正②拖程。55.232

按：治仪正是清朝銮仪卫中设置官职之一，为正五品。后因避傅仪讳，"仪"改为"宜"。

（二）表文件名

曲本清代词语中，有些专门用于指代专类文件名，这些文件古已有之，只是清代有了新的名称。

（158）俱在各省藩库支取。寡人出下誊黄。7.195

按："誊黄"即诏书，因皇帝下发的诏书需要礼部官员用黄纸誊写一遍，因此得名，大词典孤证出自《清会典事例·礼部二七·颁诏》，曲本中则不止一次出现，如："太后懿旨已早降，颁行天下出誊黄。7.201"

（159）你老爷接了河台札文，调署高堰通判。命尔等预备车辆，送你太太先到高堰通判衙门任所，等候你老爷。11.92

按："今京朝上官下行之公文曰札，外省省笔作札字。……唐宋诸公文集中，凡奏章皆谓之札子，是臣下上陈之疏，亦可谓之札也。③"到清代的时候，其名变成"札文"。薛福成《出使四国公牍序》："公牍之体，曰奏疏，下告上之辞也；曰咨文，平等相告者也；其虽平等而稍示不敢与抗者，则曰咨呈；曰札文，曰批答，上行下之辞也。④"

（160）事情来的重大，不敢私自作主意，立刻叫书吏写了一道详文，差遣四名快子手把左邻右舍、地方、牌头、乡长等连王进象解开封府去详报包

---

① 颜品忠等主编.中华文化制度辞典[M].北京：中国国际广播出版社，1998年版，第331页。

② 北京市民族古籍整理出版规划小组辑校的《清蒙古车王府藏子弟书》中写作"沼仪正"，不确。

③ 福格撰，汪北平点校.听雨丛谈[M].北京：中华书局出版社，1984：140.

④ （清）薛福成着；邓亦兵编选、校点.庸庵随笔[M].北京：中共中央党校出版社，1998年版，第194页。

公。23.348

按："详文"指"下级官署向上级官署汇报事情或请示的文书"。清代袁枚《随园随笔·政条》："今文书申上者号详文。按《左传·成十六年》：'详以事神。'注：'善用心曰详。'①"

（161）卑职办过好几件，现有稿案在存。43.448

按："稿案"指"公文"，大词典孤证出自《儒林外史》。

3. 表武器名

曲本清代词语中还有一些专指武器名的词语，这些词语所指代的武器有的是清代新产生的，有的是清代赋予了已有武器新的名称。

（162）我们人打不过你们，拿过山鸟打你们，看你们架得住架不住？8.475

按："过山鸟"指"鸟鎗"，该例句所在篇章上文语境明确指出了这一点，"小桃扯椅子，又鸟鎗打介。8.475""过山鸟"，大词典未收。

（163）牵细狗，架老鹏，扛鸟鎗，可没装药，请着弓箭，拿着腰刀。22.442

按："鸟鎗"即旧时的火枪。《皇朝礼器图式·卷十六·武备》："兵丁鸟枪铸铁为之，重六斤，长六尺一寸，不镊花纹，素铁，火机受药三钱，铁子一钱，木床。满洲、蒙古俱髹以黄，汉军髹以朱，束铁环二，铁叉长一尺。②"

（164）你带三百强壮的步兵各持火绳帮助展浮力行事，万两车上各有一尊子母炮。44.319

按："子母炮"是清代的一种轻型火炮，大词典未收。清代魏源在《海图国志》中阐释了它，"制炮始于佛郎机，故回人谓炮为佛郎机。今中华惟子母炮尚存旧号，粤人谓之搭提，闽人谓之板槽，以其身有一槽，中加铁板塞紧，各以其意而名之也。③"据严正德、王毅武考察，"康熙二十九年（1690年），曾铸造两种子母炮。一种长5尺3寸，重95斤，子炮5门，各重8斤，装药2两2钱，铁子5两。另一种长5尺8寸，重85斤，余同前一种。炮口尾部

---

① 王英志编纂校点.袁枚全集新编·第7册[M].杭州：浙江古籍出版社，2018年版，第290页。

② 韩炜炜编著.辫子与小脚·清都风物志[M].北京时代华文书局，2019年版，第30页。

③ （清）魏源撰.海国图志4·卷62-100[M].长沙：岳麓书社，2011年版，第2075页。

装有木柄，柄的后部向下弯曲，并以铁索联于炮架。大炮装备4足木架，足上安有铁轮，可推、可挽。①"但其也有缺陷，魏源指出当时子母炮多不安装准星，即便是立了也不符合标准，"今之子母炮多不立表，立亦不符尺寸，演放不能十分准的。未制之子母炮切不可不加表也。如已早就，亦可安之。②"

（165）只用我，信炮一响人马动，围住高山走无门。44.323

按："信炮"即"用来传递信息的炮"，大词典未收，收与之同义的"号炮"。曲本中使用的主要是"号炮"，例"若闻台上号炮响，揸住山口加小心，千万的不许放走人一个，捉拿山东臣共君。24.380""王翦想罢忙传令，分付儿郎手下军，说道是：'号炮一响休怠慢。'44.323"

（166）大家忙乱放炮，来至跟前也不睄一睄炮口冲着那边。恐怕悮了时刻，迷迷忽忽将火绳一恍，不管好歹，摸着火门用那火绳就望火门上一点，立刻便就是惊天动地，"咕咚"一声响哓。44.411

按："火绳"是古时用来点燃枪炮的引绳；"火门"指"枪、炮上等发射弹药的出口"。

4. 表官署名

曲本清代词语中还有一部分表清代官署名称的词语，如：

（167）到了卫衙了，云爷请少待，老爷有请。5.36

按："卫衙"泛指官衙。

（168）内司答应说："是了。"连忙跑到科房中，告诉那，掌案书办照话行。32.26

按："科房"指官衙中下级官吏或文书办公的场所。

（169）黄直说道此处别饮酒，李爷跟我到报房中。43.451

按："报房"为官署专门设立的发送文书等材料的处所。

（170）竟有那半世终为整仪卫，直会不能换大翎。又有那刚进衙门三两月，连连升等快如风。还有那才来不晚如何蹿马，就挑左所光景是总理的人情。55.230

按：左所是清代銮仪卫下设的分支机构，负责管理皇宫所用车辇。

---

① 严正德，王毅武主编. 青海百科大辞典 [M]. 北京：中国财政经济出版社，1994 年版，第325 页。

② （清）魏源撰. 海国图志 4 卷 62-100[M]. 长沙：岳麓书社，2011 年版，第 2076 页。

5. 表官方用品类

所谓官方用品类指曲本清代词语中表官府专用器物名称的词语，例：

（171）长老用惊堂木戒方在桌上一拍，一声响亮，前后皆惊。27.421

按："惊堂木"即"惊堂"，为"旧时审案时用以敲击案桌，警戒、威吓被审问者的长方形木块"。

五、与婚丧习俗有关的清代词语

婚俗与丧葬习俗在人类各种习俗中占据非常重要的地位，因为不管是谁，即便不结婚，也会或多或少地参加别人的婚礼，既然参加，就必然会遵守相应的婚俗。同理，死亡是每个人都无可避免的最终结局，人在死后，虽然不能见识自己的丧葬习俗，但是一生中必定参加过丧俗，同样也要遵守相应的丧俗。因此很多文献资料或文学作品中都有与婚俗或丧俗有关的语句，曲本也不例外。在大词典界定的范围内，曲本中有关婚俗、丧俗的清代词语也有一些。当然，此处仅是从语言层面对其做出了时代划分，并不代表该词语所代表的婚俗或丧俗只有清代有。

（一）与婚俗有关

曲本子弟书《鸳鸯扣》是专门描写清代满洲人婚俗的作品，因笔者已在《语言文化视域下的子弟书研究》[①]一书中对其做过详细研究，此处不再赘述，而仅着眼于曲本清代词语中的有关词语，例：

（172）我是琴童，你是红娘，缺少莺莺闹洞房。14.211

按："闹洞房"义为"闹新房"，大词典孤证出自蒋子龙《乔厂长上任记》。

（173）老身揣度这番意见，暗把那小小的红庚藏入锦囊。22.255

按："红庚"指写有生辰八字的红纸。

（174）这一进关见岳丈，就说是，求亲之后来认亲，叩见岳父与岳母，是亲难灭自古云。45.477

按："认亲"是男女缔结婚约后，携带礼物到双方亲戚家拜访。

（175）禀双亲定日子磕头成好事，不用合婚那倒俗。55.102

按："合婚"是清代词义，传统婚俗，指婚礼举行前，男女双方交换生辰

---

① 王美雨. 语言文化视域下的子弟书研究 [M]. 北京：九州出版社，2016 年版。

八字，用来确定双方八字是否相配。

（二）与**丧葬习俗**有关

丧葬也是文学创作中的重要主题，不同时代、不同地域的人们总是尽自己可能的想象力及物力表达自己对逝者的情感，于是就衍生出来了很多相应的丧葬习俗词语，就曲本清代词语范畴看，曲本中大致有以下表清代丧葬习俗的词语：

（176）接三之后才告诉张管家，说公子带回信来，叫我连夜去赶少爷，同到淮安去见太老爷。11.105

按："接三"指人死后第三天傍晚举行的重要丧礼。公孚在《北京丧事·接三》中详细叙述了这一丧礼，"北京旧日风俗，凡家有丧事，应即向亲友送报云：某人某日逝世，于某日接三。名曰报丧。恒于人故后第三日受吊，义为接三"①。虽然"接三"是一种常见的丧葬礼仪，但大词典未收。

（177）你仝了张亲家老爷，大家仝定何姑娘，押定灵柩，先往德胜门外关厢华严寺暂且停灵，等候杠房安排停妥，再往坟园安葬谈经。11.247

按："杠房"是旧社会提供丧葬服务的商铺，比如今的寿衣铺、纸扎铺等功能更为齐全，还负责提供乐器、鼓乐队及帮忙办丧事的人。

（178）车吓，冥衣铺还没糊得哪。12.55

按："冥衣"指为死者准备的衣服，大词典孤证出自老舍《二马》。

（179）媳妇哇，叫西院你昊二叔叔，到街上治办开丧的东西。再请你梅老叔与亲友送信才是。15.113

按："开丧"指"开始丧礼或开始吊唁"。

（180）老身钱氏，昨日来到兄弟家中，总是烦闷。前月胡里胡涂，与我儿送三。15.114

按："送三"指"旧俗人死后第三天，丧家请和尚、道士唪经超度亡魂，并进行烧冥衣纸屋等活动"②。清代李光庭《乡言解颐·人部·丧祭》："如亲死

---

① 张伯驹等著；楼朋竹校订.春游琐谈·上 [M].天津：南开大学出版社，2018 年版，第 188 页。

② 汉语大词典编纂出编.汉语大词典下（缩印本）[M].上海：上海辞书出版社，2007 年版，第 6258 页。

之日，即请僧道念倒头经，逢七念经，送三、送殡用僧道鼓吹。①"

（181）"咱着？我们家中死了人了？""不死为何挂千纸？是死了人了。"15.114

按："挂千纸"是"挂千""挂纸"的合称。"挂千""挂纸"是满族习俗，如果是喜庆事，则用五彩纸剪成，挂在门楣之上；如果是祭祀或丧事，则用白纸剪成，挂在祭祀的神堂或门楣之上。

（182）白布单衫盖住脚，也是麻绳腰内束。往下晠，雪白鞋袜穿足下，哭丧棍在手内扶。24.270

按："哭丧棍"即"哭丧棒"，大词典书证出自现代文献。

（183）他也是一条蔴绳腰中系，身高丈六有余零。也无靴袜赤着脚，有一条哭丧棒②在手内擎。25.44

（184）当真瘌夫多利害，这两条，哭丧棒子实在精。44.216

按："哭丧棒""哭丧棒子"是出殡时，逝者儿子拿在手中用白布缠绕过的木棍。大词典中，"哭丧棒"书证出自清代文献，未收录"哭丧棒子"。

（185）又差家童去上众亲家报丧，叫棚匠搭丧棚、过街牌楼、钟鼓二楼。吹鼓手把门奏乐，僧道接三放焰口完了，亲友俱散。27.157

按："放焰口"专指佛教为超度地狱中的饿鬼举行超度的法事。"放焰口"在曲本中又可以离合的形式"放一台焰口"出现，例："我家安人又惦记着女婿，给了我几两银子叫我请几位和尚放一台焰口，超度超度冯公子，叫他早日升天界。27.346"

（186）今日巧了是死了四天，准是今日圆坟，想必是还未来咧。39.284

按："圆坟"为丧葬习俗，古时一般是在长辈葬后第三天时，晚辈前往上坟。今临沂莒南等地则在下葬的当天下午就会圆坟，圆坟时，会带一个较大的锅饼，由逝者子女围着坟墓向左、向右各转三圈，回家后，子女们均分该锅饼。"圆坟"，大词典孤证出自《儿女英雄传》。

---

① （清）李光庭著，石继昌点校.乡言解颐[M].北京：中华书局，1982年版，第35页。

② 大词典中，"哭丧棒"的书证朝代排列顺序为清代、现代、明代、现代。前两例是指孝子手中所持的棍子，后两例则用于贬称一般的棍棒。按照词义发展的一般规律，"哭丧棒"的贬称义应晚于其具体义，但大词典中给出的书证却表明两者的顺序正好相反，《元明清文学方言俗语辞典》给出的书证时代也同大词典。由此，我们将"哭丧棒"表孝子受众所持的孝棍看作是清代产生的新义。若以后有早于清代的书证，再行修订。

（187）第二百零四回书上表过，芈百公起灵，打从愚禅寺井内刨出蔡氏娘娘一并马昭仪婆媳二位。25.276

按："起灵"指"将停留在家里盛放死者的棺材抬往坟地"，义同"出殡"。这种习俗古已有之。

（188）武喜不在家，头一宗，要你烧埋银子十两三钱二分；二宗，武大回来，言明此事，你给他另娶一房媳妇；三宗，把人头领去，与他缝在腔子上，埋在你家地当中。41.342

按："烧埋"指"办理丧事，焚化纸钱等物给死者"，大词典例出清代文献且为孤证。

六、其他新名物词①

名物词为专指事物的名词，刘兴均、黄晓冬（2016）指出："名物是古代人民从颜色、形状（对于人为之器来说是指形制）、功用、质料（含有等差的因素）等角度对特定具体之物加以辨别认识的结果，是关于具体特定之物的名称"②。这就决定名物词的语义特征与非名物词有所差别，如果一个词在意义上是一定物类的且具有明显区别性特征的具体名称③，这样的词语即为名物词。

曲本中也有大量的新名物词，这些名物词有的是以一个新的词语形式出现，有的是在原有基础上产生出新的意义，用于指称新的名物。

研究曲本中的清代名物词时，需要特别注意的一点是，尽管某个名物词确实是清代新出现的词语，但不代表它所指代的名物是清代才出现的，如下文中的"夜壶""耳挖子""指甲套儿"，等等。

（一）以新形式存在的名物词

从意义范畴看，曲本使用的清代名物词大多是以新形式表达已有的事物，这些名物词使同一个名物具有了不同的名称，使整个名物词系统的得到了丰富。

---

① 上文中已经涉及了一部分，如表武器名、文件名等的词语，因为要作专类研究，所以没有将它们列入"其他名物词"类进行研究。

② 刘兴均，黄晓冬."三礼"名物词研究上 [M].北京：商务印书馆，2016 年版，第 34 页。

③ 刘兴均.《周礼》名物词研究 [M].成都：巴蜀书社，2001 年版，第 27 页。

　　1. 指代日用品的名物词

　　日用品是人类在日常生活中所使用的一些生活必需品，作为指代日用品的名物词，有的从古到今基本上没有发生变化，如"碗""盘""盆"等，有的是指代的日用品没有发生变化，只是它被一种新的表达形式所代替，这种替代有的是因为该日用品出现了新的形制，有的是因为对它的认知发生了变化，抑或者还有其他的原因，但不论是哪种原因，都是因为该日用品对人们而言，都极为重要，因此人们对不断地改造它，或者赋予其新的名称。还需要注意的是，很多日用品也会因性别有所不同，或者专为男性使用，或者专为女性使用。即是说，日用品的复杂类型决定指代其的名物词极其复杂，它是人们生活需求、心理需求及审美意蕴等各个层面意识的外化产物。下文所言曲本中指代日用品的名物词，都是清代新出现的名物词，它们体现了清代人们在日常品层面的命名特征、审美需求等。例证如下：

　　（189）我把这个囚囊的一关，关在这个厢房内，门外放夜壶一把。4.231

　　按："夜壶"即晚上用于盛放尿液的壶。

　　（190）你老人家那对家伙，铜不像铜，铁不像铁，买了去，只好打火钳、锄头用。5.124

　　按："火钳"指"生火做饭时所用的夹柴火的剪状形工具"，大词典孤证出自现代文献何其芳《星火集·老百姓和军队》。

　　（191）奉了王爷之命，有名帖在此，请元帅过府叙话。5.150

　　按："名帖"即"名片"。

　　（192）正在后面酬洗骑马布，掌柜的呼唤，不免上前搭话。5.168

　　按："骑马布"即"月经带"，大词典孤证出自现代文献古华《芙蓉镇》。

　　（193）（丑白）带什么？（旦白）耳挖子、扁方儿、指甲套儿，还要付镯子。7.365

　　按："耳挖子"即"耳挖""掏耳勺"，曲本中也写作"耳挖"，例："盘龙银耳挖，上把鹦哥落。罩头是乌绫系丝篆落，乌绫系丝篆落。16.383""扁方儿"是清代满族妇女的一种头饰，"满族妇女梳旗头时所插饰的特殊大簪，呈扁平一字形，是满族妇女梳二把头、大拉翅时的主要头饰"[①]。"指甲套儿"是古代

人所带的保护指甲的装置，其形制下端为指甲形、顶端为锥形，材质多为金、玉、银等，为达官贵人所带。与"耳挖子""扁方儿"从形式上看是一个非常凝固的词，而"指甲套儿"的结构不够凝固，可以扩展为"指甲的套儿"。根据史实，战国时期已经有了指甲套，其名为"护指""义甲"等，"指甲套儿"虽不如这两个名称的凝固性强，但它的意义具有专指性且日常使用中，人们一般不会在其中间添加别的词语，因此我们也将其放入名物词中研究。

（194）我的锣锤子那里去了？ 8.214

按："锤子"指一种有柄、顶端为铁制的、用于敲击事物的工具，大词典孤证出自周立波《李大贵观礼》。

（195）我告诉你，回去将我的书包要收得好好尔的，我回去还要读书的。9.177

按："书包"特指学生用于装课本本子及文具的包，大词典书证出自现代文献。

（196）预备新笔、硃砂、黄表纸等物。10.47

按："黄表纸"指"表芯纸。色黄，故名。质柔易燃，可用于卷纸煤儿，民间多用作祭祀鬼神的纸钱，道士用于画符"①，大词典书证出自现代文献。

（197）（汤白）咳，那里来棺木？赏你一口狗碰头。去罢。（丑报丧，白）狗碰头留着装你罢。10.306

按："狗碰头"指"一种粗劣的薄皮棺材"，大词典书证出自现代文献。

（198）说得有理，快取箩筐绳索来，你我一全前去。10.363

按："箩筐"义为"竹筐"，大词典书证出自现代文献。

（199）自背了香包，佯推告状，逃往他乡，削发为尼去罢。10.365

按："香包"指"装钱物的小包"，大词典书证出自现代文献。

（200）（旦白）员外说什么？（丑白）小肚儿里喝的水车似的。10.379

按："水车"指运水的车，大词典孤证出自曹禺《北京人》。

（201）哈哈哈，你们看看，各位女奶奶的肚皮，阿像一个大礌碌？ 11.2

按："礌碌"指一种盛酒的器具，大词典孤证出自靳以《下场》。

（202）巡捕老爷，你在这院上当巡捕，也不是一年咧。所有大凡到工的

---

① 罗竹风主编.汉语大词典第 12 卷 [M].上海：汉语大词典出版社，2001 年版，第 978 页。

官尔们送礼，谁不是绛绣绫罗，绸缎皮张，还有玉玩金器，朝珠洋表的物件。11.84

按："洋表"是清代对从外国进口的手表或怀表的称呼，清代人张问安在为自己创作于乾隆五十七的《夏日在广州戏作洋舶杂诗六首》中第四首所做的注释中指出："洋表有红毛、佛兰西二种。红毛多度金壳，佛兰西多银壳。银壳以大扁为贵。[①]"大词典未收"洋表"。

（203）打这里去近哪，可就是这一头儿没车道，得骑牲口，不就坐二把手车子也行得。11.183

（204）戴勤，你明日雇一辆二把小车我坐，再雇三头驴儿。你同随缘儿跟了大爷，我们就便衣便帽，乔妆而往，我自有道理。11.184

（205）备一辆，车子名叫二把手，带领一个小书童。49.399

按："二把手车子""二把小车""二把手"所指都是"手推独轮车"。

（206）有话咱们从新说，自要你哪赏个题目，睄我们哥尔俩一手儿。李头儿给你匙子，把马大哥的钱挑了。12.46

按："匙子"即小勺子，大词典孤证出自老舍《二马》。

（207）（丑白）没红布。（内白）那们撕五尺子儿漂罢。12.79

按："尺子"是衡量长度及宽度等的量具，大词典书证为作者自造。

（208）哎呀！奇怪了，麻袋内不知什么东西？12.381

按："麻袋"指用粗麻做成的装东西的袋子。

（209）上了脚镣与手拷，枉死城里走一遭。每夜三更要上吊，叫你夜夜受罪苦难熬。12.398

按："脚镣""手拷"[②]分别指套在犯人脚上及手腕上的刑具，大词典中书证都出自现代文献，"手拷"的则为孤证，出自杨匡满及郭宝臣的《命运》。"脚镣""手拷"有别于其他日用品，属于官府专用的特殊日用品。

（210）中间是，汉室官窑的大瓷瓶、茶几儿、太师交椅乌木凳。17.126

按："茶几儿"指放茶具的小桌子。

（211）颜良不敢抵挡，分付灭火放箭。众三军齐把亮子吹灭，箭如雨发。

---

① 潘超，丘良任，孙忠铨等编 . 中华竹枝词全编 6[M]. 北京：北京出版社，2007 年版，第 288 页。

② "手拷"即"手铐"。

19.21

按：据曲彦斌考察，"明清以来江湖中人人称烛或灯"① 为"亮子"，但根据曲本中用法，"亮子"的使用较为普遍，多为军队用词，泛指"灯"，曲本中多次使用，例：

（212）两军呐喊点亮子，照如白昼耀眼明。19.461

（213）分付兵丁看此人，两边只听人答应。高举亮子与灯笼，借灯观看多凶恶。23.25

（214）五国的兵马乱烘烘，点着那，油松亮子如白昼。29.1

（215）齐营点上亮子火，燕营点上苇子灯。36.241

显而易见，以上例证的"亮子"都为"灯"或"火把"之义，且在清代已经使用极为频繁，但大词典并未收录该词。

（216）他两人打算饿我一天，我明白了，这个马闸子也不要了。10.473

（217）家丁忙把马扎子放下，众老爷一齐坐下。20.354

（218）无奈坐在马扎上，四处观瞧辨假真。33.253

按："马闸子""马扎""马扎子"为等义词，都指"一种可折叠的低矮坐具"，三者差异在于书写形式及是否有词缀"子"。大词典中，"马闸子"孤证出自清代梁绍壬的《两般秋雨盦随笔·马闸子》；为"马扎"所举书证出自现代作品，"马扎子"书证出自清代文献，并明确指出"马扎"也写作"马扎子"，字面上看认为两种写法是并行的。同时，也说明大词典收录某个词时，考虑了它是否带有词缀"子"的情况。据我们的查阅及曲本中的其他例证，大词典在处理类似"马扎"的词时，标准不一，有时收录其带有词缀"子"的形式，有时不收录，这一点可以从我们在文中提及的多个类似赐予的情况看出。

（219）阿三，你去拿一把铁钳子来，送到马桶里，淹死他就是了。12.188

（220）包爷早已看明白，这玉人的右耳上带着个小小的金钳子，故此细细的究问。17.21

按：例（219）中的"钳子"为专门用于夹断东西的工具，例（220）中

---

① 曲彦斌，徐素娥编著.中国秘语行话词典[M].北京：书目文献出版社，1994年版，第459页。

"钳子"即耳环，隶属方言，两者在大词典中的书证都为编者自造。

（221）四个家丁齐答应，摸出筷子手中擎。上前先把牙关撬，菜豆汤灌进喉咙。21.29

（222）兵丁将盅筷等物拿来放摆桌上，把酒斟上，一傍侍立。34.312

按："筷子""筷"古已有之，其名为"箸"。从"箸"到"筷子"，经历了"筷箸""筷"的中间形态，曲本中也有用例，如："不多时，端来女贞一大盘，后又去，四个小菜摆在桌上，又将那，筷箸放了在桌上面。17.212""堂官答应，立刻往下吆喝，端过小菜，排上筷箸，放下酒杯。47.7"同时，曲本中也有"箸"的用例，如："书童吃饱放下箸，口叫爷爷在上听。18.192"亦有用"筯子"之处，例"碗盏茶杯并筯子，马桶坐桶并脸盆。39.146"曲本中同时使用"箸""筯子""筷箸""筷""筷子"，说明"筷子"代替"箸"经历了一个选择过程。

（223）忠良锁在当中间，倒好像上了蒸笼一样全。21.82

按："蒸笼"是把薄木片、珠片或铝等串接在一起，放在锅内蒸制东西的物品。

（224）还有那板床上放许多物，一眼睄去看不清，白铜钮子与钢针，鞋拔马刷鞋刷子，算盘石砚挂羊筋。21.423

按："算盘"指传统的用于算数的工具，"钮子"指纽扣，"鞋拔"指穿鞋的工具。"算盘"在当时又叫作"算子"，例："过卖算子一响说，你老用了八斤烧酒八斤烂肉二百货，十碗双料儿豆腐汤，共合钱七吊正，黄酱大葱在外。39.318"

（225）屋内还放着一张桌子，两条板凳，尽里边还有一条案子上可放着白面。21.42

（226）二位兄长，小弟有一事动问，条案上设摆着故友之灵牌，不知所为何故。36.124

按："条案子""条案"即狭长形的类似于茶几的桌案，通常没有抽屉。大词典收"条案"，其书证出自现代文献。

（227）长老用惊堂木戒方在桌上一拍，一声响亮，前后皆惊。27.421

按："戒方"即"戒尺"。

（228）备了一个脚驴，将被套稍连放在上面。27.304

按："稍连"即"捎裢"，指"可搭于肩头或驴、马背上的长形厚布袋，中间开口，两端皆可盛物"，大词典中，其书证出自现代文献。"稍连"在曲本中又写作"捎连"，如："众盗寇，一齐下马不怠慢，先把那，捎连拿了手中擎。复又忙把刀解下，挂在树上转身形。眼望小卒开言道：'小心看守马能行'。32.103"稍连"等同于"褡裢"，如曲本中所言："想罢，才要回身开柜，只见床头上明明的放着一个褡裢。伸手拿起，甚实沉重，往外一倒，原来是封成的布包。用手打开睄了睄，却是银子一封，住儿看罢，心中甚喜。说："这稍连内至少有十封，这银子竟有五百上下。27.337"显然，在此例中，"褡裢"即"稍连"。

（229）找了一个背净的茶馆，大家倒下了茶，在条桌上花里花答的五零儿四散的坐下。30.354

按："条桌"与"条案"同义，指长方形的桌子，大词典中，其书证出自现代文献。

（230）守备留神却细心，包儿上，有个印记付兴店，朱红的，戳子四字甚分明。31.435

按：《说文》未收"戳"字，《康熙字典》引《篇海》，释其义为"枪戳也"，由此引申为"利用尖锐之物戳穿目标物"。曲本中不使用"图章"的古时名称"印记""印章"，而使用新的名称"戳子"，正是基于盖章时的动作与动词"戳"的动作相似，命名者潜意识中利用了这种像似性，采用换喻机制，利用汉语中词缀"子"的独特表义功能，赋予了它"戳子"的新名称。

（231）计全拿来细留神，木掀头儿是时样，青缎三蓝旧不新。丝绦挽扣有一丈，凿铜滑子是夔龙。34.307

按："滑子"指拴在两个并联的绳子上，用于调整两根绳子所构成圆圈大小的、可以滑动的物件。"滑子"，大词典未收。

（232）偏东里，设摆一张醉翁椅，上边厢，坐着一人打呼声。34.415

按："醉翁椅"类似于今天的摇椅，人半躺上去后可以前后摇动。

（233）我的娘，叫他气死赴幽冥，天天夜里将灯顶，烟锅子，不住往脑袋上楞。35.133

按："烟锅子"即烟杆前端放烟的圆形小器皿。大词典未收"烟锅子"，收"烟锅"，书证引自现代文献。

（234）刘七举着几子腿，前遮后挡不消停。35.154

按："几子"即"茶几"。

（235）望着东墙观仔细，条凳一张放居中，但见上面设牌位，书写江湖众弟兄。36.124

按："条凳"是比板凳长的狭长形的坐具，大词典所举书证出自现代文献。

（236）说罢烧了送神符，慌忙回转花园，分付宫官打起架子，按上辘轳。36.181

按："辘轳"指"打水的工具"，大词典孤证出自孙犁《白洋淀纪事》。

（237）只见那，棚匠蹬高喊号声，瓦匠擎刀来吊线，搭上炕来没留烟通。37.197

按："烟通"即"烟囱"，大词典书证出自现代文献。

（238）先在那，针线簸箩里边找，回手又把枕头抓。38.320

按："簸箩"，释义见上文，大词典孤证出自曹禺《北京人》。

（239）又见店婆子出房，不多时擎进了一盏油灯放在窗户台上，又擎过一把掸子来给王化把身上的土掸净了。38.340

按："掸子"主要指用鸡毛扎成的除尘工具。

（240）乳娘带着小相公上房内更换衣服，将香罗带解放在案上寒暑表的底下。乳娘与相公换完了衣服，回头一看……38.389

按："寒暑表"即体温计。

（241）菩萨说着又把火筒拿将起来，眼望着秦桧大叫："痴贼，你可认得这件宝贝庅？疯僧，那不过是个火筒，何足为奇？"39.463

按："火筒"即吹灰工具，清代顾张思《土风录》卷三："竈下炊火具曰火筒。"

（242）金银供器正八桌，十桌缎疋与紬绫。38.392

按："供器"，即祭祀时所用的器具。

（243）二人一齐俏打扮，梳洗已毕甚鲜明。苏州官粉搽满面，杭州胭脂点唇红。38.485

按："官粉"即化妆时使用的白粉。大词典中，书证出自现代文献。

（244）这豪杰，看了一看长欢容，原来是，顺刀一口牌一块。红漆金字写的真，写的是，王府虎贲军一个，名字叫作管成功。43.81

按："顺刀"指双刃刀，大词典孤证出自《儿女英雄传》。

（245）有个蒲包封里严，大人说："必是吃食物，定是睄人套往还。"说着打开蒲包看，把一个，为国的忠臣到为难。43.281

按："蒲包"指用"香蒲叶编织成的装东西的器具"。曲本中又写作"蒲包子"，例："他的妻子张氏正在房中作些针线，猛抬头睄见他男人从外边走进门来，手里拿着个蒲包子，也不知包的是何物件。43.284"

（246）小的不敢自尚，与本地地方要了两个民夫，用筐担抬来，现在堂下。43.372

按："筐担"，大词典未收。"筐担"义同"筐"，据文献，此用法较为常见，例："看陌上男女，携筐担，尽是扫墓的人们"[1]。"牧童听说，并不作难，把道童的筐担拾将起来，说道：'二位请上筐吧。'[2]"当代也多有此用法，"运送农家肥的工具以架子车、手推车为主，有时还用筐担去担"[3]。"在逃难的路上，她的父亲几次想把她扔掉，几次又被放回了父亲挑的破筐担里。这一担挑子的另一头是破烂衣被，是全家仅有的财产，连一粒粮食都没有。[4]""筐担"能成为一个词，是因为两者常常在一起使用，只是"筐"为名词，"担"为动词，如清顾禄《清嘉录·十一月》中有载："郡人最重冬至节。先日，亲朋各以食物相馈遗，提筐担盒，充斥道路，俗呼'冬至盘'。[5]"王稼句《岁时饮馔·十一月》："俗话所'冬至如大年'，苏州人最重冬至节，亲朋以食品相馈遗，提筐担榼，充斥道路，俗呼为送冬至盘。[6]"以上两例，虽然王稼句的语句引自顾禄的内容，但其中"提筐担盒""提筐担榼"的用法，可作为"筐""担"常在一起使用的明证。根据"筐担"在曲本中使用的上下文语境及频次，可知它是清代新出现的一个名物词，只不过其所指代的事物"筐"早已存在。

（247）跑出房来，院子里站住，喝叫家童端一把圈椅放当中，一屁股坐下。44.31

按："圈椅"为靠背和扶手处相连的椅子，一般为半圆形。

---

[1]　董坚志编.民国小学生日记 [Z].北京：九州出版社，2012 年版，第 160 页。

[2]　郭俊峰辑解.中国珍稀本鼓词集成3[M].长春：吉林文史出版社，2019 年版，第 8 页。

[3]　袁兆秀，袁广生.庆阳双桐村史 [M].兰州：敦煌文艺出版社，2018 年版，第 75 页。

[4]　爱新觉罗·溥仪.我的前半生 [M].北京：中国言实出版社，2019 年版，第 78 页。

[5]　（清）顾禄.清嘉录 [M].江苏凤凰文艺出版社，2019 年版，第 284 页。

[6]　《老照片》编辑部编.我们的节日 [M].济南：山东画报出版社，2018 年版，第 88 页。

（248）九人闻听将恩谢，垫子放在地埃尘，九位爷，左右分开齐归坐。44.368

按："垫子"是放在椅子、凳子或其他硬物上的布制品。

（249）亲家，你那屁股可应捂①的严严的多一半子，亲家你要吃药，一锅子烟的工夫。48.323

按："锅子"指某些器物顶端像锅用于装东西的部分，大词典孤证出自周立波《暴风骤雨》。

（250）砝码儿公道，铁马儿逍遥。56.486

按："砝码儿"指称重时的秤砣或功用与秤砣相同的物体。大词典孤证出自李渔《奈何天》，但其写作"砝马"，而"砝码"是最通行的写法，因此曲本中该例证不仅可丰富大词典的书证，也为其提供了"砝码"在清代的用例。

（251）竹节长烟袋杆子三尺多，白玉烟嘴珐琅烟袋锅咧，打子儿荷包真配合。56.178

按："烟袋锅"义同"烟锅子"，大词典孤证引自《儿女英雄传》。

2.与建筑有关的名物词

建筑是人类在发展过程中不断追寻、修整、创新的场所，它被人类开发出了各种用途，随人们对建筑功能需求层次提升，建筑在生活、工作、游玩等各个领域中的功能越来越齐全。由此，每个时代都会产生一些有关建筑的新名物词，这些名物词深度折射出了人们对建筑的审美需求、功能需求等等。曲本清代词语中也有一部分与建筑有关的名物词，虽然它们数量不多，但不代表清代的建筑没有自己的创新，也不代表其他清代文献中没有同类词语，所以，曲本中的例证仅是证明清代在建筑上是有新追求或新命名的。如：

（252）书房不便。家院，客厅宽阔，备下酒宴，大家全饮。4.91

按："客厅"专指接待客人的房间。曲本中，其书证出自现代文献。

（253）儿臣有一兵器，在土地祠内。4.428

按："土地祠"指供奉土地爷的祠堂。

（254）可叹哪可叹，慧眼沙门真远空，沙中坛舍受降说祥龙。13.460

按："坛舍"指小型的用于盛放佛家物品、祷颂的建筑物。

（255）离却了是非坑忙回家下，到家中对女儿细说根芽。来到了街门外

---

① "捂"，大词典原文为"吾"。

用手扣打。9.369

按："街门"是靠近大街的院门，大词典书证出自现代文献。曲本中，"街门"也称作"大街门"，例"离了奶娘才几日，你们两，何从出过大街门？到底你母是坤道，世路不懂任胡行。45.410"

（256）这们着，咱们上过街楼上眼亮眼亮。12.364

按："过街楼"指横跨在街道或胡同上方的楼，大词典书证出自现代文献。

（257）俺只见静悄悄把街门关上，我将门环子俺将这也可"吧、吧"扣响。14.80

（258）若不亏，揪住门环身栽倒，一定稳稳赴幽冥。45.273

按："门环""门环子"即门上装饰的圆环，可用手将其抓起来叩击门。大词典中，"门环"的书证出自现代文献，过晚；大词典未收"门环子"。

（259）紬缎铺卖油炸鬼，图的是溅上油星洗不下。茅房缸内卖高浆，怎的他的不发财！21.131

（260）来到毛房北墙根，找了块，绝大砖头来放下。38.359

按："茅房""毛房"即茅厕，大词典书证出自现代文献。

（261）明甫爷答应坐在门坎上。但见老者不消停，筐中取出一个碗，一个马杓手内擎，掀开罐盖盛上饭，递与好汉美英雄。24.321

按："门坎子"指门下端挨着地面的横木，大词典书证出自现代文献。曲本中也有"门坎"用例，如："那人说：'灯灭别怨我，怨这门坎子，是他碰的。'22.147"

（262）屋内是明灯蜡烛照如白昼一般，顶棚都是苇子扎就的胡椒眼。40.165

按："顶棚"即"天花板"，阙名《燕京杂记》中有："京师房舍墙壁窗牖俱以白纸裱之，屋之上以高粱稭为架，稭倒系于桁桷，以纸糊其下，谓之顶棚。①"大词典中，"顶棚"的书证出自现代文献。

（263）在路西里有个关了的铺子，雨搭排子底下坐着吃药等候。43.258

按："雨搭"是镶嵌在房屋前屋檐下遮雨的物体，通常用塑料纸、防雨板等制作而成。

---

① （明）史玄，（清）夏仁虎，（清）阙名.旧京遗事·旧京琐记·燕京杂记[M].北京：北京古籍出版社，1986年版，第113页。

3. 与动植物有关的名物词

动植物的种类之多，每类中的具体成员数量及属性的差异，不可能为某一个时代的人们全部获知，所以，不同时代的人们总是会有一些与动植物有关的新名物词出现。与这类名物词相比，为已有名称的动植物重新命名，也是与动植物有关名物词产生的重要原因。总言之，与动植物有关的名物词出现的原因有二：一是人们发现了新的动植物品种，二是人们为已有名称的动植物重新命名。曲本中与动植物有关的名物词基本上属于后者，例证如下：

（264）蠢才，田螺已有辣椒，又要说忘了花椒，快看酒来！5.156

按："辣椒"，大词典未提供书证；"花椒"，大词典孤证出自现代文献侯金镜《漫游小五台·神游》。

（265）哥哥，你我手下有穿山甲兵数百，个个飞腾跳跃，武艺高强。5.448

按："穿山甲"指一种身体表面覆有坚硬鳞片的哺乳动物，大词典未提供书证。

（266）凤冠，这里可有臭虫？6.129

按："臭虫"指一种能排放臭气的昆虫，大词典未提供书证。

（267）墙头一棵葱，刀刀两头空。好的配好的，跳蚤配臭虫。6.130

按："跳蚤"指一种能蹦跳的寄居在人或动物身上，吸食血液的昆虫，大词典孤证出自沙汀《航线》。

（268）什么娃子？乃是猪娃子。9.199

按："娃子"指"动物的幼崽"，大词典孤证出自柳青《种谷记》。

（269）好好好，好比那红狼误入天罗网。11.23

按："红狼"即"豺狗"，大词典孤证出自1959年4月20日的《人民日报》。

（270）你哪这话叫作月亮地尔拿蚂螂。（常行人白）这话怎么讲那？（瞎子白）望空扑影。12.42

按："蚂螂"是蜻蜓的一种类型。

（271）塌火的个臁子，月下老儿怎么配来着？驴驹子必得配大肚子蝈蝈儿，这还得他呀。12.168

按："蝈蝈儿"作为昆虫，早已有之，其名原为"促织"，"身体绿色或褐色，腹大，翅短，善跳跃，吃植物的嫩叶和花。雄的借前翅基部摩擦发声"①。清代人较喜欢玩蝈蝈，如《燕京杂记》中对蝈蝈的形状、当时人戏玩蝈蝈等做了阐释。"京师有草虫，状如蟋蟀，肥大而青，生于夏秋间，声唧唧，甚聒耳，京师人多笼以佩之，佳者十余金一头，其笼以小葫芦去其上截为之，四围雕花鸟以通气，精细工绝，价有贵至百金者。八旗满洲妇人，多有空其鞋底以纳之，使其声与履声相应，若行肆夏趋采齐者然。俗名此虫为蝈蝈。按蝈乃蛙属，非草虫也。②"

（272）昨日三更时分，有一人送来一条水牯牛，十分精壮，不过付他六个洋钱，好不便宜，今日正要开刀。12.352

按："牯牛"指阉割过的公牛，大词典孤证出自沈从文《阿金》。

（273）且说这院内干草垛内住着一个邪物，乃是一个刺猬成精。一见夏忠前来，连忙闪在一傍，偷睛观看。27.322

按："刺猬"指"头部小，四肢短，身上有硬刺"的一种哺乳动物，大词典未提供书证。

（274）第二日我搭着了这两个伙计贩卖菜牛，来至此处。27.333

按："菜牛"指"专供食用的牛"，大词典未提供书证。

（275）英雄坐骑是儿马，睄见骒马那容情。挣脱偏缰往前赶，嘶嘶乱叫快如风。33.355

按："儿马""骒马"是清代某些地域对公马、母马的称呼，《尔雅·释畜》"牡曰骘。"郝懿行义疏："今东齐人以牡为儿马，牝为骒马。"大词典收"骒马"，义为"骒和马"，无"母马"义。

（276）有一种枭鸟俗叫作夜猫子，此种飞禽可恶至甚。老夜猫子小夜猫子一个窝内待，大夜猫子脱毛不能飞腾，小夜猫子翎毛长齐并不打食喂养老夜猫子，反而食其母肉，所以这种飞禽名为枭鸟，最逆不过。40.27

按："夜猫子"是猫头鹰的别称，大词典孤证出自《儿女英雄传》。

（277）一路忙，不知什庅时候把相爷心爱的叭儿狗竟惊出去了。48.140

<hr />

① 范崇俊主编；李嘉耀等编写；汉语大词典编纂处编.汉大汉语规范大字典 [M].上海：汉语大词典出版社，2004年版，第275页。

② （明）史玄，（清）夏仁虎，（清）阙名.旧京遗事·旧京琐记·燕京杂记 [M].北京：北京古籍出版社，1986年版，第118页。

按:“叭儿狗”即“哈巴狗”，大词典书证出自现代文献。曲本中，“叭儿狗”也写作“叭狗”，例“敢则是，贼打火烧一大乱，我家的，叭狗全然不见踪。这个狗儿相爷爱，偏偏丢去了不成。要是相爷知道了，真是活活把人坑，故此我来寻叭狗。再也不能跑出城，多半总在谁家内。48.140”

（278）腰身长的所不错，栽坏了的窝瓜摘不得。49.340

按:“窝瓜”即“南瓜”，大词典孤证出自周立波《暴风骤雨》。

4. 与服饰有关的名物词

严格看，服饰包括服装和饰品两类。经过几千几万年的发展，人类对服装的功能早已从“御寒”“蔽体”到了更高审美层面的需求，其功能也得到了更为细致的划分。如质料、款式、颜色等等的不同会体现人物的身份、场合、财富、性别、年龄、性格、职业、民族等等。时至今日，甚至出现了服装的装饰功能大于其本质功能的现象，如冬季穿夏季衣服、内衣外穿等现象，除此外，甚至还出现了更为怪异的穿衣方式，种种现象表明，今日的服装对很多人而言，早已经超出了它原有的、常规的功用。饰品的发展与服装是相匹配的，它的质料、形状、功能已远不是最初简单的装饰，其所蕴含的身份、社会地位及财富等文化意蕴越来越明显。当然，受生产力及社会主流价值观等因素影响，曲本清代词语中与服饰有关的名物词所代表的服装与饰品基本上是中规中矩的，它们所代指的服装或饰品很多早已经存在，只是清代为其赋予了新的名称。曲本中例证如下：

（279）在你袖管尔里么，没瞒见。12.427

按:“袖管尔”义为“袖子”，大词典孤证出自曹禺《日出》。

（280）哎呀，廷珍我的儿，你把阿妈这只呜喇拿回家去，多多拜上你那苦命的额娘。14.433

（281）一个个打谅蹿山豹刘云，头戴一顶桃花帽，羊皮多罗左大衿。他的那腰中紧系皮鞓带，乌拉快靴足下登，浑身上下油泥厚。23.196

按:“呜喇”“乌拉”也写作“靰鞡”，东北地区特有的一种内垫有乌拉草的防寒的鞋，大词典孤证出自陶尔夫《伐木者的前行》。曲本中多次使用“乌拉”一词，例:“虎皮战靴腰中系，人皮乌拉足下登。27.43”“虎皮裙，腰中紧系遮马面，乌拉一双脚下登。27.306”“虎皮裙在腰中系，上系着，九股拧就虎皮绳，虎皮乌拉登足下。44.229”“乌拉”在曲本中的高频率使用，说明在曲本创作时代，乌拉确实一种常见的鞋，"乌拉"也是一个常见的词。

（282）白布单裤标布袜，青布快鞋足下登。21.24

按："快鞋"，大词典未收。根据曲本中其他例证，如："那人头上戴暖帽，身上穿着蓝布棉袄，青布的套裤，脚登着薄底快鞋。21.422""身穿一件香色短衣，腰系抄包，大领窄袖，青裤束腿，鱼鳞薄底快鞋。49.302"可知"快鞋"的鞋底较薄。再结合其他例证，如："人人打扮多紧趁，汗褂系带快鞋登。一个个年轻力壮多豪横，摇头恍脑匪类形。21.80""白布汗褂外系带，套裤中衣一色新。白底快鞋登足下，两把兵刃手中擎。34.255"可进一步判断出"快鞋"较为简便，兼以结构中"快"词素的存在，可推知出"快鞋"是一种简便、薄底没有装饰的鞋子。

（283）可笑这般渔人实是没开过眼，连个石青女补褂会不认得，自来没见过出凤毛的皮衫裙。22.284

按："补褂"即"补服"，是明清时代的官服。曲本中也有"补服"用例，如："黄罗伞照蟾宫客，玉带红袍丁补服，乌纱帽，插定紫金花一对，皂朝靴，粉底从无尘垢污。27.101"据史料，明代虽已有补褂形制，但因明代史料中未见有"补褂""补服"两个词语，且大词典书证出自清代文献，因此笔者将其看作是清代词语。

（284）公子答应上前来看，原来是鹰翎帽、青布衫、皮鞓带、绑腿、翁鞋。22.487

（285）头戴一顶鹰翎帽，不是方才三叉冠。身上的，豆青道袍也改变，换了青布长号衫，丝绦变成皮鞓带，揶腿翁鞋足下穿。45.164

按："翁鞋"，大词典释义为"粗重的棉鞋"，例引清代翟灏《絮鞋》诗："持将比翁鞋，品制较精匪。"原注："北人冬月，履纳棉絮，臃肿粗坌，谓之翁鞋。①"

（286）赤金的，扁簪儿别在头上，一丈青，小耳挖子戴顶门。25.460

按："一丈青"是清代兴起的一种头饰，其一端粗一端细，粗的一端带有耳挖，故可两用。

（287）庙门前，大松树，密阴浓，日不入。当地下，把挖单铺，倚蒲团，

---

① 孙忠焕主编.杭州运河文献集成2[M].杭州：杭州出版社，2009年版，第800页。

扔绳拂。30.312

按："挖单"指"类似于包袱包里东西的物品"。

（288）天霸轿前当顶马，头戴纬帽线红缨。天蓝袍子石青褂，一盘素珠挂前胸，迎面明显狮子补。32.449

按："素珠"义同"朝珠"，职位不同，所带朝珠的原料及颜色不同。清代福格指出："素珠之制，以杂宝及诸香穿缀。惟东珠、珍珠者，上用而外，余皆禁之。诸王用珊瑚朝珠，珍珠记念。一品大臣许用珊瑚朝珠，五色记念。文职五品、武职四品以上，许用杂宝诸香朝珠，珊瑚宝石记念。雍正六年，特准内务府六品主事等官挂朝珠。乾隆二年，特准翰林院修撰、编修、检讨一体悬带素珠。……①"

（289）八个人，抬定清官施大人，苇帽蟒袍补服褂，朝珠悬挂在前胸。二褂钮，上面悬挂牌一面，如朕亲临是赤金。33.68

按："朝珠"是清代新出现的与官职有关的事物。奕赓指出："朝珠之制，前古未闻。本朝朝珠以百八为数记念，三挂，左二右一，每挂十珠，后有背云。皇帝以东珠百八为身，佛头记念，背云坠角，珍宝杂饰。惟祭天则以青金石为饰，祭地则珠用蜜珀，祭朝日珠用珊瑚，祭夕月珠用绿松石。亲王以下文武官员例应挂珠者，珠宝各随其便，惟不许用东珠。②"曲本中多次使用，如："巡捕老爷，你在这院上当巡捕，也不是一年咧。所有大凡到工的官儿们送礼，谁不是缂绣绫罗，绸缎皮张，还有玉玩金器，朝珠洋表的物件。11.84""戴蓝顶、穿补褂、带朝珠，万年遗臭唱朽留芳。14.81""天蓝纱袍红青褂，青缎官靴足下登。胸前明显仙鹤补，一盘朝珠挂前胸。34.88""初伏洗象在宣武门外，众章京补褂朝珠打扮鲜明。55.230"

（290）本厅方才见一物，快些拿来我看真。死尸的，裤腰带上有平口，必有物件里边存，解下平口拿来看。34.307

按："平口"大词典未收，据下文"计神眼，办事仔细多谨慎，他与别人大不同，看见骰子合当票，猜着了，就里情由有对冲。包好收在锦囊内，坐

---

① （清）福格撰，汪北平点校．听雨丛谈 [M].北京：中华书局出版社，1984 年版，第 114-115 页。

② （清）奕赓著，雷大受校点．佳梦轩丛著 [M].北京：北京古籍出版社，1994 年版，第 190 页。

上开言把话云。34.308""平口"即锦囊。

（291）二人商议去预备，各回绣楼那敢停。俱都是，揭箱开柜搬紬缎，哔叽哈喇毡猩猩。38.454

按："哔叽"是清代出现的一种斜纹的纺织品。

（292）连忙回身把打鱼的网也挈着，鱼杆也扛着，手里提留着鱼兜子，除了船舱上岸。38.327

按："兜子"指"盛东西的兜形物，大多为软胎"，大词典孤证出自浩然《机灵鬼》。

（293）身穿着，石纱袍儿郭什哈，俗名叫作一口钟。系一条，丝线带子腰里硬。腰中虽无零碎物，羽纱马褂窄长袖，通俗浔胜好兴名。41.393

按："一口钟"即"斗篷"，方以智在《通雅》"衣服"条阐释了"一口钟"，"假钟，今之一口钟也。周弘正着绣假钟，盖今之一口钟也。凡衣袯下安襺，襞积杀缝，两后裾加之。世有取暖者，或取冰纱映素者，皆略去安襺之上襞，直令四围衣边与后裾之缝相连，如钟然"①。《西游记》中的"一口钟直缀"，与"斗篷"有所差异，特指形式简洁的僧袍。"腰里硬"指一种中间有夹层、长而厚的腰带，常用来作钱包，大词典孤证出自《二十年目睹之怪现状》。上文已提到"浔胜"是"得胜褂"的简称，而得胜褂是马褂的一种类型，徐珂专门对其形制做了阐释，"得胜褂，为马褂之一种。对襟方袖。初仅用之于行装，俗称对襟马褂。傅文忠征金川归，喜其便捷，平时常服之，名曰得胜褂。由是遂为燕居之服"②。曲本中这一组服饰形象生动地展现出了清代男性的日常穿着，配以上下文其他服饰的描写，如其上文所言"有一顶，雨缯苇连头上戴，皮碗缕子瓜子红。41.393"及其下文"青缎靴子足下登，并无有，那些荷包与手巾。41.393"

（294）你二人动手，先将知县顶子拧下，脱下补褂，本部好审，审明奏主。二人答应，连忙动手将贪官顶子取下，脱去补褂。43.457

按"顶子"清代官员官帽上的装饰物，其原料和颜色的不同标志官阶的不同。

---

①　（清）方以智著；黄德宽，诸伟奇主编.方以智全书第6册[M].合肥：黄山书社，2019年版，第56页。

②　（清）徐珂编撰.清稗类钞[M].北京：中华书局，1931年版，第6180页。

（295）毛爷终是心下惊慌，忙将孙三爷的后袍襟子撩开，噶上自己的脑袋。45.210

按："襟子"即"衣襟"。

（296）青布小夹袄，青布棍裤打绷腿扎护膝，板尖大掀巴撒鞋，腰系钞包。47.100

按："棍裤"，大词典未收，《金瓶梅词话》中有用例："于是解松罗带，卸退湘裙，坐换睡鞋，脱了棍裤，上床钻在被窝里，与西门庆并枕而卧。①"《中国名物大典》将其释为"贴身内裤"。但根据"棍裤"在曲本中的使用语境看，棍裤不是贴身内裤，而是可以穿在外面的有裆的裤子。从书写形式看，"棍裤"中的"棍"疑是"裈裤"中"裈"的讹写，但"裈"字在曲本中并未出现，反倒是"棍裤"出现多次，例："一人人头戴马尾巾，青绢帕缠头，青布短靠，兜当棍裤，大掀巴撒鞋，手擎巨刀。47.102""青缎扎巾黄抹额，天蓝大衫被在身。紫缎夹袄窄袖口，黄绒丝绦系腰中。穿一条，青缎棍裤多紧趁，薄底快靴足下登。47.117""一个个头戴马尾巾，青缎小靠，青缎棍裤，腰系抄巾，打护腿，扎护膝，板尖打撒鞋。47.63"因此，"棍裤"应是曲本创作时代对能外穿的裤子的新称呼。

（297）身穿着，青缎靠子白骨钮，肩头上，扛着百衣皂衣襟。青缎套裤打绷腿，薄底快靴足下登，腰系钞包英雄带，顺刀一把带在身。48.4

按：据大词典，"靠子"为"戏剧中古代武将穿的铠甲。靠子有前后两片，满绣鱼鳞纹，腹部绣一大虎头，称'靠肚'"②曲本中，"靠子"中的"靠"也可单独与其他形容词搭配使用，形成"短靠""小靠"的结构，例："为首一人头戴马尾巾歪蒯，花巾、言巾缠头，穿一件青缎短靠，浑身血骨钮扣，腰系抄包，青缎子兜当垮裤，青缎薄底快靴。46.431""一个个头戴马尾巾，青缎小靠，青缎棍裤，腰系抄巾，打护腿，扎护膝，板尖打撒鞋。47.63"

（298）不睄吃来也要睄穿，官布衫就是一件破汗褟儿露着肩，灯笼裤子净穿线，转心袜子脚指头在外边，搪寒就仗着那块骆驼屄，硌的你骨头生疼，叫奴可怜。56.445

按："灯笼裤子"是一种"裤腿肥大裤脚紧缩的裤子"，大词典收"灯笼

---

① （明）兰陵笑笑生．金瓶梅 [M]．呼和浩特：内蒙古人民出版社，2005 年版，第 435 页。

② 罗竹风主编．汉语大词典第 11 卷 [M]．上海：上海辞书出版社，2008 年版，第 786 页。

裤"，未收"灯笼裤子"，其孤证出自《人民文学》。

（299）身上穿着个蓝布衫，补着补丁漏着肩，浑身上下没个纽襻儿，要缝缝要连连，又没针来又没有线。57.120

按："纽襻"扣扣子的套。

5. 与饮食有关的名物词

与饮食有关的词语主要指一些食物、菜肴等，它们有的只是代指了人类日常的食品，有的则代指人们在特定场合使用的食品等。食品的发展历史与服装类似，是从满足人们的基本果腹需求到讲究"色香味俱全""营养搭配"，到最后为了彰显自己的能力或为达到某种目的，人们对饮食的认知与追求已经超越了果腹和审美层面，有些人开始追求完全意义上的形式美、质料的贵与奇、烹饪手法的新与怪等，甚至还追求餐饮地点的独特性等。总而言之，除常规的名物词外，与饮食有关的名物词具有鲜明的时代性、地域性、阶级性，是不同时代人们在饮食层面的物质生产力和精神生产力的产物。曲本清代词语中的饮食类名物词虽没有较为特殊的存在，但仍能反映出清代饮食文化的一些特点。曲本中例证如下：

（300）仝到后面与你嫂嫂说知，先饮个合欢酒。5.420

按："合欢酒"义为"结婚时，夫妻双方共饮的交杯酒"，大词典孤证出自陈国凯《我应该怎么办》。

（301）你在糕饼店内去猜。9.180

按："糕饼"义为"糕点"，大词典孤证出自鲁迅《故事新编·理水》。

（302）吃的是鸡鱼鸭鹅猪羊肉，燕窝鱼翅共海参。鲜酒活鱼不离口，每日顿顿有荤腥。下面烙饼捏水饺，馒首扁食与馄饨。21.300

按："扁食"即水饺，为方言词语，《北平风俗类征》："北方俗语，凡饵之属，水饺锅贴之属，统称为'扁食'，盖始终明时也。①"今山东郓城一带还多用。王寅指出人类对事物赋名时会基于换喻机制，即人类"基于对事物的体验和认知，抓住该物的某一突显特征或根据习惯认识取个名称，便以此来指代整个事物"②。人们将"水饺"命名为"扁食"正是基于像似性原则及

① 李家瑞编，李诚、董洁整理.北平风俗类征上 [M].北京：北京出版社，2010 年版，第 444 页。

② 王寅.体认语言学 [M].商务印书馆，2020 年版，第 8 页。

隐喻机制，即从其典型性外部特征"典"出发，为其命名，在名称中为其他社会成员提供了较为明晰的辨识特征。

（303）内中又有那慈心的人连忙从怀中掏出些栗子烧窝窝头，口中说："不用去买。"21.30

（304）你既问这里一外九，这个不难，乃是乡村中蒸的窝窝。原是那儿捏窝窝的人须用一个大拇指头在里九个指头在外岂不是里一外九？40.364

（305）众僧齐说："原来是窝头叫做里一外九。"40.364

按："窝窝头""窝窝""窝头"所指一样，用玉米面、高粱面等制作而成的上尖下圆、内部中空的圆锥体食品，曲本中也有儿化形式"窝窝头儿"，例："内厨闻听说饭还早，窝窝头儿还未蒸。王能那里才做菜，白水加盐煮大葱。43.407"大词典中，"窝窝"的书证出自清代文献，"窝窝头""窝头"的书证出自现代文献，且"窝头"的书证为孤证，出自刘半农《拟拟曲》。

（306）若要是，愁着人多怕不够，外加水笋白菜帮。要图省油是白煮，包管肥猪出好汤。27.239

按："白煮"一种用"清水煮制"的烹饪方式。

（307）你想一想，爆肚儿要不吃脆吃个甚么劲儿？你等着三样儿炒得你才端来，炒肚儿亦皮哩，嚼不动哩。32.276

按："爆肚儿"指"把牛肚、羊肚等切成片放在水里略烫一下就拿出来"的一种烹饪方式，大词典孤证出自苏叔阳《爆肚》。"炒肚儿"此处义同"爆肚儿"，大词典未收。

（308）明日在城隍庙预备一顿过水面，必须要如此如此，速去置办，千万不要走漏机密。如泄漏风声，把尔等枷号治罪。32.27

按："过水面"指煮好后放在凉水中凉透后，再吃的面。大词典未收。

（309）那时高家却豪富，民女之父尚贫穷，常往那里贩耿饼，奔波作个小营生。35.426

按："耿饼"是小而厚的柿饼，因山东省菏泽市耿庄的最为出名而得名。

（310）偺们爷三上街去，去买那，油炸果与大烧饼。38.330

（311）你睄对过那个烧饼铺里炸的油炸鬼，三个大钱一个，你买他一个就当了菜咧，好不好？43.434

按："油炸果"即"油炸鬼"，即今日俗言油条。大词典为两者列举的书证时代不同，"油炸果"，书证为孤证，出自《儿女英雄传》；"油炸鬼"，书证出自现代文献。受韵文字数影响，曲本中也将"油炸鬼"写作"炸鬼"，例："既然你把老爷叫，难道说，我的炸鬼还要铜？43.436"

（312）他二人走进铺内，要了四两烧酒半斤猪头肉十个吊炉。39.317

按：据下文"拿酒添菜续烧饼，并要一盔子黄溪酱，两把子大葱。39.317""吊炉"即"烧饼"。"吊炉"，大词典未收。

（313）小本生意卖糙饭，包子饹饹大碗盛。40.331

按："饹饹"是"北方的一种面食。用荞麦面或高粱面轧成长条，煮着吃。也称河漏"①。大词典中，其书证出自现代文献。

（314）细想此人真无耻，混出江湖坑害人。为人但有一步地，糊糊将就养其身。何苦归入此道内，也不怕，玷辱现先人祖父名。41.479

按："糊糊"②，大词典书证出自现代文献。

（315）大人用的饭好备，用的两个子儿火烧，一碗豆腐脑儿，就结咧。43.433

按："豆腐脑儿"指做豆腐时，把豆汁点完卤水后未压制成豆腐的状态。

（316）元来是他，敢情我认的他。他的女人不是跟着卖切糕的跑了吗？43.285

按："切糕"指"糯米或黄米面制成的糕，多和以红枣或豆沙，刀切零售，故名"③。大词典孤证出自老舍《四世同堂》。

（317）你别哭来你别哭，回首给你买油酥。你要再哭我就恼，说个婆婆狠又毒。48.323

按："油酥"指在面粉中加入食用油或盐等候用温水和之，然后烙制熟后发酥的食物。大词典未提供书证。

（318）外面说："我们求亲来了，别悮了吉时。"里面说："拿包儿来，那包儿来。"外面说："没包儿了，吃糖三角儿罢。"56.265

按："糖三角儿"，释义见上文，大词典未收。

---

① 罗竹风主编.汉语大词典第5卷[M].上海：上海辞书出版社，2008年版，第1064页。

② 释义见上文。

③ 罗竹风主编；汉语大词典编辑委员会，汉语大词典编纂处编纂.汉语大词典·上·缩印本[M].上海：上海辞书出版社，2007年版，第977页。

6. 与玩具有关的名物词

与玩具有关的名物词指表示玩具的词语，据笔者整理，曲本清代词语有"嘎""耍货儿"两个，如下：

（319）你要错过刀上路，就是世上打嘎一般样。18.468

按"嘎"与"嘎嘎"同义，儿童玩具，中间大两头尖。冀鲁官话区也称之为"鞘"。

（320）来到了鲜鱼口儿南边儿，菓子市中买了些个打娃娃的耍货儿放在筐中。57.181

按："耍货儿"即"玩具"。

7. 其他类名物词

在物质和非物质两个层面，人们的需求即为复杂，相应而生的产物自然也是极其复杂，有很多甚至难以将其明确地归类。基于此，笔者特设其他类名物词，以展现曲本清代词语中的相关名物词，如下：

（321）凤凰楼左侧有三间暗室，是小姐冬天藏贮盆景的所在，暂匿一天，却不是好？5.42

按："盆景"指人工制作放置在盆里的山景、水景、植物等，用于装饰庭院、室内等场所。清代刘銮在《五石瓠》"盆景"条指出："今人以盆盎间树石为玩，长者屈而短之，大者削而约之，或寸寸而结果实，或咫尺而蓄虫鱼，概称盆景，想亦始自平泉艮岳矣。元人谓之'些子景'"①。

（322）捷报贵府令甥老爷，高中状元及第，喜报呈上。5.43

按："喜报"用于报喜的凭证，类似于今天的录取通知书。

（323）王龙江，你真没良心哪！你忘了你在铺子里发痎子的时候了，欢龙大吊的你使过我的。12.34

按："痎子"义为"疟疾"，大词典书证出自现代文献。

（324）我有见行海票，逢州州接，逢县县接。12.207

按："海票"指古代官府的逮捕证。

（325）当铺中，伙计人等随后送，陈宗执手上能行。27.302

按："当铺"是"收取并根据抵押品价值放高利贷的地方"，抵押的方式

---

① 孙书安编著. 中国博物别名大辞典 [M]. 北京：北京出版社，2000 年版，第 503 页。

分为活当和死当两种。"当铺"这种行业古已有之，范文澜等在《中国通史》中指出"唐时商业多至二百余行，每行总有较大的商店。据现有材料看，最大的商业当是放高利贷的柜坊。柜坊又有僦柜、寄附铺、质库、质舍等名称，类似后世的当铺。①"早在先秦时期，"当"就已表"抵押"之义，《左传·哀公八年》："乃请释子服何于吴，吴人许之，以王子姑曹当之，而后止。②"杜预注："鲁人不以盟为了，欲因留景伯为质于吴，既得吴之许，复求吴王之子以交质。"此时"当"是抵押人的意思，到汉代时则出现了"通过收取抵押品放高利贷给抵押人的店铺"，"叫做'质库''质肆''质舍'。唐朝时，人们已习惯用'典''当'二字表达当铺。至宋朝，典当业得到了一个较为明显的发展，当铺的名称亦开始发生变化，基本上是'质库''解库''长生库'三者并存。历史发展到元朝，当铺的名称又有了新的变化。质库之类的叫法已不太流行，取而代之是'解库''解典库''解典铺''典解库'等。明清时，除旧称外，'当铺''典当''质典''押当铺''小押（典）'等名称相继出现。③"李家思指出"当铺"为明清时期出现的名称，但查大词典及有关文献，"当铺"一词最早出现于丁耀亢《续金瓶梅》，丁耀亢是明末清初之人，学界一般将《续金瓶梅》视作清代作品，因此"当铺"应为清代词语。

（326）一对曲律随轿后，却是镶黄左右分。33.68

按："曲律"常用义为"弯曲"，曲本中的"曲律"大多为此义，如："五位爷汉官不识满洲字，空自观瞧发楞怔，见是白布画红道，曲律拐湾似粗虫。21.248""个个面如锅底，头戴青缎包巾，青绢帕宁成茨鼻疙瘩，身穿青缎箭袖，足登雁嘴云跟薄底快靴，腰系一条蛇皮曲律带。25.429""肋下横悬杀鬼剑，曲律鎗坠绛红缕。27.165"但根据上例中"一对曲律随轿后"，可知此"曲律"不是"弯曲"义，而是"旗"义，此处，应是取其在风中飘扬进而弯弯曲曲的形状，而将其暂时命名为"曲律"，曲本中仅见此例，此处将其列出来，以备方家审视。

（327）又伸手去掏，也无别物，只有小小个包儿。掏将出来，打开一看，里边有六颗骰子、一张当票子。将骰子放在一傍，把当票展开，上写着金镯

---

① 范文澜．中国通史·第 3 册 [M]．北京：人民出版社，1978 年版，第 334 页。

② 洪亮吉编著．春秋左传诂 [M]．北京：商务印书馆，1934 年版，第 83 页。

③ 李家思．当铺起源，https://zhidao.baidu.com/question/125894792.html.

子一支当钱十吊。34.307

　　按："当票子""当票"指当铺所开具的收到抵押用品的凭证，上面包含抵押用品名称、数量、抵押形式及赎回日期等信息。"当票子""当票"两者都被大词典收录，而上文中我们提及的很多同类情况的带有词缀"子"的词语，并未被大词典收录。再次说明在数量极其庞多且同一词语多样的语境下，词典在选词方面存有不小的难度。

　　（328）青缎沿边珐琅钮，河南搭包系腰中。35.120

　　（329）皆因他，手扶幼童往前走。现露尖尖十指葱，琺琅戒指手上戴。43.410

　　按："珐琅""琺琅"同一义在曲本中的两种不同写法，指"用石英、长石、硝石和碳酸钠等加上铅和锡的氧化物烧制成的像釉子的物质。用它涂在铜质或银质器物上，经过烧制，形成不同颜色的釉质表面，既可防锈，又可作为装饰。如搪瓷、景泰蓝等均为珐琅制品。①"

　　（330）何来英法到中天，设方传留鸦片烟？耶稣堂中说法妙，施医院内讲真禅。因何佛教从奉教？只为他人有洋钱。庸庸忘却当朝贵，愿从英夷马后边。38.318

　　按："鸦片烟""洋钱"均为清代从国外流入的事物。

　　（331）自己走到后堂去，望着魂牌把妹称。可知陈郎前来到，见你魂牌把诗吟？39.164

　　按："魂牌"即灵牌。

　　（332）不过今年麦秋出京来收取租子，闲来逛庙，焉能知道呢？41.252
　　按："租子"指古代地主把地租给佃户的租金。

　　（333）店前边，望插招牌高三尺，槽道俱全左右分。41.459

　　按："槽道"即喂牲口时盛食料的盛具。大词典孤证出自柳青《铜墙铁壁》。

　　（334）当堂放着一物儿，原来是，少妇一个人首级，泥巴干湫血染红。41.341

　　按："泥巴"指块状干结的泥，或稀泥，大辞典书证过晚。

---

①　罗竹风主编．汉语大词典第 4 卷 [M]．上海：汉语大词典出版社，2001 年版，第 597 页。

（335）伙计，我借问一声，这夏店镇上作斗行的不知在于何处？41.306

（336）客官，你找斗子行明日再来。41.306

按："斗行""斗子行"即卖粮食的商店。大词典中，"斗行"孤证出自沙汀《呼嚎》；未收"斗子行"。

（337）肖老叔奴睄见他把后窗户档子不知道怎厷弄下两根，他一出溜没了影儿了，剩下我咧。43.466

按："档子"即窗棂。

（338）报与你郑氏夫人得知，昭阳燕氏娘娘不知把什厷镇物被天子番将出来，金殿招承，奉旨苗太师来拿你家的居家良眷。46.392

按："镇物"义为"巫术中用于镇压邪物的东西"，大词典孤证出自清代张尔岐《蒿庵闲话》。

（339）烟友儿哎哟一声说："我不了赫儿。取出烟枪灌上洋药，足够五钱，打出去的烟泡儿崩你的脸。"56.270

按："烟泡儿"义为"吸食鸦片时烧制成的小圆泡"，大词典书证出自现代文献。

（340）绝不该点着楞往人群儿撂，躺着就放二踢脚。谁知崩了提督的轿，吓得你往家里跑，唬了我一夜也没睡觉。57.113

按："二踢脚"一种双响的鞭炮。

（二）以原有词语为依托的新名物词

这种新名物词其实就是以原有词语的一个具体义位形式存在，通俗讲，就是我们上文所言清代词义，这种形式使原有词语承担了新的表义功能。

（341）成都是省城大地方，串珠点翠，那样花草没有？6.204

按："点翠"指在金银首饰上贴翡翠羽毛，是清代极为流行的一种装饰首饰法。

（342）仁宗爷，正自四年心中叹，忽抬头，见那斗方纸上有笔踪。17.246

按："斗方"指一尺见方左右的纸，是书画界常用术语，如李渔《闲情偶寄·器玩·屏轴》："十年之前，凡作围屏及书画卷轴者，止有中条、斗方及横批三式。①"

（343）第三日，公孙瓒在粮楼拿千里眼看袁营，只见西面营右有一座大寨打着张燕的旗号。19.33

按："千里眼"即望远镜。"千里眼"作为一个词语，早在《魏书》中就已存在，但其义为"望远镜"出现的却较晚，大词典书证为编者自造，鉴于此，我们将"千里眼"看作是至迟不晚于清代出现的词义，曲本中多次使用，例"且叫家丁拿过千里眼来，能以眺远照近。18.364""第三日，公孙瓒在粮楼拿千里眼看袁营，只见西面营右有一座大寨打着张燕的旗号。19.33""闲表赵通楼上坐，观看南北与西东。手拿一个千里眼，专看那，街头过往女俊英。43.383"

（344）清风点了点头，取了个托盘，把盖经的绵缎袱子盖与托盘之上。27.225

按："袱子"为"遮盖或包里东西的布制品"。

（345）你我在松林以外观看，必有那卖烟担子穿村庄儿，他有酒有烧饼油炸鬼，咱吃上几个，到明日再作道理。17.284

按："担子"为"扁担和挂在它两端的物品，常用来指货担"。

（346）若不是玉面狐躲的疾快，老苍头这一镗要招呼上，别说是狐精称为玉面，就是重罗也打他个烧糊了的卷子一般，还带一个窝窝头儿的个窟窿。30.309

（347）小卖转身到灶上，铧铧餶子盘内装。44.39

按："卷子""餶子"，两者相同，差别在于后者带有了意符"食"。据大词典，"卷子"指"一种面食品。和面擀成薄片，一面涂上油盐，再卷起蒸熟"ᵇ，在元代时就已存在。但在现在山东临沂，"卷子"指的是把发面揉搓成长条形后，略按平后，用刀切割出的长约3厘米宽约2厘米的形状，直接上锅蒸的食品，中间并不涂油盐或加其他原料。换言之，在山东临沂，卷子是馒头的另一种形状而已。曲本以上两例给出的语境都不充足，所以，我们无法判定"卷子""餶子"到底指以上哪一种食品。就笔者而言，倾向于馒头

---

① （清）李渔著，郁娇校注. 闲情偶寄 [M]. 江苏凤凰文艺出版社，2019 年版，第 198 页。
② 罗竹风主编. 汉语大词典第 2 卷 [M]. 上海：上海辞书出版社，2008 年版，第 534 页。

的变形，即其内部并不添加任何原料。

（348）只见又是两扇耳门尚未关闭。39.163

按："耳门"即正门两侧的便门。

（349）熊某就把法船看，还有和尚念经文。43.475

按："法船"特指七月十五中元节为超度亡魂烧的纸船，是当时的一种民俗活动。富察敦崇在《燕京岁时记·七月》中设有"法船"条，指出："中元日各寺院制造法船，至晚焚之。有长至数丈者。①"《儒林外史》第四一回也提及了这一习俗："到晚，做的极精致的莲花灯，点起来浮在水面上。又有极大的法船，照依佛家中元地狱赦罪之说，超度这些孤魂升天。②"

（350）我家的媳妇儿会擀面，擀到锅里团团转，公一碗婆一碗，案板底下藏一碗。57.93

按："案板"指做饭或做其他工作时用于切东西或摆放物体的长木板。

（351）黄烟儿、明灯儿、滴滴金儿、出溜溜的飞老鼠、换取灯子咧。57.182

按："滴滴金儿"为一种烟花火炮的名称，大词典孤证出自潘荣陛《帝京岁时纪胜》。

七、新时间名词

对任何时代、任何民族或任何地域的人而言，大范畴的时间一样，只是他们给予具体时间的名称有所差异，由此就让同一个时间在不同时代、不同民族及不同地域具有了不同的名称，曲本中使用的表时间义的系列词语即是一种说明。从构词特征看，曲本中的新时间名词儿化的较多，有的因为儿化而成为时间名词且意义发生了变化，如"今儿""明儿"等；有的虽然儿化但其意义没有变化，如"多早晚儿""擦黑儿"。整体看，曲本中新出现的时间词大致有以下词语。

（352）（楞白）待我算一算。今个他，明日他，后儿他，昨儿他……咳，今个该着刘老儿啦。2.387

按："昨儿"义为"昨天"；"后儿"义为"后天"，大词典未举例证。

---

① 王碧滢，张勃标点.燕京岁时记外六种[M].北京：北京出版社，2018年版，第96页。

② （清）吴敬梓.儒林外史[M].长沙：岳麓书社，2019年版，第229页。

（353）算了罢，我们员外偌大年纪，永不好邪道儿，多会儿又叫过相公哪？8.167

按："多会儿"义为"什么时候"，大词典孤证出自冰心《最后的安息》。

（354）你想今儿个到几儿了，我是竟要账呢？年齐月齐。12.35

按："几儿"义为"什么时候"，是因儿化而产生的新时间名词。

（355）（甄白）多早晚尔过部？（毛白）今天文书得了么就要过去的。12.52

按："多早晚尔"义为"什么时候"，与"几儿"同义。"多早晚尔"中的"尔"为作者讹写，应为"儿"，故标目中，笔者直接以"多早晚儿"的形式呈现。

（356）我说老夫子可说的不错，那是昨儿个的事，已经过克了，今日是为面汤。12.234

按："昨儿个"义为"昨天"，大词典书证出自现代文献。

（357）每日虚白减改也可晚晌，你哪铺着我的马屁；早起起来，洗脸水儿漱口盂儿，焦包子、烧酒、甜浆粥，你哪吃了个湖蜡海干的。14.208

按："晚晌"义为"晚上"。

（358）赶明儿我认你做干妈，给我做红兜兜裤子老虎鞋。14.408

按："赶明儿"义为"明天，将来"，大词典书证出自现代文献。

（359）（旦内）再表那田氏上街买东西。手提筐子往外走，（上）晾见丈夫俩眼直。你是多前来到此，莫非接我回家去？15.118

按："多前"义为什么时候，隶属天津方言。

（360）贾信也无在家内，时不常的外面存。18.40

按："时不常"义为"经常"，上文已有阐释。

（361）成日家，交结狐朋与狗友，夜聚朝散闹哄哄，划拳行令歌带唱。18.61

按："成日家"义为"从早到晚"。

（362）好汉说："嗜，今儿真他妈的丧气，赢了他拾拉大吊还不走，只等输了个搭眼精光，这才走球咧。"21.128

按："今儿"即"今天"，属于因儿化而形成的词。

（363）渔婆大惊道："原说下明早才细问，因何黑更半夜又要审起来

了？"22.274

按："黑更半夜"义同"半夜三更"，指深夜。

（364）单一妲人年岁不大，嘴儿巧，狠油滑。说："有婆婆老眼昏花，去年个我才守寡，没生儿一个娃娃，因这荡差，把吃奶的孩子交给他姥姥是我的妈妈。"22.219

按："去年个"义同"去年"，此处"个"为词缀。大词典收"今日个"，未收"去年个"。

（365）玉姐说道："今儿个晚上明儿个早起，左右一般儿打。你哪不用着急，咱们就走。"22.274

按："今儿个"义为"今天"。

（366）等到明儿早起，身上不疼咧，我就起身买件丝绵衣裳穿上，胡吃海喝把银子花完，寻一拙志，就是这个主意。22.141

按："明儿"义为"明天"。

（367）堂官又说："爷上不知道，我们从前儿个就晓得咧，官员们散去府门还是打开，准其别人进去听戏。"22.161

按："前儿个"义为"前天"。

（368）白日不来走一走，黑家也来上上门。21.169

按："黑家"属于方言，义为"晚上"。曲本中还以"黑家"为语素，构成了"昨黑家"结构，即"昨夜"之义，例"昨黑家，庙中看差将寒受，自觉阵阵肚子疼。[43.296]"

（369）店家滇浮黑家白日总得细心留神。23.19

按："黑家白日"义为"整日整夜"。

（370）不是有通红的旗杆立在大门？见天的没事爱放咕咚炮，出来时活像送殡威武十分。旗锣伞扇般般有，鞭板锁棍一大群。22.261

按："见天"义为"每天"，方言，大词典书证出自现代文献。

（371）小弟上京作买卖，昨日下晚到家中，此处新文我怎晓？到要老哥对我云。34.58

按："下晚"为"接近傍晚时候"。

（372）一黑早，差派秋香将银送，不知道，因何却把命丧生。26.171

按："一黑早"指"早上天还未亮"之义，形容非常早，大词典书证为词典作者自造。

（373）要去到，溺炕一夜不睡觉，擦黑儿醒到亮中天，老猪定要前有数。
28.71

按："擦黑儿"指"傍晚"，大词典书证出自现代文献。

（374）你自说，你要不说咱今个要摆交情。39.303

按："今个"义为"今天"，大词典书证出自现代文献。

（375）我若不看你是个老头子，我可就要啐你一脸吐沫，怎庅大天白日
里的你还作梦？好端端儿的我在洞中连门儿也没出。44.308

按："大天白日"指大白天，大词典孤证出自杨朔《三千里江山》。

（376）可巧你大哥又不在家，一天家的脚鸭子都扎杀了，回来真是绳子
担担顾不得，躺下就睡了。48.346

按："一天家"即"一整天"，大词典未收。

（378）早年上京，在齐化门头不大挣钱。昨日个听说挪了蓟门外头，发
了财咧，月间净落银子二十多两。我何不前去找他才是。15.118

按："昨日个"即"昨日"，大词典未收。

八、有关老北京地名、建筑名等的清代词语

因为曲本作者主要居住在京津一带，因此曲本中有大量有关老北京的地
名、建筑名、商店名等等，它们是对清代老北京地名及社会概况的一个呈现，
在社会学、文化学及民俗学等领域具有较为重要的价值。

整体看，曲本中的北京地名很多，有时作者还将其与一定的习俗结合在
一起，如子弟书《銮仪卫叹》中以动态化的场景转换，将北京地名及与其有
关清代习俗或有关事情做了呈现，如下：

（379）膳前进宫倚红堂用膳，如今皆系膳后还宫。绮春园请安寻常是乘
马，撒围子向来一去是从内还宫。万寿山静明园都是来回的短荡，逢太后
万寿才承用雀顶朱杆的轿一乘。坛庙差使朝衣朝帽，差毕还家像惊影相同。
天坛祈雨冻得人打战，果然真是滴水成冰。黑龙潭求雨羽缨青褂，晒得是
汗珠子多大落地成声。昆明湖顺着长堤一直南去，看铜牛又派八方备站亭。
55.232

再如下面这三段文字跟随人物的活动展现了当时北京城的一些具体街道、

建筑等的名称与方位：

（380）可叹张公这个贼无命飞跑出了东安门，顺着皇城墙南走到了长安街，向东又过了理藩院、长安牌楼，往南一拐进了台基厂的北口，离玉亲王府不远咧。张公那敢怠慢，急走如飞，霎时进了西阿思门，又进王府大门，扑后面而去。21.8

（381）到了次日清晨，皇爷用了早膳，主子乔庄改扮，梁九公、李玉保驾出了承天门，过了棋盘街，出了正阳门瓮洞，除了门外抬头观看。21.419

（382）进了西安门一座，往东走三座门拐弯往，出了北池南边口，到了西华龙禁门，你再去把当差问，那地方无有不知闻。21.432

虽然今天这些地名有的仍然存在，但以当时人视角的动态化呈现，更具画面感和历史感，仿佛这些地名所具有的历史都不再抽象。再如下面这段文字中更是详细地具体到了文学人物的住址：

（383）先是汉装的开言口尊老爷，民女住在后海鼓楼东边扁担厂西口第三黑门，民女父母双全，并无弟兄姐妹。21.41

下面这段文字则点明了北京九门的各自功用，亦或说是其等级，具体为：

（384）崇文门乃是税务司的聚处，天下的货物必到那里过务，天天日进斗金。正阳门乃是我主的大门，故此铺户开设尽是些大商人大客人。若说朝阳门一座，所伏水路与河通，皇粮进献从此入，就入仓廒好养军。东直门行走尽是穷民等，来往不过是庄民。安定门内长进马，口北贩进为赚银。德胜门外菓子市，全是小本买卖人。西直门却是我主长出入，来往尽是王大臣，不断文武官员走，圆明园内换班人。阜城门内把煤进献，玄武门原为出犯人。21.418

北京城这九门自然不是清代才有，但上段文字对它们的精准分类却是曲本创作时代的真实情况，换言之，其史料价值及民俗价值很大。

实际上，以上内容或曲本其他内容中涉及的地名、建筑名等，清代之前未尝没有、大词典也不会全都收录，但这不代表它们没有研究价值，也不代表它们不属于清代词语，因此它们确确实实是清代存在的实体，基于此，我们相关内容以举例的形式做了呈现。

（385）门外难瞒我，琉璃厂外我走通。香客本在前门住，东门以外在路南。走马大门家豪富，房子倒有好几层。耳闻当铺好几座，正阳门外钱铺兴。

31.473

按："今之京师人呼正阳门为前门，崇文门为哈达门，又曰海岱门，宣武门为顺治门，朝阳门为齐化门，阜城门为平则门，外城之左安门为江擦门，广渠门为沙窝门，右安门为南西门，广宁门为彰仪门。①"

（386）住在南城正阳门，草帽胡同家居住。20.369

按：以"胡同"命名小巷，是北京的一大特色，上例给出的信息表明草帽胡同在清代北京内城正南门外。

（387）我且问你，你住在正阳门内江米巷，你何处出家你说。20.374

按：同草帽胡同不一样，江米巷在北京内城正南门内。

（388）贫道在京西便门外白云观出的家。20.374

按："白云观"是北京著名的道观，此处直接点出了它在北京城西便门外。

（389）二则有碍着地安门外的索国舅，皆因马三凤是他家的庄头。20.400

（390）单言张太监进京并无销假，诸事未办。这一日在景山西门高卧胡同他自己的下处闷坐。20.470

按："高卧胡同"原名"狗窝胡同"，后因其不雅，改名为"高卧胡同"。

（391）起先住在交民巷，白云观里入玄门，算来倒有十四载。20.481

按："交民巷"原名"江米巷"，后因划给使馆区而改名。

（392）尔等把囚徒扯到菜市口，立刻开刀问典刑，杀了恶棍除后患，省得往后害良民。21.105

按："菜市口"为北京地名，后专用于刑场，故后代指刑场。

（393）过去那人南城住，琉璃厂边在东门。不敢言他敌国富，小小家私百万金。仗义疏才人感仰，挥金如土助军民。32.83

按："琉璃厂"是正阳门外专门经营古玩、字画等的场所。清富察敦崇在《燕京岁时记·厂甸儿》中做了详细说明："厂甸在正阳门外二里许，古曰海王村，即今工部之琉璃厂也。街长二里许，廛肆林立，南北皆同。所售之物以古玩、字画、纸张、书帖为正宗，乃文人鉴赏之所也。惟至正月，自初一日

---

① （清）福格撰，汪北平点校．听雨丛谈 [M].北京：中华书局出版社，1984 年版，第 127 页。

起，列市半月。①"

（394）皇城左右尤其热闹，最作阔兴隆茂盛的五和楼，开设在相府的东边斜对过，又高又大酒馔兼优。喝酒睄灯不用劳力，一条街富丽繁化爽二目。22.159

按：根据作者描述，"五和楼"在当时即为兴盛，但如果不是曲本作者将其呈现出来，或许这座老北京曾经兴盛一时的酒楼就湮没在历史洪流中，留不小任何痕迹。

九、丰富多样的詈词詈语

詈词"不仅是一种社会文化现象，也是一种心理现象，是人类情感宣泄的产物。詈词中即有历史的沉淀，又有显示的文化表象，它映射着民俗文化的方方面面"②。因此，詈词的产生及使用不是毫无章法、而是有迹可循，它是在一定的社会文化、心理情感及个人知识水平、文化素养等多种因素综合作用下，以在特定语境最能宣泄人情绪的特殊用语存在。即是说，对詈词及詈语做研究，可从中了解文学作品中人物形象的性格特征、身份、知识及文化素养，乃至社会背景等因素，甚至还能从中获知作者的信息，这也是为什么很多辞书收录詈词、詈语的重要原因。所以，研究詈词、詈语，目的并不是为了宣传、应用它们，最主要的就是为了挖掘其中所隐含的文化内涵，并从中推至文学人物形象的相关信息等。

詈词、詈语主要是七情六欲中"怒""恶"两种情感的产物，是人输出、倾泻这两种情感后的产物，这就意味着，只要人具有"怒""恶"的情感，詈词、詈语就必定会与人类的发展相伴而行。非但如此，文学作品乃至史料中也有詈词、詈语的存在，只是不同时代、不同题材、不同人物所用的詈词、詈语不同而已。所以，笔者没有回避曲本清代词语中存有大量詈词、詈语的事实，而是将其中的部分呈现出来，以呈现它们所隐含的当时人们的文化心理及其他相关内涵。

根据詈词、詈语的具体内容，张德岁（2018）将其分为"禁忌类、贬损

---

① 王碧滢，张勃标点．燕京岁时记外六种 [M]．北京：北京出版社，2018 年版，第 74-75 页．
② 朱移山，张慧．宿州方言 [M]．合肥：合肥工业大学出版社，2018 年版，第 99 页．

歧视类、诅咒及赌誓类、违反伦理道德类"①等四类，而在中国文化艺术形式中，《金瓶梅》可谓是詈词、詈语的集大成者，包括"同性器官、性行为有关的，借动物或非生物等来喻指人的，以鬼神、死亡、患病等诅咒人的，在地位、身份、品行等方面贬损人的，"②以上两种分类涵盖了詈词、詈语的意义范畴，反映出詈词、詈语在一定程度上是交际双方中的一方对另一方的评价。就文学作品看，可将其作为从一个文学人物视角对另外一个文学人物形象考核的标准之一，曲本中的詈词、詈语即是如此。

从曲本中所使用詈词、詈语的情况看，它们还具有时代性，即不同时代的詈词、詈语的内涵侧重点不同，在一定程度上反映了当时的社会文化状态及趋向，根据研究目的，下文只列举了根据大词典界定的曲本中的清代詈词，并根据学者的相关分类及曲本中清代詈词、詈语的情况，对其做了如下分类。

（一）贬损生理类

贬损类主要是从生理方面对詈骂对象做出的一种评价，这种评价大多是詈骂对象的痛点，是其不愿提及的部分，除此外，也有一些是从年龄角度等对詈骂对象做出的评价，并不涉及生理特征。

（395）哎！原来是个老帮子。4.318③

（396）老邦子，你可气死妈妈了哇。11.407

（397）众公，这个盗寇外号儿叫急性鬼周五，素日但凡有点事儿就只显他扎拉嘴快，还带着充老梆子，只浔依着他。35.118

按："老帮子""老邦子""老梆子"三者中，"老梆子"为最常用的形式，是对老年人的蔑称，大词典孤证出自老舍《龙须沟》。

（398）那丧种走的离老爷不远站住，带怒开言说："那位行路的老爷，依在下睄起来，尊驾有点子多管闲事。"

按："丧种"义为"该死的人"，大词典未收。

（399）却说宁妈妈骂了一声短命鬼，你还说我年轻？谁家要我这棺材瓤

---

① 朱移山，张慧. 宿州方言 [M]. 合肥：合肥工业大学出版社，2018 年版，第 100-102 页

② 曹炜. "金瓶梅"文学语言研究（修订版）[M]. 广州：暨南大学出版社，2004 年版，第41-42 页。

③ 文中所举有关詈词、詈语的例证，只要不是特别说明，都是大词典收录的且书证出自清代文献的詈词、詈语。

子呢？29.293

按："棺材穰子"义为"快死的人"，大词典书证出自现代文献。

（400）那只好说给老娘们听，外边如何使浮？35.355

按："老娘们"是对妇女的称呼，多含有贬义，隶属北京方言，大词典书证过晚。

（二）贬损质量类

贬损质量类的詈词或詈语内容以贬低一个人的质量为主，有的是基于现实的客观评价，有的是基于话语发出者的主观评价。是客观还是主观，需要根据交际语境判定。

（401）小人乍富有几个糙钱，长了个姥姥不疼舅舅不爱，鬼头鬼脑语四言三。大略着你的话不跟皇上的话，不要脸，竟敢把爷们的高兴拦。22.448

按："不要脸"用于辱骂一个人不知羞耻。

（402）这恶奴，不知带来谁家女，生成模样养汉精。你看见，风流俊俏白又嫩，打扮妖姣分外轻。26.243

按："养汉精"指"与男性私通的女性"。

（403）自己骂着自己老虔婆、老娼妇，一个人为这九两银子，拆散了人家的夫妻，真正不是人奏的。26.386

按："娼妇"专用于辱骂女性，大词典孤证出自《红楼梦》。

（404）你们这些业障羔子、混障蛋子，我又不和你们玩笑，为何打我一个耳刮子？27.408

按："业障羔子""混障蛋子"用于辱骂行为恶劣制造事端的人，大词典未收。

（405）杀我恩主实容易，绑在柱上实不难。那是溺囊作的事，婊子儿子如此行。32.126

按："溺囊"义为"溺死鬼"，"婊子"专用于詈骂女性。前者，大词典未收；后者，大词典孤证出自杨沫《青春之歌》。

（三）贬损话语类

贬损话语类詈词或詈语主要是针对詈骂对象的话语做出的负面评价。

（406）别古说："我不信你的屁话，我也不管你的闲事了。"25.401

按："屁话"指胡说八道、没有任何价值的话。

（四）贬损出身类

贬损出身类詈词或詈语重在用于说明詈骂对象的父母中的一方为囚犯、妓女等等。

（407）那个来打你，我打的是秦桧那奸囚攮的，是成样与你看。13.378

（408）骂声球攮的，不必来斗嘴。再不去回禀，打折你的腿。16.385

按："囚攮的""球攮的"意义相同，用于詈骂一个人的出身不好。

（五）贬损能力类

贬损能力类詈词、詈语主要用于詈骂一个人傻、笨等。

（409）老祖闻听微微笑，叫一声，三个猷瓜你听明。30.216

按："猷瓜"义为"傻子"，大词典孤证出自朱自清《儿女》。

（410）这些个无用的东西，不济事的囊包蠢汉。见了一丸子药就唬的屁滚尿流，藏躲的无踪无影。还想着要浮罪于我，真真的可笑可恨！30.306

按："囊包"义为"无用的人"，"蠢汉"义为"蠢笨的男子"。前者，大词典未收；后者，大词典孤证出自《二十年目睹之怪现状》。

（411）再猜疑，除是此女残疾难聘，定不准，为的是提我个书猷算冷不防。拿着我堂堂公子斯文一脉，并不比无曾开言的胡涂羊腔。22.250

（412）天王怒，周信真是个无知辈，书猷子的心性狠胡涂。刚然浮了你一条命，尚没有还原儿复旧如初。30.340

按："书猷""书猷子"指不知变通死脑筋的读书人。

（413）既赌输赢来比试，也到底，看俺虚实假共真。到像一个愣头鬼，活脱看他是愣葱。32.479

（414）为什庅，将表扯的碎纷纷，活给我孤来惹祸，性子粗鲁像楞葱。37.141

按：齐如山（2008）释"愣葱"义为："凡人做事不知利害，一往直前者，人皆以此呼之。①"

（415）想罢开言口呼猷汉，若论武打，两个人扎手舞脚活像抽风的一般，

---

① 齐如山.北京土话[M].沈阳：辽宁教育出版社，2008年版，第8页。

甚是的俗气。到不如文打，又雅趣又风流又不赤身露体的，到是文打的近乎礼体。44.6

按："獃汉"为用于形容男性傻笨的詈词，大词典未收。

（416）你算答应了，还有那位吴先生呢？大楞巴的一个案首，难道说就空过儿吗？总浑许我点量儿，不然我也要麻烦麻烦他。48.60

按："楞巴"义为"傻乎乎""傻瓜"，大词典未收。

（417）你别管，那不叫你挨饿，银钱算什庅？吃穿值几合？买房置地奶奶有侧。那像你窝囊废呀，天下有几个？ 56.181

按："窝囊废"义为"无能"，方言，大词典书证出自现代文献。

（二）非人类

非人类指的是詈词或詈语内容是以动植物、非生物比喻詈骂对象，重在说明其所行所言不配为人。

（418）我的女儿吓，哎，那是我儿失脚，分明是被王八蛋推下去了。9.251

（419）哎呀，走吓，我的挑子那去了？是那忘八旦偷去了？ 10.239

（420）我连恩都谢了，我到票了，真正是混障忘八蛋，可恶的东西。12.297

按："王八蛋""忘八旦""忘八蛋"义同，但三者在大词典中的表现情况不同。大词典中，"王八蛋"孤证出自张天翼《春风》，"忘八旦"书证出自清代文献，"忘八蛋"大词典中没有书证。

（421）你本是光棍儿无能鸡屎大片，反把这，无赖的话语说与我听。17.232

按："鸡屎大片"用于形容詈骂对象的质量恶劣，就像鸡粪一样丑陋不堪。

（422）员外见我进去，他叫我与那小蹄子取了一对金镯子，他就戴在手上。17.293

按："小蹄子"专用于辱骂年轻女性。

（423）等你收拾完了菜，还得煎药呢。细想，这全是周童那兔崽子闹的缘故。17.293

按："兔崽子"主要用于詈骂年轻的男性。

（424）这个狗贼如此骁勇，马快刀疾，若以气血之力实难取胜，何不用法宝将他擒拿？18.177

按："狗贼"，用于詈骂一个人的猪狗不如，大词典未收。曲本清代詈词中以"狗"为限定语素的还有"狗子""狗贼""狗妇""狗男女""狗头狗脑""狗气""狗屁""贼狗党""狗腿子""狗奸佞""狗脸""狗头""狗仗人势"等等，这些有关"狗"的詈词，除"狗贼""狗贱""狗妇"外，其他的都被大词典收录。"狗贼""狗贱""狗妇"三者在曲本中的使用频率很高，根据大词典收录以"狗"为限定语素的詈词看，这三个词语也应该收入。另外，以"狗"为限定语素詈词的多样性，说明狗从古到今确是人民生活中非常重要的一种动物。

（425）后来明公看至这段节目，方知温侯是个浑虫。18.486

按："浑虫"用于形容一个人不明事理。

（426）这无能匹夫无义之徒，他竟被情欲所迷，死活全然不顾，真是个混蛋！18.487

按："混蛋"义为"不讲道理的人"，大词典书证出自现代文献。

（427）马岱闻言心犯想，军师说的是此人。在马上一声喊叫骂蛮狗，"你把那驴耳支开仔细听"。20.174

按："驴耳"比喻人像驴一样。

（428）有心还要说几句，又恐爷们把心嗔。为劝那宗嘎杂子，岂不耽误正经文。20.351

按："嘎杂子"隶义为"心眼坏，怪主意多的人"，大词典孤证出自现代文献。

（429）●叏！混账黄子，怎庅问着你不言语，到底是往那里去咧？20.409

按："黄子"义为"东西"。

（430）怒目横眉用棍一指，口中说："好一起混账行子们，真正招打。"21.126

按："行子"义为"东西"，同"黄子"。

（431）等我收什完了，还得煎药去呢？细想这都是周童这个小兔羔子闹的，连我都受辛苦，真正可恼！26.243

按："兔羔子"义同"兔崽子"。

（432）这老者，理直气壮把堂上，那晓知县是糊涂虫，到堂上，不容分说讲原委，重责二十莫容情。26.292

按："糊涂虫"用于指不明事理的人。

（433）孤也不把休书写，把他暗暗送出宫，永也不准将他用，谁要再提是龟孙。37.444

按："龟孙"即"乌龟的子孙"，大词典孤证出自《中国歌谣·暴动》。

（434）分付徒弟快拿绳子来，把这个狗腿子给我绑了。33.199

按："狗腿子"指恶势力雇用的说明其干恶事的人。

（435）他要胜我是好汉，也不枉，狗仗人势浑起名。42.203

按："狗仗人势"比喻"奴才、走狗依仗主子的势力"。

（436）咦，我把你狗头官！就该剥下了。什庅元帅的军领？你带着家将急速回去，说与康琪老贼，就说我石恩认了父，叫他快把怀氏太太送出城来。42.466

按："狗头"，大词典书证出自清代文献。

（437）这又该那些二不溜子、毛嘎嘎又该出世了。48.26

按："二不溜子"与"毛嘎嘎"同义，指"游手好闲、痞里痞气不作好事的人"。大词典手"二不溜子"但无此义项，今在山东临沂话中"二不溜子"还有此用法，如"他就是个二不溜子，一天到晚不干人事。"

（438）好一群狗男女，我们是久不劫人了，才有尔等反来欺负，其情可恼！49.261

按："狗男女"用于辱骂狼狈为奸的一对男女性，或更多的人。

（439）生来的尖嘴缩腮、狗头狗脑，姥姥不疼舅舅不爱，平白里论模样儿就值一炮。胎卵湿化风住了，还通一点人性。49.317

按："狗头狗脑"义同"贼头贼脑"，大词典书证为作者自造。

（440）你明日去了，总要把话说的结实，你别稀溜旷荡的。不是我说你，总怕人那你不当事，原是自尊自贵，别要那庅狗气，谁肯拿你当件事？49.322

按："狗气"指一个人阿谀奉承上司、瞧不起下属，大词典孤证出自瞿秋白《乱弹·狗道主义》。

（441）大概是，七勾八绕净套圈，处处你不行人事。狼心狗肺狠又奸，

鼠肚鸡肠溜溜坏。49.342

　　按:"鼠肚鸡肠"用于形容一个人心胸狭小。

　　（442）呸! 放你的狗屁, 我老头子早死了, 我年都六十岁咧, 还我老头子干什庅? 49.409

　　按:"狗屁"用于形容一个人说的话毫无价值且荒谬。"狗屁"有时还不足以表达人内心的愤怒情绪, 所以曲本中它又常写作"狗臭屁", 例"只听那人张口就骂:'放你的狗臭屁! 我来了, 你又怕我赊, 今日说这些荡话儿, 你果然是真心愿意我来吗? 我把你这个没有良心的老狗, 还不快去拿酒来我喝。'26.364"

　　（三）鬼怪类

　　从意义范畴看, 鬼怪类也不属于非人类, 但它们又是以人为原型虚拟出的生物, 因此我们将其单独列为一类。

　　（443）你这黑小子, 真正了不的。扬拳就是打, 真正楞头鬼。16.385

　　按:"楞头鬼"义同"楞头青"。

　　（444）只见赵龙劈脸啐了一口, 说:"你睄这个罢, 这都是你冒失鬼招出来的灾殃, 你还敢多言! "17.187

　　按:"冒失鬼"用来指"举止草率的人", 其詈骂意味较轻。

　　（445）我与老爷、太太, 请安道喜来咧, 我把你们这一起短命鬼没有味的东西! 49.409

　　按:"短命鬼"用于描述或诅咒一个人的姓名较短, 大词典书证出自现代文献。

　　（四）辱骂父母类

　　辱骂父母类詈词、詈语类, 其针对者主要是詈骂对象的母亲, 涉及男性时则主要使用一些和交媾有关的词语, 如"娃八衾的""王八衾的""牛衾的""老狼神衾的"等, 此处我们不再举例, 只列举曲本中几个与"交媾"无关詈词、詈语的例证。

　　（446）好汉说:"罢哟朋友, 这还共事? 共他妈的巴子的事庅? "20.414

　　按:"他妈的巴子的"义同"他妈的", 大词典未收。曲本中也写作"他妈那巴子的", 例:"车夫把两只手扎, 叹说:'杀了我咧, 真他妈那巴子的好好儿的惹闲气。'21.363"也写作"他妈的八子"，例："他妈的八子，是成心怎广样？我老丁干这个顽意儿十来年咧，什广样的死人没见过？别说是你呀！41.307"今临沂方言还常用"妈了个巴子的"。

（447）这叶千心内说："好囚攘的，你他娘的梦还是斗牌。"25.463

按："他娘的"的使用频率较高，很多时候并不是特指，使用者主要是用其表达内心的负面情绪。大词典中，"他娘的"书证出自现代文献。

"囚攘的"和"他娘的"都为詈词，后者书证出自现代文献洪深的《五奎桥》。

（448）虽说衣裳华丽，如何盖上前鸡胸后罗锅？又是囊鼻子、结巴柯子，真不是他妈的好人养的！46.474

按："他妈的"今日已经成为通用语中的詈词，表示说话人内心不满、愤怒等情绪，大词典书证出自现代文献。

通过以上詈词、詈语的类型及例证，可以看出，曲本中清代詈词、詈语主要是将人比喻为动物，且这些动物都是人们常见的，其中又以"狗""龟""兔子"为主。

八、隶属于人体部位

从古到今，人的身体结构基本一致，但对身体各部位的命名却始终处于更新的状态，其原因一是在于人们对身体部位的认识加深，二是随人们审美情趣及表达诉求的日益多样化。将曲本中清代词语及清代词义的命名限制在人体部位后，发现有以下词语或词义：

（449）可是一个黑脸蛋，一嘴的络腮胡子，是不是？7.496

按："络腮胡子"指脸腮胡子，大词典书证出自现代文献。

（450）眼窝熬的车穿大，腰又酸来腿又麻。小鬼儿带过马，凌霄报与天达达。10.192

按："眼窝"指"眼球所在凹陷处"，大词典书证出自现代文献。

（451）（惠白）呸！胡说。（魏点白）乳头大大的。10.213

按："乳头"指"乳房前端球状形凸起"，大词典孤证出自茅盾《当铺前》。

（452）我是直心眼，话到嗓子眼，就是死了我也要说出来。11.52

按："嗓子眼"义为"喉咙口"，大词典书证出自现代文献。

（453）脖颈骨系青筋肉干骨现，浑身上无火力行事艰难。11.437

按："脖颈"指脖子，大词典书证出自清代文献。

（454）丫环，怨不得大姑娘喜欢他。你睄他小鼻子小眼睛，小嘴小胳膊，小腿儿小屁股蛋。哎哟！还是个大炉口儿哪。12.365

（455）野鸡火锅加酸菜儿，剩烧鸭子的屁股蛋儿，什锦丝，多加胡椒面儿，有这些吃不了的东西舍了我。17.86

（456）一下子，摔的实实真不轻，口内："哎哟，罢了我，屁股蛋子痛又疼。"38.350

按："屁股蛋""屁股蛋儿""屁股蛋子"都指"臀部"，三者大词典都未收录。从形式上看，"屁股蛋"是"屁股蛋儿""屁股蛋子"的基式，其中，"屁股蛋儿"为儿化词，"屁股蛋子"因词缀"子"而形成。

（457）马手擎鎗，两眼看的准。不知是媳妇，不知是闺女。脸蛋锅底黑，可到无麻子。15.351

（458）万一人家嫌我丑，羞答答脸蛋子教人何处搁？55.99

按："脸蛋""脸蛋子"义为"脸"，大词典中，前者书证出自清代文献，后者则未收录。

（459）曹将用杆往上迎，只听得咯当一声连声响。孙权兵刃打在尘，抢动了钢刀照着孙权脖梗下绝情。19.334

（460）李志顺才要上前，被好汉左手的铜锤都在脖梗子上，咕咚栽倒。40.406

按："脖梗""脖梗子"指脖子。大词典中，前者书证出自清代文献，后者则未收。

（461）还有下作小冤业，抓起饽饽放口中。不管软硬就一口，也不嚼，往下一咽进喉咙。噎的两眼薄头样，伸着颔子瞪着眼。21.30

按："颔子"义为"脖子"。

（462）那个小嘴儿说出来的话，牙齿又清，把咱们老爷心都说动了，大人眼圈都红了。21.247

按："眼圈"即"眼眶"。大词典中，书证出自清代文献。

（463）皆因我一脑门子气，出店到布铺里，到底叫人大伙管我的透。21.371

按："脑门子"即脑门。大词典中，书证出自清代文献。

（464）祝毕复又连连叩首，犹然是芳心儿带恼鼻翅儿发酸。22.317

（465）哭的那，泪似秋后连阴雨，点点滴滴往下倾。哭的人人止不住，一个个，鼻翅发酸眼圈红。45.85

按："鼻翅""鼻翅儿"指鼻尖两边的部分，大词典中，前者书证出自清代文献，后者则未收。

（466）若论荡浆，得细心，依水性，手里有准，腰眼儿活，脚儿站稳，讲不得逞能充勇一味的浑。22.256

按："腰眼儿"即"腰后胯骨上面脊椎骨两侧的部位"。大词典中，其书证出自清代文献。

（467）棺中还有五个磁罐，都有一尺二寸多高，罐内装定些沉香冰片。两膀之上放上两罐，两个肋肢窝内放上两罐，腿裆里面也放上一罐。25.273

按："肋肢窝"即"腋窝"，大词典未收。

（468）他的那，下巴底下还有个疙瘩。25.404

按："下巴"即"下颌"。大词典中，其书证出自清代文献。

（469）胳肢窝，夹定九齿钯一柄，两手扒拉左右分。力薄之人难禁受，东倒西歪乍了营。28.134

按："胳肢窝"义为"腋窝"，"胳"读作"gā"。

（470）按至理，齐提身形都改变，化作了，六个乳母胖且肥。一个个，大肚子喻敦衣襟敞，胸脯上，两个呾呾儿往下垂。30.336

（471）原来是围着个披头散发的个妇人，露着两个黑呾呾。32.374

按："呾呾儿""呾呾"为"乳房"之义。大词典中，其书证出自清代文献。

（472）他既守寡不教动，另有刑法尝尝新。你们只管齐动手，用绳缝锁他阴门。索性教他无的用，想要撒尿也不能。33.370

按："阴门"即"阴户"，大词典孤证出自清代黄六鸿《福惠全书》。

（473）四个水卒正然发怔，何爷来到伸勾镗拐把船头上的水手的腿肚子搭住，往下一拽，水卒身子一栽，口中说："不好！""噗咚"一声掉下水去。35.49

按："腿肚子"专指"小腿后面的部分"，大词典孤证出自碧野《没有花的春天》。

（474）说着就把他的大手伸开，足有簸箕大小，照着薛昆的后脑勺子就是一下子，说："下去罢"。36.292

按："后脑勺子"即"头部后部凸起的部分"，大词典未收"后脑勺子"，收"后脑勺"，书证出自现代文献。

（475）他本是五十多岁的人了，又搭着遇见这样烧心之事，不由一阵头晕眼黑，痰往上撞，只听的咽喉之内"咕噜噜"一声响亮，立刻手足发挺嘴眼歪邪，吐沫粘涎留在下巴颏上。39.1

按："下巴颏"即"下颌"。大词典中，其书证出自清代文献。

（476）背后一人身高四尺，头脸到有三尺。面如古月，一双肿眼泡，眼皮坠下有二寸有零。47.351

按："眼泡"即眼皮。大词典中，书证出自现代文献。

（477）牙花子也有一斤半，糊个窗户使不清。49.340

按："牙花子"指"牙根肉"。大词典中，书证出自现代文献。

曲本中清代词语及清代词义的意义范畴不只有以上类型，还有其他类型，如表犯罪类型的新词语"鸡奸"。该词语在曲本中出现两次，如下：

（478）常常的，鸡奸幼童闲解闷，小妖儿一见跪个净。强奸幼女长取乐，并无一人把我哼。34.389

（479）也有那，鸡奸幼童该当死。43.448

按："鸡奸"在曲本中多种男性强行与男性发生性关系，且受害者多为幼童。《清律·刑律·犯奸》："恶徒伙众将良人子弟抢去，强行鸡奸者，无论曾否杀人，仍照光棍例。为首者，拟斩立决。①"

还有表当时旗人见面请安、向主人或上司报告事情时的礼节"打千"，表人际交往习俗的"出分子"，例：

（480）刘宾打千说："老爷，礼当请老爷里边献茶才是，怎奈因家主今日与朋友家出分子去，被人灌醉了，方才回家睡了。"21.90

按："打千""出分子"都是表示当时习俗的词语。"打千"是清代满洲男性向长辈或上司问安的礼节，后者则是几个人参与同一喜事或丧事时，共同

---

① 杨鸿烈．民国丛书·第2编·29·政治·法律·军事类·中国法律发达史[M].上海：上海书店出版社，第979页。

出钱或出物的习俗。

以上所列曲本清代词语及词义的意义范畴仅是其中的一部分，不夸张地说，曲本清代词语及清代词义的意义范畴绝不是用一个章节就能完成的事，因此，以上研究仅是曲本清代词语及清代词义的意义范畴的一个粗略分类，且并没有将笔者所整理出的全部成员都融进去。故此，关于曲本清代词语及清代词义的意义范畴的研究将是一个较为复杂且系统性的工作，需要对其做专项研究。

第四节　曲本中清代固定短语研究

通俗看，固定短语包括成语、习用语、歇后语、俗语、谚语等等，这些短语以固定形式及其自身的特定内涵成为词汇系统中不可缺少的成员，也是一种词汇系统能够保持稳定的重要原因之一。从清代词语即清代词义的范畴看，曲本中的固定短语主要是成语、习用语、歇后语、俗语，如果以大词典为界定标准，这些固定短语中的大部分都书证过晚，说明曲本中的词语确实极富价值，甚至在固定短语方面都可大量提前大词典的书证。

一、曲本中的清代成语

根据大词典的收录情况，曲本中清代成语分为新出现的成语及原有成语产生的新义两部分。

（一）曲本中的新形式成语

新形式成语指依据大词典判定的曲本中首次出现的成语，这些成语在大词典中的书证可分出自清代文献、现代文献、书证为词典作者自造三类，另有大词典未提供书证的成语及未收录的成语。

1. 书证引自清代文献的成语

书证引自清代文献的成语指曲本中的某些成语在大词典中的收录书证出自清代文献，这些成语的数量较多，故下文仅举部分例证，以证明曲本中此类成语的数量众多。

（1）有张松心儿内左思右想，怕的是曹孟德不容商量。2.478

按："左思右想"义为"反复思考"。

（2）不辞而去新野遁，半信半疑是何心？ 3.31

按："半信半疑"义为"半信不信"。

（3）只因打抱不平，伤害人命，是用粉涂面，被发而逃，改名单福，流落他乡。3.45

按："打抱不平"义为"帮助弱势一方对付恃强凌弱的一方"。

（4）啊，那刘备胜了某一阵，心高气傲，藐视与我。你那里还想的到，某家今晚前来偷营劫寨。3.51

按："心高气傲"义为"要强好胜而自命不凡"。

（5）禀丞相，蔡瑁、张允乃卖国求荣之人，如何封此大官显爵？ 3.357

按："卖国求荣"义为"出卖国家、民族利益"。

（6）难道老夫不知他是祢衡？见了老夫，大模大样，施一长礼。3.491

按："大模大样"义为"傲慢的样子"。

（7）你乃明知故问了。直告诉你，我们是行院中。4.72

按："明知故问"义为"知道却故意问人家"。

（8）后来出嫁崔宁，争风吃醋，又杀害得侍妾二十余人，以致崔宁簋篡不洁、帏薄不修。4.417

按："争风吃醋"指"为争夺男女私情而互相嫉妒"。

（9）唔，王天豹，你见了刘庆，为何张口结舌呢？ 6.22

按："张口结舌"指由于"害怕、惊愕等原因而张着嘴说不出话来"。

（10）七言八语闹嚷嚷，同说我九州回文县。6.298

按："七言八语"用于形容"人多嘴杂的样子"。

（11）宋大爷，你进得院来东瞧西望，难道你妻子作出什么歹事了么？6.344

按："东瞧西望"即"东看看、西看看，形容四处张望的样子"。

（12）老奴若大年纪，倘有一差二错，那时我看你母子怎生度日？ 9.434

按："一差二错"指"意外的变化或错误"。

（13）哦，依你这等讲来，岂不是拿着国家有用的帑项钱粮，来供大家养家肥己，胡作非为么？ 11.90

按："胡作非为"指"不遵守法纪，任意做事"。

（14）红口白牙白吃东西，又不是谁的大儿大女人，没在家钱也没在家。

12.221

　　按："红口白牙"义为"平白无故"。

　　（15）刚然回朝班师转，不意元帅冒风寒。一来二去成大病，如此才三关将养好几年。16.519

　　按："一来二去"义为"经过一段时间后，某种情况逐渐显现"。

　　（16）你看这些高转个老者一个个嘻声叹气、报报怨怨，站起身形，在路上你言我语。17.77

　　按："嘻声叹气"义为"唉声叹气"。

　　（17）我奴今年十三岁，奶名叫做小秋红。遭屈被害贼宅内，身作低三下四人。20.384

　　（18）有谁知，这宗买卖真难作，总须要，低三下四话谦恭，那里像，清酒铺子带放账。25.490

　　按：例（17）中，"低三下四"为"地位低下"之义；例（18）中，"低三下四"为"卑贱恭顺"之义。

　　（19）你在这煤窑之中日子不少，十来多年有余零。你我终朝长厮守，耳鬓厮磨多少春。爷儿们交情不薄淡，从没分争把脸红。21.202

　　按："耳鬓厮磨"用于形容关系亲密。

　　（20）陈杏元小姐原是个正大人品，见不得这样嬉皮笑脸的样子，而况翠环素会这般行止。22.123

　　（21）幼童推辞说不饿，满口讲走要出门。好恶棍，百般哄诱小孩子，嬉皮笑脸令人憎。34.399

　　例（20）中，"嬉皮笑脸"为"嬉笑顽皮的样子"；例（21）中，"嬉皮笑脸"为"油腔滑调不庄重的样子"。它们在大词典中的首例书证引自当代文献。

　　（22）他两个，不容分说将绳套，可怜那，法绳拴上了女妇人。25.390

　　按："不容分说"义为"不允许别人分辩"。

　　（23）每日里三五成群在外边吃喝嫖赌，那件事他不精明？34.400-401

　　按："三五成群"义为"三个一伙，五个一帮"。

　　（24）狗官将这状词暗暗通知了郑雄，恶贼就势儿诈了公子银三两的就有欠账，七折八扣还该足银二百。49.147

按："七折八扣"义指"折扣很大"，通常用于强迫性不平等的双方交易中。

2. 书证引自现代文献的成语

曲本中成语在大词典中首例书证出自现代文献的成员较多，有的还是孤证，部分例证如下。

（25）再者刘备为人，心术不正，乃是个见利忘义之徒，焉能同守荆州，以心腹相待？　3.21

按："心术不正"义为"心地不正派"，大词典孤证出自杜鹏程《在和平的日子里》。

（26）曹本是汉贼又奸党，假仁假义害忠良。3.377

按："假仁假义"义为"伪装仁慈善良"。

（27）好言好语对你讲，反倒得意气洋洋。4.370

按："好言好语"指"出于善意的或语气和善的言辞"①。

（28）这是狗皮膏药四张，前心一张，后心一张，左膀一张，右膀一张。这是大红丸一付，用在腹中，药往外发，膏药往里发，好似两军阵前冲锋打仗一般，出一身冷汗，你这病就好了。4.423

按："狗皮膏药"指中国传统中医所制作的把药涂在狗皮上的膏药，大词典孤证出自吴运铎《把一切献给党·转移》。

（29）可恨黄巢太猖狂，平白无故反朝堂。4.424

按："平白无故"义为"没有理由"。

（30）吓，难道你们多不能养家糊口，要俺周济么？5.36

按："养家糊口"义为"勉强养活家人"。

（31）才成亲一天，就跟着他东跑西颠，往后的日子，怎么叫我过哟！5.452

按："东跑西颠"义为"奔波"。

（32）功成完结足我愿，三山五岳转瞬间。5.483

按："三山五岳"此处泛指各地，大词典孤证出自茅盾《我们这文坛》。

---

① 大词典原举书证出自洪深《香稻米》，后大词典编纂处在《汉语大词典订补》中将其改为书证提前至明代白话小说《沈小霞相会出师表》。此处我们仍将"好言好语"列为出自现代文献的原因一是照顾本研究的体例，二是为大词典提供清代例证。

（33）去去行行，拐湾抹角，抹角拐湾，不用走了，到了。6.5

按："拐湾抹角"义为"沿曲折的道路前进"。"拐湾抹角"中的"湾"应为"弯"。

（34）我告诉你哪，行有行规，铺有铺规，我们这也归五行八作。6.415

按："五行八作"泛指各行各业，大词典孤证出自老舍《茶馆》。

（35）若是俺焦赞在，当面就要问明是何人挂帅，那个的先行，报得清清楚楚，明明白白。你这样胡里胡涂去报，元帅问你，你将何言答对？7.481

按："胡里胡涂"用于形容"不明事理，或对事物的认知较为模糊"。

（36）见美女不由我心中暗想，金鳌岛又何妨自作主张。8.362

按："自作主张"义为"自己做决定"。

（37）咳，你呀别呀，往后别呀。你倚老卖老，这可不行，你不叫我们过去，你要怎么样？9.17

按："倚老卖老"指"仗着自己年纪大、资格老，进而说一些过分的话或做一些过分的事"，大词典孤证出自曹禺《北京人》。

（38）兄弟，咱们骑马找马，慢慢打算后事。10.61

按："骑马找马"义为"有了好处，还要谋求另外的好处"，大词典孤证出自老舍《骆驼祥子》。

（39）怎么马仰人翻呢，睄这家伙，不这么弄，问得动他吗？11.118

按："马仰人翻"义为"乱得不可收拾"，大词典孤证出自1981年第五期《花城》。

（40）无人敢去，一个个凶神恶煞的。11.279

按："凶神恶煞"形容"人的相貌或行为可怕"。

（41）俺飞天鼠秦尤，幼习拳棒，闯走江湖，惯交好友，绿林谁不闻风丧胆。11.441

按："闻风丧胆"指听见一点动静就吓破了胆子，形容对某种事情极为恐惧。

（42）我府中米谷成千累万，就希罕这几颗饭粒不成？12.144

按："成千累万"指数量很多。

（43）你好好的随咱走了便罢，你若强头强脑，咱就要。12.229

按："强头强脑"形容倔强的样子。

（44）哈哈哈，狗屁不通，店主人，我要考你一考。12.295

按："狗屁不通"形容话语或文章极其不通顺、不合逻辑。

（45）包公闻听微微冷笑，大司马你说他满嘴胡说，你这就是胡说八道。23.66

按："胡说八道"义为"乱说"。

（46）（八白）你再给三百，今个三百，明个五百，你这个家当搁得住细水长流？（华白）是吓，我搁不住细水长流。12.370

按："细水长流"指"精打细算、进而维持长久"，大词典孤证出自梁斌《红旗谱》。

（47）不由心中发恨，只詈："好贼！方才殿内打了我一袖箭，若非我的手疾眼快，吃他一场大亏不小！"24.398

按："手疾眼快"用于形容动作敏捷。

（48）"咕咚"从树上摔下来，摔的呲牙咧嘴。一咕噜扒起，揉着腰不知什么馅儿。35.144

按："呲牙咧嘴"指"因为痛苦而难以忍受的模样"，大词典孤证出自现代文献王传盛、徐光《少年铁血队》。曲本中也写作"呲牙咧着嘴"，例："咳呀，打的无人动，呲牙咧着嘴，直脚望里溜。16.385"

（49）天子亲自动了手，把一个，忠勇国母上绑绳。只见他，横三竖四好几道，连捆带绕不消停。36.323

在"横三竖四"词条，大词典编者特地指出它也写作"横三豎四"，所举例证出自现代文献。"竖"与"豎"为异体字关系，前者先出现，后者晚出现，其简体字"竖"即由后者直接简化而成。大词典编者区分"竖""豎"，说明其认为两者至少在出现的时间前后上有所不同。

（50）猛然见，一个家人往里走，口中大嚷不绝声。叫道大爷不好了，滔天祸事眼下临。风言风语人言讲，就把小人唬冒魂。41.225

按："风言风语"义为"私下议论或暗中散步某种消息"。

（51）像你这，二八无娘何妨碍？强似他，落草无娘到如今。将心比心一般样，何不当初莫用心！43.231

按："将心比心"义为"设身处地替别人着想，大词典孤证出自符加雷《救救孩子》。

（52）又见他穿的烂七八糟，想来不是什庅正经和尚，一定是员外的亲戚。47.493

按："烂七八糟"义为"杂乱"，大词典孤证出自孙犁《白洋淀纪事》。

（53）你们这些人睄不浮一个一个的虎头虎脑的像个人儿似的，谁敢过去到屋里把那妇人的死尸翻个过儿，就算你们是好的。48.221

按："虎头虎脑"形容"雄健憨厚的样子"。

（54）无缘无故的瞎说八道，弄个老道来说长道短，捉这个拿那个，复又好几夜了，把个小大奶奶惹番了，"出去罢"，捉妖的神仙爷也打跑了。48.248

按："瞎说八道"义为"胡言乱语"。

（55）这如今新兴鬼谷麻糖亲弟兄还是三猫六眼，自己的老子、娘还要使三下五除二，四下五除一，闹的鬼眉鬼眼。别说交情，真是直缝子说话，到那块就到那块儿，这就实在的。49.181

按："三下五除二"指行动敏捷。

另外，曲本中还有的成语具有两个或两个以上义位，且其产生时代不同，如"三山五岳"：

（56）问了问合和两道人，三山五岳三岛处，又到那，八景宫中问道人。28.414

（57）提起我来也不善，三山五岳大响名。44.6

按："三山五岳"有三个义位，其中一个义位的书证出自清代文献，义为"名山"；两个义位的书证出自现代文献，分别为"群山""全国各地"。例（56）中对应"名山"，例（57）对应"全国各地"。

3. 未提供书证的成语

曲本中有一些成语在大词典中并无书证，例：

（58）大爷，往常见你哪说话一嘟噜一块，今儿见你哪说话，一字一板，只见你哪的嘴动，不见你哪的鼻子出气儿，这是什么缘故？8.253

按："一字一板"指说话语速较慢，发音清晰。

（59）咳，这是怎么说哪！拿着小姐怎么许配这们个歪七扭八的东西。9.450

按："歪七扭八"用于比喻"不整齐的样子"。

（60）搅练舞碓，似龙飞虎奔，撼天关震山林翻江搅海。13.274

按："翻江搅海"义同"翻江倒海"。

（61）他中状元作高官倒有六唱路七载，撇父母不瞅不睬。14.181

按："不瞅不睬"义为"不理睬"。

（62）可怜奴，细皮嫩肉怎受刑？17.28

按："细皮嫩肉"形容人的皮肤白嫩。

（63）咱们娘儿们都是自家，我老天巴地的竟有些个背晦了。口应是账，又要什庅凭据？银子只管留下，好回去见大相公回话。43.354

按："老天巴地"义为"老态龙钟"，大词典指出"老天巴地"义同"老天拔地"，但未提供例证。

（64）这才是，济公进了临安府，大理寺前看分明。见些个，当差人儿来回走，三三四四闹烘烘。48.157

按："三三四四"义同"三三两两"，形容数目不多。

4. 大词典未收的成语

曲本有大量的成语未被大词典收录，这些成语今天有的已经成为常用成语，例：

（65）习学拳棒手段高，欺行霸市为富豪。四两半斤任咱给，人送绰号黄一刀。2.387

按："欺行霸市"指采取不正当手段称霸市场谋取不正当利益的行为。

（66）我看贤弟今日所骑之马，并非往常那匹坐骥，与众不仝，但不知此马从何得来？3.23

按："与众不同"义为"跟别的不一样"。

（67）今日中了三条箭，恶言恶语把人伤。4.428

按："恶言恶语"指"狠毒的话"。

（68）大人又差了，我王守一飞非是与王后设计夺江山，何须要人仝谋？此乃伤天害理之事，冤屈难招。4.450

按："伤天害理"指行为没有人性。

（69）席是摆了，你想人多嘴杂，必得一位好知客奉陪。再三请不出人来，无法，只得把我周公请出来作知客。5.162

按："人多嘴杂"指"在场的人多，说各种话的人都有"。

（70）诸位台知，本堂发卖杨梅大疮、鱼口便毒、五劳七伤、诸虚百损，货真价实，不误主顾，俱卖满钱，言无二价。5.168

按："货真价实"指"货物质量好，价格公道"。

（71）别说是他，就是你哪，也在这行里吃过几天，也不好意思的罢。5.173

按："不好意思"指"受各种因素影响而只能作出与心相违的决定"。

（72）他们俩大错咧，闹了个镴钢子活，生得少皮没毛，别说小姐不愿意，就是各人晓见，这是怎么一个做说奏儿？ 8.256

按："少皮没毛"形容"毛发稀疏"。

（73）我僧人费了多少苦心，这些人怎勾改过头来正道而行，也不枉我僧人来此一遭。到底得个好好回去，像这半零不落的归结，到将来也不过是功儿不成名儿也不就。49.53

按："半零不落"，《古今汉语成语词典》①收录，义为"破败不堪"。

（74）且说济公将那人拉住不放，死气白咧问人家什庅事情。49.198

按："死气白咧"意义相同，义为"虽然对方不同意，但依然纠缠对方"，东北话②、北京话③中都有，其他方言区如冀鲁官话区也有。

（二）原有成语产生的新义

词语在发展的过程中，为适应语言交际及社会发展的需求，总会产生一定的新义，词义发展的这种规律即便是成语也不例外，曲本中清代词语的部分成员也有这样的成语，部分例证如下：

（75）此事必因江东破了黄祖，故此来请主公前去商议报仇，等我诸葛亮与主公一仝星夜前去，只好随机应变、见景生情。3.81

按："见景生情"义为"随机应变"。

（76）楂树岗前结仇恨，阴差阳错惹是非。4.430

按："阴差阳错"指因各种不可预知的偶然因素造成了误会或错误，大词典孤证出自《孽海花》。

---

① 《古今汉语成语词典》编写组编.古今汉语成语词典[M].太原：山西人民出版社，1985年版，第248页。

② 肇恒玉，黄殿礼编著.魅力东北话[M].沈阳：辽宁民族出版社，2010年版，第202页。

③ 董树人编著.北京歇后语谜语集释[M].北京：语文出版社，2019年版，第116页。

（77）吓，赵文华我虽未尝见面，耳听此人与鄢懋卿仝流合污，原来是个好官。8.367

按："仝流合污"指与坏人一起做坏事。

（78）好胃不饱吓，我风言风语的听见说，还是你告诉冯喜的。9.471

按："风言风语"义为"暗中散布某种言论"。

（79）自进府当作了亲兄一样，这一点些须事说短道长。10.279

按："说短道长"义为"谈论各种事情"。

（80）兵丁们，找干柴，每人要一捆，扔在那平坦之处，点着火，烧他一个落花流水。10.455

按："落花流水"用于形容"惨败零落的样子"。

（81）那后面的背板，一扇到底，抹的油光水滑，象是常有出入的样子。11.132

按："油光水滑"义为"光滑润泽"。

（82）如今现身说法，就拿我讲，两个指头就轻轻儿给你提进来。我白日既提得了来，夜间又有甚么提不开去的？11.120

按："现身说法"义为"用自己的经历劝解别人"。

（83）满营内，亮堂堂。七手八脚，俱个着忙。15.166

按："七手八脚"形容"众人一起动手的样子"。

（84）这丫头是个有口无心的风流的丫头，他来送信并无说寿姑爷来了。他要是说了，荣姑娘在也不来。44.18

按："有空无心"义为"心直口快"，大词典孤证出自《儿女英雄传》。

（85）从小儿就是个业冤，东也无投西也无遁。朝在闲门夜卧冰里，闹得人七短八长。到处里作不得人，说不得话，出不得头，露不得脸。48.321

按："七短八长"是"七长八短"的倒序形式。

另外，曲本中清代成语有些具有两种写法，且都已进入交际领域，如曲本中"遇难呈祥""遇难成祥"两者并用，例：

（86）他说到，逢灾叫朕别害怕，遇难呈祥有救星。40.126

（87）后边还有一句话，遇难成祥有救星。40.192

按："遇难呈祥""遇难成祥"两者都指碰到灾难也能化为吉祥，前者例证出自清代文献，后者则出自现代文献。

有的成语具有儿化形式与基式并存两种形式，例：

（88）分明于某想他银子，赖的他有鼻有眼。他说与我无脸，与我作对，叫张公不用苦，别气着我。21.16

按："有鼻有眼"义为"把事情描述得生动形象"，也可儿化为"有鼻子有眼儿"，例"他自己才一十来的岁，总要讲论三十年头里的事情说的有鼻子有眼儿的。36.298"

三、曲本中的清代习用语

习用语是固定化的使用范围较广的固定短语，音节上，习用语大多为三音节；结构上，习用语大多为动宾式，也有偏正式、主谓式；语体上，习用语以通俗易懂口语化为主。与成语相比，习用语的内部结构较为宽松，即可以扩展，"打退堂鼓"扩展为"打个退堂鼓"，但结构要素的变化并未改变习用语原有的意义。结合大词典分析，曲本中的清代习用语具体表现如下：

1. 书证引自清代文献

（89）依我不如将他废，留下他，日后犹恐闹饥荒。17.397

（90）诡诡囚囚该鬼账，这季儿支支了也可那季儿的粮。长支透使不算账，关米月份儿闹饥荒。带累我每日常挨半日饿，搵了豆汁儿熬粉浆。57.108

按：以上两例中，"闹饥荒"意义不同。例（89）中，"闹饥荒"义为"争吵，吵架"；例（90）中，"闹饥荒"义为"经济困难"，大词典孤证出自《二十年目睹之怪现状》。曲本中，"闹饥荒"中间又可添加其他成分，但意义不便，如："我为你搪了些许多拆账，我为你闹了多少的饥荒。5.170""哎！又来闹他妈的饥荒，这是那的事，看来我是回家抱孩子去。11.301"

（91）叹忠良贤公长来贤公短，囚徒只当耳傍风。20.405

（92）老关说了多少话，脏官只当耳旁风。21.70

按："耳傍风""耳旁风"义为"耳边风"。

（93）总因是天化他的时运低，处处该当碰钉子。阳寿该终恶贯满，不由他言语颠倒不受听。23.43

按："碰钉子"指遇到障碍或遭到拒绝。

（94）终日里，奔波途路化斋粮，到处遭心都是我。不住的，降妖捉怪打饥荒。27.242

（95）爷儿俩正打饥荒斗叫，只见着三个家丁从里边出来走进书房，端着一盘果子，提着一壶滚茶，还有一壶热酒，俱各放在桌子上。27.397

按：以上两例中的"打饥荒"意义不同，例（94）为"解决问题"，例（95）为"争执，吵嘴"。

2. 书证引自现代文献

（96）有咧，打个退堂鼓儿。城隍老爷，方才我许的那个愿心哪，黄啦。6.355

按："打个退堂鼓儿"是"打退堂鼓儿"的离合形式，该结构义为"半路退缩，大词典书证出自现代文献。

（97）小子们，吃个哑叭亏算啦。8.263

按："哑叭亏"指无法说出或不能说出的亏。

（98）他也长大了，你的也不小了。依我说，倒不如放个响炮罢。丫头，你也不用望我鬼画符，六豆腐，你的也不小了。9.249

按："鬼画符"义为"哄骗人的东西或伎俩"。

（99）我不去说罢，吹胡子瞪眼睛，这才往里所走。20.490

（100）且说这集上买卖人军民百姓，先前五虎吹胡子瞪眼骂骂咧咧，那里排老腔儿，都不敢站住，恐惹事，躲在背地里私言。34.395

（101）众客人一见如此，自然是站在保标的那一头儿，也不管谁是谁非，所仗着有几两银子吹胡瞪眼的大嚷什庅人这样无礼，竟敢打我们标上的人，这不反了庅？ 40.320

按："吹胡子瞪眼睛""吹胡子瞪眼""吹胡瞪眼"意义一样，都指发怒的样子。

（102）寿希文，吉日良辰招女婿，其名叫作倒扎门。44.32

按："倒扎门"即"倒插门"，清代小说《于公案》中也有使用，例："孙秀才说：'妈妈，虽承何公美意，素手清贫，糊口艰难，如何娶得媳妇？'柳媒笑说：'相公，此事只用你烦媒提亲，何相公已经满应，倒扎门招赘女婿，行茶过礼，下聘东西俱是女家自备。'①"各地方言志及其他文献多收录"倒扎门"，例《郓城方言志》《南董古镇志》《台前县志》《漯河市志》《临泉县志》

---

① （清）无名氏 . 于公案·荆公案 [M]. 南昌：江西美术出版社，2018 年版，第 256 页。

《青海风俗简志》《许昌戏曲志》等，说明"倒扎门"是一个使用范围及频率不弱于"倒插门"的词语，大词典未收录，实为憾事。

（103）阴人去把老窑窝内旷，甚乓芳草地、李家庄、打茶围、混闽丧。57.223

按："打茶围"指到妓院等品茶、饮酒取乐，如《燕京杂记》载："优童自称其居曰'下处'①，到下处者谓之'打茶围'。②"《京尘杂录》："入伎馆闲游者曰'打茶围'，赴诸伶家闲话者亦曰'打茶围'。③"

三、清代歇后语④

歇后语是一种由谜面和谜底两部分组成的、生动有趣的语言结构，从其具体形式上看，又可分为喻意歇后语和谐音歇后语两种。

（一）喻意歇后语

喻意歇后语也是由两部分组成，后半部分是对前半部分的解释，两者之间在逻辑上有密切的联系，前后两部分配合，使得整个歇后语诙谐幽默，能取到意想不到的表达效果。曲本中有大量的此类歇后语，这些歇后语中有些与素常所用字词一样；有的在后半部分做了改动，但意义上基本一致；有少量则只出现了前半部分，后半部分的语义与前半部分相差较大，需要推理。

1.通用型喻意歇后语

通用型喻意歇后语即前后两部分词语基本与交际中流行的同一歇后语一致，这部分歇后语反映出了强烈的生命力，即不论在什么场合使用，都能保持词语的基本固定性。

（104）我告诉你，床底下栽宝塔，虽高也有限。4.483

按：上例中歇后语为"床底下栽宝塔——虽高也有限"。

（105）（丑白）回来，你老人家屁股眼内插线香。（生白）此话怎讲？（丑

---

① （明）史玄，（清）夏仁虎，（清）阙名.旧京遗事·旧京琐记·燕京杂记[M].北京：北京古籍出版社，1986年版，第129页。

② 同上。

③ 李家瑞编，李诚、董洁整理.北平风俗类征上[M].北京：北京出版社，2010年版，第430页。

④ 因为大词典不收录歇后语，因此本部分不再以大词典为例判定歇后语是否为清代词语，而是将曲本中歇后语作为其中的一个个案进行研究。

白）一溜烟去了。5.124

按：上例中歇后语为"屁股眼内插线香——一溜烟去了"。

（106）（院白）二位少爷此去，好有一比。（庸白）比作何来？（院白）阴天蚰直流。（康白）此话怎讲？（院白）连影也无有了。6.104

按：上例中歇后语为"阴天蚰直流——连影也无有"。

（107）（双羊白）我说你们两个花鸡蛋，竟撒谎来呢。我是来，回又回不去了，这才是小耗子上灯台。（张白）偷油吃，下不来。6.267

按：例中歇后语为"小耗子上灯台——偷油吃，下不来"。

（108）（宗保白）我是大货铺涮杓。（英白）这话怎么讲？（宗保白）有那们点。6.332

按：例中歇后语为"大货铺涮杓——有那们点"。

（109）哟，雷大哥吗？你好吓，总没见。你是夜猫子进宅，无事不来。有什么事？8.259

按：例中歇后语为："夜猫子进宅——无事不来。"

（110）生鸡蛋画花尔，假充熟。8.278

按：例证本身就是一个完整的歇后语："生鸡蛋画花尔——假充熟。"

（111）黄连吊在井里，苦到底了。8.287

按：例中歇后语为"黄连吊在井里——苦到底了"。

（112）大哥，小弟见你素日说话伶伶便便，今日说话为何葡萄拌豆腐，一嘟噜一块的？8.291

按：例中歇后语为"葡萄拌豆腐——一嘟噜一块"。

（113）（瞎子白）你哪这话叫作月亮地尔拿蚂螂。（常行人白）这话怎么讲那？（瞎子白）望空扑影。12.42

按：例中歇后语为"月亮地尔拿蚂螂——望空扑影"。

（114）咳，好，我是破兔儿爷，上不了滩。12.321

按：例中歇后语为"破兔儿爷——上不了滩"。

（115）阿呀，我这会儿，真仝磨房里驴子，日行千里，脚不出户了。13.218

按：例中歇后语为"磨房里驴子——日行千里，脚不出户"。

（116）我的肝花五脏，犹如孔夫子走到陈蔡一般。（贴白）怎么说？（丑

白）绝了粮了。13.406

按：例中歇后语为"孔夫子走到陈蔡——绝了粮"。

（117）咳，叫他狗皮咬骨头，空咽唾。14.3

按：例中歇后语为"狗皮咬骨头——空咽唾"。

（118）他是搬着屁股要嘴，不知香臭。21.61

按：例中歇后语为"搬着屁股要嘴——不知香臭"。

（119）这老爷才是剃头又打辫子，真来的各自。21.63

按：例中歇后语为"剃头又打辫子——真来的各自"。

（120）老孙降妖捉怪能与不能两可间，自好应一句俗言，灯草里扛牌，走着瞧罢。27.191

按：例中歇后语为"灯草里扛牌——走着瞧"。曲本中又写作"灯市里扛牌——走着瞧"，例："小道童儿听说，把嘴一噘，也就咕噜起来。猫咬尿泡，你老且别瞎喜欢，灯市里扛牌，走着瞧罢。27.397"

（121）他算是看入了神咧，只觉着心里一阵发慌，似醉如痴。应了一句俗言，好硬朗的人吐血，动不淂劲儿咧。27.212

按：例中歇后语为"好硬朗的人吐血——动不淂劲儿"。

（122）小刀子哄孩子，不是顽的。27.228

按：例中的歇后语为"小刀子哄孩子——不是顽的"。

（123）你们在屋内睡觉，老猪在门外头，若有妖怪来，先把我吃咧，你们好跑。烧窑的歇工，没有那个泥了。27.292

按：例中的歇后语为"烧窑的歇工——没有那个泥了"。

（124）女怪温存了一会，竟应了一句俗言，馅儿刷油，白饶不值。27.470

按：例中歇后语为"馅儿刷油——白饶不值"。

（125）遣将派兵，贫道是木棒吹火，一窍不通。无处用力，无法可使。28.413

按：例中歇后语为"木棒吹火——一窍不通"，有的文献也将后半部分写作"不通、不通"。

（126）众多仁兄贤弟没什么别的说，你我既来了，还想回去庅？这可是上坟的杨，豁出去了。34.2

按：例中歇后语为"上坟的杨——豁出去了"。

（127）三名水寇在屋里也不敢出来，齐说："你们是谁？敢叫大王爷滚出去，你敢滚进来庅？"这才叫麻稽打狼，两头儿害怕。公差也不敢进去，贼人也不敢出来。35.153

按：例中歇后语为"麻稽打狼——两头儿害怕"。

（128）要讲写算上是擀面杖吹火，一窍不通。38.368

按：例中歇后语为"擀面杖吹火——一窍不通"。

（129）我算善会书白说咧，闹一个马二巴搪账，明日见。49.445

按：例中歇后语为"马二巴搪账——明日见"。

2. 改动型喻意歇后语

曲本中的改动型喻意歇后语指歇后语前半部分或后半部分曲本作者做了部分改动，但在意义上基本一致。

（130）好一佘彩花丫头，耗子掉在面缸里，与少爷翻起白眼来了。5.315

按：例中歇后语为"耗子掉在面缸里——翻起白眼来了"，它的后半部分素常为"白眼看人"。

（131）（唐白）正月十五日贴门神。（老生白）此话怎讲？（唐白）迟误了半个月了。6.101

按：例中歇后语为"正月十五日贴门神——迟误了半个月了"，它的后半部分素常为"晚了半个月了"。

（132）好比肉包子打狗，有去的路，无回来的路。6.103

按：例中歇后语为"肉包子打狗——有去的路，无回来的路"，它的后半部分常为"有去无回"。

（133）（包白）包丞什么？咳，如今好有一比。（槐白）比什么？（包白）泥神下水。（槐白）此话怎讲？（包白）自身难保。6.212

按：例中歇后语为"泥神下水——自身难保"，它的前半部分素常为"泥菩萨过河"，但也有"泥神下水"的用法。

（134）猫儿哭耗子，假慈悲。8.112

按：上例是一个完整的歇后语，其特别之处在于前半部分中的"猫"以儿化的形式呈现。

（135）你坐在这儿说，叫媒婆子瞧见，这不是骑着骆驼吃豆儿包子，洒

了馅了？8.252

按：例中歇后语为"骑着骆驼吃豆儿包子——洒了馅了"的素常形式为"骑着骆驼吃豆包——乐颠了馅"。曲本改动后，该歇后语前半部分"豆"儿化，"包"加上了词缀"子"，音节宽度增加；后半部分中，"乐颠"改为"洒了"，从语义上看，没有体现出原有歇后语骑骆驼的那种快乐的心情，仅是强调了一种结果，但曲本作者的改动是与其上下文是相适应的。这种改动，也体现出了歇后语具有较强的生命力。该歇后语在曲本中也写作"骑着骆驼吃肉包儿——乐颠了馅儿咧"，例："老汉陈清听说是大圣应许救他儿子，欢喜的眉开眼笑，应了一句俗言，骑着骆驼吃肉包儿，乐颠了馅儿咧。俩巴掌拍不到一块儿，是不关心，关心者乱。27.441"

（136）没见过？卖不了的秫稭，旁边竖竖儿。多嘴多舌的老杂宗。8.254

按：例中歇后语为"卖不了的秫稭——旁边竖竖儿"，它的后半部分素常为"戳那儿了""戳到那儿了""戳起来了"，等等，即不论如何变化，它的后半部分都带有"戳"。从语用上看，"旁边竖竖儿"比带有"戳"的部分缺少有趣性及其卖不了的特性。

（137）我睄你是蝎虎子拜北斗，有点要作雷。11.52

按：例中歇后语为"蝎虎子拜北斗——有点要作雷"。它的后半部分素常为"找雷劈""自找雷劈""作雷""是要嗙雷""提溜货（祸）"。可见，本歇后语后半部分除"提溜货（祸）"为谐音且与其他内容差距较大外，其他几类都保持了原歇后语的核心词语"雷"，表明了歇后语动态化中的恒定性。

（138）这就叫秃子当和尚，将就裁料儿。11.129

按：例中歇后语为"秃子当和尚——将就裁料儿"。该歇后语后半部分形式常为"将就材料""将就这块材料"。曲本改动后的形式则突出了"裁"，比原形式相比，更加凸显出了"将就材料"中所蕴含的主观能动性。

（139）一张纸画一个鼻子，好大的个脸。12.320

按：上例是一个完整的歇后语，后半部分素常为"好大的脸面""好大的脸""好大的面子""装大脸"，等等。与它们相比，曲本所用"好大的个脸"突出了"一个"之义，更加强调了"大"这个核心词语。

（140）狗官，你竟是打门缝睄人，把我们都睄扁咧。21.70

按：例中歇后语为"打门缝睄人——把我们都睄扁咧"。它后部分素常为

"把人看扁了"。曲本作者结合上下文将该歇后语后半部分中涉及到的泛指意义上的"瞧"的对象，换成了具体的"我们"，如此替换，所指清晰，更切合语境。

（141）姓于的，你是磹子里睡觉，白做瓮梦。21.70

按：例中的歇后语为"磹子里睡觉——白做瓮梦"。它的后半部分素常用法为"作瓮儿梦"。清代李光庭《乡言解颐·物部》中有："乡人妄想者，则曰：'坛子里睡觉，作瓮儿梦。'"

（142）猫咬尿泡，你老且别瞎喜欢，灯市里扛牌，走着瞧罢。27.397

按：例中歇后语为"猫咬尿泡——瞎喜欢"。它的后半部分素常为"空欢喜"。

（143）真是应了一句俗语儿咧，捂着耳朵偷铃铛，自哄自。29.375

按：例中歇后语为"捂着耳朵偷铃铛——自哄自"。它后半部分素常为"自己骗自己"。

（144）众位弟兄快来帮助我们，有点子二姑娘顽老雕，招架不住。32.126

按：例中歇后语为"二姑娘顽老雕——招架不住"。它的后半部分素常为"架不住"。该歇后语在曲本中又写作"大姑娘顽老鹅——他先架不住咧"，例："好，谁知道赶车得是大姑娘顽老鹅，他先架不住咧，撂下了车跑了。29.484"

（146）店东闻听无奈，说罢了，丑媳妇难免要见公婆。他见那人这般光景，他也尿了，应了俗语一句，羊羔吃奶，只的双膝点地。33.52

按：例中歇后语为"羊羔吃奶——双膝点地"。它的后半部分素常为"双膝跪地"。

（147）朱爷请罢，你老人家的账篇上也写满咧，我另写一笔到底，有日还钱哪！这要是李爷挂账，可是写在瓢底下了。应了俗语，老西儿请大夫，没了指望了。33.329

按：上例中歇后语为"老西儿请大夫——没了指望了"，在清代佚名所编撰的《正续施公案上》中写作"老西儿请大夫，算无了指望了"①。曲本与该著作都是清代文献，难以确定谁先谁后，此处列举只为对照。

---

① （清）佚名编撰.正续施公案上 [M].北京：群众出版社，2002 年版，第 540 页。

（148）先来的那个和尚他算仨鼻子眼，要多出一股子气儿。34.98

按：例中歇后语为"仨鼻子眼——多出一股子气儿"。该歇后语素常形式为"仨鼻子眼——多出一口气"。

（149）你真是剃头的不哭，好小子，这算在你老爷跟前进了点孝心。我劝你屎壳郎搬家，滚吧。34.405

按：例中歇后语为"屎壳郎搬家——滚吧"，其后半部分素常形式为"滚蛋""走一路，臭一路""臭折腾"。

（150）这才瞎猫遇死耗子，误打误撞。35.110

按：例中歇后语为"瞎猫遇死耗子——误打误撞"。

3. 缺失型喻意歇后语

缺失型喻意歇后语指歇后语的前后两部分，尤其是后半部分有缺失，即使用者没有说全歇后语，而是采用了通过描述其他事情，补足其语义的方法。但受众能明确解读补足内容的前提是对该歇后语较为了解。

（151）这才是大水冲了龙王庙，二哥你杀了我罢。7.100

按：例中歇后语"大水冲了龙王庙"省略了后半部分"一家人不认一家人"，换用了"二哥你杀了我罢"的叙事内容，该内容反映的事件发生的前提正是"一家人不认一家人"。

当然，笔者在判定曲本中喻意歇后语具体类型的时候，所依据文献资料有限，有的歇后语等未见于读秀等相关电子资源，故对于未在其他文献资料中发现的歇后语，直接将其定为了通用型歇后语。关于具体的分类，需要根据对相关语料的全面了解、分析，展开深入研究。

（二）谐音歇后语

谐音歇后语指利用汉语中同音现象而形成的一种歇后语，它能达到言在此而意在彼的表达效果，这点是喻意歇后语所不具备的。曲本中也有一定的数量的谐音歇后语。

（152）哎呀，这真正是汉包请分子，都是坟里的事情。11.152

按：例中歇后语为"汉包请分子——都是坟里的事情"。该歇后语的前半部分含有谐音部分，"分子"谐音"坟子"。曲本中与该条歇后语基本同义的为"坿子坐头请分子——是坟里的事情"，例："净街虎，喊叫一声了不成，列位别走且站住。听我说，这可是坵子坐头请分子，是坟里的事情。34.403"

（153）他要往咱们那么着，可就是阴天晒被窝，白搭。21.287

按：例中歇后语为"阴天晒被窝——白搭"。该歇后语后半部分"白搭"利用谐音造成了语义双关，一为被子白搭在外面晒了，二为事情白干了。

（154）铺子里内的众伙计全都是力巴砌墙，溜了个踪影全无。33.457

按：例中歇后语为"力巴砌墙——溜了个踪影全无"。该歇后语中的谐音在"溜"，严格来说应是借用了"溜"具有多个义位的特征，如此处就利用了"溜"具有"溜走"义及"用石灰、水泥等砌缝"义的特征。

（155）喝茶那几个人抬头看了一看五虎，恶棍穿拐孤立目横眉，就知道海子里的群墙——竟土。34.399

按：例中歇后语为"海子里的群墙——竟土"。此处"土"为谐音，一是指实际意义上的"土"，二是指"人穿得土里土气"。

（156）你说圣人这们一下，可把众人吓迷咧。一个个是一点主意全无，可应了两句俗语儿咧，长虫吃扁担，直咧；街坊家的煮饽饽，不知道什么馅儿。29.463

按：上例中有两个歇后语，分别为"长虫吃扁担——直咧""街坊家的煮饽饽——不知道什么馅儿"。它们类型不同，前者为谐音歇后语，所用谐音词为"直"，一是指吃了扁担的蛇本身，二是指人因为某种事情而眼睛发直、不知如何是好；后者则为喻意歇后语。

（157）你是好人家的后，谁知你会卖大烟？倘若官人将你叫，我的房子要入官，趁早儿给我搬出去，不然带你见一见官。茨菇拌面，别妆蒜，别合我闹腺搭讪。56.275

按：例中歇后语为"茨菇拌面——别妆蒜"。谐音词语为"妆蒜"，明面义为不要放大蒜，暗里义为装糊涂。

以上仅是曲本歇后语中的部分成员，从类型及具体表现看，体现了歇后语的包容性与创新性。从数量上看，曲本中喻意歇后语要远多于谐音歇后语，说明在语用方面，喻意歇后语的使用范畴更大。

三、曲本中的清代俗语

与成语、歇后语一样，曲本中有大量的俗语，因为是民间习用的固定句式及固定语义，且大词典中有很多并未收录，基于此，此处虽将其定义为清代俗语，但不代表它们就是清代产生的俗语。

从形式上看，俗语出现在曲本中有两种形式，一种是直接融于相关语句中，一种是带有提示性话语，如"常言道""俗语儿说""常言说""自古道"等。依据此，下文将其作了分类。

（一）不带提示性话语的俗语

因为与上下文实现了完全自然的衔接，因此这部分不带提示性话语的俗语的判定要难于带有提示性话语的俗语。它们在曲本中的部分例证如下：

（158）哥哥，宁可信其有，不可信其无，快快赶到爹爹衙门去，求问求问，或者有救。13.229

按：本例俗语为"宁可信其有，不可信其无"。

（159）山东宰相山西将，彼说北丈夫兮我丈夫。12.463

按：本例俗语为"山东宰相山西将"，此俗语出自《汉书·赵崇国传赞》："秦汉以来，山东出相，山西出将。"

（160）我到忘记了，自古清酒红人面，财帛动人心。左右，取白银二两过来。12.467

按：本例俗语为"清酒红人面，财帛动人心"。

（161）捉缚也可虎容易放纵也可虎难，无言终日倚栏杆。13.321

按：本例俗语为"捉虎容易放虎难"，根据作者的注释，也可说成"缚虎容易纵虎难"。

（162）不如再把汉子嫁，一遍拆洗一遍新。15.236

按：本例俗语为"一遍拆洗一遍新"。

（163）千岁你有眼不识荆山玉，拿着生铜当作金。15.239

按：本例俗语为"有眼不识荆山玉"。

（164）你不见棺材不吊泪，不到黄河不死心。15.239

按：本例俗语为"不见棺材不吊泪，不到黄河不死心"。

（165）为人莫当差，当差不自在。15.240

按：本例为完整意义上的俗语。

（166）我与你井水不犯河水，为何不助顺，倒要助逆呢？18.370

按：本例俗语为"井水不犯河水"，在曲本中也写作"井水不犯河水犯"，例"我和你，井水不犯河水犯，你仝孙膑两相争，你为什厷毁詈我？44.312""井水不犯河水犯"中第二个"犯"字为曲本中常见的语言现象"冗余"，是作者为了满足句中字数要求而添加的。

（二）带有提示性话语的俗语

带有提示性话语的俗语是曲本俗语的主要形式，其优点在于将俗语作了显性呈现，如以下例中的俗语：

（167）常言道光棍不吃眼前亏，二人相斗先下手的为强。17.433

按："光棍不吃眼前亏"义为"聪明的人擅于根据形势采取相应的措施"，大词典孤证出自老舍《柳屯的》。曲本中"眼前不吃眼前亏"也写作"光棍不吃眼前苦"，例"光棍不吃眼前苦，跑了不算我丢人。45.148"

除此外，曲本中其他俗语例证还有如下部分：

（168）夫人，你得好休时便好休，这其间何必苦追求。常言道："女大、女大也不中留。"13.77

（169）冗反承高会，常言道："远亲戚不如近邻里。"13.344

（170）常言说："男大当婚女当配，人知大伦男女居室。"15.344

（171）常言说："树大招风风损树，人为名利也难逃。"15.354

（172）休管他，乡绅、举人与拔贡，常言道："亲王犯法与民仝。"17.134

（173）天仙肚内夺呼，真是俗语说的不错，"人急了造反，狗急了跳墙"。这个丑贼他急了，我到要小心仔细。30.273

（174）常言道："蛇弄的窟窿蛇自知。"自从发付了苍头去，周公子，病在心中胆也虚。30.298

（175）俗语儿说："一遭儿去百遭儿来。"日后你们家再有病人再闹妖怪，我也拉个主顾，那时会儿我再补敷你。30.313

（176）俗言说："小刀子哄婴孩，定然有点子降人艺。"30.359

（177）自古常言说的不过，"草里的兔儿狗赶不出来，肚中的话儿酒赶的出来"。30.403

（178）自古道："水用杖深知深浅，人用话探更知情。"明日个，相求丞相到府内，去见齐国奉旨臣。30.500

（179）言罢，伸手拉住狂妇而去，应了俗语"哑巴吃苦瓜，瓜苦在肚囊"。种徒猜摸他知道不肯说，亏是算他吃定了。31.479

（180）俗言"背巷出好酒，三河也有美姣娥"。若得此人成婚配，永吃长斋念弥陀。56.174

（181）俗语"家有贤妻，男儿不做横事"。我与你作夫妇的恩情怎敢错言？谁不知溜哄奉承合爷的性，为什厷恶语滔滔找你厌烦？　56.447

上述例证中俗语较为鲜明，故不再一一点明。以上各种固定短语的存在，提高了曲本语言的表现力及研究价值。

第五章　曲本中清代词语及词义的个案考释

曲本内容较为丰富，词汇量丰富，兼以不同作者的书写习惯不同，使用了大量的方言词语、民俗词语、文化词语等等，它们很多没有被辞书收录，其中有的受上下文语境不充足影响，难以确定其准确意义，且有的是书写形式多样，因此，尽管上文中对曲本清代词语或词义做了简单或复杂的阐释，但终究有一些清代词语及词义的疑难性较大，因此我们专列此章对其中的部分作以考释。

在谈及为什么要考释近代汉语中某些词语的原因时，蒋绍愚（2005）曾指出："词汇反映纷繁复杂的现实世界，而且又处在经常不断的变化之中，某一时期或某一个方言中的词语，到了另一时期或另一方言中就会变得十分难懂，这就需要有人对这些词语加以解释。①"考释词义时，可将其以个体形式作单一对象考释，也可将其置于一个小语义系统内，通过比较归纳等方法对其作系统性的小团体式考释，故而下文呈现相关内容时，有的清代词语或词义是以个体形式出现，有的是同一个词以不同形式出现，有的是同一语义范畴的几个不同的词出现。这种分类方式，更能体现曲本清代词语及词义的丰富性、复杂性及系统性等特征。

考释曲本中疑难词语时，除藉助辞书、文献资料及相关研究成果外，采用的另一重要方式是因文求义。因文求义即根据上下文语境确定某个词的意义，它的提出者是段玉裁。在为《说文解字》中的"鬈"时，段玉裁注释道："《齐风·卢令》曰：'其人美且鬈。'传曰：'鬈，好貌。'传不言发者，传用其引伸之义，许用其本义也。本义谓发好，隐伸为凡好之称。凡说字必用其本

---

① 蒋绍愚. 近代汉语研究概要 [M]. 北京：北京大学出版社，2005 年版，第 273 页。

义，凡说经必因文求义，则于字或取本义，或取引伸假借，有不可得而必者矣。"因文求义是考释一些使用频率不高且无其他文献佐证词语的重要方法。

在考察曲本中疑难词语时，下文多次使用了因文求义的方式，但正如王粤汉（1994）所指出的"因文求义为诠释词在特定语境中的具体意义，因为释文不具有概括性"①，笔者在具体释义过程中可能存有释义不准确的现象，然而，辞书收录的任何一个词语其最初都是存在于语境，辞书收录它并做出释义，也必定会充分考虑它所在语境，只有当其被辞书收录后，更大范围的受众才会获知它的词义，并将其与相对应；当一个词语被越来越多的辞书收录，人们对它的使用也越来越频繁后，人们已经不需要藉助辞书就能自由运用它，研究这个词语的视角则变为了词源及其他方面的研究。综上，因文求义考释出的虽是具体意义，但却是考释一些疑难词语的重要方式，且考释出的不一定就是非普遍性的意义，如下文涉及的"关米""出溜锅""射敌""托堪"，等等。

第一节　单形个体清代词语考释

单形个体清代词语指的是曲本中某个清代词语不论出现在哪种场合，记录它的书写载体即汉字都一样。此处考释的主要目的是为了明确其意义，以便有助于更好地理解相关曲本内容，同时为辞书编撰及相关研究提供语料和一定的理论借鉴。

【首儿】

"首儿"在曲本中以词缀的形式出现，且只出现在乱弹戏《龙凤配全串贯》中，共有 5 例，分别如下：

（1）欺负我们家里没人儿，你滚出去罢，什么东西，不要脸首儿。4.224

（2）你这宗丧气首儿，好模样儿个人吗，死啦。4.226

（3）你瞧你这个忙首儿，也得问问那位相公，人家愿意不愿意。4.225

（4）你瞧这个累赘首儿，问了山神问土地，到底怎么样啊你哪？ 4.225

（5）你瞧瞧这个嘀咕首儿，拿狐狸。12.168

按：通过以上例证，可以明显地分析出，"首儿"作为词缀时，其义为

---

① 王粤汉编著 . 释义简论 [M]. 武汉：湖北人民出版社，1994 年版，第 21 页。

"……的样子"，虽然它的作用及意义根据其语境较易确定，但由于相关辞书都未收，因此本研究将其放置此处，以备相关研究者指正。

【关米】

（6）自得佐领以来，无非借钱的买我的图书，得甲的许我库银，卖房地许我加一拿头，钱粮上的戥头。关米之时，先与米老老借钱，算米账的时候时节也可儿，在众人身上扣还。14.79

（7）我家爷是钱粮档案都领催，开仓关米把差当，岂是你旷的所在？14.80

（8）佚爷说若问钱粮吃一两，每月关米才几升。21.429

按："关米"，大词典未收。据以上三例，"关米"义为"发放或领取俸银、薪水"。大词典收与之同义的"关饷""关粮"两词，首例书证为晚清时期《负曝闲谈》中的"看看关饷的日子离得尚远，便把他熬得像热锅上的蚂蚁一般①。根据曲本的创作时间，至迟不晚于《负曝闲谈》，即"关米"可能早于"关饷"。"关粮"在曲本中有多处用例，如"未动身，先得预备金蝌蚪，领赏关粮打苍蝇。23.388""那些欠关粮拖私债的人，不过是胡张声势打劫那些行路孤客，何曾见过打战？34.196"有时还以"关粮米"的形式出现，如"一年四季关粮米，除吃添衣养满门。是这样，吃不中吃卖难卖，怎怪兵丁生怨声？32.4"就曲本用例而言，其使用"关米"的频率高于"关粮"。

另外，关米、关粮常与关银在一起使用，如俗语"一关银子二关米"②就是用来描述清代八旗官兵的俸银。陈鸿年（2016）在《北平风物》中就对此做了描述，"这种既关银子又关粮的老百姓，就是民国元年元旦前，清朝时代的八旗之人，也就是旗人"③。

"关米"在曲本中的使用情况表明，人们为某件事情或行为命名时，其关注点处于一种动态的变化中，进而会形成同义语义场，如单就曲本范畴而言，描述官府发放俸银这一行为有关词语"关米""关粮""关粮米"就可形成一个同义语义场，清晰地展示出了当时该类词语的使用情况。

---

① 蓬园著；白眼著.负曝闲谈·后官场现形记[M].哈尔滨：黑龙江美术出版社，2016年版，第16页。

② 政协海淀区文史委，海淀区委宣传部编.玉泉山下四季青[M].北京：新华出版社，2017年版，第99页。

③ 陈鸿年.北平风物[M].北京：九州出版社，2016年版，第33页。

【嘎七吗八】

（9）冯爷接来扭身子背脸，写的是，接友交朋比嘎七吗八。17.225

按："嘎七吗八"中的"吗"应为"马"，弥松颐（1990）将其写作"生七马八"①，但他也说人们习惯"嘎"代替"生"字。吕才桢、白玉昆（1985）指出"嘎七马八"有两义，"一为调皮捣蛋的；二为杂七杂八"②。韩璧耀（2009）认为"嘎七马八"义为"杂七杂八"③。韩旭（2015）指出"嘎七马八"在京郊方言中义为"不三不四的人混在一起；没大用的零碎东西或事物"④。王子光、王璟（2017）指出"嘎七马八"为北京土语，有两个义位，"一是指三教九流的人；二是指烂七八糟的东西"⑤。朱宝伦、朱春伶（2020）则指出"嘎七马八"在怀柔话中指"不务正业的人"⑥。以上这些观点，说明"嘎七马八"在北京一带方言中的使用频率较高，但是在次方言区或土话中其意义又有具体不同，除"杂七杂八""三教九流"义偏中性外，"嘎七马八"其他义位都为贬义用法。分析曲本中"嘎七马八"出现的语境"接友交朋比嘎七马八"，其义译为"结交朋友广泛，敢于三教九流的任何人相比"，较为恰当。如此，上例中，"嘎七马八"即为"三教九流的人"。

"嘎七马八"在曲本中得到了各种活用，如其中的"马"被换成了"驴"，形成了"嘎七儿八驴"，例：

（10）颜公子提笔在手写了一句是，读文习礼谁能如子渊子夏？冯其善写了一句是，交朋友我敢比嘎七儿八驴。26.153

显然，例中"嘎七儿八驴"出现的语境与上文中所提"嘎七马八"，也为"三教交流的人"，只是作者利用"马"本义为动物的特点，将其巧妙地换成了"驴"，同时构词语素及结构发生了一定的变化，即给受众带来了一种新奇的语言新鲜感，又增强了其幽默讽刺的意味，提升了语言的表现力。曲本中，还有多处将"嘎七马八"分写作为人名或非人名使用的情况。

---

① 弥松颐.京味儿夜话[M].北京：人民文学出版社，1999年版，第68页。
② 张清常.语言学论文集续集[M].北京：语文出版社，2001年版，第81页。
③ 黄钧，徐希博主编.京剧文化词典[M].上海：汉语大词典出版社，2001年版，第402页。
④ 韩旭.京郊方言[M].北京：中国书店，2015年版，第284页。
⑤ 王子光，王璟编著.细说北京话[M].北京：金盾出版社，2017年版，第167页。
⑥ 于书文主编；宋庚龙，王玉如副主编；朱宝伦，朱春伶辑.怀柔老话[M].怀柔区政协文史委员会，2020年版，第206页。

将两者拆开为"嘎七""马八",作为对举的名字,例:

（11）回禀老爷,年内未完的两案,那嘎七喊告马八拐带的一案,上城在老爷台前讨了十天的限。两造找人调处,当时发坊取保。如今限期未满,不曾传他二人赴案。12.50

（12）那老头说:"你只管取文卷,我这里,见字来到就兑银。"马八说:"既然有银我走一荡。"叫嘎七,你在此看守欠账人,这马八,说罢翻身将楼下。17.373

（13）我在下,姓嘎名七人人笑,这一位,姓马行八叫盐砖。我二人,是嘎七马八两个,请问你,有何话语对我言。17.372

（14）我在下,姓嘎名七,谁不晓! 他姓马名叫马八。26.349

嘎七、马八是京剧传统剧目《打城隍》的角色,该剧内容为"清代百姓嘎七、马八、刘九三人为避徭役。假扮城隍、小鬼以图隐逸,最后终被拿获"①。但以上例中的"嘎七"与"马八"虽是人名,却不是一个普遍意义上的名字。除第 1 例中的"嘎七"是原告、"马八"是被告外,其他三例中的嘎七与马八两人都是替放贷主人讨债的人,尤其是第三例中特别将两者名字连在一起以"嘎七马八"的形式出现,更加说明了这一点。至于例（11）中的"嘎七""马八"的身份虽然与其他几例不同,但通过"嘎七"告"马八"的内容可以看出"马八"的人品也不好,至于"嘎七"则是基于"马八"而用。换言之,以上例中的"嘎七"与"马八"实际上是"不务正业且不三不四的人"的代名词。

另外,曲本中还有"嘎七"单用的用例,如:

（15）你说的,这些言词都是假,定要完全嘴巴扇。满心净是嘎七混,你把那,掏心窝子话准不言。49.85

（16）谁像你这宗无来由嘎七混属婆婆丁的出土来,就他妈不高。49.343

以上两例表明,"嘎七"虽然可与"马八"分开,独自出现在语境中,但它并不能脱离其意义范畴,所以例中作者都在它后面使用了"混",形成了"嘎七混"的结构,根据研究者列出的"嘎七马八"的各种义位,以及上下文语境可以看出,此处的"嘎七混"实际上承担了"嘎七马八"表"乱七八糟"

---

① 黄钧,徐希博主编.京剧文化词典 [M].上海:汉语大词典出版社,2001 年版,第 316 页。

之义的职责。

从"嘎七马八"的各种用法可看出，曲本作者不拘于既定的语言形式，具有积极利用固定结构提升作品语言表现力的高超能力。

【抽奉】

（17）费无忌听言不由长叹气，自己心中好凄凉。这才后悔当初错，不该抽奉楚平王。调唆令他行无道，公婚儿妇乱纲常，细想他败子休妻都是我。25.80

按："抽奉"，曲本中戏曲部分未见，鼓词部分多次出现，子弟书偶有使用，例《凤仙传》中："喜孜孜，香车宝马便归宁去，羞坏了，从前白眼视衣贫。齐向那，三姑面前把姑爷抽奉，都说是，姑娘俊眼会物色风尘。55.465"抽奉"可算一个使用频率较高的词语，但大词典未收，北大 CCL 古代汉语语料库也未收有关例证。"抽奉"初始作为一个词组存在，义为"抽取奉送"，例："搜求遗书，至于下邑，敝斋所藏，吴着固在，冉杂于岭南遗书，不便抽奉，行当另觅他本，以答雅怀。①"再如："尊书缺卷，最好开示，书衡来函，遇有可配者，俾可随时抽奉也。②"后来，"抽奉"的意义逐渐倾向"奉"，至曲本中则表示"奉承、逢迎、阿谀"之义等，例："孙瑞与我不和睦，只说我奸他算忠，为什么，今日也抽奉老夫把文作，必有元故在其中。18.330""富贵人人皆所欲，现在太师作朝廷，自然他要来抽奉。18.330""李谋士，安心抽奉贼奸佞，一片流言哄恶雄。18.331""要知道一县之事地理合人情，贪赃受贿坑黎庶，抽奉恶霸苦良民。20.436""问官全贼一党，谁不抽奉老皇亲。23.14"需要注意，"抽奉"的感情色彩虽以贬义为主，如上述例证，但有时使用者如为"被抽奉的对象"，其会带有主观意味较强的褒义色彩，例："满朝的文武谁不抽奉我，常送珠宝金共银，升降调遣皆由我，不过所仗是西宫。23.20"。

"抽奉"在曲本中又写作"抽唪"，例："忠良说罢抽唪话，李三闻听带笑容，拍手打掌说有趣。21.136"简言之，"抽奉"应是清代时期兴起的一个使

---

① 许衍董编纂 . 广东文征续编（第 3 册）[M]. 香港：香港中文大学出版社，1987 年版，第 1 页。

② 戈炳根主编；常熟市文化局编 . 常熟国家历史文化名城词典 [M]. 上海：上海辞书出版社，2003 年版，第 409 页。

用率不高且使用人群、使用语境相对固定的词语。另，曲本中有表"旧时利用各种关系和借口向人索取财物"之义的"抽丰"一词，例："明明就是打抽丰，借临要吃我一嘴，这一来倒得花销几两银·²¹·²⁵⁴"不可将其与"抽奉"混为一谈。

【出溜锅】

（18）傍边有个人就说嘴咧，说你不懂浑这出戏吗？这出就是灶王爷扫北御驾亲征大战出溜锅。43.246

（19）店家你不必望我闹这些出溜锅的话，不是我不来吃酒，只因连日天寒湖水冻冰，难以下网打鱼。手里没钱，不能买酒吃，故此数日未来照顾。今日无法，将我媳妇的戒指拏来，且拏他押半斤酒吃，吃了才回去了呢。38.313

按："出溜锅"未见于各辞书，《笑林广记》卷二之"债精传"条有："迟迟、噔噔连忙上前烧起嘘呼了炭，坐上出溜锅，下了一斤不见面，剁了一盘蒸不熟煮不烂的滚刀筋，切了一碟子缨儿的酱萝卜。①"《乡言解颐》第四卷物部上"选炭"条有"谓空言无实之人曰嘘呼炭。言其片时热闹，其灭自由也。②"据此，"嘘呼炭"指"耍嘴皮子不干实事的人"，而《笑林广记》中"嘘呼了炭"看似是实写，但是描写的内容却是虚的，由此与之相对的"出溜锅"的意义就不再是单纯的"锅"，依据"债精传"的上文"倒灶破锅"，可知此处的"出溜锅"应为"破锅"或"无法盛放东西的锅"，再结合"嘘呼炭"的意义，可知"出溜锅"除了具体义外，还有抽象义为"空而无用"，带有明显的贬义色彩。

例（18）中，"出溜锅"表面上为具体义"破锅"，内里却是指使用破锅糊弄灶王爷的人，这种情况表明在具体语境中，在词义的原有理性范畴内，有些词的具体义会发生不同程度的改变。例（19）中，"出溜锅"则是指"空而无用"之义，因为上文酒保说的话为："这几日，为何不来饮杯巡？这几日，你是猴儿拉稀屎，肠子坏了不是人？³⁸·³¹³"因为王化是贫穷的打鱼人，没钱喝酒且时常用家里的物品抵押作酒钱，因此酒保瞧不起他，所以即便王化是

---

① （清）游戏主人等编著. 笑林广记 [M]. 呼和浩特：内蒙古人民出版社，2007 年版，第 271 页。

② （清）李光庭著，石继昌点校. 乡言解颐 [M]. 北京：中华书局，1982 年版，第 63 页。

客人且还是熟客，但酒保依然是以极不尊重的话语对其冷嘲热讽。而王化显然对此已习以为常，明知对方的话是对自己的冷嘲热讽，却没有生气，只是顺势解释，在化解了一场极有可能因酒保话语而引发的冲突外，也凸显出了当时没钱吃酒却还拿家中物品抵押物品、甚至连妻子一枚小小戒指都不放过的王化们的卑微。所以，将例 2 中的"出溜锅"解释为"空而无用"或其他类似的意义式行得通的。

曲本中，"出溜锅"还有两次与"老姚"组合使用、一次与"老窑"组合使用，例：

（20）司九听说心大怒，大骂野道少作精。我若是，不给你利害你不怕，不喝汤水不知味。未从作活先闹花串，出溜锅老姚鬼吹灯。你打谅，太爷上了你的当，那是白说用不中。21.125

（21）你既然方才说我与你七太爷待你的恩情不薄，胜似过诸人，想来你心中也算是个明白人。既知恩就该报恩才是，为何反倒闹起出溜锅老窑来了？21.199

（22）一张口，出溜锅老姚全是假，睁开眼，撒谎摞皮尽是蒙。白脸狼，见钱眼开真不错。49.343

根据两者的语境及用字特点，"老姚"应为"老窑"。查资料，只有曲彦斌（1995）指出"老窑"作为一个隐语，其义有二："黑龙江地区市井谓夜间行窃；四川成都地区市井谓窝藏赃财之处"[①]。显然，这两个意义不符合曲本的意义。例（20）中，"出溜锅老姚"上文语境为"闹花串"，下文语境"鬼吹灯"，前者为义为"闹花招、闹鬼把戏"，后者义为"鬼把戏"，处在这两义之间的"出溜锅老姚"自是同义。同时，例（21）中的"出溜锅老窑"上文语境为"闹起"，与"花串"的上文语境"闹"一致；例（22）中的"出溜锅老姚"下文语境"全是假"点明了它的实质。结合上文例证中"出溜锅老窑"的用法及"出溜锅"的本义，可知"出溜锅老窑"义为"鬼把戏""花招"。

【射敌】

（23）妖道，你前日曾被我的五方石下逃走，今日又敢在江场射敌，岂不讨愧？29.65

---

① 曲彦斌主编．中国隐语行话大辞典正编 [M]．沈阳：辽宁教育出版社，1995 年版，第 368 页。

（24）尧礼他上山苦苦哀怜，弟子无奈，我上江东在杭州射敌，五柳当先以多为胜。29.86

（25）今有张典统领大队在营门外射敌，不敢不报。29.242

按："射敌"，曲本又写作"设敌"，例"报启大帅得知，营外有两个淮贼设敌，乞令定夺·29.329"根据下文"李见风正坐中军，才要遣将打探伍辛的虚实，闻听有双将前来要战，不由的心中好恼。29.329""射敌"即"要战"。"要战"即"讨战"之义，曲本中多用，例"不料次日你这山上孩童依仗强霸，堵门要战，鞭打雄王，又把我拿上山来。25.120""小猴来报说，有无数天兵天将前来将山场围住，又有登轮之人在洞外要战。27.81""正然悲痛，蓝旂又报妖道要战。29.21"曲本有时也用"讨战"，例"反寇讨战，若不临敌，躭延几时才能剿平逆匪18.132"，"明早不把天光亮，我末将带兵再去重讨战，必要杀尽兵合。25.53""既然如此，大圣可下水讨战，吾神在此等候，你把他诓将出来，我情愿拔刀相助。28.25"但大词典未收"要战""射敌"，只收"讨战"。就曲本而言，多部不同作品中都曾使用"要战"，而"射敌"仅出现在鼓词《吴越春秋》。值得一提的是，《吴越春秋》作者曾在第二十三回将这些词语放在相同语境下同时使用，例"孙武子差遣柳盖领兵上西门要战，伍辛差焦斌到东门带兵射敌，李建风在北门叫阵，焦休欣南门讨战。29.368"点明了"要战""射敌""叫阵""讨战"为同义词，所以"射敌"及"要战"都是"讨战"之义，根据其在曲本中使用的语境及频率，两者显然已具备词的特征。

【倭苗】

（26）琅琊城被妖人胡翁勾引倭苗把琅琊城困了个水泄不通，西路王差人来请救，特请过目的风谕定夺。38.220

按：曲本鼓词《英烈春秋》中多次使用"倭苗"，大词典未收，据下文"苗王连芳一闻胡翁之言，说是国母暗用风沙把滚牌手打，由不淂心内害怕。38.242""海东的，倭王连芳闻此话，不由叹气打嗐声。38.242"即作者将"苗"等同于"倭"，所以"苗王""倭王"同义。同理，"苗兵""倭兵"同义，例："连芳正然催兵战，砍杀东齐马步兵。忽见一阵狂风起，走石飞沙打苗兵，倭卒伤了无其数，登时间，败进海东大老营。38.242""苗王连芳与众倭兵被风沙打伤，站立不住，一齐败回营来。38.242"可知，"倭苗"即为

"苗族"之义，在鼓词《英烈春秋》中属于同义连用。大词典中"倭"只有"我国古代对日本人及其国家的称呼"①，因为"倭"指"苗族"义，只在鼓词《英烈春秋》中使用，故不能据此认定为大词典漏收义项，可将其看作是基于《英烈春秋》作者对其所描写事件的一种个体认知下产生的一个只在鼓词《英烈春秋》中存在的特定义。

【讹逆】

（27）故意的把手往眼上一搁，东一睄西一望。拿糖作势的闹了许多的**讹**逆，他老人家这才开言讲话。43.243

按："**讹**逆"出自鼓词《刘公案》。鼓词《刘公案》改编自清代同名公案小说《刘公案》②，足本公案小说《刘公案》②及大众文艺出版社 2000 年出版的《刘公案》③ 中也使用了"**讹**逆"一词，其他版本此处有的并未使用"**讹**逆"，例："刘大人闻听白氏佳人这个话，他老人家就站起来咧，故意的把手往眼上一搁，东一瞧，西一望，拿腔作势的沉吟了半晌，他老人家这才开言讲话，说：'娘子，依贫道看来，不是怪物，竟是怨鬼作耗。'④另外，《北平风俗类征》衣饰类引《鸦片烟大爷做阔》中的语料中有"吗儿逆"，例："浑身上下有这些个吗儿逆，才算是阔须子。"⑤ 有些学者如徐世荣（1990）⑥、弥松颐（1990）等都认为"**讹**逆""吗儿腻"即为"猫儿腻"之义。弥松颐指出"'猫儿腻'的'腻'字，在清代就是这样写，……不过，这个'腻'字，在清代还有写作'逆'，如'**讹**逆''吗儿逆'"⑦，同时，他还指出《刘公案》中的"**讹**逆"义为"零七八碎、说不清道不明的东西"⑧。事实上，《鸦片烟大爷做阔》中的"吗儿逆"确实是"零七八碎"的意思，但是鼓词《刘公案》中的"**讹**逆"却不是"说不清道不明的东西"，而是"花样、花招"之义。刘

① 罗竹风主编.汉语大词典 [M].上海：汉语大词典出版社，2001 年版，第 1507 页。
② 刘公案足本 [M].银川：宁夏人民出版社，1993 年版，第 17 页。
③ （清）无名氏著.刘公案 [M].北京：大众文艺出版社，2000 年版，第 14 页。
④ （清）佚名等编.刘公案上 [M].北京：北京燕山出版社，2004 年版，第 24 页。
⑤ 李家瑞编，李诚、董洁整理.北平风俗类征上 [M].北京：北京出版社，2010 年版，第 377 页。
⑥ 徐世荣.北京土语辞典 [Z].北京：北京出版社，1990 年版，第 268 页。
⑦ 弥松颐.京味儿夜话 [M].北京：人民文学出版社，1999 年版，第 153 页。
⑧ 弥松颐.京味儿夜话 [M].北京：人民文学出版社，1999 年版，第 153 页。

大人听受审者白氏说完后，之所以会装腔作势地做出很多动作，其目的就是要让白氏心中产生疑惑、恐惧感，进而说出实情，而"**讹**逆"正是对刘大人这一系列行为的一个结论性评价。

【地塌子】

（28）"快些来，将这个地塌子的衣服脱下，好验看。""是了。"地方答应不敢怠慢，走上前来将那个死尸拉了一拉，伸手去解他的衣服。刚然把大衿的钮子揭开，向里一看，自见他的怀中披着一张字帖。43.299

按："地塌子"仅见于鼓词《刘公案》，大词典未收。另其源出小说《刘公案》也使用了此词，例"来一个人，将这地塌子的衣服剥下来，好验看"①。其他文献未见此用法，据上下文，其义当为"死尸"之义，是"死尸"的婉称。

【自捣鬼】

（29）有毛包在路上自捣鬼，叹我几年受风尘。15.111

（30）门旁放着两条凳，上边坐着一个人。自言自语自捣鬼，嘟嘟喃喃把话云。43.348

按："自捣鬼"即"一个人在无人的时候，因受到某种刺激或因某事而胡言乱语"，在这种情形下，说的一般都是实话。"自捣鬼"组合除曲本中以上两个例证外，其他例证则主要见于清代公案小说《刘公案》。曲本中，还有"自捣鬼话""捣鬼话"，例："你向石头说话，当我三人，一问一答，自捣鬼话，可是有的？13.52""恶奴只顾捣鬼话，那知背后有人听。33.373"另，曲本中也有"说捣鬼的话儿"的组合，例："袁达虽然是鲁夫，他的粗中有细。起先看见邹纪上殿取瓶的时节，对着李牧说捣鬼的话儿。31.304"以上信息表明，"自捣鬼"实则是"自捣鬼话"的简缩形式，根据其在曲本及《刘公案》中的使用情况，可将其看作是一个固定的组合。

【打康灯】

（31）鲁见明，信步又入了赌博厂，无有钱，在人家，脖子后头去打康灯。43.399

（32）要不是打康灯，这喜从何来呢？ 48.16

---

① 刘公案足本 [M]. 银川：宁夏人民出版社，1993 年版，第 104 页。

按："打康灯"即"打糠灯"，因前者在曲本中的使用频率远高于后者，故此处用"打康灯"作词目。根据现有文献资料看，它有两类应用场所不同但意义有关的义位。

一是属于隐语行话，专用于妓院，如《切口·茶室》："打康灯，闹玩也。[①]"另，清代人张焘在《津门杂记·妓馆》中提及了"打糠灯"，"每当客到，男仆相迎，让客归座，即高挑帘栊，大呼'见客。'随见花枝招展，燕瘦环肥，姗姗而来者，目不暇给矣。或选中某妓，开烟盘，打茶围，名曰'坐过'，收夜度资之一半也。客有故称不中意而走者，谓'打糠灯'。每晚游人甚多，东出西进，彼往此来，营中人居多，人称'大裤脚'。间有以打糠灯为事者，款待稍疏，即大肆咆哮。[②]"可见，"打康灯"一义为"在妓院中嬉戏玩闹"。

二是为北京土话，徐世荣（1990）[③]、白鹤群（2013）指出在老北京话中"打糠灯"义为"不干正经事、游荡"[④]之义，金受申（2020）则认为其是"开小玩笑、扯闲白"[⑤]之义，且认为这是一个源自满洲习俗的词语，它是"满族没入关前，一般满族老百姓，闲来使用桦木棍粘糠，作为夜晚灯烛用，叫作打糠灯，满族语叫'霞绷'，是闲来没事的一种工作，后来便借为扯闲白的意思"[⑥]。以上两种观点表明，"打糠灯"为正确写法，另，考虑到曲本中"打糠灯"出现的实际语境，笔者将其理性意义核心分为"闲逛、游荡"或"说笑、开玩笑"两种，即去除了"妓院"这一特定场所。

根据具体语境，例（33）中"打康灯"为"闲逛、游荡"义；例（34）中"打康灯"为"说笑、开玩笑"义。曲本中，"打康（糠）灯"中间有时也会添加其他成分，即"打康（糠）灯"实际上是一个离合词，例：

（35）禁公你何苦来呢？为何到了尽头路上在无有赶尽杀绝的道礼。我们这是该死的人了，必是要打个康灯作什厷？谁人打你每的康灯？要不是打康

---

① 曲彦斌主编.中国隐语行话大辞典正编[M].沈阳：辽宁教育出版社，1995年版，第115页。

② 陆林主编.清代笔记小说类编·烟粉卷[M].合肥：黄山书社，1994年版，第458页。

③ 徐世荣.北京土语辞典[Z].北京：北京出版社，1990年版，第85页。

④ 白鹤群.老北京土语趣谈[M].北京：旅游教育出版社，2013年版，第96页。

⑤ 金受申.北京话语汇[M].北京：北京出版社，2020年版，第45页。

⑥ 金受申.北京话语汇[M].北京：北京出版社，2020年版，第45页。

灯，这喜从何来呢？48.16

（36）薄的那个须子着急说："老大呀，你擎手充什么呢？打会子糠灯也当不了钱。"55.217

例（35）中，"打个糠灯"中添加成分为"个的"，表示"打康灯"的数量，但此处并不是确指的数词，有虚指成分在内；"打你每的康灯"中添加的成分为"你每的"，表示"打康灯"支配的对象；例（36）中，"打会子糠灯"中添加的成分为"会子"，用于表示"打糠灯"的时间长度，同时也暗含其程度。不同曲本者对"打康（糠）灯"的活用，不仅体现了它在当时的广泛应用度，也体现了它具有极强的灵活应用性。

【虎不拉】

（37）鹦鹉灯，绿毛红嘴会说话，虎不拉拿家雀儿灯。27.5

（38）细想刘大人真胡闹，今想起什庅来咧，虎不拉的要叫个媳妇，这是怎庅元故呢？43.413

按：以上两个例子中的"虎不拉"意义不同。例1中的"虎不拉"是"伯劳鸟"之义，有时专指"红尾伯劳鸟"。例2中的"虎不拉"中的"虎"当为"忽"之误，齐如山《北京土语》收"忽不拉的"，"'忽不拉的'者，忽然也。如云'他忽然走了'，则恒说'他忽不拉儿的走了'。'拉'读小发花辙。《红楼梦》第十六回凤姐口中有此语，但作'忽拉巴的'。①"

【乌秃】

（39）行者说："可有一件，锅里的油欢欢的，乌秃了洗的不透。"27.239

（40）他说是，却有一计在其中，告诉那，不许讨保监禁内，把他们，乌秃起来不能行。33.475

按："乌秃"大词典未收，以上两例中的"乌秃"意义不同，例（39）指"液体的温度不凉不热"，清人夏仁虎《旧京琐记》有释义："微热曰'乌突'温暾转音。②"例（40）中的"乌秃"则指"拖延或搁置"，这种用法是曲本中"乌秃"的主要用法，如："府州县不接词状不合礼，总接了词状乌秃不审明。21.13""为何竟自心不死，反到告状到衙门。乌秃徐姓在衙内，又来夺

---

① 齐如山．北京土话[M]．沈阳：辽宁教育出版社，2008年版，第230页。
② （清）夏仁虎．旧京琐记[M]．北京：北京古籍出版社，1986年版，第45页。

铺使欺心？33.496""知府他，乌秃不审就有弊，纵容杜保乱胡行，想来内中贪赃贿，彼此相交有私心。34.7"

【花鸼鸽儿】

（41）不用说别的，你睄睄这屋里打官私的多着呢，谁像你穿的这庅滑滑溜溜的，打扮的这庅花鸼鸽儿似的？48.315

按："花蒲哥儿"，即"花鸼鸽儿"，"鸼鸽"在山东临沂方言中指"鸽子"，"花鸼鸽儿"则指一个人打扮得花枝招展的。

【哈账】

（42）老师付听道济之言，他那庅酒头哈账，倘若兴工建造无有大木料，这便如何是好？49.393

（43）吃亏你义气过人多哈帐，看的人人合你一般。恨不能自己的肉把人贴补，那一个真心实意在你跟前？53.310

按：如将"哈账"单置于曲本语境中，它的词义较易确定，同时，尽管此处我们将"哈账"放在清代词语范畴内，但实际上它在《金瓶梅词话》中就已使用，只是其意义有争议。基于以上原因，所以我们将其放置此处。"哈账"在《金瓶梅词话》中的例证为："刚才若不是我在旁边说着，李大姐怎哈账行货，就要把银子交姑子拿了印经去"①。雷汉卿（2006）在总结了各家观点如"糊涂、马大哈""慌里慌张""随随便便、满不在乎""随便、不在乎"②的基础上，指出"哈账"应为"混账"义。但这个释义显然与曲本中上述两个例证的语境不符。通过对《济公传收缘结果》《翠屏山》全文语境及"哈账"所在小语境的分析，显见它就是"糊涂"的意思。实际上，根据语境，《金瓶梅词话》中的"哈账"也可解释为"糊涂"一义，因为糊涂所以才会把"银子交姑子拿了印经去"。至于从"哈账"与"行货"连用，进而通过"混账杭杭子""混账行子"推出"哈账"等同于"混账"的作法似有不妥。考证疑难词或方言词时，固然可以寻找方言词或其他语料的佐证，但也要考虑该词所在的小语境及大语境，不能掬于其他旁证，因为词语本身就是用于交际的，交际语境及交际目的的复杂性决定，即便是常与同一个组合经常搭配的不同词语也不可能都是同义的，即"哈账行货"不一定就同于"混账杭杭

① （明）兰陵笑笑生著.金瓶梅[M].呼和浩特：内蒙古人民出版社，2005年版，第327页。
② 雷汉卿.近代方俗词丛考[M].成都：巴蜀书社，2006年版，第52页。

子""混账行货"。

【托堪】

（44）打扮衣冠桩桩时样，安排车马件件鲜明。果能永远无托堪？自然是转眼之间顶儿就红。55.229

（45）无非是当官差没托堪殷勤小意，交朋友不拉屉脸热财轻。54.262

（46）当差使四十余年没托堪，交朋友见天恋恋在三和居。我劝你留点子后手儿好当差事，你反说当兵的女儿小气之机。54.299

按："托堪"未见于各种辞书，除以上三例外，笔者目力所涉文献资料中也未见此词。"托堪"在曲本中出现三次的语境基本相同，从语法结构看，它们都是与否定否词"无""没"组合出现，表明"托堪"为动词；其所在语境中涉及的人物为富贵人家子弟或官吏，他们的生活水平实际上已经超过了很多普通人的生活水平，例（44）中的富贵子弟自然不用说，实际上，即便是例（46）中所言老侍卫也比饮食无靠的人强。对此三例做详细分析，可知"托堪"实际上为"发达、显耀"之义。

【交子】

（47）镀金什件锹镥①是玲珑多别透，山西交子震地咯当。54.481

按："交子"即"较子"，邓云乡指出它"在俗语中是夹竖车轴上的横木名称，上有铜钩，如有拉梢牲口，套绳系在这钩上"②。

【哧吗呼】

（48）俩小眼儿，往里抠。哧吗呼，鳔胶稠。牙焦黄，嘴孔臭。清鼻涕，往下流，不搭不醒常往里抽。30.289

（49）盘着腿，闭着目。两眼睛，哧吗呼。流鼻涕，一脸土。哈喇子流，拦不住。30.312

"哧吗呼"，即"吃麻糊"，用来形容一个人长期不洗脸，脸上黑乎乎的样子。曲本中多次出现，"奔娄头凹扣眼，一脸麻子蒜头鼻子大厚嘴，油泥芝麻糊，鼻涕直流，憨瓜子一瘸一拐。21.279""那个样倒有半月无洗脸，吃麻糊唧当满灰尘。21.420"

---

① 清蒙古车王府藏子弟书中原作"鞦镥"，整理者将其改为"鞦嚼"（第168页）。

② 邓云乡编著.红楼识小录[M].太原：山西人民出版社，1984年版，第136页。

【古董】

（50）如此大事仗仙翁，但则见，可浑留神加仔细，孙膑瘸夫太古董。44.470

（51）这个孽障真古董，只闹浑，满营儿郎齐害怕，唬浑人人胆战惊。45.68

（52）这件事情非别故，又是贼根使古董。45.74

按："古董"义为"稀奇少见"。

【拉龙】

（53）表过抄录多剪断，处处从来不拉龙。论争杀，再也不战几百荡，全然具是剪而明。45.149

按："拉龙"当为"拉拢"，例中指为了说书情节丰富，枝蔓旁生拖拉。

第二节　多形个体清代词语考释

曲本清代词语中有很多词语具有多个形体，表现为书写形式的不同、构词语素的多寡不同、次要语素的不同等几种情况。书写形式不同主要指曲本中有些作者使用同音字代替本字，或是使用了讹字等，从而形成了同一个词语具有了不同形体。在整理资料的过程中，本研究为保证真实地呈现曲本的用字及词语面貌，除讹字外，基本上保留了其原有写法。构词语素的多寡不同，指曲本清代词语中的某一个词的构成语素数量有差异，如"雁孤"和"雁儿孤"，这部分词语虽然词素数量不同，但理性意义及附加义完全相同。次要语素不同，指的是某两个完全同义的词语中的某个次要语素不同，它的不同不会影响该词的整体意义，如"咭哦咕噜"与"咭唎咕噜"。

由于以上三者之间存有交叉关系，因此下文研究中，并没有将其再进行分类，而采用了同一个词语不同形式共同展现的方式。

【秃掳】【秃芦】【秃鲁】【秃噜】

（1）咱们对饿之，谁要秃掳了，又拿出来赶之借，算狗㧅的残头，大爷不借咧，不借咧。12.78

（2）"哦，当初却是胡弄你，你算入了套儿难秃芦。""你们敢是愚弄我？不叫我去救国母？"15.462

（3）画童说："你瞒那马光秃鲁的不戴嚼子，那马往前紧走，我怎么带的住？倘若把我出溜下来跐破脑袋，回府怎见我姐姐？"21.239

（4）今日老秃要叫你们这些王八鸡狗卒打秃噜了串，我就白踢了球咧。21.366

按："秃掳""秃芦""秃鲁""秃噜"四者实质上都可以写作同一个形体，如"秃噜"，但它们的意义不完全相同。例（1）中，"秃掳"义为"说出或做出某些可能导致事情失败的话与事"；例（2）中，"秃芦"义为"挣脱"；例（3）中，"秃鲁"作"光"的词缀；例（4）中，"秃噜"义为"散开、散落"。尽管词义有所不同，但其核心意义都是将原本整体的事物弄散或是泄露了某些信息从而导致事情失败等。即便是例（3）中作为词缀使用的"秃鲁"跟"光"配合，表示事物表面裸露出来的意义。

【吊歪】【刁歪】

（5）休仗着能言会语牙齿伶俐，我跟前，不准吊歪，你要实言。17.19

（6）并无妖怪的形与像，我们等，撂瓦翻砖无所不折，不知他往何方去。莫非是，你老人家特意的吊歪？30.301

（7）若论那，张有德生成人忠厚，料着他，不敢前来放刁歪。25.423

按：大词典未收"吊歪""刁歪"，收"掉歪"，表"出坏主意"之义，以上三例，显然非此义。据冯蒸，"'掉歪'，也作'调歪''吊歪'，指调皮捣蛋，不听话，想坏主意的人"[①]。"掉歪"也可写作"刁歪"，如"刁歪：关东方言，捣蛋的意思"[②]。例（5）、例（6）中的"吊歪""刁歪"都是在包公审理案件时的受审人所言，例（7）则出自《青石山狐仙传》，其确切的意义当为"说谎、无中生有瞎编乱造"之义。综上，"吊歪""刁歪"即"掉歪"的同音形式，但大词典漏收了它实际上还具有的"捣蛋""说谎、无中生有瞎编乱造"之义。其中，第一个义位为方言用法，第二个义位则应为清代的通用之义。

【咭噹旮旯】【咭溜旮旯】【几留旮旯】【几留旮旯】

（8）县太爷分付，叫浑身上下咭噹旮旯都要验到了呢。17.307

---

① 冯蒸．余音回响·老北京俗语民谣述闻 [M]. 北京：商务印书馆，2018 年版，第 70 页。

② 中国民间文学集成全国编辑委员会，中国歌谣集成吉林卷编辑委员会编．中国歌谣集成·吉林卷 [Z]. 北京：中国 ISBN 中心，2005 年版，第 266 页。

（9）净鹅油腻子他就使了半斤，香肥皂用了百十多个，咭溜旮旯他搓了一个生疼，这才用手帖子将水展去。38.426

（10）四个人，一齐进庙来避雨，赵孝他，几留旮旯胡找寻，一找找至大佽后，那知道，佽后有个大窟窿。39.301

（11）李二楞，带领官兵进庙门，几留旮旯细搜寻，找到了，长老卧房加仔细。39.331

按：以上例中的"咭㖞旮旯""咭溜旮旯""几留旮旯""几留旮旯"的意思一样，都表"角落"之义。今山东临沂方言中仍有。

【即溜咕噜】【叽溜咕噜】【咭吷咕噜】【咭唎咕噜】【咭㘞咕噜】

（12）相离不远，只见他手举铁棒刚然要打来，不提防曹洪侧身躲过举刀一砍。只听见"克叉"一声，即溜咕噜直滚出四五十步远。18.399

（13）众和尚尤如下扁食滚元宵的一般，叽溜咕噜、噼噼吧吧往殿下乱掉21.328

（14）就只苦坏了越国军将，连带吓，四散开花，寻路逃走，真如下扁食的一样，只听咭吷咕噜，往着台下乱掉。25.319

（15）走堂的，咭唎咕噜满地滚，蹾破鼻子嘴也歪，这小子，扒起身形往外跑。26.128

（16）把那些，柴草尽往四下崩，球球儿更加朝上起，接连好似满天星。蹿出去，苦坏儿郎兵与将，咭㘞咕噜乱飞腾。44.179

按："即溜咕噜""叽溜咕噜""咭吷咕噜""咭唎咕噜""咭㘞咕噜"意义相同，都用来形容"物体滚动的样子"。大词典收"叽哩咕噜"，曲本中"咭唎咕噜"与其相同，只是作者将"哩"写作了"唎"。其他几种写法一是表现了作者用字习惯的不同，二是作者选择的字是对方言的记音。

【古戎】【咕戎】【姑容】【咕嗒】【古容】【咕㖫】【咕容】

本类词语在曲本中都是表"蠕动"之义的方言词，它们仅是该意义的不同书写形式，在曲本中的例证如下：

（17）过卖算来也不少，那像你狂的屁股竟古戎。21.131

（18）车夫床上乱咕戎，南一扎来北一撞，西礴一头又东冲，狠像来把四方拜。21.379

（19）坑内大蛆打成蛋，扒在那，死尸身上乱姑容。30.506

（20）只见他，手内擎着一碗屎，里面大蛆乱咕容。31.85

（21）他只当，拿他二人走进门，只见他，古容古容扒不起。43.466

（22）那次闹浑更又凶，活暴暴，他竟会把石人变，满营之中胡咕喙。44.350

（23）老祖对面来讲话，三爷催牛紧咕容。44.407

按：曲本中也有"咕容"的 ABB 式形式，例：

（24）海潮猛然闪慧眼，不由着忙吃一惊，看见似有人一个，恍忽可又看不清，咕容容，跟着毛奔身后走。45.75

曲本中还使用了"咕喙"的 AABB 叠词形式"咕咕喙喙"，例："头一天肚内空，转湾回到总布胡同。那天刚交响午错，饿的虚火往上攻，见了人脸又红，无奈讨饭吃。腹中咕咕喙喙勉强之咽。57.337"

【撅列】【蹶咧】

（25）布政睄见吓一跳，不由着忙心下惊。撅列站起离了坐，跑到李三面前存，公文放在他头上。21.168

（26）那个人蹶咧站起身来，手舞足蹈走下床来。31.300

（27）贤臣闻听气乍肺，气的爷，撅列站起把话云。35.192

按："撅列""蹶咧"，大词典未收。"撅"义项之一为"翘起"，例："无有盘费手内素，少不得撅着屁股再动工，所以进窑把活作。21.137""他的那，酒糟鼻子赤通红，撅着嘴，好似一个猪八戒。26.152"但"撅列"与"撅"又不完全相同，无论是曲本中使用"撅列（蹶咧）"，还是其他文献资料中使用"蹶咧"时，都表示在受惊时出现的动作，如清代小说《绿野仙踪》有："见金钟儿头朝下睡着，叫了几声不答应。用手推了几下，只见金钟儿一蹶咧坐起来，圆睁星眼，倒竖娥眉，大声说道：'你推打着我怎么！'①"由此，曲本及《绿野仙踪》中"撅列（蹶咧）"的意义都为"猛然起身"，《绿野仙踪》中的动作更接近"鲤鱼打挺"。"蹶咧"在其他文献中有时还等同于"趔趄"，如一两的作品中有："昨夜是和衣躺在床上，衣服上已经有皱痕，他伸手去抚

---

① （清）李百川．绿野仙踪（下）[M]．北京：华夏出版社，2013 年版，第 301 页。

衣摆，忽然一个嘶咧，向前栽倒，身子竟无法控制，重重地跌在地上。①"青海歌谣中有："上去墙头一矛子，血在（个）鞋口里冒了；嘶咧拐咧到家里，养好了再跟你闹哩"②。

【雁孤】【燕儿孤】【雁儿孤】

（28）真你们这说书的也过于雁孤了，续弦就完了，又老弦作什么？22.89

（29）穿一件大红袍，燕儿孤多，又有花又有朵，上边是龙，下边是河。22.262

（30）这个摊儿，真雁儿孤。黑红笔，尖儿秃。破砚台，满尘土。签筒儿，钱串儿箍。竹签子，不足数。卦盒子，糊着块布。乱堆着，少头无尾的几本破书。30.312

（31）你们不用拿话激我了，少时老马要不雁儿孤，你们别跟我。33.86

（32）济公闻听心不悦，暗中把那，作孽的囚徒骂几声。身在公门不学好，心定要，雁孤郎当显你能。48.51

按：金受申《北京话语汇》中收"雁儿孤"，指"刺耳难听"之义，以上例中例（28）、例（32）中的"雁孤"、例（31）中的"雁儿孤"、例（32）中的"雁孤"为此义。它们的区别在于例（32）中的"雁孤"添加了词缀"郎当"，使其带有了其他附加的语义特征，如神态、手势等都让人难受。作者在下文也描述了这一点，"俗语说公门之中好修行，那都像这位经承先生呢？我这一进门来一句话无说，你瞧他那个样儿比闫王爷还沉隐。48.53"例（29）、例（30）中的"燕儿孤""雁儿孤"表"与众不同、稀奇古怪"之义。

【冒儿不登】【冒儿古冬】【冒儿咕嘟】【冒儿咕登】

（33）是应答不来也好帮腔，冒儿不登地就充勇独自告状、喊冤枉，窝里发炮的冷不防。22.262

（34）飞天豹，冒儿古冬来到此，必须我浮细帮助。25.326

（35）但只见，指路那位娑老祖，冒儿咕嘟显露形。不知何时将洞进，令人心中好不明。44.140

① 一两.一两江湖之绝顶 [M].呼和浩特：内蒙古人民出版社，2008 年版，第 104 页。

② 中国民间文学集成全国编辑委员会，中国歌谣集成山东卷编辑委员会编.中国歌谣集成·青海卷 [M].北京：中国 ISBN 中心，2008 年版，第 847 页。

（36）将要走，忽见酒醉的禅师冒儿咕登的打大悲楼后头蹿将出来，到把奸人唬了一跳。48.162

按："冒儿不登""冒儿古冬""冒儿咕嘟""冒儿咕登"这一组词都表示"猛然、突然"之义。方言。大词典仅收"冒儿咕咚"，且书证过晚。

【猛古丁】【猛个丁】【猛克丁】

（37）正然杀到热闹中间，猛古丁的小爷施展出来，只听哧的一声响，又听咕咚摔倒在地。25.186

（38）只听刘全哎一声，猛个丁，翻身爬起将床下，双膝跪倒拜朝廷。27.168

（39）且说温氏正然歪着打盹儿呢，猛可丁的把温氏唬了一跳惊醒。48.281

按：曲本中有些词语内部的某个语素被替换后，词义未变，但大词典中不一定全收录。如"猛古丁""猛个丁""猛克丁"三者，曲本中多次出现，但大词典收录前者，未收录后者。大词典收"猛哥丁"，说其又写作"猛圪丁""猛割丁"，三者的例证全部出自清初长篇小说《醒世姻缘传》，既然同一作者可以把同一个词语以三种不同的同音词来表示，那么曲本作者们"猛哥丁"写作"猛个丁"也是无可厚非的事。大词典未曾收录"猛个丁"的原因大抵是曲本整理面世的时间较晚。另外，大词典所举"猛古丁"的例证出自端木蕻良的作品，例证过晚。

【冷个丁】【冷咕叮】【冷孤丁】【冷各丁】

（40）自从收了李氏女，待我如同烛月冰。冷个丁，不到门槛几个月，倒像平常陌路人。25.350

（41）墙外边，可巧招呼正拉屎，这叶千，正自跳在他面前。那赵虎，冷个丁的唬一跳。25.464

（42）冷各丁的捡了两根取布的对牌，这就是意外之想。想是天赐之物，心中自然是个欢喜。33.216

（43）真有趣，小小的丫嬛偏偏的淘气，轻移步雅密静悄隐身形。毛之腰，暗暗走至公子的背后，向肩上一拍冷孤丁。22.191

（44）他们究竟是谁呢？冷咕叮的又拉上了梅诰命忆子的一个赞来。22.273

按："冷个定"等词语实际上都表示"突然、猛然"义。大词典未收"冷个丁""冷各丁"，收与其意义和核心词素有关的"冷丁""冷不丁""冷孤丁"，所举例证皆出自现代作品。

【治公云鞋】【治公鞋】

（45）头戴一顶毘芦帽，锦襕袈裟穿在身，玉勾金环生宝色，治公云鞋足下登。27.306

（46）身上穿着酱色细子薄绵僧袄，月白绫子僧袜。脚上穿着一双大红缎子治公鞋，有二寸厚的底儿。43.409

按："云鞋"专指道士、僧人所穿的鞋，因他们到处云游而得名。老北京有"大云鞋"，它是"一种高档的鞋，鞋面上绣嵌云头花样，青年男子多穿此鞋，显得文雅"[①]。曲本中"云鞋"显然与"大云鞋"的意义不同。根据曲本以上两例中的语境，"治公鞋"即"治公云鞋"，而这两个例证分别出自说唱鼓词《西游记》与《刘公案》，在读秀所提供的资料中，有关"治公鞋"的例证说唱鼓词《刘公案》的同名小说。"治公"义为"办理公事"，据大词典，它是清代新产生的词语，再根据两个例证的对比及穿者的身份，可知"治公鞋""治公云鞋"是云鞋一种形制，即道士或僧人在正式场合如做法事、祭祀等场合时所穿之鞋。

【打愣愣】【打嘚嘚】

（47）说声急来道声快，摇身变了小英童，面庞儿，一模一样难分辨。他们俩，手拉手儿打愣愣。27.441

（48）只唬他，人人齐往屋内跑，后边剩下李莺莺。蛮子打扮跑的慢，脚虽大，爱穿厚底打嘚嘚。49.448

按："打愣愣"在曲本中出现多次，义为"原地转圈"，"打嘚嘚"与之同义，大词典未收。

【仰巴脚子】【仰八脚子】【仰巴脚儿】

（49）哎呀，我的妈邪，咶哇咕咚滚下楼去，把个老苍头装了个仰巴脚子。27.404

（50）往外一跑，又碰在门框上，闹了个仰八脚子。27.426

---

① 白鹤群. 老北京土语趣谈 [M]. 北京：旅游教育出版社，2013 年版，第 215 页。

（51）你还都没瞧真呢，那不是钟无艳，那是一个黑不溜秋的小石和尚，赤条条仰巴脚儿躺着睡觉呢！37.337

按："仰巴脚子""仰八脚子""仰巴脚儿"意义相同，用来形容人或动物司仰面朝天躺着的样子。大词典未收，收与其同义的"仰八叉"，曲本中也有此用法，例：

（52）众士子齐声骂，踢一脚，那卢杞赌气子摔了一个仰八叉。22.340

（53）只听"噹"的响一声，脑袋碰在抱框上，仰八叉，咕咚哎哟倒在尘。27.426

（54）水中众将落战骑，一冲一个仰八叉，咕嘟嘟汪洋如大海，47.383

大词典指出，"仰八叉"也写作"仰爬脚子"。"爬"与"巴"核心区别在于其是否为送气音，若将"仰八叉"与"仰爬脚子"合在一起考量，则可将"仰巴脚子""仰八脚子""仰巴脚儿"视作是两者的结合。

【脑儿赛】【挠儿赛】

（55）什么话呢？天仙的朋友那个不是脑儿赛呢？ 30.83

（56）神州会，立会的任袁是个挠儿赛。挠儿赛是无赖子的大哥哥，所仗着，肉大身沉多多大多厚。30.353

（57）这贼见他们挠儿赛来了，不敢违拗，提刀出殿。32.126

（58）可到知道哪里有个陈白出，他就是连环套一带的个脑儿赛，势派大着呢！别的的细腻实在不能知道，爷上莫怪。32.163

按："脑儿赛""挠儿赛"是同一个词，属于不同作者使用了同音词的情况。王美雨在《车王府藏方言词语及满语词》中分析"论搅个子敢说是个脑儿赛，提闯光棍快找他妈的罗汉铜"时，指出"'赛'即为'sain'的省译，'脑儿赛'的意义即为'很好'之义"，不确。"脑儿赛"实为"拔尖人物"之义，如例（55）；或为"领袖""首领"之义，如其他三例。齐如山（2008）指出："凡在社会中，各方面好揽权、出风头之人，则皆以'闹儿赛'呼之，而不一定是坏人"[1]。但以上所举后三例中的"脑（挠）儿赛"带有贬义色彩，因此，一个词是否贬义色彩，有时需要在动态语境中具体分析。"脑儿赛"在陕西省吴旗县中为"戏称拔尖人物"[2]之义，即其不适合用于严肃庄重的场合。

---

① 齐如山.北京土话[M].沈阳：辽宁教育出版社，2008年版，第45页。
② 吴旗县地方志编纂委员会编.吴旗县志[M].西安：三秦出版社，1991年版，第913页。

"脑儿赛"也可是形容词，表"最优秀的、最拔尖的"的意义，如"蝶板道：'怎么好好的想起他两个来？'翠翘道：'他两个在西院里要算脑儿赛。'①"

【亮儿】【量儿】

（59）年兄，对着真人说不的假话，慢说你我，就是钦差大人也是千里为官，只为官広？也是想点子亮儿。34.305

（60）知县听计全之言不像个不懂事的，赃官心内有些着忙。暗自说，这件事漏着有些累赘，听他之言不是想量儿话。34.307

按："亮儿""量儿"都表"银子"，大词典无此义项。根据"银子"的特点，此处当用"亮儿"。

【打拧拧】【打宁宁】

（61）琉璃鬼，滑懒贪玩打拧拧，混账鬼，咕咕哝哝来回跑。酒头鬼，忙里偷闲喝一盅，无二鬼，来往不住胡乱串。36.330

（62）又见一物白似雪，他在那，龙背之事打宁宁。那条金龙身不动，凭他蹿跳任意行。37.295

按："打拧拧""打宁宁"都与"转圈"有关，根据语境，例（61）中"打拧拧"义为"打陀螺"；例（62）中，"打宁宁"是"站立不稳"之义，邯郸童谣《小公鸡 上草垛》中有类似用例，如："叫她刷盆不刷盆，跳到盆里打拧拧"②，作者自注："拧拧，方言读 nēng nēng，踮着脚站立不稳的样子"③。

【阴不答】【阴不搭】

（63）阳人最怕阴气，任凭什広样的英雄好汉最怕遇见阴不答的人，他的阴面子利害。46.176

（64）浔祥你是白使了心机了，怎広有话不来明说，净闹这阴不搭的主意，令人可恼！49.17

按："阴不答""阴不搭"义为"阴沉沉、为人阴险"，大词典未收。

【醉马咕咚】【醉吗咕咚】【醉咕咚】

（65）正是青衣人言讲，见僧人，醉马咕咚往前走。48.34

---

① （清）陈少海着；汪鹃，吴达英校点 . 红楼复梦 [M]. 长沙：岳麓书社，2003 年版，第 193 页。

② 张文涛主编 . 邯郸市歌谣卷 [M]. 中国民间文艺出版社，1989 年版，第 269 页。

③ 同上条。

（66）我睄见那个和尚真也就奇怪，若论长相儿到也罢了，就只是脸上的泥有一指多厚，醉吗咕咚，身上穿的那件道袍也值上三个大钱，腰间鼓鼓襄襄①也不知掖着些什厷东西。48.38

（67）见带酒的和尚手拏着狗肉，喝的醉咕咚，咧里咧且站在院内。48.156

（68）醉咕咚，进门坐在床头上，他这里，口中乱道尽胡言。49.17

按："醉马咕咚""醉吗咕咚""醉咕咚"为"醉醺醺、醉意很大"之义。"醉马咕咚""醉吗咕咚"大词典未收，《中华成语大词典》②收。据王继中③，凉州方言中也有"醉马咕咚"，其义同曲本。山东临沂方言区人们表"醉醺醺、醉意很大"时，使用的则是"醉马央腔"。

第三节　同义范畴清代词语考释

由于曲本数量众多，同一意义在不同文本中还具有不同的表达形式，形成了大量的同义词语义场，具体可分为类属语义场、等义词语义场及近义词语义场及等三种。严格讲，后两种涵盖在第 1 种之中，为了显示清车王府藏曲本（以下简称"曲本"）同义语义场的多样性，此处将其作了以上三种分类。同时，将以上三类语义场中词语的选择限制在清代新词语的范畴内。这种分类法可以清晰地呈现曲本清代词语中同义语义场的大致概况，是对曲本词汇研究的一种推进，也是引发学界重视曲本语言学价值的一个助推器。

一、曲本清代词语中类属语义场

类属语义场指的是语义场中的成员属于同一个意义范畴，它们具有共同的上位义，与平行的成员之间具有一定的差异，曲本中较为鲜明的类属语义场可用有关"钱"的类属语义场进行展示。

清代的钱币较为复杂，它的"钱制之繁复，可谓超越前古"④，如曲本中有

---

① "鼓鼓襄襄"应写作"鼓鼓攘攘"，用来表示"容器尤其是软质料的口袋中装满了东西的样子"，大词典未收。

② 郑微莉，周谦编 . 中华成语大词典 [M]. 北京：商务印书馆，2019 年版，第 1994 页。

③ 王继中 . 凉州方言词语汇释 [M]. 兰州：甘肃文化出版社，2017 年版，第 842 页。

④ 黄鹏霄纂辑 . 故宫清钱谱，民国廿六年（1937 年）10 月出版，印行。

关钱且产生于清代的词语就有"京钱""燕京钱""老钱""清钱"等，它们共同组成了曲本清代词语中的"钱"语义场。对这些词语进行考释，可了解清代钱币的一些信息。

（1）好话，哇们接了人家老钱一吊，京钱就是两吊钱哪，给人家搁下，人家依吗？　11.115

按：本例出自改编自清代同名小说的乱弹《儿女英雄传》。例中涉及的是老钱和京钱的换算，一吊老钱可换两吊京钱，由此可知老钱价值高于京钱。"京钱"，《汉语大词典》（以下简称"大词典"）中列有两个义位：①京都铸造的钱。所举书证出自北宋和明代文献；②旧时北京通行的钱。所举两个书证皆出自清代文献，且它们都表明京钱的价值要高于外省的钱，一个等于外省两文钱。清代福格详细讲解了京钱和制钱之间的关系，他指出："国朝京师以三十三文为百，更有以三十文为百，席上赏人，通行不怪云。今都中无以三十文为百之说，率以制钱五十文谓之京钱一百，以四十九文谓之九八钱一百。讲说钱书，自一至十一文，皆按制钱言；由十一文再加一文，则按京钱言，曰二十四文，相沿通行，殊不为异。又京城东北抵于山海关之外，皆以制钱十六文为百，以一百六十五文为一千文，名为东钱，尤为异矣。^①"得硕亭在《草珠一串》"风俗"中作注说："京师风俗，制钱一文曰二文，二百钱则四百矣。^②"由此可见，制钱一文等于京钱二文。即是说，京钱的价值要低于制钱。

据大词典，"老钱"也有两个义位：①旧时对铜钱的泛称。所举书证出自清代文献。②清代铜钱大小厚薄，屡有变革，币值亦随之下降，因称变革前的铜钱为"老钱"，所举书证出自现代文献。通过对例（1）上下文语境的分析，可知其所指"老钱"之义应为大词典给出的义位②，即清代铜钱变革前的质量高的铜钱。它和京钱的关系等同于制钱和京钱的关系。综上，根据例（1）所提供的信息及大词典所示，"京钱"应为"京都铸造的钱"之义，即一般意义上的铜钱。

（2）此玉扇坠的来项，本是小的在街市上见一个贫人手内拿着扇坠，他

---

① （清）福格撰，汪北平点校．听雨丛谈[M]．北京：中华书局出版社，1984年版，第151-152页。

② （清）杨米人著，路工选编．清代北京竹枝词（十三种）[M]．北京：北京出版社，2018年版，第53页。

来回取走，是小的用三百京钱买的到手中。17.25

（3）我收他，京钱只有七百整，并无有，多收一文是实情。25.462

以上两例都出自鼓词《包公案》，例中的"京钱"也应都指"京都铸造的钱"。其原因如下：一是使用京钱交易的地点都不在京城；二是《包公案》描述的是宋代的故事，当时的国都是汴梁不是北京；三是两例中，用京钱所购之物是扇坠和猪首。前者交易地点在乡镇集市，后者则是在乡镇肉铺。若此处是"旧时北京通用的钱"之义，那么相当于买一个扇坠需要六百文钱，一个猪头则需要一千四百文钱。如果说扇坠是"籽儿玉"的，价高尚可理解，但猪头的价格就离谱了。尤其是卖猪头的店家特别强调价格并不贵，也就是一般老百姓都可有能力购买。综上，尽管鼓词《包公案》的作者是清代人，但这里的京钱确为"京都铸造的钱"之义，曲本中乱弹《忠孝全总讲》及鼓词《于公案》中所用"京钱"也属于此义，例：

（4）好便好，稻米五千，京钱一担，要买快来。9.188

（5）小民父母要修理房屋，就叫家中长工胡二秃子套上了一辆，给他七两三钱银子，京钱十八吊叫他上京买木回去好修理房屋。21.413

曲本中有关"燕京钱""清钱"的例证如下：

（6）（外白）夫人多大年岁？（旦白）燕京钱五十。（外白）吓，二十五岁了。7.467

（7）（龙白）我这金钗，要卖两贯清钱。（丑白）两贯钱也不多。只是这金钗陈旧了些，与你一贯五百清钱，卖是不卖？9.195

大词典未收录"燕京钱"，收录"清钱"，且孤证出自《红楼梦》。虽然除此例外，辞书及读秀等电子数据库未见有关"燕京钱"的用例，但是据文证义，还有上文所提京钱、老钱之间的关系，可知燕京钱的价值不高，即两个燕京钱等于价值高的铜钱的一半。这种关系正是京钱和老钱之间的数量比，兼以"燕京"是北京市的别称，因此"燕京钱"即是"京钱"，即清代改革后的铜钱。"清钱"即"青钱"，它的命名基于铜钱的颜色而得。据彭信威（2015）指出："乾隆五年（公元1740年）以前，铸钱不加锡，称为黄钱；五年以后加锡百分之二，叫作青钱"①。曲本中没有涉及清钱和京钱、老钱之间

---

①　彭信威.中国货币史 [M].上海：上海出版社，2015年版，第561页。

换算关系，而"铸造青钱的原因，是为防止私销。据说若将青钱再投入炉内融化，就不能打造器皿，一击即碎"①。根据例（7）所提供信息，清钱当与老钱价值相当。

曲本所提供的清代有关钱的类属语义场，成员之间的细微差别说明清代钱币极为复杂，这虽然导致不同钱币之间的换算关系较为复杂，但基本上都是一比二的关系。

二、曲本清代词语中等义词语义场

等义词语义场即指两个或两个以上的词语理性意义及附加义完全相同，在任何场合下基本上都能互相替换，曲本中的部分等义词语义场如下：

（一）嚼环类等义词语义场

曲本中的"咬环""嚼环""啣环""鞦嚼"形成了嚼环等义词语义场，曲本中例证如下：

（8）只见他，绳捘二背口含咬环。17.82

（9）二青衣，手拉咬环不暂停，只觉得，快马如飞一般样。17.109

（10）忙上前将啣环拉住，说："师付别往前走了，师兄遇见贼了。"27.196

（11）小殿下闻听，闪龙目观看。来人是位须发皆白的老翁，身背鞍辔、鞦嚼。47.98

按："嚼环"指放在马嘴里、两端连在缰绳上链形铁器，其目的是为了便于驾驭。"咬环""啣环""鞦嚼"即"嚼环"，"嚼"有一个义位为"咬、含"之义，如唐代章碣《春别》诗："花边马嚼金衔去，楼上人垂玉箸看。"鼓词《三侠五义》作者即用"嚼"的这一义位，将其替换为"咬"，形成一个新的词语"咬环"。说"鞦嚼"与"咬环""嚼环"同义，是因为鼓词《金凤奇缘》的作者在上下文同一大语境下，先是使用了"鞦嚼"，后又使用了"嚼环"。曲本中，"嚼环"有时又被作者添加了词缀"子"，形成"嚼环子"结构，例："丞相，那司马他不进城，小人们拉马嚼环子还叫他进城呢。2.447"

曲本中，"鞦嚼"又写作"嚼秋""秋嚼""锹鞦"，例："看到临将身一闪，忙跨白龙带嚼秋。29.2""坐下征驹是乌骓，能够蹿山与跳涧。鞍鞊秋嚼一色

---

① 彭信威.中国货币史 [M].上海：上海出版社，2015 年版，第 561 页。

新，描金铁镫飞龙鞊。30.45""镀金什件锹鐯^①是玲珑多剔透，山西交子震地咯当。54.481"认为"鞦嚼"为正确形式的原因是清代官方文献中就使用"鞦嚼"一词，如清代董诰《军器则例》卷三《城内火器营修制军械定限》："支杆、马刷子、驮鞍、槽鞍、鞦嚼、轱屉、攀胸、肚带、踢胸、肘棍、过梁、鞍笼、软鞦，由工部支领。"

（二）冷宫类等义词语义场

曲本中的"冷院""寒宫"形成了冷宫等义词语义场，曲本中例证如下：

（12）只求二位一件事，思条妙计巧牢笼。但能够救浔母后出冷院，孤死黄泉也闭睛。24.482

（13）众太监，推推拥拥往前走，不多时，送入寒宫冷院门。25.365

按："冷院""寒宫"的意义较易理解，是古代帝王安置犯错嫔妃的宫院。大词典未收"冷院"，收"寒宫"，书证出自清代文献。

（三）马褂类等义词语义场

马褂等义词语义场指的是由"墩子""马墩""墩儿""马褂"等形成的语义场，曲本中例证如下：

（14）红鹤氅，绣三蓝。时款式，墩子兰。被风吹，透出那，里面的衫儿却是玉色蓝。22.25

（15）海子红门劫圣驾，万岁当今赏马墩。34.78

（16）在北京沙滩劫过皇帑，海子红门劫过圣驾，硬要佛爷的黄马褂子。万岁封官不做，这才把黄马墩儿赏了他，至此洗手不干。34.166

（17）身穿一件清洋布大袷袄，外套着蓝布马褂。56.153

按："墩子""马墩""墩儿""马褂"等是等义词，是旧时穿在长袍外面的对襟短褂。以上几个词语中，较易理解的为"马褂"，其他词语则需要根据上下文语境确定。例（14）中，语境信息较为充足，"墩子"是罩在长衫外面穿的衣服，而在曲本中带有"墩"语素又指代服饰的词语只有"马墩""墩儿"，综合以上信息，"墩子"自然为"马褂"义。例（15）出自鼓词《施公案·任邱县》，在描写同一情节的《施公案·陞官》里，"马墩"都写作"马

---

① 清蒙古车王府藏子弟书中原作"鞦鐯"，整理者将其改为"鞦嚼"（第 168 页）。

褂"，如："皇爷独自驾私行，出了那，海子红门往前走，漫洼四顾巧无人，民惊圣驾该万死。劫住皇爷不放行，单要我主黄马褂。33.12""后又在海子红门寺劫住我朕，并不要金银，叩求我朕赐他成名，要寡人的黄马褂。33.12-13"例（16）出自《施公案·砖河驿》，例中通过"马褂子"与"马墩儿"的换用，点明了两者的等义性。例（17）中则直接使用了世人所熟知的"马褂"一词。实际上，曲本中"马墩"的使用率要高于"马褂"，例："身穿着宝蓝纱的郭什哈，上罩红青纱马墩。21.251""宝蓝纱袍穿在身，外罩罩红青纱马墩。21.255""打谅皇家将与兵，但见领头人四个，俱都是秋帽马墩与战裙。21.316""海子红门劫圣驾，万岁当今赏马墩。34.78"但大词典并未收"马墩"，虽收录了"墩子"，但也没有此义位。

总言之，曲本中马褂等义词语义场提供了清代有关马褂的多种别名，该语义场不仅为拓展了马褂的词语范畴，还为理解相关的文献提供了说明。

（四）古人词类等义词语义场

古人词等义词语义场指古代说唱文本或说书的内容，在曲本中，由"古儿词""古人词"构成。曲本中例证为：

（18）古儿词上说这子胥举鼎暗有四值功曹，六丁六甲城隍土地全都帮他来咧，都叫说书的睄见了，大概有些岂有此理。24.229

（19）若到了古人词上说的，他一个钱儿也不值。破戒开斋，贪花爱酒，胡说的无可胡说咧，这才有给自己圆谎，说武子用雷把自己打死，也不晓得书礼何在？25.5

（20）抄录通俗多剪断，墨书不比古儿词，闲言少叙归正传。27.98

（21）抄录通俗所爽快，清调书，并不唠叨费嘴唇。若在古人词上面，许多琐碎在其中。28.204

按：根据曲本原文，鼓词《春秋左传》前17回中都写作"古儿词"，自第18回开始，"古人词""古儿词"间杂使用，如："昨日在下说到这段节目，有位听书的明公就问，说我们也曾听过古儿词上有这一段节目，叫作'岳离断背刺姬庆'，可不是这样刺法。25.20"在提及这个词时，作者都是批判的态度，认为它所言的内容不符合历史，如对"太子""公主"等词语的使用；或是认为情节过于荒谬，不符合常理，如第三回中认为它所言的"子胥举鼎暗有四值功曹六丁六甲城隍土地全都帮他 24.229” 的描述。实际上，以上例证全都出自鼓词，按常理推测，鼓词的说唱者自然不会贬低、否定鼓词内容。据此，“古儿词”“古人词”不可能是“鼓儿词”，当为“古词”。

（五）手拷类等义词语义场

曲本中表手拷的系列等义词，包括“捧”“捧子”“手捧”“手捧子”等，四者共同构成了曲本手拷等义词语义场。曲本中例证为：

（22）三人闻听齐答应，答包掏锁手中擎。迈步近前品一将，花拉拉，套在那人脖项中。回手就把疙疸子取，然后又拿一般。原来是，双料的捧子镔铁打，不容分说，把那双手入捧中。43.495

（23）徐克展就势站起来，将两只手往两下里一分，只听“喀嚓”一声，手捧子往两下里去了。退下来，照着上面陈二衙“唰”的一声，打将上去。43.496

按：“捧子”“捧”“手捧子”意义一样，都为“手铐”之义，大词典未收。据谢明江（1991）^①搜集整理的资料显示，“手拷”用“手捧子”表示，源自刘庸在乾隆面前的机智解释。

（六）害怕类等义词语义场

曲本清代词语中，毛腾类等义词语义场由“毛腾腾”“毛腾”“毛不腾”三个词语构成，它们都表示“害怕”义，例证如下：

（24）六哥呀，我说一句草鸡话，我见了他，不由心中就毛腾腾。若要遇着他瞪眼，我的这，俩腿发酸跑也不能。48.12

（25）越思越毛腾，真也是无奈，只淂是走到棺木的跟前。48.106

（26）这来不来的，你老人家先毛不腾的，这还了淂？ 48.126

按：虽然“毛腾腾”“毛腾”“毛不腾”三个词语大词典都未收录，但其在曲本中使用频率较高，且词义明确，形成了一个表害怕义的独特等义词语义场，充分说明人类同一情感的表达方式多样，证明即便人类的情感从古到今虽然只有那么多，但是不妨碍人们拥有用类型越来越多的词语精准地将其呈现出来的追求。

---

① 谢明江搜集整理 . 十三陵的传说 [M]. 北京：北京出版社，1991 年版，第 92 页。

三、曲本清代词语中近义词语义场

近义词语义场中的成员虽然为同一个意义范畴，但是在具体词义及功用方面有所差异，曲本清代词语中的部分近义词语义场如下。

（一）岗哨类近义词语义场

岗哨近义词语义场指曲本中系列表"岗哨""值班场所"等词语形成的语义场，如"堆子""墩铺""墩拨""堆拨"等，其在曲本中例证如下：

（27）那乡下人就不犯夜，上我堆子里睡去罢。8.213

（28）不言画童，且说墩铺上的军民人等。21.241

（29）按站墩拨人保守，分外留神人小心。每墩之上人十个，大家替换递公文。21.241

（30）因此上，到了康熙年间内，安上堆拨派下兵，平了土山成大道，方能保，来往经商不受惊。40.226

按："堆子"是"堆拨"的俗称，得硕亭《草珠一串》"文武各官"中有："传行提督轿将过，鹄立仓皇步甲多。前马呵呵疑喝道，那知原是叫诸珲。[1]"得硕亭自注"清语呼堆子曰诸珲"。堆子"通常设在闹市旁，有执勤的监狱"[2]。即堆拨是维护社会治安的官兵执勤时所处的岗亭，但堆拨不仅是设在闹市旁，作为执勤人员的执勤处所，它出现的场合多样。如设在北京城墙外，《顺天府志》提及老北京城的城墙时，指出："下石上砖，共高三丈五尺五寸。堞高五尺八寸，址高六丈二尺，顶阔五丈。设门九，门楼如之，角楼四。城垛一百七十二，旗炮房九所，堆拨房一百三十五所，储火药房九十六所，雉堞一万一千三十八，炮窗二千一百有八。[3]"设在一些重要建筑的墙外，如李景瑞（2003）研究承德避暑山庄时，也提及了"堆拨"，"避暑山庄宫墙长度为9322.2米，为砖墙与虎皮石墙，墙上有雉堞和马道，为内部守护者查岗所用。墙外设有'堆拨'（哨所），山庄四周的堆拨共54处，守卫的八旗军共800人，昼夜巡逻。[4]"设在全国各地，如清代《官经》载："无名被伤身死，

①　（清）杨米人著，路工选编 . 清代北京竹枝词（十三种）[M]. 北京：北京出版社，2018年版，第50页。

②　刘晓萌 . 清代北京旗人社会 [M]. 北京：中国社会科学出版社，2008年版，第58页。

③　畿辅通志第2册帝制纪 [M]. 石家庄：河北人民出版社，1989年版，第389页。

④　李景瑞主编 . 承德民族开发史 [M]. 北京：民族出版社，2003年版，第249页。

初报即将死人居住村庄，相去若千里，家内有无携带银钱物件，出门时有无同伴，尸身近何村庄，有无墩拨，地主何人？俱要叙明。①"从"堆拨"的另一名称为"堆汛"②则可以看出，"堆拨"也是军队驻防之处所设立的哨兵执勤岗亭。总而言之，堆拨作为执勤岗亭，其所出现的场所与地域较广，是明清时代为维持社会治安及边界警戒等配置的岗哨。

以上例中提及的墩铺、墩拨职能与堆拨基本相同。清代钟赓起所著《赣州府志》设有"墩铺"一条，"墩铺，古以诘奸申警备也。其在周行，错出相望，而僻区穷壤，往往有之，始动人以边塞之思矣"③。《清会典事例》也有类似记载："城内地方，及村庄道路，设有墩铺者，如遇失事，无论伙盗多寡，文武一例处分。④"如所辖区域出现偷盗、凶杀等各种案件，负责相应墩铺或堆拨的官兵根据文职或武职接受不同的惩处，"至偏僻村庄，旷野道路，向无防汛兵丁，并未设有墩铺者，如遇失事，无论伙盗多寡，文职仍照定例。武职照盗贼十人以下之例议处"⑤。曲本中，"墩拨"的使用频率高于"墩铺"，除上例外，另两例出现在其下文语境中，即："一齐抬头忙睁眼，迈步翻身往外走。走出墩拨房门外，一齐睁睛看分明。21.241""军兵看罢开言道，上差连连口中尊。到了墩拨请下马，特来投递甚公文？21.241"

曲本中的墩铺、墩拨由驿马圈改造而成，如其下文所言："此处本是驿马圈，尚收管来回跑报马能行。21.242"作者在下文甚至不再使用"墩铺""墩拨"两个词，而是直接使用"驿马圈"一词，如："赵世熊看罢多时开言道：'叫声张头你是听，你去速到驿马圈，把孩童抱来等我验分明。'21.243"

综上，"堆子""墩铺""墩拨""堆拨"的职责虽略有不同，但其本质都一样，都属于清代岗哨，因其所处地点的不同，具体职责不同。

（二）恶棍类近义词语义场

曲本清代词语中恶棍类靳以词语义场成员包括"土棍""恶霸""恶棍""光棍""泥腿""混星""无二鬼""混星腿子""流星腿"等词语，大词

---

① （清）汪龙庄，（清）万枫江原著；唐汉编译. 官经 [M]. 西安：三秦出版社，1995 年版，第 180 页。

② 佟靖仁. 绥远志书 [M]. 呼和浩特：内蒙古大学出版社，1991 年版，第 28 页。

③ （清）钟赓起. 甘州府志校注 [M]. 兰州：甘肃文化出版社，2008 年版，第 246 页。

④ 清会典事例卷一二七，吏部·处分例·地方缉捕窃盗一，雍正八年定例。

⑤ 清会典事例卷一二七，吏部·处分例·地方缉捕窃盗一，雍正八年定例。

典中，"恶霸"书证出自现代文献，未收录"混星""无二鬼""混星腿子""流星腿"，收录"泥腿"，但无"恶棍、无赖"的义位。以上词语在曲本中的例证如下：

（31）众公，非是在下说话唠叨，因内中包含着土棍、恶霸这些人的恶贯满盈。20.396

（32）恶棍扑了于爷来，口叫："陈哥可了不得，你去了天昏地暗、鬼哭神嚎。你来了月色当空、阴风退去。"20.460

（33）打听我们平素中，十三省字号朋友全知道，光棍泥腿尽闻名。21.70

（34）只一宗，李七手下走狗不少，都是些泥腿混星无二鬼等类。老爷若要亲身去会他，依小的睄来只怕凶多吉少。21.73

（35）他与那，正人男子不亲近，竟与些，混星腿子死歪缠。26.439

（36）公差说罢一席话，流星腿回答礼上通。33.90

按：以上例证中"恶霸""光棍"的词义好确定，前者指依仗势力欺压别人、为霸一方的人；后者指地痞流氓。"泥腿""混星""无二鬼""混星腿子""流星腿"等虽然大词典没有收录，但鼓词《施公案》作者在《捉旋风》一会中给出了详细的答案。如："列位，像古时的泥腿称为泼拉户，到了康熙年间称为光棍，又到了雍正年间称二横子，乾隆年间称为流星腿。列位，何为流星腿呢？皆因国法森严，黑蟒吹的利害，但凡哥们怄气，黑蟒现形唬的爷们哧哧的化道金光溜之乎也。故此名为流星腿。33.90"再如："闲言少叙，单说先年二横子望着近年的流星腿充多年螃蟹老家子，他未说话，先把脑袋摇一摇。33.91"据以上两段文字，可知"混星腿子"其实是"流星腿"的讹写形式，"泥腿""泼拉户"（即泼辣户）、"光棍""流星腿"等词义相同，是清代不同时期对"地痞、流氓"等的称呼。至于"无二鬼"隶属北京方言，义为"无赖子"[①]。

（三）易受别人架弄类近义词语义场

曲本清代词语中，易受别人架弄类近义词语义场包括"肉头""大头"两个词语，例证如下：

---

① 金受申编.北京话语汇 [M].北京：商务印书馆，1961 年版，第 172 页。

（37）行者闻听南极子之言，只气的跺脚捶胸大叫："肉头快些与我住口！未从劝我服输，也不想想老孙素日为人？"27.246

（38）人人架着个虎不拉儿，吡毛大头不落架儿。三五成群在窃茶馆儿，图的是拍桌子唬猫没有烂儿。57.216

按：齐如山（2008）指出"大头""肉头"都是北京土语词，两者都是称谓词，"大头"为"凡被人假意抬举而花冤钱者，人便以此呼之。假意抬举，土话亦曰'架弄'。"他同时指出："'肉头'与'大头'意义略同，但似又柔弱一点，故谚有'肉头脑袋光棍心'一语。①"例（38）中的"大头"即是齐如山所言之义，但例（37）中的"肉头"却不是此义，而是"傻瓜"义。据大词典，"肉头"表"傻瓜"义时，也是方言，但此义在曲本中已多次出现，除上例外，曲本中还有一处"肉头"表"傻瓜"义的用例，"两句傻肉头的话。12.445"此例中，"肉头"直接与同义的"傻"连用，加重了"肉头"的"傻瓜"义。

（四）松软类近义词语义场

曲本清代词语中的松软类近义词语义场主要包括"宣古浓""软古浓""软浓浓""软咕囊"四个词语，例证如下：

（39）元帅章邯传令才要命人去撮土垫水整理紫薇帐，那知平地觉浮宣古浓的。迈一步咕唧唧，连一块干地也没有咧。44.180

（40）不由点头赞叹说："这瘸夫怎庅把个形相变了呢？"说着伸手一搓，只觉软古浓的。44.272

（41）一剑剁在顶梁门，软浓浓的不听响。44.407

（42）言罢，忙用双手擎定，摸了摸，但见乾坤袋内软咕囊的一个肉球。46.366

按："宣古浓"表"松软粘稠"或"松软"义。"宣"当为"暄"，其义之一即为"松软"；"古"当为"鼓"，"暄鼓"联合表示"松软"之义；"浓"则表示"粘稠"之义，故"宣古浓"当写作"暄鼓浓"，其整体义为"松软粘稠"，例（39）中的"宣古浓"即为此义。例（40）、例（41）、例（42）中

---

① 齐如山.北京土话 [M].沈阳：辽宁教育出版社，2008 年版，第 8 页。

的"软古浓""软浓浓""软咕囊"则与"宣古浓"的意义稍有差别，它们仅有"松软"义，没有"粘稠"义。曲本中，"软古浓"有时也写作"软咕浓浓"，例："金毛童，拽满了金弓挈银弹子打，打着了，软咕哝哝的把弹子碰回。30.333"

　　以上即是曲本清代词语中的部分同意义范畴语义场，根据上文所述，考察它们时，大多是依据上下文语境或相关作者的文中自注，这种方式是解决受众理解曲本中诸多未被辞书收录词语的方式之一。因为曲本词汇系统庞大，即便本文将视角放置于曲本清代词语范畴之内，也未能将曲本中所有的同意义范畴语义场整理、考释完全，故在以后的研究中，笔者将对此展开专项研究。

余 论

本研究成果原本只是《车王府曲本语言研究》课题研究成果中的一个章节，但是随着整理和研究的深入，笔者发现一个章节无法容纳进曲本中清代词语和清代词义的内容。实际上，即便是将它们作为一个以专著形式呈现的独立成果，也没有涵盖尽所有的相关内容①，所以，尽管本研究仅是选取曲本中的清代词汇进行研究，但由于曲本词汇系统极为庞大，且其中所用的清代词汇较多，因此研究中难免出现顾此失彼、遗漏的现象。兼以主要采用传统的以大词典为主要参照界定清代词语或清代词义，在方法上难免有所争议，但不得不说，尽管充满争议，但这也是目前能界定清代词语或词义的一个较为有效的方法。

整体看，本研究具有以下价值以及还需要继续深入研究的内容。

一、本研究的价值

本研究的特点在于确定清代词语或词义时，主要以大词典为参照物，具体研究中也考察了相关词语及词义在大词典中的收录情况，但研究中，笔者并不局限于此，而是将确定的清代词语及词义放置于曲本语境，考察其具体的呈现情况。如考察小语境及大语境中清代词语或清代词义的呈现情况，通过对它们在语境中的分布及频率情况，可以揭示出曲本创作时代词汇系统新成员急剧增加的特点。研究中，还将这些清代词语及词义做了意义上的归类，并考察了其中的疑难词语等等。

---

① 至于本文没有涉及的曲本中的清代词语及清代词义，笔者将在他文再作研究。

（一）系统整理并归纳阐释了多形体的曲本清代词语

研究中，笔者将曲本中相关清代词语的书写形式基本上了作了全景呈现，即把曲本中某个清代词语所有的写法都逐一呈现，通过这种方法可以呈现清代曲艺作者使用文字的特点，二是可为相关研究提供佐证，三是可以使曲本中的相关清代词语形成一个完整的系统。如表"蠕动"之义的同一词语在曲本中有"古戎""咕戓""姑容""咕宿""古容""咕㘎""咕容"等7种写法。这些不同的写法既反映了它在清代使用的频繁性，又反映出汉语中有很多意义没有固定词形的重要特点，由此，在表某个意义时，人们大多根据自己的知识体系，采用自己认为最恰当的汉字表示。这种方式固然可以让使用者顺利地表达意图，但同时也增加了受众的阅读及理解困难。因此，本研究的价值之一在于将曲本中类似的语言现象作了系统性整理、归纳和阐释。

（二）充分揭示了曲本的词汇学及辞典学价值

本研究虽是依据本身就有诸多缺陷的大词典确定曲本中的清代词语或清代词义，但通过诸多针对大词典的研究成果可以看出，由于大词典收录的词语极为浩瀚，且目前为止学界并没有有关曲本清代词语及清代词义的相关研究成果，故针对大词典相关研究的成果也并没有涵盖曲本中的清代词语及清代词义。尤其是通过参照大词典及近代汉语大词典等诸多相关文献，本研究整理出了曲本中有大量的清代词语及清代词义在大词典中的书证出自现代文献，其中有很大一部分不仅引自现代文献且还是孤证，至于未被大词典收录但隶属于通语或方言的词语数量更是极多。因此，虽然从形式上看，本研究似乎仅是做了整理和阐释工作，实际上却是以语料为证，对曲本词汇做出的初步也是首次全面研究，充分揭示出曲本至少具有以下词汇学价值。

一是方言学价值。曲本中有大量的方言词语，有些甚至是土语，其中又以北京方言土语为最。这些方言词语有很多未被大词典所收录，但是被齐如山、金受申、王子光等人编著的相关词典收录，有些词语甚至连这些词典也未收录，由此可见曲本方言学价值之高。如"仰面朝天"之义的"仰巴脚子""仰八脚子""仰巴脚儿"，大词典就未收录，只是收录了与之同义的"仰八叉"；再如表"结巴"义的"结巴柯子"，大词典等也未收录，而这些词语至少在山东临沂方言中还在使用。所以，曲本的方言学价值是不仅是对北京方言或天津方言而言，它的面非常广泛。

　　二是民俗学价值。单就曲本清代词语及清代词义而言，就展示了婚俗、丧葬习俗、饮食文化及服饰文化等方面的诸多习俗。这些习俗被曲本作者以词的形式作了展示，如"放焰口""接三""闹洞房"等等。对任何文学作品而言，"任何一个活生生的话语同自己所讲对象相对而处的情况的，都是各不相同的。在话语和所讲对象之间，在话语和讲话个人之间，有一个常常难以穿越的稠密地带"①。对受众与作者或是作品而言，将两者稠密地带贯通的就是一些能为人们所感兴趣、所理解的言语表达形式或民俗文化内容，惟其如此，受众才能获得一种共情体验，而这种共情体验，在曲本中大量的称谓词乃至晋语中都能获得。

　　曲本清代词语中大量的时间名词，既是当时人们对时间的一种文化心理认知，也体现了随时代的发展，人们对时间的分类越来越细，对同一个时间也有了更多不同层面的关注；至于曲本中提及的有关北京的老地名、建筑名等等，则为我们研究老北京的地名文化及建筑文化等提供了语料，其中涉及的地名及建筑的布局，实际上是老北京地图的一种语言文字世界里的呈现形式。

　　三是辞典学价值。从一定程度看，辞典学价值实际上即是词汇学价值。本研究中所涉及的曲本中的例证，虽仅是曲本清代词语或清代词义的部分成员，但足以显示出曲本的辞典学价值及词汇学价值之高。它的价值不仅表现在拥有大量常规结构的词语上，还表现在拥有大量非常规即大词典等辞书或收或不收形式的词语上，如叠词、"X+子$_{词缀}$"、儿化词或大量的习用语、歇后语、成语及俗语上。这里面所提及的任何一种形式的词语，其数量之多都可以形成专门的大篇幅研究成果。

　　以上三点也仅是曲本词汇价值中的部分价值而已，其更深层面的价值需要对其展开广而深的研究方能解释。

　　总之，本研究是对车王府藏曲本清代词语及词义的一次系统性整理，这种整理，不仅是对曲本研究的一个拓展和引领，也是丰富清代词汇系统的重要语料；研究中所呈现的大量清代词语或词义在大词典中的书证都过晚，另

---

　　①　[俄] 巴赫金. 小说理论 [M]. 石家庄：河北教育出版社，1998 年版，第 85 页。

外还有大量的清代词语或词义未被大词典收录，类似于这样的情况其实都说明了曲本还是一个相当空白的研究点。所以本研究的最大价值不在于与大词典对比确定了哪些是清代词语或词义，最重要的是通过此方式揭示出了曲本的词汇价值，进而引发学界对其进行多角度的研究。

二、本研究需要继续深入研究的要点

研究的过程也是思考的过程，随着研究的展开和深入，笔者深感曲本词汇的价值之高，感觉每一个词语都可以写出一部文化史，或是从语言史角度对其作系统性的深度勾勒。但一个研究总要有一个节点，因此在本研究之外，笔者认为就曲本清代词语或清代词义而言，还需要从以下要点继续开展。

（一）系统化曲本清代词语

虽然本研究已经对曲本清代词语及清代词义做出了系统化整理，但是问题是并没有将曲本所有的相关词语和词义涵盖完全，因此，有必要以辞典或专著的形式对其展开系统深入研究，将其更精准地进行分类，同时也可数字化呈现。

（二）深挖曲本方言学价值

方言与共同语相伴而生，两者缺一不可，尤其对某个地域而言，方言就是它独特性的标志，是其最牢固的地域文化之根。曲本中大量的方言词语乃至土语，有些在今天已经消失，而它们所代指的事物及文化内涵也随之削弱或消失，如此，不仅不利于地域文化史的书写，也不利于中华民族文化史的书写。因此，应该深挖曲本的方言学价值，从方言角度对其展开多维度的研究。

（三）细化曲本的文化学价值

曲本是中华民族的艺术宝库，曲本清代词语及清代词义中所展示的民俗学价值仅是构成曲本民俗学价值一个成员而已，曲本中的人际交往文化、交通文化、官场文化、商旅文化、婚丧文化等等，每一项都独成一个体系，如何对它们展开科学化的且能解释当代价值的研究，是一个需要亟须解决的问题。

　　以上三个要点也就是在本研究的基础上提出，角度并不宽泛，如笔者对曲本的满语词、离合词等展开的专项研究，也是对这个问题的一个回应。

后　记

本研究成果是国家社科基金"冷门'绝学'和国别史等研究专项"——车王府藏曲本语言研究（项目编号：2018VJX063）项目阶段性研究成果。

获批项目的时候，我正在西非几内亚从事汉语教学。在断电为常态的几内亚，靠一台储电功能并不好的计算机，如何完成庞大的语料收集工作，是我获批项目后第一时间要考虑的问题，好在"坚韧"与"插空工作法"帮我基本上完成了语料的收集工作。

如果说在几内亚的三年，仅是语料收集的不方便，回国繁忙的工作与一年里两次大手术却是我开展研究的重大障碍。过去的时间里，我想白发与日渐增长的体重可证明我的努力与付出。

57 册曲本，除第一册为目录内容外，其他每本平均为 500 页，1 页 6 面，没有任何标点符号，全部为不同的写者抄录，抄录者又多使用俗字、异体字，中间还杂有诸多的讹字，我一页一页去看，逐一打出来，再去查阅，再去研究……诸多的工作让我真正体味到了 21 年前，我刚读硕士时，导师所言"学语言文字学，要耐得住寂寞，坐得住冷板凳"的真正含义。

世上没有勤奋到达不了的目标，所以，这次的研究成果绝不会成为我研究车王府藏曲本的终点，也不会成为我歇息的理由，因为几内亚三年，让我深深明白：在这个世界上，有机会能奋斗，有机会能干自己喜欢的事，就是生命给予的最大恩赐。

感谢清代创作出如此优秀作品的作者们，也感谢收藏并整理这些曲本的前贤时修们，因为没有他们，就没有此研究成果的面世，清代的词汇系统也少了诸多重要的成员。深深地感谢我在研究中所参考研究成果的作者们，没有他们的先期研究，我的研究也将没有恰当的理论支撑与借鉴；感谢我先生辛苦地帮我整理语料、校对语料，也感谢闺女认真学习，让我多了很多从事研究的时间。

　　在四十五岁的年纪里，我最想做的不是看山观水，而是静静地读书，用心聆听书中的世界，用心去书写自己的感想。因为，我不知道借助人工晶体看世界的我，何时就会失去读与写的能力！

王美雨

2023.3.27